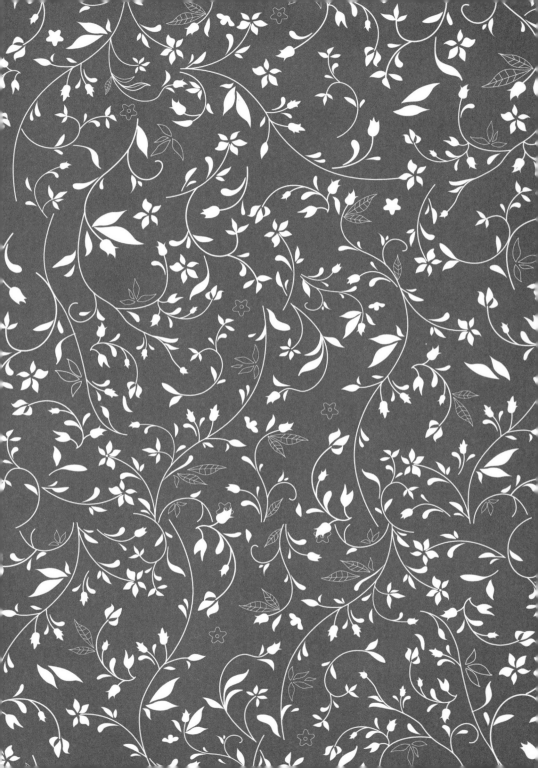

三生三世枕上書
下
唐七
著

第三卷

阿蘭若

第一章　夢境內外

夜風微涼，水月潭漾了一湖波光，倒映著皎皎的明月。沿著潭邊栽種的白露樹參差向天，令十里神木林徒顯得幽涼。

這一番景致，粗瞧，似乎同近來無數個日夜都沒有什麼不同。

但梵音谷這個地方，原本四時積雪，水月潭就生在王城邊兒上，按理說也該覆蓋上皚皚的雪幕。可此時，此地，卻不見半分有雪光景。

因這個空間，它其實是個夢境。阿蘭若的夢境。

這個夢境雖與梵音谷吻合得如同水中倒影，但真正的梵音谷乃是同四海六合八荒相繫，延展開來，當得起廣闊無垠四個字。而此地，卻僅是個有邊有角的囚籠。

東華和鳳九陷入這個囚籠，已經三月有餘。

掉進阿蘭若這個夢境時，鳳九竭盡周身仙力凝出來的護體仙障成功被毀，三萬年修行一朝失盡，身子虛弱得比凡人強不了幾分。

屋漏偏逢連夜雨。未承想阿蘭若的夢境中竟蓄養著許多惡念，惡念豢出小妖來，專吸食人的生氣。從天而降的鳳九，正好似一塊天外飛來的豐腴餡餅，令飢腸轆轆的小妖們一頓飽餐。待東華穿過蛇陣來到她跟前，她雪白的面龐已浮顯出幾分油盡燈枯的症頭。

瞧著這樣的鳳九，東華的腦子有一瞬間空白。

他一向曉得她亂來，卻沒有料到她這樣亂來。原本以為將天罡罩放在她的身上，無論她出什麼禍事，保她一個平安總該沒有什麼問題。這個事，卻是他考慮不周。

他曉得她對頻婆果執著。但據重霖提給他的冊子來看，她往日裡為飽口腹之欲，執著得比這個更過的事情並不是沒有。

冊子裡頭載著，她小時候有一年，青丘的風雨不是那麼調順，遇到枇杷的荒年，但她在她們家洞府後山育出了一棵枇杷樹，且這棵枇杷樹還結出不少皮薄肉厚的鮮果。住在附近的一頭小灰狼犯饞，摘了她幾個果子，被她堅持不懈地追殺了整整三年。

因有這個前車之鑑，那時，當他問她拿頻婆果是做什麼用，她答他是為了嘗嘗鮮，他就信了。這個嘗鮮還同他近來越發看不慣的燕池悟連在一起，當然令他很不愉快。

是以，姬蘅那夜向他討果子，淒淒惶惶地說，唯有此果能解一部分綿延在她身上的秋水毒，望他賜給她這個恩典時，他並未如何深思，便允了。

這種事情，他也不覺得有什麼深思的必要。

那陣子他一直有些煩心，糾結於如何兵不血刃地解決掉燕池悟。

要讓他徹底消失在小白的周圍，又不能讓小白有什麼疑心，是一件不大容易之事。

鳳九於他是不同的，東華其實一直曉得。但這個情緒，他很長一段時候卻沒有意識深究，或沒有工夫深究。

沉且這種事情，同佛典校注不同，並不是深究就能究出結果，有時候，還講求一個機緣。東華恍然自己同鳳九到底是個什麼關係的機緣，於宗學競技那日，降臨在他的頭上。

彼時，他坐在青梅塢的高台上，垂眼望去，正瞧見鳳九三招兩式間將同窗們一一挑下雪椿。收劍回鞘的時候，她櫻色的唇微微一抿，浮出點兒笑意，流風迴雪的從容姿態，令他第一次將她同青丘女君這個神位連起來。腦中一時浮現出端莊淑靜這四個字。

端莊淑靜，她竟也有擔得起這個詞的時候，令他感到新鮮，且有趣。

比翼鳥族的一個小侍者戰戰兢兢地呈上來一杯暖茶，他抬手接過茶杯抿了一口，目光再點過去時，卻見她已收了笑意。

她似乎覺得方才那個笑有些不妥，趁著眾人不注意，輕輕地咬了咬下唇，又飛快地瞄了周圍一眼，像是擔心有誰看到。因她的唇色太過飽滿，輕輕一咬，下唇間便泛出些許白印，猶如初冬時節，紅櫻初放，現出一點粉色的蕊。

他撐住下頷，突然覺得，如果要娶一位帝后，其實鳳九不錯。

這個念頭蹦出來，他愣了一下。然後，他認真地想了一會兒。

不，與其說她不錯，不如說這四海六合八荒之中，她是唯一適合的那一個。又或者說，她是唯一讓自己喜歡的那一個。

思緒飄到這個境地，他突然有些明白，近段時日自己的所作所為，到底為的什麼名目。

原來，自己是這麼想的這樁事，這麼想的她。

原來，自己喜歡她。

但為什麼萬千人中，獨獨喜歡上了鳳九？他慮了半晌，歸結於自己眼光好。因為自己眼光好，本能地發現了她這塊璞玉，他想要喜歡她，自然就喜歡上了她。喜歡這種事情說容易也容易，說不容易也不容易。

無論如何，此時阿蘭若之夢這個囚籠中，只要有他在，小白不會有什麼事。

比起阿蘭若之夢中的寧和來，梵音谷最近的氛圍，卻著實微妙。

那日，東華帝君頂著重重電閃滾滾怒雷，義無反顧地踏進困住鳳九的結界，這個舉動，令跪在蛇陣外的一干人等都極其震惑。

帝君他避世十來萬年，雖說近兩百年不知因什麼機緣，單單看重他們梵音谷，時常來谷中講學迶道，但在谷中動武，卻是從來沒有過的事。

帝君他提劍於浮生之巔睥睨八荒的英姿，一向只在傳說中出現，那會是什麼模樣，他們只敢偷偷地在睡夢中俏想。孰料，連七萬年前滅天噬地的鬼族之亂亦未現身的帝君，今日竟這樣從容地就卸下一身仙力，毫無猶疑地入了陣中。

此是一震。

在跪的臣子們中間，頗有幾位對帝君和姬蘅的傳聞有耳聞。從前列位一直暗中猜測著，東華同他們的樂師姬蘅之間，是不是另有什麼隱情。但今日這個局面，卻又是唱的哪一齣？

此是一惑。

一震一惑後，列位小神仙在思而不得之中，突然悟了。

帝君之尊，巍巍唯青天可比；帝君之德，耀耀如日月共輝。此種大尊貴大德行，染了凡味兒的區區紅塵事安能與之相繫？姬蘅，連同此時被困的九歌公主，定然都同帝君沒有什麼。帝君千里相救九歌公主，一切，只在一個仁字，此乃尊神的大仁之心。

想他們先前竟敢拿自己一顆凡世俗心，妄自揣測帝君的大尊貴大德行，真是慚愧、慚愧。

他們一面在心中懺悔著自己的齷齪，一面抬眼關心結界中有無什麼危險動向。然後，他們揉了揉眼睛地瞧見，身負重傷的、享有大尊貴擁有大仁德的帝君他老人家，正自然地，緩慢地，將手放在九歌公主的側臉上。

他們的慚愧之心卡了一卡。

……這也許是在表達一種對小輩的關懷？

但下一刻，他們使勁揉了揉眼睛地瞧見，帝君他自然地幫九歌公主綰了耳髮，凝眸注視了公主半晌，然後溫柔地將公主摟進了懷中。

他們的慚愧之心又卡了一卡。

……這也許是天界新近比較流行的一種對小輩的關懷？

但緊接著，他們更加使勁揉了揉眼睛地瞧見，帝君的嘴唇擦過了懷中九歌公主的額頭，停了一停，像是一個安撫的親吻，且將公主她更深地往懷中帶了一帶……

在跪的小臣子們片片慚愧之心頓時散若浮雲，個個壓住倒抽的涼氣，心中沸騰不已：「這個情境，莫非是帝君他動了塵心？帝君他老人家竟然也會動塵心？帝君他老人家動了塵心竟然教我給撞見了？我的媽呀今天真是撞了大運！」

此後又發生了什麼大事，小臣子們不得而知，因他們正激動的時候，濃雲不知從何方突然壓下來，將解憂泉籠得嚴絲合縫，入眼處只一派森森的墨色。

待似墨的雲潮滾滾退去後，結界中卻已不見帝君二人的影子，只剩四尾巨蟒依然執著地守護著這個琉璃般脆弱的空罩子，嘶嘶地吐著毒芯。

巨蟒們眼中流露出憤怒和悲傷，注視著結界，像是在等待著阿蘭若的身影再次出現在那片淡藍的光暈中。牠們銅鈴般的眼中流下血紅的淚，好像為此已等待許久。牠們長得那樣可怕，這個模樣卻很可憐，令人略感心酸。

帝君入陣，解憂泉外，照神位來排，位階最高的自然當數連宋君。

比翼鳥的女君領著眾臣子巴巴地望著連三殿下拿主意。連三殿下遠目良久，扇子在手中敲了敲，「累諸位在此跪了許久，先行散去吧。不過今日事還須列位記得，什麼都沒有看到，什麼都沒有聽到。若是往後本座聽說了什麼，這個過錯……」挑眉輕描淡寫地道：「怕是要拿你們闔族的前程擔待。」

一番話說得客客氣氣，卻是軟棉團裡藏著利刀鋒，著實是連宋君一向的做派。女君率臣子們領旨謝恩，站起來時腿在抖，走出老遠，腿還在抖。

連宋君擔著一個花花公子的名頭，常被誤會為人不牢靠，但四海八荒老一輩有見識的神仙們卻曉得，倘遇到大事，連宋君的果決更勝乃父。

都說天君三個兒子數二殿下桑籍最聰慧有天資，因出生時有三十六隻五彩鳥從璺明俊疾山直入雲霄，繞著天后娘娘的寢殿飛舞了九九八十一天。

不過連宋君的擁躉們卻覺得，連三殿下的英明聰慧其實更甚於二殿下，只不過，三殿下他降生在暉耀海底，其吉兆自然應關乎水中的游魚，而非天上的飛鳥。再則，當初掌管四海水域的三殿下甫一墜地，令天君頭疼多日的四海水患一朝之內便得平息，這便是三殿下生而不凡的例證。三殿下的呼聲不如二殿下，不過是三殿下他為人謙謹，不願同二殿下爭這個虛名罷了。

自然，連宋君風流一世，打小就不曉得謙謹二字該怎麼寫，用此二字評斷他純屬睜著眼睛說瞎話，不過論資質，他確是比桑籍要強上那麼一些。當年不同桑籍爭儲君之位，乃是因連三殿下他一向有大智慧地覺得，巧者勞智者憂，表現得無能些才不會被浮生浮事負累，如此，方是真逍遙。

但天有不測風雲，縱然連宋君他於此已早早領悟得道，可仙途漫漫，誰沒有一兩個朋友，為朋友兩肋插刀之事，也需偶爾為之。負累二字，有它不能躲的時候。

譬如此次。

此次，若非他連三殿下在這裡兜著這個局面，東華身負重傷或將羽化的傳聞一旦傳開，料不得八荒都或將動上一動。

東華這些年雖退隱不大理事，但只要人還在太晨宮或碧海蒼靈駐著，於向來難以調伏的魔族而言，已是一個極大的震懾。再則，他們這些洪荒時代的上古神祇隱藏了太多關乎創世的秘辛，連他也料不到若東華此行果然凶多吉少，八荒六合之中，一旦傳開來會是一番什麼境地。

連三殿下收起扇子嘆了一嘆。帝君他存於世間的意義重要至斯，尋常人看來，怕是十個百個鳳九都抵不上他一根手指頭。他自個兒留遺言倒是留得痛快，看樣子也沒有意識到於天下蒼生而言，這是樁虧本的生意。

不過，連宋君的君令雖然沉，能壓得比翼鳥一族頃刻間在他跟前作鳥獸散，要壓住燕池悟這個魔君，還差那麼一小截。

拿小燕的話說，他大爺從小就是被嚇大的，豈會害怕連宋一兩句威脅。再說，連宋說得太文縐縐，他壓根沒有聽出來他說的是一番威脅。他大爺隨之離開，是為了將他心愛的姬蘅公主送回去。

結界中東華對鳳九毫無預兆的溫柔一抱，連小燕都怔忪了片刻，遑論姬蘅。小燕回過神時，注意到姬蘅面如紙色，死死地咬著嘴唇，幾乎咬出血痕來，淚凝在臉上連抬手一拭都忘了。這個打擊深重的模樣，讓他感到十分地憂心。

雖然小燕他作為一介粗人，肢解人他就幹過開解人從來沒有幹過，但是為了心愛的姬蘅，他決定試一試。

他找了一個環種了青松的小林地，將姬蘅安頓在林地中央的小石凳上。他心細地覺得，眼中多見些生機勃勃之物，能開闊姬蘅此時苦悶鬱結的心境。

姬蘅的眼中舊淚一重，新淚又一重，眼淚重重，濕透妝容。小燕覺得很心痛，心痛的同時又覺得不愧是他的姬蘅，妝花成這樣還是這麼好看。

開解的話該如何起頭，小燕尚在構思之中，沒想到姬蘅卻先開了口。

蒼白的面容上淚痕未乾，聲音中透出三分木然，向小燕道：「你是不是覺得我很可笑，當年對閔酥是這樣，如今對帝君也是這樣？你是不是看不起我？」

姬蘅居然會在意自己對她的看法，著實令小燕受寵若驚，一時沒有控制住內心的激動，嘴角不經意向上頭彎了三個度。這個表情看在姬蘅的眼中，自然和嘲笑無異。

姬蘅垂頭看著自己的手，良久才道：「你果然覺得我很可笑，送我回來，其實就是來看笑話的吧？笑話看夠了你就走吧，我也覺得我很可笑。」言罷緊緊抿住唇，不再說話。

姬蘅一口一個自己可笑，沉甸甸敲在小燕心頭。雖然小燕明白，東華和鳳九發展到這個地步是他一力促成，也很合他心意，但讓姬蘅這樣傷心，卻並非他所願。這件事，自然不能是自己的錯，鳳九是他朋友，自然也不能是她的錯，那麼，就只能是東華的錯了。

小燕目光炯炯，緊握拳頭，義憤填膺地向姬蘅道：「妳有什麼可笑，千錯萬錯都是冰塊臉的錯，當初要娶妳是他親口答應的，雖然成親那天妳放了他鴿子可能讓他不痛快吧，但妳都這麼做小伏低給他面子了，他竟然敢不回心轉意，這樣不識好歹，妳有什麼好為他傷心！」

說到這裡，他突然感覺這是一個挖牆腳的好時機，趕緊補充一句，「老……不，我，我聽說凡間有一句詩說得特別好：『還將舊時意，憐取眼前人。』妳也該將眼光從冰塊臉身上轉一轉了。」話罷，目光含情看向姬蘅，同時在腦子裡飛快地複查，剛才那句詩，自己有沒有記錯。

可惜他難得有文采一次，姬蘅卻沒有注意，沉默了片刻，突然向他道：「我不是煦暘君同父同母的妹妹。我父親其實是白水山的一條蛟龍，你可能聽過他的名字，洪荒時代帝君座下最勇猛的戰將——孟昊。」她臉上的淚痕稍乾，聲音裡含著沙啞。

小燕迷茫地望著她，不明白她此刻為何突然訴說家史。煦暘的親妹子原來不是他的親妹子，這個事情確實挺勁爆，放在平日他一定聽得興趣盎然，但此時，他正候著姬蘅對他表白的反應，姬蘅卻回他這樣一篇話，他有些受傷地覺得，自己是不是被忽視了？

孟昊的大名他自然聽說過，東華征戰八荒統一六界時，孟昊是他座下聯軍百萬、攻無不克、戰無不勝的名將。東華坐上天地之主的位置後，孟昊是他座下運籌帷幄中、決勝千里外的名相，一向都得東華看重。後來東華避世太晨宮，據說他也同那個時代東華的屬官們一同避隱了。

不過傳聞中，東華屬官的避隱之處皆是下界數一數二的上好仙山，怎麼唯獨這個孟昊神君卻是此種品味，竟避到了窮山惡水的白水山？

姬蘅目光遙望向不知何處，徐徐道：「父親當年愛上了我母后，拜辭帝君來到南荒，卻被前代赤之魔君以母后為餌，施計困在了白水山，且用擒龍鎖穿過龍骨將他鎖在白潭中，月月年年守護潭中的龍腦樹。這些事母后從前未曾同我提說，直到三百多年前，皇兄將閔酥罰在白水山中思過，我偷偷跑去救他時，才終於曉得。」

小燕漸漸地聽出一些趣味，一時忘記自傷，在心中頻頻點頭，怪不得從不曾聽得孟昊神君避隱後的境況，原來這位一代名將栽在了紅顏這兩個字上頭，真是栽得風流。

姬蘅的眼神浮出空洞，透出一種回憶傷懷舊事不願多說的悲涼，「為了救出閔酥，我被白水山遍山的毒物圍攻，數百種毒物一起咬上來。」說到這裡，她哆嗦了一下，小燕的心中亦哆嗦了一下。

她繼續道：「命懸一線時，是父親掙脫擒龍鎖救了我。可他、可他也重傷不治。」哽了一哽，道：「父親臨羽化前，我們遇到了帝君，父親將我託付給他，求他照顧我平安，解我身上百種毒物匯成的秋水毒。」無視小燕陡然驚異的神色，她迷離道：「父親知道我愛閔酥，但他以為皇兄煦暘定如他父君一般心狠手毒，此時救出閔酥同他私逃，是下下之策，定會再被捉拿回去。他求帝君將娶我之事按部就班去做，以放鬆皇兄的警惕，且趁著備婚這一兩月的合計準備，將出逃之地和出逃後的路，一條一條為我細細鋪好。父親料想此次回去，無論我在何處，皇兄明裡暗中都一定對我監看得更嚴實，唯成親夜可能有所疏鬆。他求帝君在成親那一夜，能掩護我和閔酥出逃。」

她抬眼看向小燕，「帝君對洪荒時代隨他征戰天下的屬官們一向看重，父親臨死前請求他庇佑我，他答應了。」

她的聲音漸漸低啞，眼中卻透露出淒慘來，襯著頹然猶有淚痕的臉色，道：「帝君身旁的重霖仙者對當年事亦知一二，以為帝君對我有恩，我自當肝腦塗地地報答，待帝君入梵音谷講學時，便常召我跟隨服侍。若非如此，我不會不記教訓再陷入另一段情。兩百多年來，且由它越陷越深，如今將自己置於如此悲慘的境地。這世間，再沒有比喜歡上帝君更加容易之事，也再沒有比得到他更加困難之事。九重天上，重霖仙者對我也曾多加照拂，但近來，我卻不由自主要恨他。」

她的臉埋進手中，指縫中浸出淚，「細想起來，我和知鶴其實也沒有什麼不同，可笑此前我卻看不上她。世間女子於帝君而言，大約只分兩類，一類是唯一能做他帝后的一個人，一類是其他人。我有時會想，為什麼他不選擇我成為於他特別的那個人，但今天我終於明白，其實沒有什麼所謂因果和為什麼，不過是機緣所致罷了。」

小燕沒言語，姬蘅所說，十有八九同他一向的認知都正好相反，這令他著實混亂，他覺得他要好好理一理。

白日蒼茫，積雪蕭索，挺拔的青松像是入定了萬年。

許久，姬蘅才抬起頭來，臉上已瞧不出什麼淒慘軟弱，只是面色仍然差些，淡淡向小燕道：「今日同你說這麼多，是求你對我斷情。」

她垂目道：「我想了這麼久，卻想出這樣的結果，你一定覺得我更加可笑吧。」指甲嵌進手心，手握得用力，話卻說得輕，「可既然我喜歡了帝君，為這段情堅持了兩百多年，就還想再試一試，試一試這個機緣，也許終有一日，它會轉到我的頭上，最後的最後，帝君他會選擇誰，也許還未可知。」

小燕定定地瞧著姬蘅流血的手心，有一刻想去握住，手伸到半途又收回來。他理了半晌，領會了姬蘅的意思，似乎是她發現帝君並不喜歡她，她感到很傷心，但即使這樣，她還是打算要再爭取一下。

這令小燕感到震驚。

一則，他覺得姬蘅這種沉魚落雁以花為容以月為貌的國色，冰塊臉他竟然敢不喜歡，這真是不可理喻。另一則，他又直覺這是件好事，心中先行一步地感到高興，自己追求姬蘅的道路，似乎一夕之間平坦了許多。

既然這樣，也不急在一時，姬蘅的腦子轉不過來，他可以再等等，人越是長得美越容易犯糊塗，真正犯一輩子糊塗的卻少有。

不過，姬蘅美到這種程度，這個糊塗萬一要犯很久呢？他又有點糾結。

小燕撓著頭，這樣糾結的自己，看來無論如何也拯救不了同樣糾結的一個姬蘅了。姬蘅既然還有將東華爭回來的壯志雄心，那放她一人待著，一時半會兒估摸也出不了什麼大事，自己倒是要出去散一散心。

抬眼看月上東山，差不多已過了兩三個時辰，不曉得冰塊臉將鳳九救出來沒有，小燕心中存著這個思量，皺著眉頭匆匆一路行至解憂泉，打算探一探。

行至解憂泉，眼前的景色，卻令小燕傻了。

小燕記得，方才他臨走時解憂泉還是個殘垣斷壁模樣，塘中水被渾攪得點滴不留，也不過半日時辰，平地之上竟陡起了一座空心的海子，繞定泉中央四尾巨蟒和阿蘭若之夢。區區一個梵音谷，能人異士倒是多。

小燕按一個雲頭騰到半空，欲瞧一瞧能人的真面目。

能人卻是連三殿下。

水浪的至高處托起一方白玉桌白玉凳，桌上擺開一局殘棋，連三殿下手裡把玩著一枚棋子，正不緊不慢地同萌少說著話，滔天的巨浪在他腳底下馴服得似隻家養的鵪鶉。

小燕迷惑地想了一陣，又想了一陣，才想起來連三殿下在天族擔的神位乃是四海水君。照理說，一介掌管八荒水域的四海水君，莫說瞬息間移個海子過來當東華和鳳九的護身結界，就是移十個過來都該不在話下。不過他從前瞧連宋一向覺得他就是個紈褲，四海水君這個神位不過是得他天君老爹的便宜，此時瞧來，他倒甚有兩把刷子。

小燕躍身飛上浪頭，正聽萌少蹙眉向連宋稟道：「入夢救人之事，雖然傳說中是一套可行之法，但實則，臣聽聞夢中有什麼凶險無可預知，據傳曾有一位入夢救人之人，因不知夢境的法則在夢中強行施出重法，不僅人沒能救得出，還致使夢境破碎，與被救之人一同赴了黃泉陰司……」萌少沉痛地將眉毛擰成一橫，瘖啞道：「臣很是揪心，帝座縱然法力無邊翻手雲覆手雨，但阿蘭若之夢卻正容不得高深法力與之相衡，此事原本便僅得一兩分生機，他們此去這許多時辰，臣心中擔憂，帝座同九歌她，怕是已凶多吉少……」

小燕被腳下一個浪頭絆了一跤，接住萌少的話頭，怒目道：「冰塊臉不是說一定將小九送回來？」恨道：「這個什麼什麼夢，你們護得它像個軟殼雞蛋似的經不得碰，依老子看，既然無論選哪條道都是凶多吉少，不如將它一錘敲碎了兩人是死是活見一個分曉。冰塊臉除了法力高深些也不頂什麼大用，這個法力正好在夢碎時用來護著小九，至於他嘛，他活了這麼大歲數，多賺幾個年頭少賺幾個年頭老子覺得對他也沒有什麼分別！」

一席話令萌少也略有動搖，道：「帝座的法力在阿蘭若之夢中確然無大用，比起兩人齊困死在夢中，這個法子雖孤注一擲，但聽上去……也有一些可行……」萌少畢竟朝中為臣為了近百年，察言觀色比小燕是要強些，雖然心中更擔憂鳳九，但看連宋像是更站在東華一邊，這句話的後頭又添了句，「當然一切還是以君座之意定奪。」

他二人一個自煩憂，一個自憤恨。比起他們兩個來，連三殿下八風不動倒是十足十地沉定，收拾著局面上的黑白子，慢悠悠道：「不如我們打個賭，這個夢能不能困住東華，其實本座也有幾分興趣。不過本座聽方才你們推測，覺得東華的法力在阿蘭若之夢中無法施展，他就沒有旁的辦法了，這個，本座卻覺得不好苟同。」

連三殿下將棋子放進棋盒中，漫不經心向著萌少道：「你也算是地仙，說起來神族的史籍，幼時也曾讀過一兩冊吧，還記得史冊中記載的洪荒之末，東華座下七十二名將嗎？」

萌少不明所以地點頭，他當年考學時這一題還考到過，因當日未答得上來，是以多年後記得尤為深刻些。傳說這七十二名將唯奉東華為主，隨便拎一個出來，都抵得上數個如今天族的膿包天將，十分厲害。

連三殿下客氣地笑了笑，「這些洪荒神將馴服在東華的座下，可不只因他打架打得好。能坐上天地共主的位置，光靠法力無邊是不行的，」他指了指自己的腦袋，「還要靠這個地方。」

話罷手一抬便在半空中起出一個賭局，化出隨身的兵器戟越槍，輕飄飄壓在了東華名下，笑吟吟向萌少和小燕道：「兩位，請下注。」

第二章　這也需要我教妳嗎

鳳九不曉得自己在睡夢中沉浮了多久。

雖然靈台渾渾然不甚清明，但偶爾也有一些知覺。她似乎被誰抱著。

她心中覺得自己該曉得抱住她的人是誰，卻不明白為何想不起來。鼻息間隱隱然飄入一絲白檀香，此香亦令她覺得熟悉。但這種熟悉卻似隔了層山霧，令她疑惑。

穩穩地被抱了一陣子後，似乎輾轉被放到一個柔軟的處所。她覺得這樣躺著更舒服些，懶懶隨抱著她的那雙手折騰。

因大多時候意識含糊著，且身體上的痛楚是一陣兒一陣兒來，尋常只感到疲累無力並無甚疼痛，這麼躺著便正合她的意，還算舒心。

但總有疼痛襲來且一時難忍的時候，她不大經痛，料想痛得狠了也曾嚷過。每當痛到深處時，總有一隻手穩穩地將她扶起來靠著，一杓一杓餵給她什麼東西。這個東西血腥味甚濃，不大好喝，但一入喉疼痛就少許多，她覺得應該是個好東西。

她被嗆著時，會有人輕緩地拍她的背；躺得不安穩時，會有人握住她的手；哼哼時，就有人將她摟在懷中。所以她經常哼哼，沒事兒也哼哼，想起來就哼哼。

靈台稍有些許清明，她便在腦中盡力思索照顧自己的人應是誰，這個照顧的手法很細緻，她覺得他很有前途。但每當此時，腦中卻又開始含糊。

時光若流華，寸寸流逝，悄然無聲。她的神思總有些顛三倒四，眼前開始煙雲一般地掠過許多熟人。最後，定格在一位身著華服風姿婉約的貴婦人身上。這個貴婦人，是她娘親的娘親，她的姥姥伏覓仙母。她有些昏頭。

姥姥她老人家此時正坐在家中的小花廳裡同娘親議論著什麼。

她的這個姥姥伏覓仙母，一向瞧著雖然十分溫和可親，但實在是位厲害又好計較的仙母，平生大事是將膝下幾個女兒都嫁得好人家。在她的周全計較下，膝下七個女兒的確無一不嫁得穩妥，著實是位人生贏家。但嫁完女兒後，這位仙母卻開始時常地感到人生寂寞如雪的空虛。

空虛了一兩千年，有一天，鳳九她姥爺做壽，她爹攜他們全家回去給丈人賀壽。她爹領她到伏覓仙母跟前敬茶，敬得這位站在人生贏家至高點高處不勝寒的仙母頓時欣喜地發現，她最大的這個外孫女鳳九，今年已經有三萬多歲了。

這個年紀，差不多可以開始給她找個婆家了。

從此仙母她老人家又找到了新的人生追求，來大女兒家做客做得異常慇懃。

鳳九躲在小花廳的外頭，豎起一雙耳朵，聽她姥姥同她娘親到底在說些什麼。只聽姥姥道：「九兒的姻緣嘛，為娘之所以這麼早做打算，是要幫她好好地挑揀挑揀。我們九兒這樣的容貌和性情，必定要嫁個三代以上的世家子弟。不過世家子弟中，也並非個個能耐，譬如前陣子妳二妹夫同我舉薦的南海水君的小兒子，相貌倒是俊，家世也尚可，但手中卻沒握著什麼實職，委實是樁遺憾。為娘心中覺得，配得上九兒的，必定要是個手握重權的世家子，這才是有前途。再則，那種武將為娘也不大喜歡，譬如妳四妹夫那樣的。雖然妳四妹夫也算位高權重，不過，這樁婚事卻一直是為娘的一塊心病。當日，唉，當日若非妳四妹妹絕食相逼非他不嫁，為娘怎會將好好一個孩兒送到一介莽夫的手中。武將嘛，成天打打殺殺，哪裡曉得憐惜疼惜人，妳是九兒的娘，妳便不能再犯為娘這種過錯，此後同九兒相交得深的但凡有武將，妳都須多留一個心眼。此外還有一樁也極重要，所謂姻緣良配，我們九兒長得這樣好，自然也需尋個相貌同她一徑登對的，將來生出的小崽才更冰雪可愛，不辱沒咱們赤狐族和九尾白狐族的名聲。為娘此時大約只能想到這麼些，都很大略，更細緻的待為娘回去再行考慮考慮。」

鳳九她娘在一旁稱讚她姥姥考慮得很是，她必定照著她老人家的旨意幫鳳九尋覓良婿，她老人家毋要憂心如何如何。

姥姥和娘親的一番話，如千斤重石積壓在鳳九的心頭。她蹣跚著躡手躡腳離開小花廳，一路上感到頭上頂了座山似的昏重。

她心儀的東華帝君，雖然白手起家身居高位，卻並非三代以上的世家，姥姥一定不喜歡。帝君他早年雖手執大權，卻早已避入太晨宮不理世事，如今已未曾握得什麼實權，姥姥一定又不喜歡。帝君打架打得甚好，好得許多次他統領的戰事都錄入了神族典冊供後世瞻仰，比四姨夫那種純粹的武將都不知武將了幾多倍，姥姥一定更加地不喜歡。

帝君他除了臉長得好看以外，恐怕在姥姥的眼中簡直無一可取，這可如何是好。

遊廊外黃葉飄飄，秋風秋樹秋送愁，送得她胸中無限愁悶。她蕭瑟地蹲在遊廊外思索，靠父君向一十三天太晨宮說親這條路，怕是走不通了，追求東華帝君這個事情，還是要實打實地全靠自己啊。

一時又變換作另一個場景，鳳九卻並未想到方才是夢，反而感到這場景的轉換極其正常。只是含糊地覺得，方才的事應是過了許久，是許久前發生之事。

不過，都快忘了，那才是當年央司命將自己渡進太晨宮的始源啊。若不是東華他不合家裡人為她擇婿的條件，若那時候將思慕帝君之事告訴家裡人曉得，再請父君去九重天同東華說親，不曉得今日又是一番什麼局面。

心中浮現今日這個詞，她覺得這個詞有些奇怪，今日今日，自己似乎不大滿意今日之狀，不過，今日卻是何等模樣？今日此日，究竟是何夕何日？

她迷茫地望向四周，場景竟是在一張喜床上。紅帳被，高鳳燭，月光清幽，蟲鳴不休。

哦，今日，是她同滄夷神君的大婚之日。

父君他挑來挑去，最後挑中了這個織越山的滄夷神君做自己的夫婿。

她憶起來，她當然不滿父君擇給自己這個夫婿，前一刻還站在轎門前同老爹一番理論，說既然他這麼看得上滄夷，不如他上喜轎自嫁了去，又何必迫她。一篇邪說歪理將她老爹氣得吹鬍子瞪眼，愣是拿捆仙索將她捆進了轎子。

然，僅是一刻而已，她怎麼就躺在了滄夷的喜床上？她依稀覺得自青丘來織越山的一路上，應該還發生了一些可圈點之事，此時卻怎麼像是中間這一段全省了？

她第一次有些意識到，或許自己是在作夢。但所知所覺如此真實，一時也拿不大準。燭火一搖，忽聞得候在門外的小仙童清音通報：「神君仙臨。」

洞房花燭夜仙臨到洞房的神君，自然該是滄夷。鳳九嚇了一跳，她並不記得自己曾同滄夷拜過什麼天地，這就，洞房了？驚嚇中生出幾分恐慌，倉皇間從頭上胡亂拔下一根金簪，本能地合眼裝睡。簪子鋒利，她心中暗想，倘若滄夷敢靠近她一步，今夜必定讓他血濺喜床。

一時卻又莫名，怎麼記憶中嫁到織越神宮那一晚，好像並沒有這一段，怎麼記得拜堂之前自己已經威風八面地將神宮給拆了？或者難道莫非，此時果真是在作一場春秋大夢？

她心中略定了定，管它是夢非夢，她既然不喜歡這個滄夷神君，而她一向又算是很有氣節，自然即便在夢中，也不能教他從身上討半分便宜。

感覺神君走近，她微睜開眼，手中蓄勢待發的簪子正待為了回護主人的貞潔疾飛出去，卻在臨脫手的一剎那，嗒一聲，軟綿綿落進重重疊疊的被子。

鳳九目瞪口呆地瞧著靠近俯身的這個人，眨巴眨巴眼睛，愣了。

來人並非滄夷，來人是方才自己還唸叨過的東華帝君。

月光下皓雪的銀髮，霞光流轉的紫袍，以及被小燕戲稱為冰塊臉的極致容貌。停在床前的人，的的確確是帝君他老人家本尊。

帝君瞧見她睜開的眼，似乎愣了一愣，伸手放在她額頭上一探，探完後卻沒有挪開，目光盯著她的臉許久，才低聲問她：「醒了？可有不舒服的地方？」

鳳九謹慎而沉默地看著這個帝君，木呆呆想了一陣，良久，她面色高深地抬了抬手，示意他靠她近些。

帝君領會她的手勢，矮身坐上床沿，果然俯身靠她更近些。

這個距離她伸手便搆得著他的衣領，但她的目標並不在帝君的衣領。

方才她覺得渾身軟綿綿沒什麼力道，將上半身撐起來做接下來這個動作，尚有點難度，不過這樣的高度，就好辦了許多。

帝君凝目看著她，銀色的髮絲垂落在她的肩頭，沉聲問她：「確有不舒服？是哪裡不舒服？」

她沒有哪裡不舒服。帝君問話的這個空檔兒，她的兩隻手十分俐落地圈住了帝君的脖子，將他再拉下來一些。接著，紅潤雙唇準確無誤地貼上了帝君的唇……帝君被這麼一鉤一拉一扯一親，難得地，愣了。

鳳九一雙手實實摟住東華的脖子，唇緊緊貼住東華的唇。

她心中作如此想：前一刻還懷疑著此乃夢境，下一刻滄夷神君就在半途變作了東華，可見，這的確是個夢境。夢這個東西嘛，原本就是作來圓一些未竟的夢想。當年離開九重天時，唯恨一腔柔情錯付卻一絲一毫的回本也沒有撈著，委實有辱青丘的門風。今日既然在夢中得以相遇，所謂虛夢又著實變化多端，指不定下一刻東華他又悄然不見，索性就抓緊時間親一親，從前這筆情債中沒有撈回來的本，在這個夢中撈一撈，也算是不錯。

東華的唇果然如想像中冰冰涼涼，被她這麼密實地貼著卻沒有什麼動靜，像是在好奇地等待，看她下一步還要做什麼。

這個表現讓鳳九感到滿意，這是她占他便宜嘛，他是該表現得木頭一些，最好是被她親完，臉上還需露出一兩分羞惱的紅暈，這才像個被占便宜的樣子。

貼得足夠久後，她笨拙地伸出舌尖來舔了舔他的上唇，感覺帝君似乎顫了一下。這個反應又很合她的意，滿足的滋味像是看到一樹藤蘿悄然爬上樹頂，又像是聽到一滴風露無聲地滑落蓮葉。

她舔了兩下放開他，覺得便宜占到這個程度，算是差不多了。況且還要怎麼進一步地占，她經驗有限，不甚懂。

帝君眼中含了幾分深幽，臉上的表情卻頗為沉靜，看來夢中的這個帝君，也承繼了現世中他泰山崩於前後左右都能掉頭就走的本事。

帝君沒有害羞，讓鳳九略感失望，不過也沒有什麼，他的確一向臉皮算厚。

鳳九抱著帝君脖子的手又騰出來摸了摸他的臉，終於心滿意足，頭剛要重挨回枕頭，中途卻被一股力量穩住。還沒有搞清是怎麼回事，帝君沉靜的面容已然迫近，護額上墨藍的寶石如拂曉的晨星，映出她反應遲鈍的呆樣。

隔著鼻尖幾乎挨上的距離，帝君看了她片刻，而後極泰然地低頭，微熱的唇舌自她唇畔輕柔掃過。

鳳九呆愣中聽到腦子裡的一根弦，啪的一聲，斷了。

近在眼前的黑眸細緻地觀察著她的反應，看到她微顫的睫毛，不緊不慢地加深了唇舌的力道，迫開她的嘴唇，極輕鬆就找到她的舌頭，引導她笨拙地回應。過程中帝君一直睜著眼睛看著她，照顧她的反應。

實際上鳳九除了睜大眼睛任帝君施為，此外無甚特別的反應。她的腦子已經被這個吻攪成了一鍋米粥。這鍋米粥暈暈乎乎地想：跟方才自己主動的半場蜻蜓點水相比，帝君他這個，實在是，親得太徹底了，帝君他果然是一個從來不吃虧的神仙。做神仙做得他這樣睚眥必報，真是一種境界。

她屏息太久，喘不上氣，想伸手推開帝君，手卻軟綿綿沒什麼力。如今她腦子裡盛的是鍋沸米粥，自然想不到變回原身解圍的辦法。

帝君倒在此時放開了她，嘴唇仍貼在她唇角，從容且淡定地道：「屏住呼吸做什麼，這種時候該如何吸氣呼氣，也需要我教妳嗎？」嗓音卻含了幾分沉啞。

鳳九自做了青丘的女君，腦門上頂的首要一個綱紀，便是無論何時都要保住青丘的面子，無論何事都不能污了青丘的威名。

東華的這句話卻委實傷了她的自尊心，釀出氣勢狡辯道：「我們青丘在這種時候，一向都是這樣的風俗，不要土包子沒見過世面就胡亂點評我！」

行這種事的時候，他們青丘到底什麼風俗，她才三萬來歲不過一介幼狐，自然無幸得見，也無緣搞明白。連親一個人，除了動用口唇外竟還可以動用到舌頭，她今天也是頭一回曉得。她從前一直以為，親吻這個事嘛，不過嘴唇貼嘴唇罷了。有多少情，就貼多長時候，譬如她方才貼著帝君貼了那麼久，已當得上情深似海四個字。原來，這中間竟還有許多道道可講究，真是一門學問。

不過，既然青丘行此事一貫的風俗，連她這個土生土長的仙都不曉得，帝君他一定更加不曉得，她覺得用這種藉口來蒙一蒙帝君，大約可行。

瞧帝君沒什麼反應，她有模有樣地補充，「方才，你是不是呼吸了？」她神色肅穆，「這個，在我們青丘乃是一樁大忌，住在我家隔壁的灰狼弟弟的一個表兄，就曾因這個緣故被定親的女方家退了婚。因這件事，是很被對方看不起的一件事。」

東華聽聞此話，果然有些思索。

她在心中淡定地欽佩自己這個瞎話編得高，忒高，壯哉小鳳。

但是有一樁事，小鳳她不慎忘了，帝君有時候，是一個好奇心十分旺盛的神仙。

果然，好奇心旺盛的帝君思考片刻，得出結論，「這個風俗有意思，我還沒有試過，再試試你們青丘的風俗也不錯。」

鳳九神思未動身先行地伸手格在帝君胸前一擋，臉紅得似顆粉桃，「這麼不要臉的話你都說得出來！」

其實帝君他老人家一句話只是那麼一說，不過，他顯然並不覺得方才隨口這句胡說有何不可，提醒她，「是誰先摟過來的，妳還記得不記得？」

鳳九一身熊熊氣焰瞬息被壓下去一半，這，又是一個面子的問題。

她想了半天，底氣不足地囁嚅：「誠然、誠然是我先摟上去的。」摸了摸鼻子狡辯，「不過這是我的夢，我想要怎麼就怎麼。」說到這裡，腦中靈光一閃，驀地悟了。對，這是她的夢，東華不過是她意識裡衍生出來的夢中人物，平日口舌上從未贏過他也就罷了，在自己的夢中他居然還敢逞威風，真是不把她這個作夢的放在眼裡。

她頓時豪氣沖天，無畏地看向東華，「你、你嘛，其實只是我想出來的罷了，我自己的夢，我想占你的便宜自然就可以占你的便宜，想怎麼占你的便宜，自然就怎麼占你的便宜，但是你不能反過來占我的便宜。」搖頭晃腦地道：「你也不用同我講什麼禮尚往來的道理，因為這個夢裡頭沒有什麼別的章法道理，我說的就是唯一的道理！」一番話著實削金斷玉鏗鏘有力，話罷自己都有些被鎮住了，定定瞧著帝君。

帝君像是反應了許久。

她琢磨著，帝君可能也被鎮住了，抬手在他跟前晃了幾晃。帝君握住她亂晃的手，明明瞧著她，卻像自言自語，「原來當在作夢。」停了一停，道：「我還想，妳怎麼突然這麼放得開了。而且，竟然沒生氣。」

帝君這兩句話，鳳九耳中聽聞，字字真切，連起來表個什麼意卻不大明白，糊塗道：「什麼叫當是在作夢？」茫然道：「這個，難道不是在作夢？不是作夢，你又是從什麼地方冒出來的？」莫名且混亂地道：「我又為什麼要生你的氣？」愣了片刻，目光移到他微紅的嘴唇上，臉色一白道：「難不成，我真的，占了你的……」便宜二字她委實說不出口，未被東華握住的那隻手，默然地提拉住蓋在胸前的薄被，妄圖扯上來將自己兜頭裹住。現實它，有點殘酷。

帝君抬手淺淺一擋，上提的一角薄被被晾在半空，她的手被帝君握住。帝君凝眉瞧她半晌，「還記不記得入睡之前，妳在做什麼，小白？」

入睡前她在做什麼？此時一想，鳳九才發現竟全然沒有印象。腦中一時如瓊台過秋風，一幕幕有關失憶的悲情故事被這股小涼風一吹，頓時冷了半截心頭。自己這個症候，是不是，失憶了？

愁自心間來，寒從足上生。這個念頭一起，鳳九覺得手腳一時都變得冰涼。正此間，冰碴子一樣的手卻被握得更緊了些，湧上稍許暖意，耳邊帝君緩聲道：「我在這裡，有什麼好怕，妳只是睡昏了頭。」

她抬頭迷茫地瞧著帝君。

帝君將她睡得汗濕的額髮撩開，沉著道：「有時睡得多了是會這樣，睡前的事記不得無所謂，最近的事情妳還記得，就沒有什麼。」眼中閃過一點微光，又道：「其實什麼都記不得了，我覺得也沒有什麼。」

帝君的這句安慰著實當不上什麼安慰，但話入耳中，竟神奇地令她空落落的心略定了定。鳳九此時才真正看清，雖不是作夢，自己卻的確躺在一張碩大的大床上，不過倒並非紅帳紅被的喜床。身下的床褥眼前的紗帳，一應呈苦蜀花的墨藍色，帷帳外也未見高燃的龍鳳雙燭，倒是帳頂浮著鵝蛋大一粒夜明珠。

透過薄紗織就的軟帳，可見天似廣幕地似長席，枝椏發亮的白色林木將軟帳四周合著軟帳都映照得一片仙氣騰騰。當然，其中最為仙氣騰騰的，是坐在帳中自己跟前的帝座他老人家。

方才帝君提到最近的事情。最近的事，鳳九想了片刻，想起來些許，低聲向東華道：「既然你不是夢，那……在你之前夢到和滄夷神君的婚事……哦，那個或許才是夢。」

她琢磨著發夢的始源，臉上一副呆樣地深沉總結，「兩個月前我老頭他，呃，我父君他逼我嫁給織越山的滄夷神君。成親當夜，我花大力氣將滄夷的神宮給拆了，這門親事就此告吹。聽說，其實當年造那座神宮時滄夷花了不少錢，但是，我將它夷成廢墟他竟然沒有責怪我，我老頭跳腳要來教訓我他還幫我說情。」

她繼續深沉地總結，「固然他這個舉動，我覺得可能是他在凡世統領的山河過多，瑣事煩冗，將腦子累壞了。但他幫我說情，一碼歸一碼，我還是挺感激他，覺得拆了他的窩有些對不住，心中慚愧。我估摸就是因為這個，所以今日才作這樣離奇的夢。」

鳳九的頭髮睡得一派凌亂，帝君無言地幫她理了理。她顛三倒四總結個大概，帝君一面隨她總結，一面思索大事。白奕要將鳳九嫁去織越山，據司命說，這樁事已過了七十年，但此時鳳九口中言之鑿鑿此事僅發生在兩月前。看來，大約是入夢時受了重傷，仙力不濟，讓鳳九的記憶被阿蘭若之夢攪得有些混亂。

她此時的記憶還停留在七十年以前，所以才未因他將頻婆果給姬蘅生他的氣。

帝君覺得，阿蘭若之夢擾亂重傷之人記憶這個功用，倒是挺善解人意。

鳳九陳情一番又感嘆一番，終究有二三事思索不出由頭，臉上露出疑惑神色，深沉地道：「其實，我從方才起就覺得有什麼地方不大對頭，」她瞧著帝君，眼中漸漸浮上一層震驚，「既然方才我才是作夢而此時我沒有作夢，那這裡是何處，帝君你、你又怎會出現在此處，還、還有這個床是誰的？」

帝君端詳她一陣，看來此時的小白，只有九重天上做自己靈狐時的記憶。這樣就好辦多了。他面色誠懇地胡說八道，「此處是個類於十惡蓮花境的結界，燕池悟將我困住了，妳擔心我，所以匆匆趕來救我。」

鳳九嘴張成一個鹹蛋，吃驚地將拳頭放進口中，「燕池悟忒本事了，竟關了你兩次！」

帝君面不改色地道：「他不但關了我，還關了妳，所以我們出不去，只能困於此中。」

鳳九義憤填膺地恨恨道：「燕池悟這個小人！」卻又有一分不解，「為什麼燕池悟再次困住你這一段，還有我奮不顧身前來營救你這一段，我一點印象都沒了？」

帝君鎮定地道：「因為妳睡糊塗了。」見她眼中仍含著將信將疑的神氣，手撫上她的臉，定定地直視她的眼睛，語聲沉緩道：「小白，妳不是總在我被困的時候來救我嗎？」

妳不是總在我被困的時候來救我嗎？

鳳九僵了。

今夜她思緒顛顛倒倒，帶得行事也一時這樣一時又那樣，自覺沒個章法，且莫名其妙。此時東華這句話，卻如一片清雪落在眉梢，瞬間掃淨靈台的孽障。

她方才覺得自己有些清醒過來。

幾百年前九天上的記憶如川流入懷，心中頓時酸楚。

她記得，從前有一回同姑姑閒話，說起世間玄妙，妙在許多東西相似而又非似。例如「情」「欲」二者，此二者乍看區別不大，卻極為不同。其不同之一，在於欲之可控而情之不可控，所以凡人有種文雅的說法稱「情不知所起，一往而深」。

自己對東華，從來不是可控之欲，而是不可控之情。自以為已連根截斷，乃是根埋得太深，截出來的這一段乍看挺長，便以為到底了。其實深挖一挖，還能挖得出。

她以為往事隨風，已渺如煙塵，此時東華簡簡單單一句話，卻將根上的黃土概數除盡，讓她親眼見到這段情根被埋得多麼深，多麼穩固。

燕池悟為什麼又關了東華，自己為什麼不長教訓地又顛顛跑來救他，這些疑問都無須再計較。

帝君說妳不是總在我被困的時候來救我嗎？

時隔兩百多年，看來，他終於曉得了自己就是當年十惡蓮花境中救他的小狐狸，九重天上陪著他的小狐狸。不曉得，他知不知道自己為了他吃的那些苦頭。

可是曉得能如何，不曉得又如何，這不是對的時候。

眼淚忽然盈出眼眶，順著眼尾滑落，她聽到自己的嗓音空空，「你果然曉得我是當年的那隻狐狸了吧。可是，你怎麼能現在才曉得呢？」

軟帳中的氛圍一時沉重，東華的指腹擦過她眼尾淚痕，沉默良久，道：「是我的錯。」

她淚眼朦朧地瞧著東華，他臉上的表情她從來沒有見到過。

她曉得，他這樣是在示弱。他這樣示弱，對她說都是他的錯，但是她其實心中明白，所謂不知者不罪，並不是東華的錯，是老天爺沒有做給他們這個姻緣，東華道這個歉道得沒有道理。

她這麼慘兮兮地哭著責問他也沒有道理。

只聽說相逢一笑泯恩仇，沒有聽說相逢一哭結新仇。

她自己抬手將淚拭乾，垂著眼睛接著東華的話低聲道：「也沒有什麼，在姬蘅來太晨宮前，其實你一直還是對我不錯，姬蘅來了你才對我變壞。這個，你不用放在心中，因為很早以前我就已經想明白這個道理，姬蘅是你的心上人，我那時候大約只能算是太晨宮中的一隻靈寵，我抓傷了姬蘅，你將我關起來以示懲戒沒有什麼錯。我被關起來你沒有來看我也沒有什麼，那時候你在準備同姬蘅的婚事，婚事這個東西一向異常煩瑣，有諸多禮制，你可能忙得一時忘了我也是有的。」

她吸著鼻子，故作大度地道：「你新近喜愛上的靈寵差點將我弄死的事，這個，你更不用將它放在心中。這個事情我已琢磨出了一套道理，可以自己想得通了。當日倘若我乖乖任重霖將我拘著，就不會遇上這等禍事，所以也不能怨天尤人，終歸是命中注定我的運氣可能不大好。」

她抬起手再將眼淚擦一擦，認真地道：「因為我在你的宮中受了很多磨難，可能是老天爺借這個來暗示我們無論如何沒有緣分，所以我……」

帝君的聲音從頭頂傳來，「所以妳？」

鳳九愣愣抬頭，下巴上還有兩顆未擦乾的淚珠兒，被帝君這麼一打斷，「所以」要怎麼，她也有些含糊。帝君蹙著眉，臉上凝著一層寒冰。鳳九卻覺得，帝君看著自己的目光像是有點悲傷。

當初在九重天上，若那時便曉得豢養的靈狐是青丘白家的小帝姬，自己當會如何？東華思及這個問題，覺得多半會將鳳九送還青丘。小狐狸在十惡蓮花境中的相救之恩，他自會向青丘送上九天珍寶酬謝。於情他自然很鍾愛小靈狐，於理，卻實不便將一族帝姬留在自己身旁教養著。

固然過往的許多他著實不知情，但這種不知情，或許本身就是一種錯。往事實不可追，此時也不是追悔的時候。

入眼處，鳳九的臉上越顯疲憊，虛瞟梢頭的明月，距她醒來估摸已有近半時辰。時候不多了。

墜入阿蘭若之夢，鳳九修為盡失，魂體皆傷。三月以來，靠著東華一日三合生血餵著，方把魂上的傷補齊全，將三萬年的修為重新渡回來，但身體仍十分虛弱，還需調養。

神仙調養仙體，自當尋個靈氣匯盛之地，方是最佳。可地仙們居住的梵音谷中，卻少有靈山妙境，東華便以己身靈力做出一個調養封印來，專為調養鳳九的仙體。

按調養封印這個法術的道理，因是專做給鳳九，待她一醒來，周身沉定的氣澤開始浮動，相繫的調養封印便自發地啟動，需將她的仙體在一個時辰內置入其中，封印方才有效。所謂的時候不多了，便是這個緣由。

不過，封印雖是養仙體的好地方，魂魄卻不宜長時間拘在此中，最好提出來置於他處。似鳳九這種狀況，將魂魄放進一個活人的身體中，時時能汲取一些生氣地養著，才是最好。至於阿蘭若之夢，倒不急著出去。

鳳九獨自靠在床角處，表情含糊地瞅著被子。

東華凝眉不語，此時小白心中記恨著他，其實她的記恨不無道理，但離將她放入調養封印唯有最後半個時辰。一入調養封印，照她身體虛弱的程度，沒有仨月怕是出不來。讓她繼續記恨著自己度過這最後半個時辰，對誰，都是一種浪費。

軟帳中一時靜極，帳外蟬聲入耳。

鳳九在床角抱了片刻的被子，猶豫著向東華道：「你怎麼了，帝君？」

帝君回過神來，若有所思地看著她，良久道：「妳方才想說，所以什麼？」見她竟蹙著眉頭開始回想，突然道：「沒有什麼所以了，其實我們已經成了親。」

砰，鳳九一頭撞上床框，齜牙道：「怎麼可能！」

帝君的眼神黯了一黯，反問她：「為什麼不可能？」

鳳九揉著額角上的包，「我並不記得……」她並不記得自己同東華換過婚帖拜過天地入過洞房……固然，後一條想不起也無妨，但是半點記憶也無……可見帝君是在唬她。但帝君此刻的表情如此真誠……她糾結地望著帝君。

東華伸手幫她揉額頭上的包，將包揉得散開方道：「不記得是因為妳失憶了，方才我說妳睡糊塗了是騙妳的。」有耐心地道：「我擔心妳知道後害怕，實際上，妳是失憶了。」

失憶？失憶！

作為一個神仙，活在這個無論失憶的藥水還是法術都十分盛行的危險年代，的確，有些容易失憶。

鳳九結巴地道：「我、我這麼倒霉？」她腦中此時的確許多事情想不起來。在這種前後比照的驗證之中，她越發感覺，帝君說的或許都是真的，驚恐地道：「但是我明明、我怎麼可能答應這個婚事，我……」

帝君的手停了停，目光頓在她的眼睛上，深邃地道：「因為，小白妳不是喜歡我嗎？」

帝君用這種神情看人的時候，最是要命。鳳九捂住漏跳一拍的心臟，絕望掙扎道：「一定不是這個理由，如果是這個理由，那我之前做的那些……」

帝君不動聲色地改口，「那只是其一。」他補充道：「主要還是因為我跪下來求妳原諒了。」

「……」

鳳九不絕望了。

鳳九呆了。

呆了的鳳九默默地將拳頭塞進口中。

帝君下跪的風姿，且下跪在自己跟前的風姿……她試圖想像，發現無法想像。連想像都沒有辦法想像的事，居然千載難逢地發生了，但，她居然給忘了。她實在太不爭氣了。

帝君說，他曾跪下來向她求親。拋開帝君竟然也會下跪這樁奇聞不談，更為要緊的是，帝君為什麼要娶自己？

這，真是一樁千古之謎。

她的好奇已大大抵過吃驚，心中沉重地有一個揣測，試探著脫口道：「因為你把我怎麼了，所以你被迫要娶我嗎？你的心上人姬蘅呢？」

帝君愣了片刻，不解地道：「姬蘅和我？妳怎麼會這麼想，她和我的年紀相差得……」目光對上鳳九水汪汪的黑眼睛，突然意識到，她的年齡似乎和自己差得更甚。他皺著眉頭一筆帶過，言簡意賅地道：「姬蘅和我沒什麼關係。」

還在作夢當中？」

從東華的口中竟然聽到這種話，鳳九震驚了，震驚之中喃喃道：「其實，我是不是現在

她用力地掐了自己一把，疼得眼中瞬時飆出兩朵淚花。她淚光閃閃地道：「哦，原來不是作夢，那麼就是我的確失憶忘記得太多了。我覺得，這個世界變得我已經有點不大認得出了。」

她困惑地向東華道：「其實我還有一個疑問不曉得能不能請教。」

這個疑問，它有一點傷人，但她實在好奇，沒忍到東華點頭已經開口：「倘如你所說，我們的確已然成親，為什麼我老頭會答應這門婚事，我還是有些想不通，因為你……」她有些難以啟齒地道：「因為我老頭一向是個很俗的神仙，你不是三代世家，而且如今已經沒有手握重權，不大符合他擇婿的條件……」

帝君默然片刻，「青丘原來還有這種擇婿的規矩，我沒有聽說。」又思索狀片刻，抬頭誠懇地道：「或許白奕覺得我雖然沒有什麼光輝的前程可言，但是都給妳跪了，勝在為人耿介忠厚，看我可憐就答應了。」

從帝君口中飄出的這篇話，鳳九琢磨著，聽上去有些奇怪。

但她說不出哪裡奇怪，因從道理上推，這個理由是行得通的。他們青丘，的確一向稱得上心軟，容易氾濫同情之心。

如此看來，帝君確然沒有唬人，她同帝君，果然已經成親。

不管自己是怎麼才想通嫁給了帝君，但，自己在如此糾結的心境下竟然能夠想得通，這說明帝君他一定花了功夫，下了力氣。帝君他，挺不容易。原來她同帝君，最後是這樣的結

局，她從前糾結許多真是白糾結了。天意果然不能妄測，你以為它是此種，往往卻是彼種。不過，這也是漫漫仙途的一種樂趣吧。

她因天意的難測而惆悵了半刻，回神瞧見帝君漆黑的眼睛正凝望著自己，心中不知為何突然生出高興來。

她裝模作樣地咳了一聲，拚命壓抑住勃勃的興致，試探地向東華道：「帝君你肯定不只給我跪了吧？雖然我不大記得了，但你肯定還幹了其他更加丟臉的事情吧？」

她覺得，儘管自己謙虛地使用了兩個疑問句而非咄咄逼人的反問句，但她問出的句句疑問，毫無疑問必定都是真的。帝君乍聽她此言後驀然沉寂的神色，就是一個最好的例證。自己洞察世事之能，真叫一個英明！

她按捺住對自己澎湃的讚嘆之情，得意道：「不要因為我記不住就隨便唬我，跪一跪就能讓我回心轉意真是太小看我了，我才不相信。」

她最後補充的這一句，原本不過想再從東華口中套出兩句好聽話，但不知為何，卻見帝君聽罷竟陷入一段長久的失神，直至一截枯枝掉落在床帳上打破沉寂，才恍然回神似地輕聲道：「倘若要妳想得通，」他略沉吟，「那要怎麼做，小白？」

鳳九認為，帝君不答自己反倒將話頭拋回來，此乃他害羞的一種表現。也是，他當初為了挽回自己，定做了許多出格之事，此時不忍回憶。她心中大悅。雖然她對於帝君為何要挽回自己仍舊似懂非懂，但這個因由她不是忘了嘛，她忘的事情太多，不急於這一時半刻要全部曉得。

帝君蹙著眉頭，似乎有所深思地又問了她一句，「妳想要我怎麼做，小白？」

因她已堅定地認為東華此時乃是在害羞，內心滿足，就覺得不能逼帝君更甚。帝君既然想用問她這招轉移話題，就姑且讓他轉一轉。她撓了撓頭，慢吞吞地回道：「這個嘛，照著我的道道來，我一時也想不出該劃出個什麼道道。」停了一停，道：「不過我聽說剖心為證才最能證明一個人待另一個人的情義……哦，這個詞可能你沒有聽說過。聽我姑姑說在凡界十分地流行，言的是同人表白心跡，沒有比剖心示人更有誠意的。因於凡人而言，剖心即死，以死明志，此志不可不重，才不可不信。」

看到帝君皺眉思索的模樣，咳了一聲道：「這個，我只是隨便一說，因為你突然問我想要你做什麼，我就想到什麼說什麼，但都是墊一墊的話罷了。」

抓抓頭道：「可墊到這一步，我也想不出我真心想要讓你做什麼。」

目光略往帷帳的角落處一瞟，眨了眨眼睛，「此時若有一爐香燃著，待會兒入睡可能好些，你要嘛就幫我燃爐香吧，再有什麼我先記著，今後再同你兌。夫妻嘛，不大講究這個。」

夫妻二字出口時，目光有些閃爍，不好意思地望向一旁。

此二字含在唇中，滋味新奇，她不是沒有嫁過，在凡世時嫁給葉青緹屬無奈之舉，有名無實，他從未以妻這個字稱過她，她也未這麼自稱過。

原來良緣得許的成親，竟是這麼一回事。

東華的眼中含了些深意，語聲卻聽不出什麼異樣，良久，道：「也好，妳先欠著，隨時可找我兌。」話罷轉身為她燃香，倒教她有些蒙。

果然是成親了，今日她說什麼帝君竟然就認什麼，天上下紅雨也沒有這麼難得。

帝君背對著她坐在床沿，反手於指端變化出一個鼎狀的銅香爐，袖中取出香丸火石，一套動作熟極流暢。

鳳九騰出時候回想，帝君今日的表情，雖然大多在她看來還是一個表情，但似乎有些表情又有微妙的不同。而這些微妙不同的表情，都有些難懂。她搞不懂，也就不打算搞懂，轉而跪行他近些，想看看他燃的何種香。

沒料眼前的紫色背影忽然轉身，她嚇了一跳。瞧著近在咫尺的帝君的臉……和帝君纖薄的親上去會有些涼的唇……她強作鎮定，「我就是來看看你燃的什麼香。」

因她膝行跪著，比坐著的帝君還高出些，難得讓帝君落在下乘。她不動聲色地直起腰，想同帝君的臉錯開些。

錯到一半，左肩卻被帝君伸手攬住，略壓向自己，姿勢像是她俯身要對帝君做些什麼。

帝君微微仰著頭，「我覺得，妳看樣子是在想什麼。」

帝君問出這句話時，她並沒有想什麼，但帝君這麼問了，她就想起了什麼。轟一聲，一把火直從額頭燒到脖子後頸根部。

因離得太近，帝君說話時的吐息，不期然必定要繚繞在她的唇瓣。帝君追問：「妳在想什麼？」

看著帝君放大的俊美的臉，鳳九突然於此色相間得了極大一悟。

浮世仙途，萬萬年長，邈無盡頭，看上去無論何事何物皆可盡享，但其實，也只是看上去罷了。與這萬萬年長的命途相比，一生所遇能合心意的美人，不過萬一，能合心意的妙事，不過微末。既然已經是萬一和微末了，遇到就務必不能浪費。何況，眼前這個「萬一」

和「微末」，還是同自己成了親的夫君。

她伸出手來捧住帝君的臉，懷著破釜沉舟的決心，正欲一舉親下去……卻感到帝君的手一勾，她的頭驀地低下去，正碰到他的唇。

帝君的聲音裡似含了絲笑意，「原來是在想這個。」

她的確是在想這個，但她想是一回事，他說出來又是一回事。這種事，死，都不能承認。她唬起氣勢來，理直氣壯地道：「誰在想這個，我只是覺得，既然我們成了親，那麼第一次……一定不是我主動親你，片刻前……片刻前雖然我主動了吧，但只是因為我在作夢夢得有點糊塗，我清醒著其實是十分矜持的一個人……」

帝君打斷她道：「妳說得對，的確是我主動。」

她想要再說些什麼，未竟的話卻淹沒在下一個親吻之中。

帝君閉著眼睛，她才發現他的睫毛竟然很長。

帳頂有明珠微光，白樹投影。鳳九的手搭在帝君肩上，微垂頭亦閉上眼睛，慢慢地圈住帝君的脖子。

這些動作她都做得很無意識，腦子裡模模糊糊地覺得，姻緣真是一樁離奇之事，曾經她最異想天開的時候，也沒有想過帝君有一天成為他的夫君，會像這樣珍惜地來親自己。他的手那樣輕緩地放在自己頸後，那樣無防備地閉著眼睛，咬著她的嘴唇那樣溫柔。

帝君這樣最神仙的神仙，一直活在三清幻境菩提淨土，世上無人有這個膽子將他拉進十丈紅塵，這件考膽量的事，她幹了，而且，她幹成功了。她太能幹了！

她將他拽入這段風月，這是他從未經歷的事，他一定很不習慣。但即便這樣，他也沒有亂了方寸，仍然是他的步調、他的規矩，這的確是她一向曉得的帝君。她覺得很喜歡。

片刻後。

東華低頭瞧著躺在他臂彎中熟睡的鳳九。

懷中的少女柳眉細長，濃密的睫毛安靜合著，嘴唇紅潤飽滿，比剛醒來時氣色好些。

一個時辰還是太短，縱然自己用了不太光明的法子，才令她後半個時辰未鬧彆扭，不過，他倒並不大在意這個不光明的法子妥不妥當。他一向講究實用，法子管用，就是好法子。此時最要緊之事，是將她的魂魄提出，令她的仙體即刻進入調養封印中將養，不能誤了時辰。

待她數月後調息完畢從封印中出來，混亂的記憶會不會修正，憶及這一段會不會更記恨自己，帝君當然想過，這個也令帝君他微有頭疼。但帝君覺得，此事同行軍布陣不同，沒有什麼預先的對策可想，只能隨機應變，看她到時候是個什麼反應，再看怎麼來哄她。

抱著鳳九來到潭邊，她仍在熟睡中。

月色幽涼，帝君單手將鳳九攬在懷裡，微一抬袖，沉在水月潭底的調養封印破水而出。水簾順著封印邊緣徐徐而落，露出口暈了白光的冰棺。

冰棺四圍雲霧繚繞，瞬時鋪徹水面，一看即知，此雲氣乃磅礡的仙澤。雲霧中光芒雖淡，卻與樹林的翠華、月夜的清輝全不相同，令十里白露林瞬然失色。水中的游魚們得分一絲仙澤滋養，抵過百年修煉，紛紛化形，倉皇跪立於水潭之上，垂拜紫衣的神尊。

帝君漠然踏過水面，將懷中熟睡的鳳九小心放進冰棺，聽她在睡夢中蹙眉，「冷。」有膽子大些的小魚精伸長脖子，想看看冰棺中少女的面容，被同伴倉皇拉回去，抬手將她的頭壓低。小魚精猶自好奇，抬起眼睛偷覷。

帝君將外袍脫下來蓋在鳳九身上，握著她的手直到她不再發抖，輕聲安撫，「待在這裡時乖一些，過些時候，我來接妳。」將她散開的長髮略一整理，方回頭對跪作一團的小魚精們道：「將她寄在你們這裡，代我好生照看。」

語聲並不見得如何抬高，一潭的小魚精們卻將頭垂得更低，恭順得近乎虔誠，聲音雖怯懦倒也整齊，「謹守尊神之令。」

圓月隱沒，小魚精們見白衣的神尊端視冰棺中的少女良久，方伸出手指在她額頭一拂，提出了她的魂魄。離體的魂魄像一團綿軟的白霧縈在他指間，環著微弱的光暈，十分端莊美麗。

鳳九的魂魄需放進一個活人的身體中將養，但若將她的魂魄放到一般人身上，她的修為有限，怕到時候同那人的魂魄纏在一起，臨到頭來分不開卻麻煩。最好是找個有孕的女子，將她的魂魄寄在她胎中，這樣最好。

東華將鳳九的魂魄小心籠住，轉身時，身後的冰棺緩緩沉沒入水中。

今夜無風，倒是個好天。

第三章　魂魄調換化身阿蘭若

鳳九從一場黑甜深眠中醒來後，坐在床上，蒙了半天。

片刻前，她將床前伺候她的幾個小侍婢趕了出去。說來小侍婢們個個長得水蔥似的，正是她喜歡的模樣，服侍她的手法也熟稔細緻，令她受用。她們也挺懂禮數，曉得尊敬她，稱她殿下。按理說她不該有什麼不如意。

令她發蒙之處卻在於，小侍婢們雖稱她殿下，卻非鳳九殿下，也非九歌殿下，而是阿蘭若殿下。

阿蘭若，這個名兒她曉得。她還曉得阿蘭若已經死了多年，墳頭的蒿草怕都不知長了幾叢，骨頭想必也早化塵埃了。她還記得，前一刻自己還在為頻婆果同那幾尾巨蟒死搏，驚險處似乎落進了一個虛空，虛空裡頭又發生了什麼她不曉得，但無論發生什麼，她覺得，都不至於讓她一睜眼就變成阿蘭若。

床前的銅鏡裡頭映出她的模樣，紅衣少女黛眉細長，眼神明亮，高鼻樑，薄嘴唇，膚色細白。她皺著眉頭研究半天，覺得無可爭議，這是個美人。但這個美人到底是不是自己，她卻有點疑惑

她忘了自己原本是個什麼樣子了。

這並非單純的失憶。過往三萬多年桑海桑田，她經歷過的事樁樁件件，從頂著一個炎炎烈日自她娘親肚子裡落地，到靠著一股武勇獨闖蛇陣取頻婆果，她全記得挺深刻。但這種深刻卻像翻話本子，說的是個什麼故事她曉得，故事中的人物景致，她卻沒個概念，譬如她記得她的姑姑白淺，卻忘記白淺長什麼模樣，前三萬年的人生，縹緲只如抄謄在書冊上的墨字。

她呆愣一陣後，也有些思索。雖然姑姑收藏的話本子裡頭，她瞧見過一種穿越時光的段子同此時的境況挺相合，但那些不過凡人們胡想出來的罷了，四海八荒並無這種可以攪亂時光的法術。若方才那些侍婢口中所稱的阿蘭若，確然是比翼鳥一族傳說中的阿蘭若，那這個地方怕是哪位術力高強的神尊仿著梵音谷中阿蘭若還活著的時代，重造出的另一個世界。她雖然年紀小沒什麼見識，作為青丘的繼承人，這個法術還是略聽說過一些。

自己怕是因緣際會才掉進這個世界中吧，至於被誤認作阿蘭若……她愁眉不展，難不成是她魂魄離體，附在了阿蘭若的身上？

腦門上立時生出兩滴冷汗。但細細一想，這個推論竟頗有道理。試想倘此時是自己的身體面容，除非自己同阿蘭若原本就長得一副模樣，否則為何今日所見的侍婢們皆垂著眼睛稱自己阿蘭若殿下？而倘若自己果真同阿蘭若長得一張臉，幾月前初入梵音谷時，暫不論萌少，他們比翼鳥一族的元老又豈會瞧不出來？

乖乖，魂魄調換的事可不是鬧著玩兒。自己的魂魄宿進了阿蘭若的殼子，那誰的魂魄又宿進了自己的殼子？關鍵是，自己的殼子現下在何處？更關鍵是，它到底長個什麼樣子？

鳳九一時頭皮發麻，真是要找，都無從找起啊。況且頻婆果還在原身上。幸而臨出天罡罩時英明地將果子裝進了隨身錦囊，除非她的咒文，任誰也打不開，大約果子算保住了。

前事梳理半日，發現所擔憂者大多是場虛驚，也沒有什麼緊要事候著自己，鳳九一顆心漸漸地釋然。

她慶幸自己是個膽大的仙，尋常女子不幸掉入這麼個地方，觸上這麼個霉頭，前途未卜回首無路，且是孤單一人，恐早已怕得涕淚漣漣。

她雖然也有片刻驚慌，但驚慌片刻後，倒是能立刻想開。既來之則安之，來都來了，暫且就這麼安住吧。掉進這個地方，估摸沒有什麼人曉得，也不用指望誰來相救。如此，倒是淡定了。

命裡若有這個劫數，躲也無處躲；命裡若無這個劫數，遲早有機緣令自己找到殼子走出這個地方。急，也不急在這一時半刻。況且這個阿蘭若一看就身在富貴家，也虧不了自己什麼，當是來此度個小假，鬆快鬆快心胸。這個倒比藉著九歌的身分住在梵音谷，時時還需考慮銀錢之事強些。

如此，還是自己賺了。

凡人有句詩怎麼說的來著？行到水窮處，坐看雲起時。螻蟻一般繁忙度日的凡人中，也有具大智慧的。此話說得正是。

過著阿蘭若的人生，演著阿蘭若這個角兒，將鳳九這個身分全數拋開，幾日下來，倒是過得挺舒心灑脫。

只除了一件，有關乎蛇。

據僕婢的提說和鳳九自己的揣測，阿蘭若衣食住行的諸般習性，同她一向其實沒有什麼不同，不用刻意模仿，她還高興了一場。

沒承想幾日後，兩個青衣小侍卻抬著條碗口粗的青蟒到她的面前，規規矩矩地請示她，「殿下近日沒有召見青殿，青殿已怒得吞了三頭牛，奴們想著青殿思念殿下，特帶青殿來見見殿下。今日天風和暖，不知殿下要不要帶青殿出去散一散步？」當是時，鳳九瞧著三丈多長在她跟前嘶嘶吐著芯子的青殿，腦袋一暈，咕咚一聲，就從椅子上栽了下去。

阿蘭若因幼時被她娘親丟進蛇窩裡頭養大，對蛇蟻一類，最是親近。聽說這個青殿，就是她小時候救的一條小青蛇，當成親弟弟養著，取個名字叫阿青。宮裡頭上到伺候上君的上侍，下到打理雜務的小奴僕，一應地尊稱這條長蟲一聲青殿。

宮裡頭三個字，說明阿蘭若是個公主，上君這個稱謂，乃是比翼鳥對他們頭兒的敬稱，說明阿蘭若是比翼鳥一族的公主。扮個公主於鳳九而言，不是什麼難事，但扮個熱愛長蟲的公主……她那日從驚嚇中醒來，思及此事，不及半炷香又暈了過去。

懼蛇，是她不得不跨過去的一道坎。跨得過，她就是世人眼中如假包換的阿蘭若公主，可日日摸魚捉蟹享她的清福。跨不過，遲早被人揪出她是個冒牌貨，落一個人為刀俎我為魚肉……

鳳九茫然地想了三日對策。第三日午時，靈光一閃，憶及小時候自己厭食紅蘿蔔，姑姑在青丘大開紅蘿蔔宴，整治她連吃十日，很有效果。說不準這個法子，此番可以用用。

又三日後，王都老字號酒樓醉裡仙二層，最靠裡的一個肅靜包廂中，鳳九望著一桌的全蛇宴，端坐靜默。

桌子上杯疊杯盤疊盤，什麼清炒蛇蛋、椒鹽蛇條、生燜蛇肉、燉蛇湯，十來道菜從蛇兒子到蛇老子，一個不落下。

離桌子幾步遠立了道屏風，屏風後頭擱了個嘔盆。

鳳九靜默半日，顫抖地提起筷子，一筷一口，一吞一嘔，幾十筷子下去，膽汁幾欲嘔出來方才罷休。自覺最後幾輪至少提筷子時手不抖了，也算個長進。凡事不可操之過急，需循序漸進，留明日再戰。她慘白著臉推門而出，深一腳淺一腳移向樓口打道回府。

方才一道蛇羹，平心而論倒是鮮美。若是將青殿做成蛇羹，青殿那般宏巨的身量，不曉得能做多少盆。腦中驀然浮現出青殿吐芯長嘶的威風面容，一股蛇腥味自胃中直翻到喉嚨口，鳳九臉色一變，摀嘴大步衝向包廂。

因轉身太過急切，未留神身後徐行了位白衣少女，衝撞之下白衣女子呀一聲，順著樓階直跌而下。

鳳九傻眼一望，一位正欲上樓的玄衣青年千鈞一髮時刻抬手一攬，恰好將跌落的白衣女子接入懷中。

鳳九心中讚嘆，好一個英雄救美。但英雄的面目都沒看清，胃中又是一陣翻騰，趕緊撒腳丫子朝包廂中的嘔盆疾奔。

扶著嘔盆嘔了半日，方順過氣來。再推門時，步子都是飄的。恍惚地飄到樓梯口欲下樓，迎面卻撞上一道冷肅的目光。

自古來英雄救美，又似這般的英雄救美，眾目睽睽下美人在懷，自然是四目相對，一眼兩眼，含情目裡定姻緣。但這個四目相對，須是英雄和美人四目相對，方是一段風流。

此刻，救人的英雄卻來和自己大眼瞪小眼，這是唱的哪一齣？

鳳九不解。

待瞧見被救的白衣美人踮著左腳半邊身量都靠在青年身上時，方拍腦袋一悟，原是美人被自己適才一撞，跌得腳傷，青年直直盯著自己，大約是對自己這個傷人禍首的無聲譴責吧。

這個事，原是自己方才處得不妥。

鳳九三步作兩步下樓來，最後兩步台階，因腳上一個虛浮差點跪下，被青年伸手扶住，力道不輕不重，拿捏得正好。他這個義舉，她自然需抬首言謝，順勢將手中幾顆金錁子遞到一旁白衣美人的手中。她做這個公主，別的沒有，就是錢多。

美人瞧著手中的金錁子，有些訝然。鳳九上前一拱手，「方才事急衝撞了姑娘，還令姑娘受傷，身上別無其他唯有些俗物，望姑娘收下權作藥廬診金。姑娘若收下便是寬諒我，姑娘若不喜歡金子，」她將漲鼓鼓的錢袋子一抽，「我這裡還有銀子珍珠寶石明玉，姑娘喜歡哪一種？不用客氣！」

一番漂亮的賠罪話剛說完，姑娘還沒有反應，卻聽玄衣青年向她低聲一喚：「殿下。」

窗外突然落起一場豪雨，嘩啦啦似就地散落了一壺玉珠。鳳九茫然地轉過頭。

無根水自九天傾灑，如同一匹雪白的瀑布垂掛屋簷。瀑布前頭，青年身姿頎長，黑髮如墨，眉眼宛如畫成。目光相接處，彷似迎來一場暮冬時節的雪凍。

他稱自己……殿下？

鳳九腦袋一轟，這個冷冰冰的玄衣青年，想必是阿蘭若從前的熟人。今日未領僕從出門，著實失策，尋常遇到阿蘭若的熟人，僕從們皆可幫襯著略擋一擋，往往擋過三招，對方的身家她也摸透得差不多了，但今日之狀……看來只有使一個下策——裝不認識。

鳳九佯作不解向青年道：「方才也有幾人同我招呼，稱我什麼殿下，你是不是像他們一樣，或許認錯人了？」

青年原本平靜的眸色驀然深沉，銳利地盯住她，良久，緩緩道：「妳記不得我了？」

鳳九被盯得發毛，青年這個模樣，倒像是一眼就拆穿了她的謊言。

她打了個冷戰，自己安慰自己，世間相似之人不知凡幾，焉知青年沒有相信她方才的說辭，說不定只是做出這個神色詐她一詐，不要自己嚇自己。

她定了定神，看向青年分辯道：「沒有記不住記得住之說吧，我從未見過你，也不是你口中的殿下……」

話到一半卻被青年打斷，仍是牢牢地盯住她，淡聲道：「我是沉曄。」

說到這一步，他竟然還這樣固執。鳳九佯怒，「我管你是浮曄還是沉曄……」心中卻陡然一頓，沉曄，這個名字她很熟，熟得僅次於阿蘭若。從前關於阿蘭若的種種傳說，大半都同這個名字連在一起，原來面前這個人，竟是神官沉曄。

既然眼前站的是沉曄，想必是多說多錯，到這一步，趕緊遁了是上策。心念急轉間，她保持住演得恰好的勃發怒氣，狠狠道：「說不認得你就不認得你，有樁急事需先行一步，讓路！」

青年有些發愣，倒並未阻攔她，反而移開一步，讓她一個口子。她心中咚咚直跳，待行到酒樓出口，藉著撐傘時回頭一瞧。玄衣的神官仍定定地站在一樓的樓口，巖巖若獨立的孤松，瞧她回頭，眼中似乎掠過了一絲痛楚。她揉了揉眼睛，卻又像是什麼都沒有瞧著。

這一夜，天上布雨的水君像是瞌睡過頭了忘記將雨收住，無根水潑天，傾得闊綽。鳳九倚著欄杆想心事。她回憶曾經聽聞的傳說，阿蘭若和沉曄，的確像是瓜葛得挺嚴重。但他們之間究竟有過什麼瓜葛，當日她不夠八卦，沒有逮著萌少逼他細說。

白日裡一遭，虧得她有急智像是糊弄了過去，但倘若沉曄果真是阿蘭若的知音……乖乖，一回生二回熟，多見他幾回，難免不被他認出自己是個冒牌貨。再則，今日大庭廣眾下，她給沉曄一個大大的釘子碰，不管他心中是否存了疑惑，說不得，次日就會到她殿中來打探一二，屆時……

她一個激靈，趕緊喚了貼身伺候的小宮婢茶茶過來，皺著眉頭吩咐，「若神官邸那邊的沉曄大人過來打探我今日去了何處，吩咐下去，就說我一整日都在宮裡頭。」

茶茶呆了半天，突然緊張地道：「沉曄大人同殿下素來沒有交情，今次竟要來打聽殿下的事，莫非、莫非是殿下又惹了什麼禍事不成？」說到禍事兩個字的時候，整個人禁不住打了一個哆嗦。

鳳九忽略掉茶茶的哆嗦，訝道：「妳說，我同沉曄沒有交情？」這就怪了，她回憶白日裡，醉裡仙中沉曄瞧她那一副神情，那不像是沒有交情的神情。

茶茶愣愣地思索片刻，臉色陰鬱地道：「殿下這個問法，難道是說小時候的交情嗎？」憤然道：「殿下小時候念著沉曄大人是表哥，主動去賀過他的生辰，他卻聽從大公主和三公主的挑撥，說殿下髒得很，將殿下的賀禮全數扔了，那之後，殿下不是再沒去過他的生辰，再也沒有同他往來過嗎？」眼眶泛紅地道：「殿下仁厚，如今覺得那樣也算交情，可茶茶覺得，沉曄大人他擔不起殿下的交情。」

鳳九呆了一陣。一篇話裡頭，她看出來茶茶是個忠僕，是個對她巴心巴肺的忠僕。

阿蘭若同母異父的姐姐和一母同胞的妹妹與她一向不對付，這個鳳九曉得。年紀輕輕即任神官長的沉曄是她親娘的侄子，算是她表哥，這個她也曉得。三個公主裡頭，大公主橘諾最受母親寵愛，小公主嫦棣最受父親寵愛，阿蘭若因生下來就被丟進蛇窩裡頭養大，爹不親娘不愛，是三姐妹中間最倒霉的，這個，鳳九她還是曉得。但關於沉曄，她原以為他自始至終都該同阿蘭若站在一條船上，搞半天，他竟同她一雙姐妹才算正經的竹馬青梅，這個，鳳九卻還不曉得。

這個事情蹊蹺。

鳳九思索一夜，未果，眼看晨曦微現，睏得找不著北了，打著呵欠去睏覺。一覺睡醒，見茶茶提著裙子滿面紅光地小碎步急奔而來，心中嘆一聲果然我就是這麼地料事如神，抬手端起一杯冷茶，邊飲邊向茶茶道：「沉曄他今日過府，是如何打探我的？」

茶茶喜孜孜地搖頭，「沉曄大人今日未有動向，不過，茶茶將要傳的這樁消息，卻一定得殿下的意。」眉飛色舞地湊過來道：「殿下的師父回來了！陌先生他回來了！正在前廳中候著殿下！」

鳳九一口茶噴在了茶茶的臉上。

茶茶一揩臉上的茶水，「殿下一定很吃驚吧，陌先生離開時明明言說半年後回來，如今才不過一月，茶茶也覺得有些吃驚呢！」

鳳九的確吃驚，回過神來時，覺得今日倒了八輩子血霉。這個血霉從何談起，還要追溯一下阿蘭若的身世。

阿蘭若是個爹不疼娘不愛的孩子，所以，即便鳳九占了阿蘭若的殼子，她一雙至親也瞧不出，這些日子以來，鳳九也就占得頗為安心。

但阿蘭若除了一雙父母，最為親近之人，卻還有一個師父。阿蘭若她娘當年狠心將她扔進蛇窩，幸得阿蘭若命大，沒被一窩巨蟒吞進肚子，反被當條小蛇養活了。不過，養活雖是養活了，彼時的阿蘭若卻沒個人樣，她師父路過見她可憐，方將她救出來帶在身邊教養。

阿蘭若一言、一行一止皆承她師父悉心教導，此時，她雲遊在外的師父卻不知為何竟提前回來，豈不是自己倒了血霉？而她這個便宜師父，又豈有認不出自己這個冒牌貨的道理？

鳳九痛苦難當狀捂住額頭，痛苦中佯作喜悅狀道：「師父回來了自然是天大的喜事，但想來昨夜沒睡好，此時被晨風激得頭疼，妳先將師父他老人家好生安頓，我回頭再與他老人家請安謝罪。」

茶茶是個忠僕，乍聽鳳九口中頭疼二字，已急得亂轉，拔腿就要去延請藥師。院中卻驀然傳來一聲輕笑，鳳九抬目越窗遙望，一支碧色的洞簫堪堪拂開一株翠柳，出來一片白色的衣角。

鳳九順著這片衣角朝上瞧，白衣青年唇角含笑，「月餘未見，見了為師卻鬧頭疼，不知是個什麼毛病，不如為師同妳診治診治。」

為師二字從青年口中出來時，鳳九蒙了一蒙。

師父兩個字，在鳳九的想像中，是上了年紀的兩個字。當然她姑姑的師父墨淵上神是個例外，但天下事，總不能樁樁件件都是意外。師父者，長得必定該同九重天上太上老君那般白鬚白髮，才不算辜負此二字的名頭。但眼前這個俊美的白衣公子，竟然是阿蘭若的師父？還是手把手將阿蘭若拉扯教養大的師父？鳳九覺得自己的信仰受到了傷害。

白衣青年一兩步已到她跟前，見她蒙著不動，眼風朝茶茶掃了一掃。忠僕茶茶立刻見一見禮，樂呵呵自去了。鳳九力持鎮定地抬手，「師父上座……」腦門上冒了一排汗地斟茶孝敬他，另斟了一杯給自己壓驚。

白衣青年含笑若有所思地看她兩眼，良久道：「鳳九殿下別來無恙。」又道：「我是蘇陌葉。」

鳳九一口茶噴到了他的臉上。

蘇陌葉何人，乃西海水君二皇子是也。

此君以紈褲聞名八荒四海，與連宋君這個風流神君惺惺惜惺惺，且是她小叔白真最談得來的酒肉朋友。

蘇陌葉擅製茶，她從前亦常去西海順他一二，同他有那麼些交情。但僅憑這個交情，就讓蘇陌葉特意闖進阿蘭若之夢來救她？她印象中，此君並非如此大義之人。且因她失憶之故，自然認不出一向熟悉的蘇陌葉，但對方如何就一眼看出了宿在阿蘭若殼子裡的是她，也令她吃驚。

縱然如此，他鄉遇故知總是樁樂事。二人坐穩，鳳九忍不住一一請教。

蘇陌葉眼神戲謔，袖中取出張精緻的白絲帕，從容地將臉上茶水一一揩淨，方道：「這個嘛，妳涉險久久未歸，且被四尾巨蟒日夜圍困，比翼鳥的女君想起眾蛇之皇興許能驅遣那四尾花蟒，連宋才將我請來救一救妳。」

眾蛇之皇，乃是後洪荒時代的一尾白蟒，汲天地靈修，復煉元真靜居成仙，九重天上證得太一青玄之位，由天君親封元君號，稱祈山神女。這位祈山神女，正是蘇陌葉他娘。

鳳九羞愧地道：「這個夢境或許十分凶險，你竟然這樣大義，毫無猶疑地入夢來救我，我從前真是誤會了你。」

蘇陌葉臉上一向春風和煦的笑容卻驀然一滯，垂頭握住茶杯，看著杯中浮起的茶沫子，許久才道：「阿蘭若確然是我徒弟。她十五歲時我將她救出蛇窩，一手將她養到六十歲。雖非血脈相承，卻是我的骨中骨、血中血。」

蘇陌葉這個形容，令鳳九一愣。四海水君的子嗣後代中，數蘇陌葉一等一地俊雅風流，說他是個紈褲，只因陌少繫在手中的芳心沒有千顆也有八百。不過，人卻不知這些芳心並非陌少他有意採摘。陌少之於美人，向來不是他去就美人，而是美人來就他。是以，今日他用如此神色說出骨中骨血中血六個字，令鳳九極為震驚。

蘇陌葉瞧她一眼，撫著手中的洞簫續道：「我因西海有事，離開過梵音谷兩年，再回來時，當日臨走還活潑非常的少女，留下的卻僅是一個青草悠悠的墳包。比翼鳥一族鐵口咬定她自縊身亡……」他靜了靜，「兩百多年來，我一直在追尋她的死因，他們一族卻將此事捂得嚴實。今次連宋來尋我救妳，說妳墜入的是阿蘭若的夢境。既是她的夢境，我自然要進來看上一看。」他瞥向鳳九淡淡一眼，道：「所以要說救妳，也只是個順便，妳倒不用承我的情。」他沒什麼表情的臉上恍然卻又一笑，「再則，此番進來，我還有事需妳幫忙。」

鳳九頭回領教，人說蘇陌葉有時性子古怪，此言真是不虛。蘇陌葉的笑容，和煦起來是真和煦，冷漠起來是真冷漠，似此時這般爽朗起來，又是真爽朗。更難得他同一時刻竟能化出這三種面目，每一種都這麼真誠，好一個千面神君。

鳳九是個知恩的人，沉吟點頭，「從前也順了你不少好茶，你有什麼忙需我幫，我又幫得上的，自然幫上一幫。」

蘇陌葉顯然對她的回答滿意，目光向四圍徐徐一掃，道：「恐妳也發覺了，此地乃是有人照阿蘭若活著的時代，另造出了一個世界。彼時的梵音谷中有何人何景，此境便有何人何景。還有，梵音谷中的人若掉入此境中，會取代這裡對應他造出的那個人。」他指了指自己，「譬如我掉進來，原本阿蘭若的師父，這個世界中另被造出的那個我，便頃刻消失了。」

鳳九訥訥，「你是說，我占了阿蘭若的殼子是因阿蘭若是我我就是阿蘭若？」這個事情太過匪夷所思，鳳九只覺一個霹靂直劈在她腦門上，令她眼冒金星。

蘇陌葉瞧了她半晌，卻是搖了搖頭，「妳這個嘛，我估摸是創世之人法術不夠純煉，出了一些紕漏。掉入此境之人，皆會喪失原來世界中一些物象記憶，妳如是，我亦如是。這便是此境的一個紕漏。既已出了一個紕漏，妳或許是第二個紕漏。」他抬頭目視窗外，「阿蘭若的魂魄已散成灰燼，比翼鳥一族縱然可轉世有來生，阿蘭若，卻是不能了。這個世界中，誰都有可能被梵音谷中的正主掉進來取而代之，唯阿蘭若不能。」

鳳九得蘇陌葉一席話，揪緊的心中頓時釋然，抬眼瞧蘇陌葉凝望向窗外垂柳的身影，卻覺有些愴然，咳了一聲道：「你方才說要我幫個忙的事，不妨此時說說，需我幫個什麼忙，我也好看看有無什麼需準備。這個忙幫完了，我們也好琢磨琢磨如何走出去。」

等了許久，蘇陌葉方才回話，低聲道：「此境誕生之初，或許與當年的梵音谷並無兩樣，然誕生後的運轉，卻與梵音谷再無關係。造出此境之人，大約是想借此扭轉當年谷中發生的悲劇，得一個圓滿解脫。」

他瞧著鳳九，「阿蘭若已經死了，圓滿不圓滿皆是自欺欺人。此番既是妳來扮阿蘭若，我希望妳能遵循著從前阿蘭若的行止作為，讓這個世界能重現當年梵音谷之事，讓我曉得阿蘭若，她真正的死因。」

蘇陌葉讓鳳九幫的忙，其實做起來也容易。阿蘭若一生中，曾遇及好幾樁決定她終局的大事。當年阿蘭若在這幾樁大事上頭取的什麼抉擇，她如今也取個什麼抉擇即可。蘇陌葉體貼鳳九是個不能被拘束的性子，幾樁大事外的些許小事，由著她主張，想如何便如何。

鳳九瞧出來，比翼鳥一族的上君和君后，換言之她一雙便宜爹娘，雖對她這個親生的女兒不如何，對蘇陌葉卻稱得上敬重。有了蘇陌葉這個知根知底的靠山，鳳九益發覺得日子悠然、欣然、飄飄然。

不如意之事唯有一件——侍從們日日都要將青殿抬到她院中，央她同青殿說幾句體己話，溫柔地寬撫寬撫牠。這個事情令鳳九略感頭疼，全蛇宴吃了近半月，手挨上青殿的頭，她仍覺哆嗦得厲害。

如何才能光明正大地避開青殿而又不致人懷疑……鳳九為此事，甚為憂慮，原本飄飄然的日子，也飄得不甚踏實。便在這無人可訴的憂慮之中，迎來了阿蘭若她親娘的壽辰。

阿蘭若她親娘傾畫夫人的壽辰，一向做得與別不同。因傾畫夫人是位好風雅的才女，尋常歌舞筵席入不得她的法眼。她爹為了討她娘的歡心，每年她過生辰，皆卯著勁兒折騰。今年新得的消息，她爹打了一艘大船，欲領著她娘沿著思行河南下，前去南邊的行宮觀塵宮賞茶花。

阿蘭若作為女兒，雖是個受排擠不得寵的女兒，隨扈伺候的名冊中，上君硃筆欽點，亦有她的名字在列。

鳳九打點一二行裝，思及隨扈南遊，青殿作為三丈長碗口粗巍巍一壯蛇哉，自然不能跟上出巡的遊船，數日憂慮竟迎刃化解，心中怎一個爽快了得。待臨行前兩日，侍從再將青殿抬進她院中時，她心中舒快，自然不吝展現對青殿的依戀和不捨，眼角還攢出兩顆淚珠子，令侍從們更加深信，他們的殿下依然是從前那個殿下，近日對青殿不那麼熱絡，不過是他們的錯覺。

哪知鳳九這場戲做得太過逼真，正遇著八百年不進她院子一趟的上君偶然駕幸。上君這幾日心情好，偶爾思及阿蘭若這個女兒，覺平日太過疏忽，有些愧疚，因此到院中探一探她。入院卻恍眼見此情景，上君蹙眉沉思了片刻，又慈藹地看了鳳九片刻。

第三日出巡，鳳九瞧著巍巍的龍舟後頭，不遠處跟了一條小畫舫。伺候青殿的幾個小侍從撩開畫舫簾子衝她笑，青殿亦從簾子後頭冒出一個頭，親熱地向她吐著長芯。鳳九立在岸旁，茫然中，被河風吹得晃了一晃。

茶茶抱著一沓錦被眼看要上那畫舫，鳳九找回半個聲兒在後頭問她：「妳做什麼去？」茶茶回眸一笑喜氣洋洋地道：「殿下不記得了嗎？青殿膽小，一旦離開王宮，入夜定需殿下相陪，河上風大，茶茶怕屆時涼了殿下，特地再送床錦被到船上去。」鳳九腳一軟，眼看要栽倒，幸得蘇陌葉伸手一扶。鳳九握住蘇陌葉的手，淒聲道：「陌少，你幫我個忙，晚上將我敲暈再送到畫舫上去，我代我全家感謝你。」

是夜，江風獵獵，船中闢一廳殿，殿中明珠輝映，暄妍如明日白晝。幾十個人影鋪開一個席面，上座坐的阿蘭若一雙爹娘，底下按位次列了三位公主並數位近臣，近臣的最首位坐的是有過一面之緣的沉曄，蘇陌葉位在其後。

首次見橘諾嫦棣二位公主，鳳九打眼一瞧，見一雙姐妹皆是雪膚花貌，顧盼處全是風流，動靜處皆有神采，美人也。雖然原世的印象不多，估摸這等容貌拿到九重天闕上，能出其右的也少。鳳九慨然一嘆，傾畫夫人委實會生。

廳殿正中數位舞姬獻曲獻舞，鳳九心不在焉，耳中塵音進進出出，也不知她們在哼個什麼。

歌姬正唱道「縹緲水雲間，遙遙一夢遠」，鳳九端著個小酒杯一杯一杯復一杯，將自己灌醉了，屆時蘇陌葉一個手刀敲昏她時才好免些疼痛。漸漸她眼中就有些迷糊，瞧著獻舞的美人如霧中看瓊花，只囫圇出個模糊面目。

恍然右側旁，明珠的瑩光此時卻暗了一暗。鳳九遲緩地轉頭望，殿中光色繚繞，驀然出現一位紫衣青年在她身旁矮身落坐。青年自帶一身冷意，與滿殿聲色相絕，銀色的長髮極為顯眼，護額上墨藍的寶石恐值不少銀錢。冷淡的眉眼看過來時，竟是有些熟悉的親切。

這樣一副冷臉也能被自己看作親切，鳳九慢半拍地琢磨，今夜小酒喝得到位。

正思忖著此是何人，怎麼偏偏就坐到了自己身旁，值舞停歌休之際，高座中的上君卻含笑朝著他們這一處，朗聲道：「息澤可來了，本君瞧阿蘭若一杯一杯苦飲悶酒，料想因你久候未至之故。今次雖是因橘諾的病才下山，不過你與阿蘭若久未見面，夫妻二人也該好好敘一敘話。」

廳內一時靜極，身旁被稱作息澤的青年淡淡應了聲「是」。

鳳九的酒，在頃刻間，醒利索了。

清月夜，月映水，水天一色無纖塵，皎皎空中孤月輪，月輪底下一艘船，船尾處，鳳九和蘇陌葉兩兩相對，剝著核桃談心事。核桃，是毒日頭底下烤得既脆且香的山核桃；心事，關乎鳳九半途冒出來的便宜駙馬——息澤神君。

阿蘭若不過成年，緣何就有了位駙馬爺，此事說來話長。蘇陌葉一邊指揮著鳳九剝核桃，一邊回憶往昔。

息澤此人，按蘇陌葉的說法，來頭挺大。

梵音谷內有個歧南神宮，神宮由神官長坐鎮。神官長自古乃上天選定，降生之日必有異象，即位後司個閒職，平日並不聞達政事。不過一旦君王失德，神官長可上謁九天廢黜君王，確保梵音谷的長順長治。換言之，神官長在梵音谷中履個上達天聽下察上君的監察之職。是以歷代神官長皆是歷代上君即位後，手裡頭要拉攏的第一號人物。

歧南神宮的現任主人是沉曄，前一任主人，卻正是息澤。阿蘭若她爹也是因這個由頭，早在她三十來歲未成年時，便已做成她同息澤的婚事。阿蘭若是她爹意欲牽住息澤的一枚石頭子兒，幸得她當日年小，婚事雖成，但二人並未合居。兩年後，卻傳言息澤因身染沉痾向九天請辭了神官長一職，避隱歧南後山，將位置傳給了沉曄。

蘇陌葉遙望天上的月輪，「息澤既已請辭了歧南神宮，他對阿蘭若似乎也並不感興趣，加之二人未曾合居，這樁親事便無人再提，只當沒有過。」他瞥了眼鳳九道：「從前他避隱歧南後山，阿蘭若雖是他名面上的髮妻，卻直至阿蘭若死他都未下山過一次，所以我也沒將這段同妳一提，累妳今日惶恐，是我考慮不周。」他皺眉道：「卻不知為何在這個仿出來的世界裡，妳我竟能目睹息澤出山。」又道：「息澤這個人，從前我亦未曾見過，今日還是頭回見他。」

鳳九斟酌著提點他道：「我老爹似乎說他是為了橘諾的病特意下山。」

蘇陌葉一愣，道：「息澤的醫術的確高明，但倘我未記錯，橘諾不過是孕期有些許喜症……」

鳳九手中的核桃殼落了一地，訝聲道：「橘諾尚未成親，如何有孕，你不是上了年紀記錯了吧？」

蘇陌葉似笑非笑，摸出洞簫在手上掂量，「妳方才說我……上了什麼？」

鳳九乾笑著恭敬奉上一捧剛剝好的核桃肉，真誠道：「說您的品味又上了台階真是可喜可賀。」

蘇陌葉全無客氣地接過核桃肉，臉上仍含著有深意的笑容，道：「橘諾那樁事嘛，是否我胡說，時辰到了，妳自然曉得。」他站起來理了理袍子道：「時候不早，需我此時將妳劈昏送給妳那條青蟒嗎？」

鳳九打了個哆嗦，苦著臉道：「月高天闊，此等妙境豈能輕負，容我再浸浸江風，你過半個時辰再來下毒手吧。」

蘇陌葉笑了一聲，懶懶攜著洞簫回房，留她一人在船尾吹風。

白日受了一回驚嚇，方才筵中又受了一回驚嚇，加之同蘇陌葉絮叨許久，月光照著和風拂著眼睛瞇著，鳳九覺得越發沒什麼精神，遊船直行，暈乎乎似要駛入夢中。正愜意間，卻聽身後幾步遠有人敘話。

清脆些的聲音道：「姐姐方才筵中便用得少，方才又嘔了大半，息澤大人親自烤了地瓜命人送來，姐姐用些可好？」又道：「原以為息澤大人這樣的人物，該同別的宗室子弟一般不近庖廚事的，未料想這一手烤地瓜倒是做得好。」

柔順些的聲音回道：「息澤大人避居歧南後山，煩厭他人擾己清修，許多年來一直未要僕從服侍，烤地瓜之類些許事情，他自然能做得純熟。」

聽到此處，鳳九已明白敘話二人者是誰家阿誰。未料錯的話，該是她一雙姐妹。她原本不欲聽這個牆角，大約她同蘇陌葉談心時選的角落甚僻靜，天色又黑，敘話的姐妹二人並未注意到此處還有雙耳朵。

繼續聽下去不妥，此時走出去，似乎也不妥。正自糾結間，卻聽清脆聲兒的嫦棣呵呵笑道：「息澤大人這些事，怕僅有姐姐知曉吧。據妹妹所知，息澤大人下山只為姐姐而來，已入宮十日卻未去阿蘭若處瞧上一眼，可見如傳聞所言，他果然是不在意阿蘭若的。姐姐可曾瞧見，今夜筵席上阿蘭若看著息澤大人的神情，聽父君說息澤大人是為著姐姐的病才下山，我可瞧清楚了，她那張臉一瞬變得同白紙一個色，好不解氣。」

柔順些的橘諾低聲道：「妹妹此言不妥，卻不要再這樣胡說，仔細被人聽到，終是不好。」

嫦棣哼聲道：「姐姐總是好心，卻不見近幾日她的囂張，自以為父君今年准她與咱們同遊便是待她有所不同，哼，也不瞧瞧自己不過是個被蛇養大的髒東西！便是她在我跟前，看我是不是也這麼說！」又道：「我卻不懂，息澤大人既然對她無心，何不將她休了，累她連累自己身分！」

幾句話隨夜風灌入耳中，繼續聽下去還是立時走出去？鳳九不糾結了，打著呵欠從角落處踱步出來，笑吟吟道：「今夜好運道，囫圇在船尾吹個風，也能聽到親姐妹光明正大打她們姐夫妹夫的主意，時近的人暗地裡說些無恥之言做些無恥之事，已不時興防著一個隔牆有耳了嗎？」

鳳九驀然出現，令橘諾一愣，亦令嫦棣一愣。嫦棣反應倒快，一愣後立時一聲冷笑，「當日便是妳高攀息澤大人，息澤大人將姐姐放在心中，可是令妳醋了？廉恥之論也要配得上這個身分的人才好提及，妳這樣的身分，也配同我們談什麼廉恥？」

當妹妹的如此伶牙俐齒詆毀姐姐，一看，就是欠管教。青丘的小仙們個個服鳳九的管教，搞得她這麼多年想管教人也管教無門，嫦棣正在這個好時候撞上槍口，其實，讓她有點激動。

鳳九了悟狀點頭笑道：「原來是因嫦棣妳的身分還未夠得上談及廉恥，說話行事才盡可無狀無恥，今日阿蘭若受教了。」

嫦棣氣極，恨聲道：「妳！」卻被橘諾攔住，低聲道：「息澤大人早有吩咐，該是診脈的時辰了，先同姐姐回去吧。」眼神有意無意地瞟向鳳九，卻是對嫦棣道：「有些事，無謂做這些口舌之爭，白白輕賤自己。」

話罷拉扯著嫦棣轉身走了。

窄窄一軒廂房，金鑲的條案錦繡的蒲團，蘇陌葉給自己倒了杯酒。條案上，珠蚌裡頭的明珠柔和，滿室生光。比翼鳥一族雖只做個地仙，家底倒比四海的水君還要豐厚。

蘇陌葉握著酒杯有意無意地把玩。一眾人等信誓旦旦這是阿蘭若的執念所化之夢，其實，斯人已灰飛煙滅，何來執念，又何來夢境。可嘆他初初聽聞，竟然抵不住心中一點妄念，差點信以為真。

他那時竟然十分欣慰，若果真如比翼鳥那一幫老兒所言，這是阿蘭若的執念，進去便要墜入她的心魔，他倒是迫不及待。她的心魔是什麼，裡頭可有他一分位置，他過去不曾明白，現在也不明白，但他想要明白。可真正走進來，睹物睹人才曉得，此處不過是仿出的一個平行世界。他不是不失望。

他來救人，確有私心。當日連宋託他時說的那席話他還記得，「有東華在，必定護得鳳九周全，這個我倒不擔心。東華應是同鳳九一處，尋著東華必定也就尋得了鳳九，你此去，先尋他二人要緊。」

尋鳳九，算是尋得輕鬆。他那日正巧在醉裡仙吃酒，碰上阿蘭若同沉曄鬧了那麼一齣，心中存疑，次日便特意去她府中詐了一詐。她那一口茶沫子，令他到今日仍記憶猶新。而東華，連宋料事也不全對。東華帝君卻到今日才現身。他同鳳九，並不在一處。

今日說給鳳九有關息澤的那幾句話，也不能說是騙了她。他的確從未見過息澤，縱然因這個世界創世時出了紕漏，他自掉進來後便忘了東華帝君長個什麼模樣，想來帝君亦因此而未能認出他。但他數日前夜探歧南神宮，曾於神宮一密室中見過息澤的畫像，畫上的息澤，並非今日這般紫衣銀髮的模樣。

東華有心借用息澤的身分，以他的仙法，施個修正術，將比翼鳥一族記憶裡關於息澤的模樣替換成他的模樣不是難事。修正術並非什麼重法，於此境無礙。寧可使個修正術，也不願化作息澤的模樣來做完這場戲，倒是帝君的作風。

蘇陌葉蹙眉沉思事情原委。想來鳳九當日受了重傷，或許需魂體分離調養。魂魄調養之事，他們此等仙法卓然的神仙自然都曉得，最好是放入孕婦的胎中養著。莫不是……帝君他將鳳九的魂魄放進了橘諾的胎中？

如此，倒能解釋得通為何東華帝君竟對橘諾分外看重了。卻不料鳳九是個變數，魂魄最後竟跑到了阿蘭若的身上，看樣子帝君似乎還不知曉。這場戲，倒是有趣。

蘇陌葉笑了笑，幾樁事他靈台清明已瞧得明白，鳳九和帝君處，卻需瞞一瞞，他還仰仗著鳳九幫他的忙，豈能讓他二人頃刻聚首。這卻並非他不仗義，漫漫仙途，受了紅塵侵了色相便有執念，這一扇執念，纏了他數年，唯有鳳九可點撥化解。

他這一生，到他遇到阿蘭若前，未曾將誰放到過心上。直至今日，他卻依然記得有那麼一天，和風送暖，尚且童稚的少女身著緋紅嫁衣，妝面勝畫，蔥段般的手指輕叩在棋盤上緩聲問他：「師父為何愁思不展？是嘆息阿蘭若小小年紀便需為父聯姻？這等事，思若無果，思有何用？思若有果，思有何用？趁著大好春光，花轎未至，不如阿蘭若陪師父手談一局？」

這樣的性情，又怎會落得一個自縊身亡？

一盞酒被手溫得漸暖，瑩白的珠光裡，白衣男子斂目將手中的酒盞祭灑般一傾而下，口中輕聲道：「碧蓮春，溫到略有雨後蓮香入口最好，試試看，是不是妳一向喝慣的味道？」語聲溫和，含著一絲淒清落寞。而窗外河風漸大，細聽竟有些打著卷兒的呼嘯聲，像是誰在低低泣訴。

第四章　月令花不知

次日天明，鳳九落寞地坐在床頭，領悟人生。

昨夜幸得蘇陌葉出手將她劈暈，以致她能同青殿和煦地共處一條小畫舫。聽說青殿繞著她轉悠大半夜無果，挨著晨間錦雞初鳴，方懨懨鑽進自個兒的臥艙休整了。鳳九一喜，一憂。喜的是，今日不用同青殿打照面真是甚好甚好。憂的是，夜間莫非還讓蘇陌葉劈自己一劈？縱然蘇陌葉好手法，她囫圇暈一夜，次日卻免不了頭暈頸子痛，長此以往，實非良計。

一旁服侍的忠僕茶茶瞧著沉思的鳳九，亦有一喜並一憂。喜的是，近時殿下聖眷日隆，昨夜聖意還親裁息澤大人閒時多陪一陪殿下，殿下總算要苦盡甘來了。憂的是，息澤大人昨日夜間卻並未遵照聖意前來同殿下作伴，莫非是自己留給大人的門留得太小了？那麼，今夜或者乾脆不要關門，只搭個簾子？但江上風寒，倘殿下過了寒氣……

主僕二人各自糾結，卻聽得外頭一聲傳報，說青殿牠入眠了半個時辰，估摸殿下該起床了，惦念著同殿下共進早膳，強撐著精神亦醒了，此時正在外頭盤踞候著。

鳳九心中嘆一聲這勞什子陰魂不散的青殿，臉上卻一派擔憂關懷狀，「才睡了半個時辰怎夠，牠折騰了一夜，定然沒精神，正該多睡睡，你們哄著牠去睡吧，牠若身子累垮了，到頭來也是我這個做姐姐的最傷心。」

茶茶有些驚訝道：「算來已有兩日不見青殿，若是往常，殿下定然召青殿作陪的，便是青殿躺著盤在殿下腳邊睡一睡也好，今日怎麼……」

鳳九心中一咯噔。

茶茶卻突然住口，臉上騰地漾起一抹異樣的紅暈，半晌，滿面羞澀地道：「難道……難道殿下今日是要去找息澤大人，才不便素來最為心疼的青殿打擾嗎？」拳頭一握，滿面紅光地道：「息澤大人是殿下的夫君，若是息澤大人同青殿相比，自然、自然要不同些。」

又省起什麼，滿面慚愧地道：「殿下可是立時便去息澤大人房中陪他用早膳？啊，這等事自然是片刻不能等的，茶茶愚魯，不僅現在才覺出殿下的用意，還問出這等糊塗話。殿下放心，茶茶立刻便去息澤大人處通傳一聲！」

話罷兔子一樣跑了。

鳳九半個「不」字方出口，茶茶已消失得無影無蹤。

鳳九呆了一陣，默默無言地將抬起來預備阻攔的手收了回去。

也罷，兩害相權取其輕，今日一整天是折在青殿手上還是折在息澤神君手上，用腳趾頭想，她也該選息澤。

當年她姑姑在一條小巴蛇手裡頭吃了個悶虧，她此時覺得，她遲早也要斷送在這個陰魂不散的青殿手裡頭。他們青丘果然同蛇這個東西八字不合。

因在船上，分給息澤神君的這間房也並不寬敞，一道寒鴉戲水的屏風將前後隔開，鳳九磨蹭著推門而入時，瞧見橘諾嫦棣二人圍坐在一張紅木四方桌前，正斯斯文文地飲粥。息澤則坐在幾步遠的一個香几跟前，調弄一個香爐。

她進門鬧出的動靜挺大，息澤卻連頭也沒抬，嫦棣彎起嘴角，看笑話一樣看著她，橘諾仍然斯斯文文地飲粥。

鳳九挑了挑眉，即便橘諾有病，息澤需時時照看，但也該息澤前往橘諾的住所探看，這一雙姐妹行事倒是半點不避嫌，竟比她還瀟灑，她由衷欽佩。

嫦棣瞧息澤全沒有理睬鳳九的打算，一片得意，料定她此番尷尬，定然待不住半刻，心中十分順暢，臉上笑意更深。

但不過一瞬，笑就僵在了臉上。

嫦棣著實低估了鳳九的臉皮，她原本底子就不錯，梵音谷中時，又親得東華帝君耳濡目染的調教，現如今一副厚臉皮雖談不上刀劍不侵，應付此種境況卻如庖丁解牛游刃有餘。但見她旁若無人自尋了桌椅，旁若無人自上了膳食，而後，她們飲著淡粥，沒滋沒味，一杓一杓復一杓，而她在一旁百無禁忌大快朵頤，看她的樣子，吃得十分開心。

嫦棣不解，阿蘭若這麼亦步亦趨地纏著息澤，應是對息澤神君十分有情，一大早卻遭息澤如此冷落，她的委屈呢？她的不甘呢？她的怨憤呢？她的傷情呢？不過，阿蘭若一向會演戲，說不定只是強顏歡笑，若是這般，便由她來激她一激。

嫦棣計較完畢，冷笑一聲，「聽說阿蘭若姐姐此來是陪息澤大人共用早膳的，既然姐姐膳已用畢，還是先行離開吧，莫妨礙了息澤大人同橘諾姐姐診病。」

鳳九從袖子裡取出本書冊，「無妨，你們診你們的，我隨意翻翻閒書，莫太生分客氣，怕妨礙到我。我這個人沒什麼別的美德，就是大度。」

嫦棣頂著一頭青筋，「沒臉沒羞，誰怕妨礙到妳！」被橘諾輕咳一聲打斷，道：「休得無禮。」轉向鳳九道：「妹妹恐不曉得，近日姐姐精神頭輕，若是尋常日妹妹來探視，姐姐自然喜不自勝，但近日屋子裡人一多便……」

話是對著鳳九說，目光卻有意無意地望向息澤。

鳳九殷切關心道：「正是，姐姐既是這種病症，看來需趕緊回房躺著好好休養才是正經，姐姐的臥間離此處像是不近，等等我著兩個宮婢好好護送姐姐回去。」話間便要起身。

橘諾愣住，嫦棣恨得咬牙，向著息澤道：「你看她……」

鳳九謙虛道：「妹妹可是要誇讚姐姐我想得周到，哎，妹妹就是這樣客氣，這樣懂禮。」

嫦棣未出口的狠話全噎在肚子裡，說，此時倒顯得自己不懂禮了，不說，這口氣又如何嚥得下。她心思一轉，伸手便扶住近旁的橘諾，驚慌狀道：「橘諾姐姐，妳怎麼了？」一雙姐妹心有靈犀，就見橘諾抬手扶額，「突然覺著頭暈……」雙簧唱得極好。

這種，叫作同情戲，演來專為博同情的。鳳九一眼就看出來，因為，她小時候一惹禍，便愛演這種戲，從小到大不曉得演了多少本。她在心中哀嘆橘諾嫦棣的演技之差，但就是這麼一副演技，竟還真勞動息澤神君擱下香爐走了幾步，將橘諾扶了一扶，手還搭上她的脈，目光似乎還有意無意地掃過她的腹部。

這件事有些難辦，看阿蘭若這個便宜夫君的模樣，的確著緊橘諾，想必診不診得出個什麼，這位息澤神君都要親自下逐客令了。鳳九心中大嘆，蒼天啊，倘青殿已睡著了她自然不必賴在此處，但倘牠沒有睡著，她一旦走出這個門，僕從們必定善解人意地簇擁她去同青殿遊玩一番……她頭冒冷汗，或者此時自己裝個暈，還可以繼續在息澤房中賴上一賴？

鳳九沒有暈成，因忠僕茶茶及時叩門而入。茶茶自以為鳳九愛青殿切，青殿什麼時候有個什麼情狀都要及時通傳給她，於是附耳傳給了鳳九一個話：「青殿已安睡了，歇得很熟，殿下不必擔心。」

同橘諾診脈的息澤神君果然抬起頭來，漫不經心向鳳九道：「妳……」

妳字還沒有落地，鳳九已眉開眼笑地跳起來，「瞧我這個記性，忘了今早約了陌少吹河風，妳們吹不得河風，好好在房中安歇著，告辭告辭，有空再來叨擾。」出了門還探進一個頭，笑容可掬地朝橘諾點頭，真誠道：「姐姐保重，有病就要治，就要按時喝藥，爭取早日康復。」橘諾的臉剎那青了。

息澤頓了良久，轉向嫦棣，將方才對著鳳九沒說完的那句話補充完，「妳幫我把門口那包藥粉拿過來。」

船雖大，但尋蘇陌葉，不過兩處，要嘛他的臥處，要嘛船頭。

鳳九在船頭尋著蘇陌葉時，入眼處一個紅泥火爐，一套奪得千峰翠色的青瓷茶器，陌少正提壺倒茶入茶海，瞧著她似笑非笑，「春眠新覺書無味，閒倚欄杆吃苦茶。姑娘匆匆而來，可要蘇某分茶一杯？」

鳳九總算明白為何八荒四海奉陌少是個紈褲，如此形態，可不就是個風流紈褲？虧得她修行穩固，只是眼皮略跳了跳，換個尋常女子，如此翩翩公子臨風煮茶款款相邀，豈能把持得住？

同是好茶之人，顯見得東華帝君與蘇陌葉就十分不同。若是帝君烹茶，做派形容自然與他一般雅致，話卻不會說得陌少這樣有意趣，帝君一般就三個字：「喝不喝？」

鳳九輕聲一笑。

頃刻又有些茫然，東華帝君，近時其實已很少想起他。那時自己忙著去盜頻婆果，果子入手便掉進了這個世界，不曉得帝君同姬蘅的後續。或許二人心結盡解，已雙宿雙飛，正如姬蘅所說，漫漫仙途，他們今後定會長長久久。

鳳九呵氣暖手。雖然偶爾仍會想起帝君一些點滴，但這是同自己連在一起的一段過往，也無須刻意去忘懷，今後東華帝君這四個字，對她而言，不過就是四個字罷了。

蘇陌葉遞過來一個蒲團邀她入座，「不過同妳開個玩笑，怎麼，勾起了妳什麼傷懷事？」

鳳九一愣，「我年紀小小，能有什麼事好傷懷。」忍了忍，沒有忍住，皺眉問蘇陌葉，「方才那席邀茶的話，你從前也對阿蘭若那麼說嗎？」

蘇陌葉挑一挑眉。

鳳九道：「那阿蘭若她是如何回你的？」

蘇陌葉分茶的手顫了顫，眼前似乎又浮現少女斂眉一笑，朝他眨眨眼，突然向著不遠處的舞姬們招手，「師父要請妳們分茶吃，諸位姐姐還不過來……」既而閃在一旁，徒瞧著他被大堆舞姬裡三層外三層埋在茶席中求告無門。

蘇陌葉收回茶海，倜儻一笑，「我為何要告訴妳？」

鳳九仔細辨認一陣他的神色，方道：「好吧。」斟酌一陣，道：「其實，此時過來尋你，是有個事勞你幫一幫。昨夜你將我劈昏好歹對付過去一夜，但也不能夜夜如此，聽說今晚船將靠岸，有個景致奇好之地我想前去一觀，但倘若阿青糾纏，定然沒戲，來的路上我已想出一個絕妙辦法，你且聽聽。」

蘇陌葉同情道：「為了避開青殿，難為妳這麼用心。」

鳳九想出的這個法子，著實用心，也著實要些本錢。

青殿的眼神不好，尋她一向靠的嗅覺。

傍晚，龍船將在斷腸山攏岸，斷腸山有個斷腸崖，斷腸崖下有個鳴溪灣。

鳳九今夜，勢必要去鳴溪灣賞月令花。她雖然也想過在身上多撒些香粉以躲過青殿，但青殿的性子，尋不著她必定大發雷霆，屆時將整艘龍船吞下去也未可知。

思來想去，找個人穿上她的裙子染上她的氣味替代她這個法子最好，但思及青殿的威猛樣，找誰，她都有點不忍心。不過皇天不負有心人，正待她糾結時，嫦棣適時地出現在了她的面前……

鳳九向蘇陌葉道：「據我所察，嫦棣暗中似乎對息澤生了些許情愫，今晚我以息澤的名義留書一封，邀她河畔相見，陌少你身形同息澤差不了多少，扮扮息澤，應是不在話下。」

頓了頓，周密道：「我們事先在岸旁你身前數步打個洞，引些河水灌進去，再做個障眼法，屆時嫦棣朝你奔來時，必定掉進洞中。我那個小畫舫體量小，也靈活，正可以泊在附近。我在畫舫中備好衣物，你跳下水將她撈起來，再領她進畫舫換下濕衣即可。這事辦成了，你算我一個大恩人，我帶你去看月令花。」

蘇陌葉瞧著鳳九認認真真伸手蘸茶水在茶席上給他畫地形圖，噗哧笑道：「妳小叔從前常說，青丘孫子輩就妳一個，以致得寵太多，養出個混世魔王性格，什麼禍都敢惹，此前我還不信，今次一見，倒果然是名不虛傳。」

鳳九憤憤然，「小叔仗著有小叔父給他撐腰，才是什麼禍都敢惹，他這樣還有臉來說我。」委屈地道：「其實我和姑姑，我們每次惹禍前都是要再三斟酌的。」悲苦道：「姑姑新近因為有了姑父撐腰，比較放得開了，但我，我還是要再三斟酌的。」

蘇陌葉嗆了一口茶，讚道：「……也算是個好習慣。」揉了揉眉心續道：「不過妳這個計策，旁的還好說，但將息澤神君扯進去……」神色莫測地道：「息澤神君不是個容易算計之人，若他曉得妳設計他，怕惹出什麼麻煩。」

鳳九嚴肅地考慮了半晌，又考慮了半晌，慎重地給出了三個字，「管他的。」

是夜，鳳九頭上頂一個面具，蹲在河畔綠油油的蘆葦蕩裡頭，雙目炯炯然，探看蕩外的形勢。

思行河遇斷腸山，被山勢緩緩一擋，擋出一個平靜峽灣來，灣中飄著許多山民許願的河燈，盞盞如繁星點將在天幕之中。

今夜恰逢附近的山民做玉女誕。玉女誕是個男女歡會的姻緣誕，此地有個延續過萬年的習俗，誕辰夜裡，尚未婚嫁的年輕男女皆可戴著面具盛裝出遊，寂草閒花之間，或以歌或憑舞傳情，定下一生良配。

因要辦這麼件大盛事，今夜斷腸山據傳封山。

鳳九一根手指挑著頭上的面具玩兒，心中暗笑，得虧自己有根骨夠靈性，搞來這個面具，今夜頂著它，潛進山中還不易如反掌？

河蕩中一陣風吹過，鳳九打了個刁鑽噴嚏，摸出錦帕擰了擰鼻涕，一抬眼，瞧見下午她做出的水洞跟前，蘇陌葉扮的紫衣息澤已徐徐就位。

月上柳梢頭，人約黃昏後。不一刻，青衣少女也款移蓮步飄然而來，恰在做出障眼法的水洞跟前停了腳步，樵燈漁火中，與蘇陌葉兩兩相望。

鳳九握緊拳頭暗暗祈禱，「再走一步，再走一步……」

青衣的嫦棣卻駐足不前，含羞帶怯，軟著嗓子訴起了情衷，「息澤大人先時留給嫦棣的信，嫦棣看到了，大人在信中說，說對嫦棣傾慕日久，每每思及嫦棣便輾轉反側，夜不能寐……」

鳳九看到蘇陌葉的身子在夜風中晃了一晃。

嫦棣羞澀地抬頭，「大人還說白日人多繁雜，總是不能將嫦棣看得仔細，故而特邀嫦棣來此一解相思，但又唯恐唐突了嫦棣……」

鳳九看到蘇陌葉的身子在夜風中又晃了一晃。

嫦棣眼風溫軟，嬌嗔輕言，「如今嫦棣來了，大人卻何故瞧著人家一言不發。大人……大人只這樣目不轉睛地盯著人家，真真……真真羞煞人家了……」

鳳九看到蘇陌葉的身子再次晃了一晃還後退了一步，著急地在心中為他打氣，「陌少，撐住啊。」

嫦棣盯住蘇陌葉，媚眼如絲，婉轉一笑，「其實大人何必擔憂唐突嫦棣，嫦棣對大人亦……」一情難自禁地向前邁出一步。
「嗷啊……」
嫦棣掉進了水洞中。
鳳九愣了一愣，反應過來，一把抹淨額頭的虛汗，瞧蘇陌葉還愣在水洞前，趕緊從蘆葦蕩裡跳起來同他比手勢，示意君已入甕，雖然入甕得有些突然，但他下一步該跳水入洞救人了。蘇陌葉見她的手勢，躊躇了片刻，將隨身的洞簫在手裡化作兩丈長，探進水洞裡戳了戳。
洞裡傳出嫦棣甚委屈一個聲音，「大人，你戳到嫦棣的頭了……」蘇陌葉趕緊又戳了幾戳才慢吞吞道：「哦，對不住對不住，那妳順著桿子爬上來吧，走路怎麼這麼不小心啊，我領妳去換身衣裳。」
鳳九復蹲進蘆葦蕩中，從散開的蘆葦間看到嫦棣一身是水順著蘇陌葉的洞簫爬出來，抽抽噎噎跟在蘇陌葉身後，向著她預先泊好的小畫舫走去。
此事有驚無險，算是成了一半，只是陌少後續發揮不大穩定，鳳九心中略有反思，難不成，那封仿息澤筆跡留給嫦棣的情信果然太猛，猛得連陌少這等情場浪子都有些受不住？要是以後有一天，讓息澤曉得自己以他的名義寫了這麼一封情信給嫦棣，不曉得他又受不受得住。
鳳九嘆了一聲，嘆息剛出口，身旁卻響起個聲音與之相和，「妳在這裡做什麼？」
鳳九轉頭一望，瞧見來人，欣然笑道：「自然是在等你，不是說過事成後帶攜你去看月令花嗎？」

遠目一番小畫舫，「你動作倒快，莫非才將婠棣領進去就出來了？」

回頭看他，「怎麼還是息澤的樣子，變回來吧，又沒有旁人。」

拂開蘆葦走了兩步，又折回來從懷裡取出個檜木面具，伸手罩到還是息澤的一張俊臉上，「差點忘了，要進山看月令花得戴著這個，我給你也搞了一個。你不認路，跟緊我些。」

她拍一拍他的肩，「對了，倘有不認識的姑娘歌聲邀你，記住八個字，『固本守元，穩住仙根』。倘有不認識的小伙子來劫我，也記住八個字，『別客氣將他打趴下』。這一路咱們前狼後虎困難重重，要做好一個互相照應，喀喀，當然，其實主要是你照應我。」

蘇陌葉嗯了一聲。

鳳九偏頭，「你這個聲兒怎麼聽著也還像息澤的？不是讓你變回來嗎？」一望天幕又道：「罷了罷了，時辰不早，咱們快些，不然看不到了。」

待入深山，日漸沒，春夜無星，鳳九祭出顆明珠照路，見沿途巧木修竹，倒是自成一脈頗得眼緣的風景。

嗚溪灣這個好地方是鳳九從宮中一本古書上看來，古書貼心，上頭還附了一冊描畫入微的地圖。此時這冊地圖被拎在鳳九的手中，權作一個嚮導。

斷腸山做合歡會，月老卻忒不應景，九天穹廬似頂漆黑的大罩子罩在天頂上，他老人家隱在罩子後頭，連個鬍鬚梢兒也不曾露出來，受累鳳九一路行得踉蹌。

越往深山裡頭，人煙越發寂寥，偶爾幾聲虎狼咆哮，鳳九感慨此行帶上蘇陌葉這個拖油瓶幫襯，帶得英明。

清歌聲遠遠拋在後頭，行至鳴溪灣坐定時，入眼處，四圍皆黑，入耳處，八方俱寂，與前山盡是紅塵的聲色繁華樣大不相同。

鳳九將明珠收進袖子裡，挨著微帶夜露的草皮躺定，招呼蘇陌葉過來亦躺一躺。幾步遠一陣慢悠悠的響動，估摸陌少承了她的指教。

陌少今夜沉定，鳳九原以為乃是嫦棣唸的那封情信之故，方才路上聽得叢林中飄出一闋清曲，她聽出個首聯和尾聯，兩聯四句唱的是「結髮為夫妻，恩愛兩不疑。生當復來歸，死當長相思」。清曲裊裊飄進她耳中，一剎那如靈光灌頂，她方才了悟。

陌少何人？「萬花叢中過，片葉不沾身」翩翩然一風流紈褲爾，不過一封略出格的情信，何至於就驚得他一路無話？陌少無話，乃是見此良辰佳夜、玉人雙全的好景致，想起了逝去的阿蘭若，故而傷情無話。

徒留陌少一人在靜寂中鑽牛角尖不是朋友所為，盡快找個什麼話題，將他的注意力轉一轉方是正經。

滿目黑寂入眼，鳳九輕咳一聲，打破沉靜向陌少道：「書上說月令花戌時末刻開花，可能還要等個一時片刻。有首關於月令花的歌謠你聽說過沒有？」話間用手指敲著草皮打拍子唱起來，「月令花，天上雪，花初放，始凋謝，一刻生，一刻滅，月出不見花，花開不見月，月令花不知，花亦不識月，花開一刻生，花謝一刻滅。」

鳳九幼年疲懶，正經課業修得一筆糊塗帳，令白止帝君十分頭疼，但於歌舞一項卻極有天分，小時候也愛顯擺，只是後來隨著她姑姑白淺看了幾冊話本，以為人前歌舞乃戲子行徑，此後才罷了。今夜為安慰蘇陌葉，不惜在他跟前做戲子行，鳳九自覺為了朋友真是兩肋插刀，夠豪情，夠仗義。

歌謠挺憂傷，鳳九唱得亦動情，蘇陌葉聽罷，卻只淡淡道了句「唱得不錯」，便再無話。

今夜陌少有些難搞，但他這個模樣，就更需要她安慰了。瞧著入定般的黑夜，鳳九沒話找話地繼續道：「我嘛，對花草類其實不大有興趣，但書上記載的這個月令花卻想來看看。你可能不曉得，傳說這種花只在玉女誕上開花，開花時不能見月光，所以每年這個時候都沒有月亮。其實和月令花比起來，你和阿……」

阿蘭若這個名字已到嘴邊，鳳九又嚥了回去。陌少此時正在傷情之中，傷的正是阿蘭若，照她的經驗，此時不提阿蘭若的名字好些。她自以為聰慧地拿出一個「她」字來代替，道：「你和她，你們擁有過回憶已經很好了，你看這個月令花，傳說它其實一直想要見一見月光，但是月出不見花，花開不見月，一直都見不到，有情卻無緣，這豈不是一件更加悲傷的事情嗎？」

蘇陌葉沒有回話，靜了一陣，鳳九待再要說話，語音卻消沒在徐然漸起的亮光之中，眼睛一時也瞪大了。

漸起的瑩光顯出周圍的景致，一條溪灣繞出塊遼闊花地，叢聚的月令花樹間，細小的重瓣花攢成花簇，發出朦朧的白光，脫落枝頭盈盈飄向空中，似染了層月色霜華。一方花地就像一方小小天幕，被浮在半空的花朵鋪開一片璀璨的星河。

原來這就是月令花開。這等美景，在青丘不曾見過，九重天亦不曾見過。

鳳九激動地偏頭去瞧蘇陌葉，見陌少手枕著頭，依然十分沉默，沉默得很有氣度。不禁在心中唏噓，將一個情場浪子傷到這步田地，兩百多年過去了，這個浪子依然這麼傷，阿蘭若是個人才。

瞧著頹然落寞一言不發的陌少，鳳九不大忍心，蹭了兩蹭挨過去，與蘇陌葉隔著一個茶席遠，抬手指定空中似雪靄飄揚的月令花，將開解的大業進行到底，「唔，你看，這個月令花開為什麼這麼漂亮，因為今天晚上什麼都沒有，只有它在開放，是唯一的光亮色彩，我們的眼睛只能看到它，所以認為它最漂亮。」

她轉過頭來看著蘇陌葉臉上的面具，誠懇勸道：「這麼多年你也沒有辦法放下她，因為你讓你的回憶裡什麼也沒有，只有她，你主動把其他的東西都塵封了，她就更加清晰，更加深刻，讓你更加痛苦。」她認真地比劃，「但其實那樣是不對的，除了她以外還有很多其他的人、其他的事、其他的東西，有時候我們執念太深，其實是因為一葉障目。陌少，你不是不明白，你只是不想把葉子撥開而已。」說到這一步，陌少這麼個透徹人若還是不能悟，她道義已盡，懶得費唇舌再點撥了。

沒想到陌少竟然開了口。月令花盛開凋零此起彼伏，恍若緩逝的流光，流光底下，陌少涼涼道：「只將一個人放進回憶中，有何不妥？其他人，有值得我特別注意的必要嗎？」

陌少能說出這麼一篇話，其實令鳳九心生欽佩。欽佩中憐惜之心頓起，不禁軟言道：「你這樣執著專一，著實難得，但與其這麼痛苦地將她放進心中……」

陌少打斷她，語聲中含著些許莫名，「我什麼時候痛苦了？」

鳳九體諒陌少死鴨子嘴硬，不忍他人窺探自己的脆弱，附和道：「我明白，明白，即便痛苦，這也不是一般的痛苦，乃是一種甜蜜的痛苦，我都明白，都明白，但甜蜜的痛苦更易摧折人心，萬不可熟視無睹，方知這種痛苦才是直入心間最要命……」

陌少默然打斷，「……我覺得妳不太明白。」

鳳九蹙眉，「唉，痛就痛了，男子漢大丈夫，做什麼這樣計較，敢痛就要敢承認。」恍然此時是在安慰人需溫柔些，試著將眉毛緩下來，沉痛道：「你這個，就是在逃避嘛，如果不痛苦，你今晚為什麼反常地沒有同我說很多話呢？」

陌少似乎轉頭看了她一眼，然後翻了個身，沒言語。

鳳九心中咯噔一聲，該不是自己太過洞若觀火，一雙火眼金睛掃出陌少深埋於胸的心事，令陌少惱羞成怒了吧？

唔，既然已經怒了，有個事情她實在好奇，她聽說過阿蘭若許多傳言，阿蘭若到底如何，她卻不曉得，趁著他這一兩分怒意，說不得能詐出他一兩句真心話。

鳳九狀若平和，漫不經意道：「你方才說，只想將她一人存於回憶中，她是怎麼樣的？」

夜極靜，前山不知何處傳來清歌入耳，影影綽綽，頗渺茫。陌少開口時聲音極低，她卻聽得真切。

「很漂亮。」他說：「長大了會更漂亮。」頓了頓，補充道：「性格也好。」像是陷入什麼回憶，道：「也很能幹。哪方面都能幹。」總結道：「總之哪裡都很好。」又像是自言自語，「我挑的，自然哪裡都很好。」

鳳九在心中將陌少這幾句話過了一遭，又過了一遭。長相好，性格好，又能幹。怪不得阿蘭若年紀輕輕便魂歸離恨天，有句老話叫天妒紅顏，這等人早早被老天收了實在怨不得。幸好她同姑姑只是長得好看，性格不算尤其好，也不算尤其能幹。但陌少說得這麼倍加珍重，鳳九覺得不好晾著他，該回他一句，也不曉得該回他個什麼，隨意咕噥道：「我以前也喜歡過一個人，印象中長得好像也很好看，但實在要算是個爛人。」添了一句，「所以他可以活得很長。」

陌少無意義地附和，「有我在，她也可以活得很長。」

鳳九心中嘆息，陌少這句話，從語聲中雖然聽不出什麼惋惜沉痛，但不能形於外的沉痛，必定已痛到了極致吧。當年若是陌少在，以陌少之能，必然可以保住阿蘭若，可嘆一句命運弄人，陌少講出這句話時，不知有多麼自責。

多麼癡情的陌少。多麼可憐見的陌少。

眼看月令花隨風凋零，如星光驟降，一場荼蘼花開轉瞬即逝，正合著一刻生一刻滅六個字。

蘇陌葉率先起身道：「走吧。」

鳳九亦起身整了整裙子，抬頭時，卻驀然愣在了月令花凋零的餘暉中。方才躺在草地上，她並未太過注意，此時迎面而站，卻見蘇陌葉紋飾清俊的面具遮擋住了面容，但面具外的頭髮，仍是一派皓月銀色。

有個念頭鑽進她的腦中，像炸開一個霹靂，她猛然一震。

良久，恍若晨靄的柔光中，她抬手到紫衣青年面前，顫抖地手一鬆，青年臉上的面具隨之而落，花朵的餘暉化作光點鋪在樹間、草地、他們身上。光點明滅間，鳳九啞著嗓子道：「息澤神君？」一見青年沒有說話，又道：「你做什麼騙我？」

青年單手接住滑落的面具，淡淡道：「我從來沒有說自己是妳師父陌先生。」

第五章　天地共主也有情緒

雖然賞花帶錯了人，鳳九慶幸自己機靈，沒同息澤說什麼不當說的，走漏身分。

息澤神君乍看一副冰山樣，想不到對橘諾用情用得這樣深，怪不得凡人口中有個俗諺，叫作情人眼裡出西施。

入睡時，鳳九很為息澤神君憂慮了一陣，這個人得眼瞎到什麼地步，才能覺得橘諾性情好又能幹啊。長得一表人才，品味卻低到這個程度，多麼地可惜。

她在一片唏噓中沉入夢鄉，卻只胡亂瞇了個囫圇覺，曉雞初鳴時便爬起來整裝洗漱。

昨夜她不仗義，徒留陌少一人面對嫦棣，不知應付得艱辛否。或許一大早便要來興師問罪，她做個懂禮的乖巧樣早早候著他，說不定陌少心軟，就不同她計較了。

她存著這個思量，在艙中正襟危坐，左等右等。

沒承想卯日星君將日頭布得敞開時，陌少才施施然現身，現身後卻絕口未提她幹的缺德事，只道昨夜青殿追著嫦棣鬼哭狼嚎跑了四座林子，嫦棣被青殿纏得衣衫襤褸，一回船上便暈了過去，大不幸驚動了上君君后。話到此，還關切地提點了她一句，嫦棣不是個省心的，說不得她後續要有些麻煩。

鳳九方才了悟陌少他今日為何這樣慈藹寬厚。

今日不勞他親自動手，她這個放他鴿子的也即將倒個大霉，他自然樂得做副和順樣，在一旁裝一裝好人。陌少依然還是那個陌少。

抱怨歸抱怨，陌少的提點她還是放在心上。

此前想著嫦棣死要面子，絕不會將這樣的丟臉事大肆聲張，哪裡算到，竟會被上君和君后撞見。

她的字典裡頭，「惹禍」兩個字堂而皇之書得斗大，卻獨獨缺「善後」這兩個字。且她從前自負青丘的帝姬，一向覺得作為一個帝姬，曉得怎麼惹禍就夠了，善後不屬於一個帝姬應該鑽研的範疇。

想了又想，鳳九心存僥倖地問蘇陌葉，「再怎麼說，阿蘭若也是上君和君后親生的閨女，即便罰，我覺得，大抵他們也不會罰得太重吧？」

蘇陌葉難得地擰起了眉頭，「難說。」

七日後，鳳九蹲在觀塵宮地牢中一個破牢籠裡頭，才真正領教阿蘭若這雙爹娘管教兒女的雷霆手段，方曉得陌少當日擰著的眉頭是個什麼意思。

九曲山撐山的石頭造成的這個牢籠，的確只能算一個籠，也的確只能蹲著。稍一施展，便有可能觸到籠壁，壁上鑲嵌的石頭不知施了什麼訣竅，觸上去便疼痛如刀割，實是一場酷刑。

這還是蘇陌葉幫她求了情，甘願面壁個十天半月，幫她分擔了些責罰。若沒有陌少仗義相助，怕不是被關關牢籠就能了事。

雖然從前她惹白奕生氣時，也被罰過禁閉，她對這些禁閉至今也還有一些埋怨，但今日始知，比起阿蘭若她爹這等教罰的手段，她爹白奕著實當得上一位慈父。

挺背半蹲這個姿勢，尋常做出來都嫌彆扭，何況還需一直保持。雖然這個仿出來的世界比之真正的梵音谷，處處都能施展法術，但關她的這個牢籠卻下了重重禁制，讓她想給自己使個定身咒都不得。虧得身體底子好，好歹撐了一天，夜幕降臨時節再也支撐不住，後背重重地撞上石壁，卻連喘口氣的時候都沒有，一瞬只覺千刀萬斧在皮肉上重重斫砍，痛得立時清醒。

同樣的折磨如是再三反覆，頭一日，鳳九還堅韌地想著熬一熬便好了；第二日，汗濕重衣間想著誰能來救一救自己就好了；第三日，第四日，第五日，她終於明白這種折騰無止無盡，不是熬一熬就能完事，而且不會有誰來救自己。不曉得阿蘭若一雙父母同這個女兒有什麼深仇大恨，要下這樣的狠手。

滅頂的痛苦中，鳳九有生以來，第一次萌發了死意。

當死這個字從腦海深處冒出來時，她靈台上有一瞬難得的清醒，被嚇了一跳，但不及多想，久閉的牢門當此時卻啪嗒一聲，開了，逆光中，站著一個纖弱的人影。

她強撐著眼皮費力望過去，嫦棣站在光影中朝她笑。

暮色的微光中，她像是欣賞夠了她的狼狽樣，才施施然走過來，居高臨下看著她，語聲極柔和，「姐姐這幾日，不知在牢中過得如何了？」

這句話聽入耳中已是勉力，遑論回她。

嫦棣等了片刻，笑得越加開心，「姐姐不是向來伶牙俐齒嗎，今日怎麼裝起文靜來了？

難不成，是疼得說不出話了？」

她蹲下來與鳳九齊平，「姐姐好計策，放任那條蠢蛇將妹妹捉弄得好苦，當日姐姐施計時，難道不曾想過，妹妹卻不是個忍氣吞聲的悶嘴葫蘆，遲早會招呼回來的嗎？」嫦棣仔細端詳了一眼困她的籠子，輕聲道：「當日父君判姐姐在石籠子裡收收性子靜靜心，妹妹覺著，普通的石籠子有什麼好，私下特地囑咐他們換這個九曲籠給姐姐，這個籠子，伺候得姐姐還算舒坦吧？」

腳一時發麻，整個身子再次倒向籠壁，刀劍劈砍的痛苦令鳳九悶哼了一聲。嫦棣撐著下巴，故作天真道：「姐姐是不是在想，父君對妳果然並非那麼絕情，待從這裡出去，定要在父君跟前參我一本？」突然一臉厭惡道：「可笑，我叫妳一聲姐姐，妳便以為自己真是我的姐姐了？父君帶妳來了一趟觀塵宮，妳就忘了自己是個什麼東西。就算我一刀殺了妳，父君不過罰我一個禁閉，妳還真以為父君會為妳報仇，手刃我這個他最寵愛的小女兒？」冷笑道：「阿蘭若，從妳出生那一刻開始，注定是個多餘的罷了。」

嫦棣前頭那篇話，鳳九覺得自己捉弄她在先，她變本加厲報復回來在後，將自己折騰成這樣算她有本事，自己技不如人栽了，認這個栽。可後頭這一篇話，鳳九卻慶幸聽到的是自己而非阿蘭若本尊，這篇話連自己一個外人聽著，都覺傷人。

半掩的牢門外突然傳來一陣嘈雜聲，遠遠響起一面大鑼，有人驚慌道：「天火，是天火！走水了，行宮走水了！」嘈雜聲更甚，嫦棣突然伸手進來擰住鳳九的衣領，鳳九一個踉蹌免不了跌靠住籠壁，又是一陣錐心刺骨的疼。待回過神來，卻見牢中嗆進一股濃煙，嫦棣半摀住鼻子，眼睛在濃煙中閃閃發亮，輕笑道：「行宮失火了，說不得立刻就要燒到這裡，姐姐，看來老天都憐妳這樣活著沒有意思，意欲早早超渡妳。」

鳳九強撐出半口氣，反手牢牢握住嫦棣伸進籠中的胳膊，唇角擠出一點笑來，往籠壁上重重一按，斧劈刀砍是個什麼滋味她再清楚不過，立時便聽見嫦棣一聲淒厲哀號，鳳九輕聲喘氣，「只一下便受不住？就這點出息？絮絮叨叨甚是討厭，說夠了就給我滾。」

嫦棣抱著胳膊跌跌撞撞跑走，牢門口回望的一眼飽含恨意。

滿室濃煙中，鳳九一邊嗆得咳嗽一邊思忖，方才嫦棣進來前，她想什麼來著？

對了，死。誠然神仙無來世，所謂一個仙者之死，自然是軀體連同魂魄一概歸於塵土，僅能留存於茫茫天地間的，不過些許氣澤。但，這是阿蘭若的軀殼，說不得這個軀殼死去，正能讓自己的魂魄得以解脫，回到自己原本的軀殼中。不過，也有可能自己的魂魄已同阿蘭若的軀殼融為一體，生俱生，滅俱滅。

狐狸耳朵尖，此時她腦子放空，聽得便更遠。吵嚷不休的背景中，唯一一個清晰響起的，是息澤的聲音。阿蘭若這個便宜夫君，做什麼事都一副從容派頭，沉穩如一汪無波無瀾的古水，想不到也有這種光是聽個聲音，便教人曉得他很焦急的時候。

但這份焦急卻同她沒什麼關係，息澤的聲音縹縹緲緲，問的是：「大公主在什麼地方？」也不曉得是在問誰。

鳳九有一瞬為阿蘭若感到心酸，打個比方，譬如天火是把利劍同時架在她和橘諾的脖子上，她唯一可指望的夫君心心念念卻全然是她姐姐的安危，這是怎樣的一則悲劇。而且，她再沒有其他什麼人可以指望。

火勢漸盛，火星舔上牢門，俗話說乾柴烈火，頃刻便釀出一片熊熊的火光。這樣的危急時刻，鳳九的心情卻格外平靜，身上的疼痛似乎也隨著熱浪，一一蒸騰了。

她突然想起那年在九重天上，她傷在姬蘅的單翼雪獅爪下，那時的她，似乎並沒有動過希望東華來救自己的念頭。盜頻婆果被困在蛇陣中時，她那麼害怕，也沒有動過那個念頭。沒有動這個念頭，是好的。這樣就不會一次又一次地傷心失望了。

姑姑的話本中，倘是天定的好姻緣，姑娘遇險時必定有翩翩公子前來搭救。她從小就對這種場景莫名地猜想，或許正因如此，才愛上琴堯山上出手救了自己的東華。但除了那僅有的一次，他再沒有在她需要的時刻救過她。每一次，都是自己熬過來的。每一次，自己竟然都熬了過來。但不曉得這一次，還有沒有這樣的好運氣。

有一句話是情深緣淺，情深是她，緣淺是她和東華。有一個詞是福薄，她福薄，所以遇到他，他福薄，所以錯過她。

她一瞬覺得自己今夜真是個詩人，一瞬又覺得自己沒有出息，明明已放過狠話，說東華帝君從此於自己不過四個字而已，這種浮生將盡的時刻，想起的居然還是他。

若自己果真死在今夜，日後這個消息傳進他的耳中，他是否會為自己難過一分？是否會感嘆，「想不到她年紀輕輕便罹此大難，當年她同本座在梵音谷中還曾有同院一住之緣，一日三餐，將本座照顧得不錯。」

她兩千多年的情和執念，於東華而言，大約能換得他這麼一句，也算是她積福不淺了吧？

火舌一路舔上房樑，偶有斷木傾塌。鳳九仰望著房頂，只覺火光明亮，照得人發沉。樑上一段巨木攜著火勢直落而下，鳳九閉上眼睛，心中凜然，是塵歸塵土歸土還是另有生路，此刻便見分曉了。

她運氣好。

是生路。

卻並非她所想像的生路。

玄衣青年勉力推開砸落在身上的巨木，瞧見她濕透的額髮蒼白的臉頰，愣道：「他們竟拿九曲籠鎖妳？」冷峻的眸子瞬間騰出怒色，拔劍俐落將石籠一劈為四。鳳九乍然於方寸之地解脫，疼痛卻也在一瞬之間歸了實地，爬遍寸寸肌膚。她痛呼一聲便要栽倒，被青年攔腰抱住。

避火的罩衣兜頭籠在身上，鳳九喃喃出聲，「沉曄？怎麼是你來救我？」

青年沒有回話，抱著她在火中幾個騰挪，原本就不大寬敞的一個地牢，已成一片汪洋火海。鳳九覺得，想必它從沒有過這麼明亮的時候。眼前有滔天火勢，鼻尖卻自有一股清涼，身上仍痛得心慌，不過此時暈過去也無妨了。

良久，似乎終於吹到涼爽的夜風。有個聲音響在她耳畔，「做出這個地方，不過是為了讓妳復活，雖然妳還不是真正的她，但如果這具軀殼毀掉了，我做的這一切，還有什麼意義呢？我一定會讓妳回來，阿蘭若，我欠妳的，他們欠妳的，妳都要回來親自拿到手。」她覺得這個聲音喚著阿蘭若這三個字時，有一種壓抑的痛苦。

但她不曉得這是不是自己在作夢。

自一片昏茫中醒來時，天邊遙遙垂掛著一輪銀月，四圍杳無人跡，近旁幾叢花開得蔫答蔫答，一股火事後的焦灼味兒。

鳳九懵懂瞧著蓋在腿上的避火罩衣，半晌，腦子轉過彎兒來：行宮降了天火，燒到了地牢，臨危時沉曄從天而降，助自己逃出生天，撿回了一條小命。

抬眼將身周的荒地虛虛一掃，方圓三丈內的活物，只得幾隻懨懨的紡織娘，救命恩人大約中途敲了退堂鼓，將自己隨道扔了。口中一股藥丸味兒，身上的疼痛被鎮住了多半，看來扔掉之前餵了自己一顆頗有效用的止痛傷藥，救命恩人還算義氣。

涼風迎面拂過，激出鳳九幾個刁鑽噴嚏，被折騰幾日，原本就將身子折騰得有些病弱，再在風地裡吹著，風邪入體必定浸出個傷寒，屆時也只是自己多吃苦。

鳳九認清楚這個時務，將罩衣裹得更緊一層，循著銀月清輝，辨認出一條狹窄宮道，朝著自己那處極偏的院落踉蹌而去。

越往偏處走，火勢的痕跡倒越輕些，待到自己住的曉寒居，已全見不出宮中剛起過一場天火。看來住得偏，也有住得偏的好處。

院門一推便入，分花拂柳直至正廳前，鳳九腦門上的虛汗已凝得豆大。她一面佩服自己病弱到這個地步竟還能一路撐著摸回院子，是個英雄，一面腿已開始打戰，只等見著床便要立仆。

眼見廳門咫尺之遙，手抬起來正要碰上去，一聲低呼卻從雕花門後頭傳出來，將她半抬的手定在空中。

鳳九稍許探頭，朝裡一望。目中所見，廳堂正中的四方桌上點了支長明燭，長明燭後頭擱了張長臥榻，此時斷不該出現在此地的橘諾，正懶懶倚躺在這張臥榻的上頭。阿蘭若名義上的夫君息澤神君側身背對著廳門，坐在臥榻旁一個四方凳上，垂頭幫橘諾包紮一個手上的傷口。興許是做過神官之故，阿蘭若這位夫君，瞧著與比翼鳥闔族都不甚同，舉手投足間自成一副做派，疏離中見懶散，懶散中見敷衍，敷衍中又見冷漠。此時幫橘諾包紮傷口，動作裡方勉強可尋出幾分與平日不同的認真細緻來。

鳳九在院門口一愣，只道九曲籠中的酷刑將腦子折騰得糊塗，一徑走錯了院落。輕手輕腳退回去，拂柳分花直退到院門口，突然瞧見茶茶從分院的月亮門轉出來。

忠僕茶茶舉目望見她，一愣後直奔而來，欣喜不能自已地抓住她的袖角，「殿下妳竟自個兒平安回來了，方才正殿並幾處陪殿好大的火勢，茶茶還擔心火勢蔓到地牢，殿下有沒有傷著哪一處？」不等鳳九回話，又趕緊道：「火事剛生出來陌先生便從面壁處趕回來尋妳，殿下回來時同陌先生錯過了嗎？」

鳳九打量一眼茶茶，打量一眼花樹中露出個簷角的廳廂，沉吟道：「這麼說沒有走錯路，不過我方才似乎瞧見橘諾……」

茶茶撇嘴道：「息澤大人住的小院同大公主住的陪殿離正殿近些，皆被火舔盡了，大公主身子抱恙，君后安置她在我們這處一歇。」小心抬著眼皮覷鳳九臉色道：「息澤大人作陪……亦是，亦是君后之令……」

鳳九自然看出茶茶目光閃爍為的什麼，藉口想在院中吹吹風飲壺熱茶，將她打發下去備茶具了。她此時其實極想挨個床鋪躺一躺，並不想飲茶，但曉寒居乃是一院帶一樓，她的臥廂恰在正廳的上頭。她此時沒有什麼精神應付正廳裡頭那二位，院子裡花花草草甚多，擠挨著也算擋風，身子似乎也還撐得住，不如靠坐在花樹底下就著熱茶打個盹兒，也候一候蘇陌葉。

這個盹兒打得長久，睡著時明明還覺著有些風涼，睜眼卻覺得很暖和，垂首見身上裹著件男子的外袍，耳中聽進一個聲音，「睡醒了？」仰頭果然見蘇陌葉坐在花樹旁一個石頭凳子上。

鳳九茫然同他對視了半刻，道：「你早曉得行宮今夜會有大火，阿蘭若會被困在火中吧？」

蘇陌葉似乎早料到她有此一問，良久，道：「今日有火我知道，但當日火起之時，阿蘭若一直在這曉寒居中寸步未出，我也未留意火是否蔓進了地牢中。」瞧著她，又道：「其實，她從不曾惹出什麼禍事被關進地牢過，妳同她不一樣，妳們遭遇之事自然也不會一樣。」

這個答案鳳九隱約有所察覺，輕聲道：「既然無論如何我無法復刻她的人生，你又要如何曉得她的死因？」

蘇陌葉淡淡道：「其實這個世界，原本就是失之毫釐謬以千里，變數多如香水海中的蓮瓣，或許誰平白多打一個噴嚏也會致它同當初的世界大不同。可妳知道這樣多的變數當中，有什麼是無論如何也不會輕易改變的嗎？」

瞧著她迷茫的眼睛，道：「可還記得太晨宮前芬陀利池中人心所化的白蓮？瑤池中的蓮盞常知四時變幻，朝夕晦明，芬陀利池中的萬盞白蓮卻是亙古不變。」一時語聲縹緲，像是自問自答，「不變的是蓮耶，是人心耶？」
鳳九接口道：「是人心。」
蘇陌葉讚賞地看她一眼，「是了，只有人心沒那麼容易改變，譬如橘諾對妳，譬如嫦棣對妳，再譬如上君和君后對妳。」目光遙望天際，「紛繁塵事只是浮雲，這些塵事背後，我要看到的是最後他們對阿蘭若的本心，那就是阿蘭若的死因。」話題一轉道：「所以妳想如何就如何，不必拘泥阿蘭若從前的本性，只是那幾件大事上頭，切記住同她做出相同的抉擇。」
鳳九想了一想，點頭稱是，將蓋在身上的袍子隨手一理，靠在老杏樹的樹根前，抬頭遙望天上的圓月，口中道：「你先回去吧，我再賞一賞月。」
蘇陌葉瞧她片刻，作勢伸手扶她，調笑道：「茶茶說妳一片丹心只為著我這個師父，大半夜在院中吹涼風也是為候我，既然為師已經回來了，自然不必妳再漠漠寒夜立中宵，起來我送妳回房。」
滿園春杏，月光下花開勝雪。鳳九未在意他遞過來的手，仍然瞧著天上玉盤般的明月，良久，突然道：「我同東華帝君的事情，不曉得你聽說過沒有？」話剛出口，似乎恍然不妥，愣愣道：「我今夜吹多了風有些善感，你當什麼都沒有聽到過，先回去吧。」
蘇陌葉嘴角的笑意淡去，手指碰了碰石桌上的茶壺將茶水溫燙，添給她一杯暖手，方道：「略聽連宋提過一些。」又道：「白真常說妳的性子原本就是不能將事悶在心中，此時容妳一人待著反讓人擔憂。有傷心的事，說給我聽一聽無妨，雖然擔個虛名，我也算妳的長輩。」

鳳九沉默許久，道：「婃棣將上君關我靜心的石牢換成了九曲籠。」

蘇陌葉提著茶壺的手一顫，「什麼？」

鳳九側頭看他一眼，飛速道：「其實沒有什麼，我吃了傷藥，已經不痛了。」又重新望著天上，「只是在籠子裡受折磨的時候，我有想過為什麼輪到我就是這樣。姑姑說她從前被瑤光上神關過水牢，墨淵上神去救了她，還被前任鬼君抓去過大紫明宮，墨淵上神還去救了她。啊，這麼看來竟然次次都是墨淵上神救了她。你說是不是因為姑姑把我的運氣都用完了，所以每次遇到危險的時候，我才都是一個人？」語聲極為平靜，聽不出半點鬱結哀傷，說到最後就像是真正在疑惑。

蘇陌葉低聲道：「每次？」眼中似乎瞧見杏林深處有個影子，定睛一看又什麼都沒有，凝神也辨不出院中還有什麼旁人氣澤。

鳳九仰頭喃喃，「嗯啊，危險到要以性命相付的時刻，以前也有過好幾次。如果沒有經歷過那些，可能我就沒有辦法熬過九曲籠的折騰了吧。因為我是青丘孫子輩的一棵獨苗，其實小時候還是被養得很嬌慣的，後來因為喜歡上東華帝君，吃了一些苦頭，就變得比較堅強了。」停了片刻，又道：「啊，也不能說沒有人來救我，譬如這次，沉曄就有來救過我，雖然半道將我扔在了路上。我本來覺得沒有什麼呢。九曲籠，一般人誰也熬不了五天吧？我竟然熬過來了，我還自己走了回來，我本來還覺得挺高興挺得意的呢。」

蘇陌葉拿過杯子將半涼的茶倒掉，添上熱的重新遞給她，「然後呢？」

「然後？」她想了一會兒，才緩緩道：「回來的時候，正瞧見息澤神君在幫橘諾包傷口。其實我覺得橘諾的傷一點都不嚴重，但息澤神君包得那麼慎重，突然就讓我有點難過。那個時候，覺得好像自己就是阿蘭若，但是又很可憐她，想著如果是她看到這一幕一定比我更難過，而我難過是因為看到女孩子被好好呵護該是什麼樣。我看不起橘諾一點小傷也裝得什麼似的，但又很羨慕她。」

她抬起手來，放在眼睛上，「帝君，為什麼我尤其需要他的時候，他都恰好不在呢？有一瞬我那麼想。從前遇到危險的時候，他沒有出現，我告訴自己，因為我們沒有緣分。其實那些時候，我並不是真的相信，我覺得我這麼努力，老天爺也會被我感動的。這一次，我才真的相信了，如果沉曄不來救我，我就真的死掉了。以前我不相信我們沒有緣分，可能是因為失望得還不夠徹底吧。」

蘇陌葉靜了許久，「那麼，妳恨他嗎？」

鳳九移開手掌，遙望著月光下盛開的杏花，努力眨了眨眼睛，「大概不恨吧。我只是覺得很累。帝君他很好，我和他沒有緣分罷了。」蘇陌葉柔聲道：「妳還小，將來妳會遇到更好的人。」

鳳九無意識地點頭，「你說得對，將來我會遇到更好的人。」

蘇陌葉唇角含笑，「將來妳想要遇到一個怎麼樣的人？」

鳳九想了片刻，「雖然我也不是那麼嬌氣，遇到危險時沒有人救我我就活不下來，但我希望遇到一個我有危險就會來救我的人，救了我不會把我隨手拋下的人，我痛的時候會安慰我的人。」

蘇陌葉低聲道：「難道妳就沒有想過，遇到一個再不會讓妳受苦、再不會讓妳遇到危險的人？」

她沒有說話。

蘇陌葉續道：「妳一直這樣仰著頭，脖子不會痛嗎？還是誰告訴妳只要仰著頭，眼淚就不會掉下來？那都是騙人的，妳不知道嗎？妳在忍什麼呢？」

夜風一陣涼似一陣，鳳九仍然仰著頭，彷彿天上那輪圓月是多麼值得研究的東西，良久，兩行淚珠沿著眼角流下，接著是極低的抽泣，又是良久，終於哇一聲大哭出來，哭得非常傷心。

不曉得何處吹來一陣狂風，杏花搖曳墜落，紛飛出一場遮天蔽日的大雪。杏花飛揚中，蘇陌葉再次瞧見那個紫色的人影。原來並非自己眼花。透過重重花雨，那位紫衣的神尊一臉蒼白，腳下是一只打翻的藥碗，手指緊握住一株蒼老杏樹的樹幹，目光愣愣落在鳳九身上。鳳九渾然不知，只是哭得越來越厲害。他緊蹙著眉頭，定定瞧著她，似乎想要走近一步，卻又不能邁近那一步。

因行宮起了火事，上君罰阿蘭若的十日靜思不了了之。嫦棣坑了她，鳳九沒將這樁事告上去。如嫦棣所說，以阿蘭若的處境，即便鬧開去，這樣事也不過將嫦棣不痛不癢罰一罰。不鬧開去，她還可以再坑回去，還是不鬧開去好。被坑了，就坑回去，再被坑，還坑回去，看誰坑到最後，才是坑得最好。

行宮被天火燒得幾近廢墟，一山的茶花遭殃大半，連累君后的生辰一派慘淡光景。上君雷霆大怒，卻因是天火非關人事，滿腔怒氣無處可洩，瞧著斷壁殘垣更添傷情，自以為眼不見為淨，吩咐連夜收拾龍船趕回王都。

思行河上白霧茫茫，船桅點幾盞風燈，曉天落幾顆殘星。天正要亮。

鳳九躺在一蓬軟乎乎的錦被裡頭，聽得船頭劈開水底浪，聲聲入耳，聞得瑞獸吐出帳中香，寸寸潤心，腦子裡緩慢地轉悠一個問題：一覺醒來，黑燈瞎火間，發現床邊坐著一個熟悉的陌生人，這種時候，一般人頭一個反應該是什麼？

照理是不是該尖叫一聲扯著被子爬到床角，瑟瑟發抖用一種驚恐而不失威嚴的聲音厲喝：「大膽狂徒，要做什麼？」不過眼前這個人，著實稱不得狂徒，且一向將自己當木頭樁子，即便現在黑燈瞎火，你能想像誰因為黑燈瞎火就能對一個木頭樁子做個什麼？

想通此處，鳳九放寬十萬八千個心，慢吞吞從床上坐起來，慢吞吞倚著床頭點起一盞燭火，將燭火抬起到靜坐的美男子跟前晃一晃，確認面目確然是他，慢吞吞地道：「息澤神君，你此來……不會是走錯房了吧？」

燭光映照下，今夜息澤神君的氣色瞧著不大好，靜靜地看了她一會兒，目光像是要溶進她眼中，行止間卻沒有什麼動靜，也不曉得在想什麼。

鳳九善解人意地掀開薄被起床，口中道：「我睡得足了，似乎神君你也累得很，是懶得再找屋子，想在我房中坐坐吧？那我去外頭吹一吹風醒個神，你若要走時切記替我留個門……」

她這一番話，存的其實是個避嫌的用意，雖然阿蘭若同息澤二人原本就是夫妻名義，但她不是阿蘭若，同息澤也沒有什麼旁的話好說，三更半夜的，能避自然要避一避。

被子方掀開一半，卻被對面伸過來的手穩妥地重蓋了回去。息澤神君皺了皺眉，將一件大氅披在她的肩頭，又遞給她一杯還冒著煙的熱糖水，才低聲道：「不痛了？將這個喝了。」面上的表情雖然紋風不動，但這八個字裡頭，卻聽得出一種關切。

鳳九捧著糖水，覺得莫名，他這個模樣這個神情，自然該對著傷了指頭的橘諾，這個時辰卻戳在自己房中，還這麼費心照顧自己，莫不是撞邪了吧？

鳳九伸手將燭台拿到面上一照，擔憂而誠懇地向息澤道：「神君你……是不是認錯人了？我是阿蘭若，不是橘諾，或者……你們撞邪之人此時看著我的確像是橘諾的樣子？但我實實在在是阿蘭若，你看著我像橘諾，乃是因為你撞了邪……」

息澤沉默地瞧了她半晌，「我沒有撞邪。」

乍聽此言，鳳九莫名之上更添了幾分疑惑，試探地道：「但一般來說，這種時刻你應該去照看橘諾啊。」

息澤的目光停留在她臉上，道：「我來照看妳，這樣不好嗎？」

鳳九想了片刻，有些明白地道：「哦，那就是橘諾讓你過來照顧我，用這個情分抵消嫦棣將我關進九曲籠吧？她們姐妹一向是感情好些，我原本也就沒有打算將這個事情鬧給上君曉得。你為了此事這麼費心來照顧我，我愧不敢當，其實添水、喝茶之類，有茶茶在我身旁就好，或者沒有茶茶我一個人也做得成，並不需人特別服侍。」

她將甜糖水遞還給他，又斟酌道：「我們雖然沒有什麼夫妻情分，不過息澤你每次這樣幫著她們，我其實覺得……不太合適。」她用了不太合適這四個字，其實何止不太合適，她實在替阿蘭若感到不值，但她這個身分，也不過就是這四個字，說出來妥當些。

她坦坦蕩蕩地回看著息澤，卻見他瞧著手中她遞還的糖水發呆，好一陣才回道：「與那對姐妹無關。」又抬頭看她道：「如今，連我倒給妳的一杯水，妳都不願喝了？」

明明他面上還是沒有什麼表情，但這句話聽在耳中，卻令鳳九感到一絲頹然。她不喝這杯糖水原本是不想承他代嫦棣還的情，但他既然說不是，她再推辭也太過扭捏，接過訥訥道：「其實方才只是不渴，唔，現在又覺著有些渴了。」將糖水一飲而盡。

明明是杯甜糖水，唇齒間卻感到輕微的血腥味，也不曉得是前幾日被折騰得味覺失靈還是怎麼。

說起前幾日的折騰，沉曄服給她的那丸傷藥其實只消了她半身痛楚，她昨夜同陌少在杏園中說話的時候，身上仍有餘痛未消，此刻卻一身輕鬆怎爽利二字了得，也不知是個什麼緣故。果然是少年人，骨頭硬，睡一睡便能包治百病嗎？

神遊間息澤已取過她手中的瓷杯擱在桌上，又扶她躺好掖好被角，道：「離天亮還有些時辰，再睡一睡。」

喝了糖水，鳳九的確有些打瞌睡，但今夜息澤的所為卻令她十分不解。他低頭靠近她時，她能聞到他身上淡淡的白檀香，令她感覺熟悉和懷念。只是息澤他既非撞邪又不是幫嫦棣求情，他今天晚上這樣，難道是腦袋被門夾了？

房中的香供溫和淺淡，正宜入睡，令鳳九受用，雖然還有諸多疑問，但在睡字面前都是浮雲，正要一腳踏入夢鄉，一片黑暗中，卻突然聽息澤道：「那天晚上，妳說妳以前喜歡過一個人？」停了一陣道：「那個人，他讓妳很失望是不是？」

鳳九心中一咯噔，那天晚上，自然是她將息澤當成蘇陌葉領著他去看月令花的晚上，她同息澤說起自己喜歡過一個人，但這個人實在要算個爛人。

已過了十幾日，息澤今夜突然問起，也不知所指為何。但這個疑問，著實不像息澤問出來的。息澤神君在她看來著實仙味兒十足仙氣飄飄，不消說比翼鳥族，她認識的許多正經八百的老神仙也難比得上他的不食人間煙火樣兒，後來即便曉得他喜歡橘諾，她也沒有太多真實感，總覺得這個喜歡隔著一層飄飄仙氣，其實不大像是紅塵俗世中的喜歡。她著實沒有料到息澤神君會問出這種紅塵味兒十足的問題。

雖然他口口聲聲稱自己沒有撞邪，她擔憂地想，其實，他還是撞了吧？

見她久久不語，息澤道：「他果然讓妳很失望。」

鳳九在被子裡頭嘆了口氣，訕訕道：「其實無所謂失望不失望，只是有些時候，一段姻緣還是講究一個緣分，我用了很多時間去賭那個緣分，結果沒有賭來，我近來悟到沒有緣分卻要強求的悲劇，倒是有些看開了。若神君你在這上頭有什麼看不開，我們倒可以切磋切磋。」

明明是靜極且黑暗的夜，卻能感到息澤的目光定定落在自己身上，道：「如果他現在出現在妳面前，妳仍然不相信你們有緣？」

鳳九笑了一聲，實在是睏倦，道：「我們之間，的確沒有那個緣字，我同自己賭了那麼久，也該是徹底放下的時候了，所以此時他出現或者不出現，其實都沒有什麼分別，毋寧說，他不出現倒更好些，我並不大想見著他。」

良久，聽息澤道：「是嗎？」

鳳九恬淡道：「是啊。」又絮絮道：「其實神君你今夜對我說這些，為的什麼我也都曉得，雖然我們擔個夫妻之名，我知你一向很不情願，也怕我癡纏你，所以才希望我能早日成就一段良緣吧？這個嘛，你不用操心，各人有各人的命數，我著實犯睏，還有什麼事我們明日再議吧，你走時幫我關一關門。」

息澤沒有再答話，鳳九自以為是他的心思被她看穿，有些羞惱。她覺得今夜自己真長本事，猜人的心思一猜一個準，但房中不知為何卻有一種傷感將她壓得喘不過氣。息澤在她房中坐了許久，直到她入睡，也未聽到他離開的關門聲，那種白檀的香味卻在安息香中若隱若現，久久不散。

鳳九一覺睡到太陽過午，腹中空空，飢餓難耐。正逢茶茶領蘇陌葉的口諭推門而入，邀她去船頭吃烤魚，鳳九趿著雙呱嗒板兒，欣然至之。關門時遙遙一望，房中床几桌椅，皆陳列有序，昨夜息澤搬到她床前坐的那個小繡凳，亦穩穩擱在床腳，她喝過的糖水杯也杳然無蹤影，像是昨夜她並沒有半途醒來，與息澤一番話也不過一場虛夢。

行至船頭，打眼望去，蘇陌葉捏著柄魚叉，灰頭土臉地站在一個破爐子旁，與她兩兩相望。

陌少風流，最擅細炭烹茶，大約自以為烤魚烹茶都是一般的炭火事，難不住他，殊不知一則爐間事，一則灶間事，逕庭大別。

鳳九一肚子饞蟲在瞧見陌少造出來的這個爛攤子時，陡然化成天邊浮雲，這一篇話傳得中聽，請她來吃烤魚，看這個情境，卻實則是請她來救場，烤魚給他吃吧。

陌少指了指身旁一個紅木盒子，雖則灰頭土臉，笑得倒是風度翩翩，「曉得妳沒有吃什麼就急匆匆趕來，特地給妳備了碗粥。」

鳳九欣慰陌少還存了半點良知，不客氣地坐下喝粥。這個粥，是碗甜粥，軟糯可口，但不知為何，總覺得粥入喉，舌頭處留著一股淡淡的血腥，略去這一星半點血腥，味道倒還頗可圈點。

蘇陌葉瞧她將一碗粥喝盡，手一指又到腳邊的木桶，仍含著風度翩翩的笑，「粥喝完了便來指教我烤魚，這個魚得來不易，息澤神君特地交代，要做成烤的給妳吃才有效用，可嘆我文武雙全唯獨烤魚有些……」

聽到息澤二字，鳳九最後一口粥硬生生嗆在喉嚨裡，陌少趕緊遞水，灌入口中仍是昨夜一般的甜糖水。鳳九和著糖水艱難將粥嚥下去，滿頭霧水地看向蘇陌葉，「這個魚也是息澤神君拿來的？我昨夜就覺著他有些不對，像是撞了邪，看來果然撞得很厲害啊，到今日還沒有緩過來。不過，這個魚他竟不拿給御廚反而交給你打理，你幾時卻同他有了這種深情厚誼？」

蘇陌葉難得一愣，「昨夜息澤他將妳抱回船上後，什麼都沒有同妳說嗎？」

鳳九比他愣得更甚，呆呆地捧著糖水，「昨夜我情緒不佳，在杏園哭……呃，哭得睡著後，不是你將我背回船上的嗎？」

蘇陌葉從容將魚叉遞給她，「這個，還真不是。」

唔，昨夜。

昨夜真是發生了不少事，鳳九肆無忌憚哭出來那一刻，杏園中平地一陣狂風，蘇陌葉不大清楚那是不是隱在花林中的東華帝君的情緒，一陣無措似一陣，一陣冷肅似一陣。他雖當慣了西海的逍遙皇子，不大常去九重天拜謁，卻也悉知東華帝君無情無欲仙根深厚的名頭。他第一次曉得，原來這位天地共主也有情緒。

鳳九哭得用心又認真，抽噎聲漸漸低不可聞，靠著樹根搭著他的袍子累得睡過去。他原本的確是想著將她背回去，正要從石凳上起身，紫衣的神尊卻已到杏樹前，俯身將鳳九抱了起來，他似乎就是在等著她睡著這一刻。

東華帝君，蘇陌葉小時候曾去拜謁過一回，也不過是那麼一回。凡人活在紅塵俗世中，神仙活在三清幻境裡，那時他覺得，那位高高在上的帝君，卻像是既浮於紅塵俗世外又浮於三清幻境外，目光中的淡漠，是真正視天地萬物皆為空無。

他當年想著，或許這就是曾經天地共主的氣度。

進入這個世界，他瞧著帝君與當年似乎有所不同，但因次次都隔得遠，也瞧不出什麼。今日他就站在自己跟前，懷中抱著沉睡的鳳九，眼中流露出難見的柔和，他才明白同當年比他有什麼不同，今日的帝君，眼中有了一些景物。

至於鳳九所說他同息澤什麼時候有了情誼，也不過是帝君臨走時問了他一句，「阿蘭若是有個師父叫蘇陌葉，你不是這個世界的蘇陌葉，那是從梵音谷中進來，將原來那個取代了的？」

從前些許事情能瞞住東華，因他關心則亂，此時鳳九的身分大白於東華跟前，他自然曉得不能再瞞，自然要答一個是。

帝君再問：「是連宋叫你進來找我和小白的？」

他自然要先裝一裝糊塗表示不曉得息澤神君就是帝君本尊，再表示的確是連宋授意自己進來助他們走出此境。

他從前千方百計攔著東華和鳳九相認，不過是為了自己私心，今次時來運來眼見他們即將相認卻沒有阻攔，也只是覺得鳳九可憐。如若東華即刻便要帶著鳳九出去也無妨，阿蘭若的因果，他不過再走些彎路。

不料，他難得的好心倒是證得一個善果，帝君遠目林外良久，向他道：「我是誰先瞞著她。這裡比之外界靈氣雖不多卻更純淨，適宜她將養，我們暫不出去，你也不用先回去，我不在時幫我照看著她。」

他同帝君的所謂情誼，不過就是如此。

一聲噴嚏助蘇陌葉從回憶中醒過神來。鳳九在他跟前揉著鼻子，接著方才的話問他，「你說息澤將我弄上船說過什麼沒有，我想了半天，他說的好像都是廢話，我也沒有記全，他難道同你說了什麼嗎？」

蘇陌葉想了想，頗有深意地笑了笑，道：「什麼也沒有。」

第六章　息澤神君有些怪

一條大河向東流，河是思行河，向東是王都方向。回去這一趟因是順流，行得比來時更見平穩，不過三四日工夫，已到斷腸山。

斷腸山鳴溪灣，鳳九不敢忘懷，自己曾同息澤在此還有個共賞月令花的情誼。但自那晚在房中同他夜談後，息澤神君這三日卻一面未露。鳳九自覺是個知恩圖報的人，吃了他的魚，喝了他的糖水，一直惦記著見到他要當面道一聲謝，再關懷一句他身上撞的邪風有沒有什麼起色，是否緩過來些許。沒有見著他，有些遺憾。

虧了陌少照料，鳳九這幾日過著吃了就睡睡醒再吃的平靜生活，頗悠閒，九曲籠中受的皮外傷皮內傷悉數好全不說，肚皮上還新貼出二兩肥膘。發現這個事情後，她除了吃睡二字，偶爾也捏著肚皮上的肥膘裝裝憂愁。

小忠僕茶茶看在眼裡，默在心中，著急地稟報陌少，「殿下思青殿切，日日以手捂肚，嘆息不絕，估摸已曉得自息澤神君那日凌晨去探過青殿後，青殿便一直沉睡至今之事。殿下既曉得了此事，以殿下對青殿的拳拳愛憐之心，卻克制著不當茶茶的面問及青殿近況，多半顧及青殿一向由茶茶照拂卻出了此等大事，怕茶茶自責。」眼中閃著淚花，「多麼溫柔的殿下，多麼替人著想的殿下！」

蘇陌葉遠目船窗外，心道妳家殿下近日逍遙，早記不得青殿是哪座山頭的哪棵蔥，嘆息不絕之事唯有一樁，乃是身上冒出的二兩肥膘，口中卻敬然道：「不愧阿蘭若一向最信得過茶茶妳，果然聰慧伶俐，將她的用意看得很透，她的用意妳既然看得這麼透，也當順她的意承她的情，這才是做忠僕的本分。她不好問妳，總會問我，待那時我再同她細說。」

茶茶被這麼一誇一安撫，歡天喜地地道謝跑了。徒留蘇陌葉內心思忖，帝君行事果然萬全且周密，臨走前竟還記得鳳九怕蛇，將青殿解決了。活該青殿觸這個霉頭，也不曉得牠這一睡，還醒不醒得過來。

蘇陌葉惋惜地嘆了一口氣。

另一廂，因行宮火事敗興，上君生了幾日悶氣，氣頭緩過來卻恍然行舟的無聊。恰陪同在側的禮官占出今夜將天布繁星，夜色風流。上君聞聽，立時燃起興致，令禮官們將船頂專造來取樂的風台收拾收拾，欲在風台上擺場夜宴。

夜宴這個東西，鳳九原本沒有什麼興趣，但這幾日她兩條腿僅得房中船頭兩個地方打轉，兩隻眼僅得茶茶陌少兩個人身上來回，早已悶得發慌，是以，破天荒奔了個大早赴宴。

待上君攜著君后及兩個公主端著架子掐著點兒邁上風台時，鳳九已在座中吃了兩盞茶，吞了三碟子甜糕，剝了一地的核桃花生瓜子皮。

嫦棣目光掃過來看見她，眼中現出一抹狠色並一抹譏誚之色。她淡定地往嘴裡頭塞進半塊糕，佯裝沒有瞧見她。

嫦棣今日打扮不俗，抱了張琴，一身白衣迎著河風飄飄，倒是妝出一副好體面。但，再盛大的宴會終究是個宴會，怎能勞動公主撫琴，鳳九始初不解，仗著耳朵尖，聽幾個坐得遠的臣子掩口低語，方聽出一點玄機。原來息澤神君對音律，亦頗有一些心得。一個小臣子神色間還頗有曖昧，道嫦棣公主同息澤神君，從志趣上看，其實頗為般配。

不過，直到開宴，對音律頗有一些心得的息澤神君都不見蹤影，徒留嫦棣板臉抱琴坐在琴台上快坐成一塊試琴石，令鳳九有些幸災樂禍，亦有些同情。

卻不料息澤神君是個香餑餑，不只嫦棣一人惦記，連君后都有一聲問候。風台上滿堂濟濟，開場舞畢，君后的聲音不高不低傳過來，朝著鳳九，「幾日不曾見著息澤，照理說他今日也該回來了，怎麼宴上也不來露一露臉？」

鳳九茫然，聽這個話，像是這幾日見不著息澤乃是因他不在船上去了某處，她連他什麼時候走的都不曉得，遑論他什麼時候回來，一時不曉得編個什麼，只得含糊順著君后的話道：「恐路上有個什麼耽擱誤了時辰也是常有的事，勞母后掛念，著實惶恐。」

台上台下坐的一水兒都是精明人，她這個含糊豈有看不出來之理？

嫦棣突然插話道：「始空山山勢陡狹，看守著護魂草的靈獸又兇猛，若因此次為橘諾姐姐取護魂草而累神君受傷，倒是對不住阿蘭若姐姐。大約神君走得匆忙，未及同阿蘭若姐姐道別，姐姐才不大清楚神君的動向吧。」又向君后道：「始空山取護魂草，是女兒求神君去的，因女兒著實擔心橘諾姐姐，怕她那夜在火中受了驚嚇，動了魂體。神君道女兒難得求他一回，既是女兒心願，自然相全，次日便去了。可現在也不見神君回來，女兒亦有些擔憂，覺得求他前去卻是女兒做錯了……」

君后愕然瞧了嫦棣一眼，鳳九亦有些愕然，隔空卻傳來蘇陌葉的密音入耳，「息澤他上船後就沒見過那姐妹二人，莫聽她胡說。」

鳳九直視嫦棣佯裝擔憂且含羞的眼，玩味地轉了轉手中的杯子。事情到這個地步，倒是變得有趣。

她雖然一向神經粗些，但小時候常偕同她姑姑編瞎話誆她老爹，於此道甚熟，中間的彎彎繞繞，亦甚了然。陌少說嫦棣此篇是個瞎話，編瞎話講求個動機，嫦棣是個什麼動機？這篇話擺明是暗示息澤神君同阿蘭若不和，情面上還不及他對橘諾嫦棣兩姐妹。這種爭風喝醋之事，檯面底下唱一唱還算個風流逸聞，大剌剌擺到檯面上來，卻委實算不得好看。但要說嫦棣單單為了氣自己一氣說這個話……她的智商也不能低到這個田地。

鳳九思索良久，恍然想起方才那位年輕小臣子的隻言片語，頓如一道佛光普照，瞬間開悟透徹。

嫦棣此言此行，怕是思嫁心切，方做出一個局吧。

將兩位公主同時下嫁一位重臣，前朝不是沒有先例。

息澤瞧著像是很中意橘諾，但橘諾非上君親生，且聽說還同沉曄定了親，兩人即便你有情我有意，也不過一段露水風景，成不得正果。而嫦棣喜歡息澤不是一天兩天之事，照她的個性，決然已向上君請求過。這事沒有辦成，要嘛是上君未向息澤提過，要嘛是提了卻被拒了。

息澤雖辭了神官之職，歧南神宮的根枝脈絡卻是幾百年累在那裡，比之沉曄，他這個前代神官其實更有威望，上君還是頗為忌憚，自然要全他的情緒。

那要嫁給息澤，還有什麼法子？自毀清白，是條捷徑……或許息澤一向防得嚴實，導致嫦棣自毀未遂，方出此下策，在大庭廣眾之下，家常言談之中，毀一毀自己的名譽。

妙的是息澤不在，便是他過後聽說此事，自辯清白，這種事，不是當場自辯，沒有任何意義。事後再辯，也只讓人覺得欲蓋彌彰罷了。往後推波助瀾之言愈烈，待嫦棣同息澤傳得風雨飄搖之時，上君為全她名譽，自然想方設法將她許給息澤。

此等妙計之下，鳳九能做之事，唯深深拜服耳。

縱然在座諸位隨上君出行的寵臣們望著自己時，皆會心會意地面露同情，但比之煩惱終有一日息澤要求同房同榻，屆時自己該如何自處，他將嫦棣娶回來，卻是樁再好不過的好事。鳳九心中一陣樂，嫦棣這個計，從細處看，的確讓她失了些面子，但從大面上看，卻是為她鋪了條光明大道，且這個情分還不用她還，真是甚好甚好，妙極妙極，可喜可賀啊哈。

嫦棣一番言語，在席中顯然驚起不小的動靜，但在座諸君個個皆伶俐人，不管內裡如何，門面上自然要裝得平穩、平靜且平和。

上君大約如鳳九所料並不贊同此事，接著嫦棣方才一腔剖白，只淡淡道了句，「區區一座始空山想是還奈何不了息澤，倒是聽說施醫正有個什麼寶貝呈送？」輕描淡寫立時將話題帶轉，一個有眼色的老醫正趕緊站出來，回稟確然有個寶貝呈送。

老醫正躬腰駝背道：「早前聽上君提及三位公主體質有些寒涼，近日得了幾枚薊柏果，此種果子非要春分日服下最見成效，是以已命藥童熬成熱粥，獻給公主們調理體寒之症，請上君示下，是否需立時呈上來。」

上君正頷首間，木梯上卻傳來一陣沉穩腳步，另一個聲音恰如其時地傳進席中，「薊柏果？阿蘭若她最近吃不了這個。」鳳九回頭一瞧，木梯上頭露出來半身的，那紫衣銀髮的端肅樣貌，可不是幾日未見的，方才還在話桌上被提得香餑餑也似的息澤神君？

滿座的視線都往聲源處瞧。

青山群隱，河風渺渺。息澤神君手裡頭搭著一條披風，見得出有趕路的風塵僕僕，臉上卻無絲毫急切，一派淡定，一派從容，風台上站穩，淡淡與上君君后見了個禮，不緊不慢到鳳九的身旁，將一個湯盅放到案上，手中的披風兜頭罩下來，「河風大，出來時也不曉得披件衣裳？」

不及鳳九腦袋從披風裡鑽出來，息澤神君已順勢坐下，將她面前的茶杯拎起來，湊到唇邊一飲而盡。周圍有幾聲若有似無的倒抽氣聲。

鳳九艱難地從披風裡頭鑽出來，方才分析嫦棣的沉靜全然不見，一眼定格在息澤嘴角邊的杯子上，腦袋一轟，伸出一隻手阻道：「住手英雄，那是我的杯子！」

息澤轉頭，臉上流露出不解，「妳的不就是我的，有什麼分別？」

鳳九腦袋又是轟的一聲，避開旁人目光，捂住半邊臉懇切道：「喂，你是不是吃錯藥了？你以前明明不是這樣的……」

息澤頓了片刻，言簡意賅道：「因為我以前吃錯藥了。」埋頭將從湯盅裡倒出的一碗熱湯遞給她，「來，這個喝了。」

今日息澤神君從言到行，完全不可捉摸，鳳九簡直一頭霧水，疑惑地接過熱湯，「這什麼？你做的嗎？」湊到鼻端一聞，讚嘆道：「你竟然還會下廚哦，了不得了不得，我最欣賞會下廚的人了，改日咱們切磋切磋。」

息澤手裡的杯子晃了一下，臉上卻神色不改地道：「嗯，我……下廚，看著茶茶做的。」

因並非什麼正宴，氣氛並不拘束，羅帷後頭傳出樂姬撥彈的一兩聲絲竹，座上諸君各有攀談，倒不顯得鳳九他們這一桌幾句言語的突兀。

只是，先前嫦棣鋪墊了那麼一齣，世人皆有顆八卦的心，諸位臣子雖你一句「上次借賢兄的那本注疏，見賢兄文稿上頭朱字的批注，可謂字字珠璣令愚弟好不敬佩」，我一句「愚兄一些鄉野見識豈能同賢弟相比，不敢認得幾個字便自負有學問，倒教賢弟笑話」，面上瞧著像是小談小酌得熱鬧，實則眼風都兌起來，耳朵都豎起來，全向著息鳳二人這一桌。

息澤不遠千里趕回來赴宴，上君自然要拎著空閒關懷兩句，看在息澤的面子上，亦難得關懷阿蘭若兩句，道：「方才息澤說妳近日用不得薊柏果，卻是為何？」

為何？鳳九當然不曉得。瞧了一眼息澤，試探著向上君道：「可能……因為薊柏果是好東西，橘諾病著，應該多吃點，所以我吃不得？嗨，其實我……」

她本意是剖白自己有一顆善讓之心，個把果子給不給吃其實不放在心中，卻連個話頭都還沒挑起來就被息澤生生截斷，「她正用著護魂草，護魂草與薊柏果藥理相沖，她受不住。」

鳳九心道你向著橘諾便向著橘諾吧，我又沒有說什麼，編哪門子瞎話，心中計較著，沒留神脫口而出道：「我沒記得我在服護魂草啊？」

息澤瞅了她一眼，抬了抬下巴，「妳碗裡的不就是？」

鳳九看向碗中，愣愣道：「這難道不是一碗放了薑的魚湯？」

息澤瞟了一眼她用杓子舀出的兩片薑，道：「護魂草生在極陰之地，腥氣甚重……」話還沒說完，精通廚藝的鳳九已是滿面開悟的明瞭，「哦，所以這道菜你是先用魚的腥味來擋著護魂草的腥味，再用薑片來去掉魚的腥味？不失為一個有見地的想法，但還有一個做法我方才想起來也可以同你探討探討。這個草雖然腥吧，用羊肉的膻味我覺著也該壓得住它……」

息澤滿面贊同地道：「下次咱們可以試試。」

一旁服侍的茶茶終於忍不住插話，「二位殿下，但其實這不是一道菜……」

風台在他們一派閒說中漸漸靜下來，橘諾嫦棣二位公主面色鐵青，座下的臣子們低頭互換著眼色，良久，倒是面露玩味的上君打破沉默，向息澤道：「這麼說，那護魂草，你不是取給橘諾的？」

鳳九頭一大，倒是忘了這一茬。

這麼說，幾日未見息澤，他高山涉險，卻是為自己取護魂草去了，自己真是何德何能，累他如此惦記，就算有個夫妻名分在，他不得不扛一個責任，但做到這個地步他也實在太過敬業，何其值得學習……

鳳九腦中胡亂想著，眼中胡亂瞧著，見息澤瞅了一眼橘諾，目光重轉回主座，面上神色卻極為莫名地道：「若不是為了阿蘭若，始空山路途遙遠山勢又險峻，我為何要去跑一趟？」想了一想，又道：「君后確邀我診看過一段大公主的病情，依我看大公主已沒有什麼，無須我診看了，倒是阿蘭若，不看著我不大放心。」

鳳九一口茶嗆在喉嚨裡，「你……胡說的吧？你前一段明明跟我挺生分的，你……真吃錯藥了？」

息澤側身幫她拍背順氣，拍了好一會兒，方緩緩道：「哦，那是因為我難得下山一趟到宮裡，妳卻沒有來找我。」

鳳九沒有想通這個邏輯，皺眉拎著他話中一個錯處，「明明是你沒有來找我好吧？」

息澤眉間的微蹙一閃而過，這個問題該怎麼答，他想了片刻，誠懇地胡說道：「我來找妳了，只是妳見到我卻像沒有見到，整日只同妳師父在一處，所以我故意不理妳，其實是因為在吃醋。」

蘇陌葉反應快，趕緊攤手道：「神君可不能冤枉我……」

鳳九卻是目瞪口呆得沒有話說。

息澤又說了什麼，蘇陌葉又說了什麼，上君又說了什麼，因為鳳九的腦子已被氣得有些糊塗，全然沒有注意，連晚宴什麼時候結束的也不曉得，回過神來時，風台上唯剩下她同蘇陌葉二人。

河風一陣涼似一陣，鳳九顫顫巍巍向蘇陌葉道：「陌少，你覺不覺得今日這個息澤有些……有些……哎，我也說不好，總覺得……」

蘇陌葉卻笑了一笑，接著她的話頭道：「是否讓妳覺得有些熟？」

熟？蘇陌葉一個提點，令鳳九恍然。息澤神君某些時候，其實……同東華帝君倒有些相類。她撓著頭下風台，心道若是東華帝君有幸至此，定要引息澤神君為平生知己，屆時怕連宋君便需得讓出帝君知己這一寶座了吧。倘若帝君喝個小酒下個小棋不再找連宋君，連宋君不是會很寂寞嗎，不會哭吧？呃，不對，連宋還可以去找蘇陌葉。看來沒有女人，他們也過得很和諧嘛……

歸臥已是亥時末刻，許是護魂草之故，鳳九一夜安睡，第二日晨起，卻發現床前新設了一榻，隱有亂相。召茶茶來問，道息澤神君昨夜在此小臥一宿，天未明已起床至廚中，似乎正同幾個小廚學熬粥。

鳳九一個沒穩住，直直從床上跌下來。茶茶羞澀道：「殿下可是惱神君既已入了殿下小艙，殿下自有枕席，他卻為何另行設榻？」臉紅道：「茶茶原本亦有此一問，後來才明白，乃是神君體貼殿下身子尚未大好，方另設床榻。未與殿下一床，卻並非神君不願同殿下圓那個……房……」

鳳九跌在床底下，腦門上一排冷汗，顫抖道：「妳、妳先拉我一把。」

圓房？圓房之事，鳳九不懂，她沒譜的娘親和姑姑也並未教過她，但她隱約曉得，這樁事極其可怕。息澤到底在想什麼，這簡直無可預測，唯今之計，怕是唯有找萬能的陌少商量商量對策。

不過，找陌少，也須填飽肚子，縱萬事當頭，吃飯最大。

但今日陌少知情知趣得過頭，她方梳洗畢，飯還未擺上桌，陌少已出現在她艙中，眉眼中淺含笑意，「一大早在我房中留書讓我過來，所為何事？且邀我到妳房中密談，也不怕息澤神君喝醋？」

斯景斯情，讓鳳九晃了晃頭。

片刻前她還神清氣爽嚷著要吃肉粥，卻不知為何，自見到蘇陌葉推門而入，腦子就隱約開始發昏。

模糊間聽陌少說什麼房中留書。

她並未在他房中留過什麼書，更未讓他到她房中來。

但此時她瞧著他，只覺得眼前斯人眉眼俱好，正是千年萬年來三清境中紅塵路上苦苦所求，她費了那麼多的力氣想要得到。

瞧著鳳九一動不動凝視自己，眼中慢慢生出別樣神采，蘇陌葉笑意漸斂，剛問出一句：「妳怎麼了？」少女已欺身撲了上來，牢牢抱住他，緊緊圈住他的脖子。

即便是假的，卻是阿蘭若的臉，阿蘭若的身體，阿蘭若傾身在他耳畔的蘭澤氣息。

主船之上，嫦棣袖著手坐在橘諾對面，心中急躁，第五遍向橘諾道：「姐姐，時辰差不多了吧？」

橘諾抬手，不疾不徐倒一壺熱茶，瞥她一眼道：「急什麼，這種事譬如烹茶，要正適宜的火候，烹正適宜的時辰，或早或晚，皆不見其效，要的就是這『正適宜』三個字。」

嫦棣哼一聲站起來，「好不容易以水為媒令他二人中了相思引之術，我急一些又有什麼，也不知息澤大人近日為何會對阿蘭若另眼相看。我已迫不及待，他若瞧見這位另眼相待之人與他人的纏綿之態，臉上會有什麼表情？」冷聲一笑，「倒是阿蘭若，背夫私通之罪坐定，莫說父君原本便不大喜歡她，便是寵在心尖，這種大罪之下，也不會再姑息了吧。」

橘諾悠然將茶具放回原位，「那是自然，要想將她打入谷底永不能翻身，陷入必死之地，此方乾淨俐落之法。」一起身含笑道：「差不多到時候了，昨夜她掃我們顏面的時候，可是在大庭廣眾之下，今日，只我們兩人前去又怎麼夠。」

推門而出，思行河上正是白浪滾滾。

小畫舫外白日青天，小畫舫內鴛帳高懸。為了擋風，茶茶早幾日前便將床帳子換得忒厚，帳子放下來，晨起的些微亮光一應隔在了外頭。

床幃略顯凌亂，青年衣衫不整地躺臥在枕席之上，少女身上僅著一條薄似輕紗的貼身長裙，香肩半露，扣住青年雙手，眼神迷離地半俯在青年的身上，幼白的腳踝裸出，同青年纏在一處。

帳中春光，豈香豔二字了得。

鳳九昏茫地望著身下的青年，著實迷惑，此時此刻，自己到底在做什麼？下一步，又要做些什麼？

身下的人倒是很沉靜，目光移到她面上逗留了片刻，像在沉思什麼，「拖到床上，剝衣服，推倒，壓上來。」

鳳九不解。青年凝目看著她，「這四步做得倒熟。」似嘆息道：「但我不記得我教過妳，哪裡學來的？」

一向威儀的青年竟被自己壓在身下，還這樣嘆息，鳳九感到稀奇。他的眸子裡映出自己的倒影，像是寒夜裡柔和的星輝，又冷，又暖和。

她低頭親上青年的眼睛，感到他的睫毛一顫，這也很有趣。

她唇齒間含糊地回他，「看書啊，書中自有顏如玉，書中自有黃金屋，書裡邊什麼都有。」

青年聲音極低，不靠近貼著他幾乎就不能聽清，「那書裡有沒有告訴妳，下一步該做什麼？」

她離開他一些，將他的臉看清，點了點頭，「有的。」很多事，她依然想不清楚，既然想不清楚，就懶得想清楚了，只是本能地想更加親近身下的青年。她鄭重地道：「下一步，要把燈滅了，然後，就是第二天早上了。」抬身疑惑地道：「但燈在哪兒呢？」

青年依然保持著被她縛住雙手任她魚肉的姿勢，凝視著她，良久才道：「我覺得妳看的那本書，刪減了一些東西。」

鳳九嘴上嘟囔著，「是姑姑給我的書，才不會刪減什麼東西。」一邊自顧自尋找床上有沒有燈，但想了想又覺得即便是姑姑給的書說不準也有殘本，好奇地道：「那你說刪減了什麼東西？」

青年的目光卻有些深幽，「現在不能告訴妳。」

鳳九眼中映入青年說話時略起伏的喉結，他這些地方，她從沒有認真注意過，因為從未貼得這樣近。或許過去其實有這樣靠近的時候，只是膽子沒有今日這樣大。

她對書本中刪減了什麼已然不感興趣，含糊地支吾了一聲算是回應，放開壓住青年的一隻手，轉而移向他的衣襟，將一向扣合得嚴謹的襟口打開。她的手頓了一頓，青年敞開的衣襟處，露出一段漂亮的鎖骨，她眼睛亮了一亮。

青年絲毫沒有反抗，淡然地任她施為。她湊過去用手細細撫摸，摸了一陣，頗為羨慕地讚嘆，「鎖骨欸，我就沒有。」遺憾地道：「我小的時候，有一年許願就是許的要一副漂亮鎖骨，結果一直沒有長出來，我娘親說因為我長得比較圓，就把鎖骨擋住了，其實本來是有的。」一邊說邊收回手摸自己被肉擋住的鎖骨要給青年看，觸上去時，卻愣了一愣，打了個噴嚏道：「怎麼好像又有了。」

明明僅一隻手能活動，青年撈被子卻撈得輕鬆，一抬手薄被已穩穩搭在她肩上，目光依然深幽，替她解惑，「因為不是妳的身體，其實就算是妳的身體，也依稀看得出有鎖骨的模樣。」動作間衣襟敞開得更寬，露出鎖骨下方一道淺色的瘢痕，看上去像是個什麼刀傷劍傷。

一句話沒頭沒腦，鳳九沒有聽懂，只將手碰上那道瘢痕，眨了眨眼睛，小心地揉了揉道：「還痛嗎？」

青年僵了一僵，偏著頭，明明是個年陳久遠的老傷口，卻坦然地嗯了一聲，「還痛。」

鳳九小心地挨過去，緋色的唇印上那條瘢痕，貼了一陣，伸出舌頭舔一舔，牙齒卻不經意撞上鎖骨。青年悶哼一聲，鳳九擔憂地道：「塗了口水還是痛嗎？」

青年順著她的話，聽不出什麼情緒地道：「可能是，因為又添了新傷口吧。」

鳳九蹭上去一些，貼著青年的領口找了半天，卻只看見鎖骨處一個齒印，指尖觸上去，微微抬頭，嘴唇正對著青年耳畔，聲音軟軟地道：「是這裡嗎？那我再給你塗點口水……」

話還未完，不知為何人卻已在青年身下，鳳九迷茫地睜大了眼睛，瞧著青年一副極英俊的眉目就近在眼前。

他握著她的手，將她壓在身下，原本搭在她身上的被子此時卻穩穩搭在他肩上，被子籠下來，就是一個極靜的世界。

她想他剛才可沒有這麼用力地壓著他，也沒有這樣的壓迫感，讓她無法動彈。但她也並不想要反抗。

青年面色沉靜地瞧著她，近得能聽見他的吐息，她覺得他的吐息不像他的面色那樣沉靜。他瞧著自己，卻像是瞧著別人。他眸中自己的倒影看著也像是別人。

她偏頭好奇地問他，「你在想什麼？」

青年頓了頓，「可能是在想，要快點把妳們換回來。」

她不懂他說的後半句，卻執意攀問她聽得懂的部分，聲音仍是軟軟的，「為什麼是可能呢，難道剛才腦子空白了一下嗎？」注意到青年一瞬的怔忪，扭了扭手腕道：「你累不累，我有點冷，你躺下來。」

橘諾嫦棣二位公主領著一隊侍女浩浩蕩蕩闖進畫舫的小艙時，聽到的，正是厚重床幃後頭傳出的軟語呢喃，「我有點冷，你躺下來。」隱約有一兩聲喘息，令整個小室頃刻生出春意。

二位公主相視一笑，甚覺滿意。

來得正是時候。

但捉姦，要講個技術，有文捉之說，亦有武捉之說。文捉，講的是個禮字，帳外頭奉天奉地奉出公理，引床上一對鴛鴦抖抖索索自出帳伏罪。武捉，講的是個兵字，一條大棒直打上床，將床上的鴛鴦打個現形。

論痛快，自然是武捉，但二位公主自忖打不過蘇陌葉，且未出閣的姑娘青天白日擾人紅帳，也不成什麼體統，只得抱憾選了個文捉。

床前歪斜著一件白色的錦袍，零落了一條玄色的腰帶，由頭有了。嫦棣抬袖遙遙一指，作疑惑狀，「這不是陌先生的衣裳嗎？」作大驚狀，「帳中難道是陌先生？」作滿面義憤難以啟齒狀，「阿蘭若妳出來，光天化日好不知恥，竟同自己的師父行此苟且，螻蟻尚且比妳知羞，妳此番卻令宗室顏面何存？」

嫦棣這個扮黑臉的頭陣唱得極好，橘諾立刻配合地揉頭作眩暈狀，同身旁侍女道：「去，快去請父君母妃同息澤神君，就說出了大事請他們速來。原本想瞧瞧阿蘭若妹妹的身體，卻不想撞著這個，該怎麼辦才好我一時也沒了主意……」

二位公主一唱一和，被吩咐的侍女也如兔子般急躥出艙，一看就是個跑腿的好手。畫舫四圍早差遣了人駐守，帳中二人此時如籠中獸甕中鱉，帳外雙目錚錚然守著一大群女官，只等上君君后並息澤三人延請至此，拉開的戲幕底下方便唱齣好戲。

前頭的龍船到後頭鳳九的畫舫，統共不過幾步路，加之橘諾的妙算，上君上得畫舫入得艙中，不過頃刻。

艙中大帳緊閉，傳出幾聲衣料的摩擦，因帳前兩位公主見著上君忙著跪下做戲，並未留意到這幾聲衣料摩擦得不緊不忙。

橘諾是個人才，嫦棣更是個人才，前一刻還在帳前唾沫橫飛，恨不得嘴裡頭飛銀刀將阿蘭若釘死在當場，上君的腳尖剛沾進船艙，她牙縫裡頭的銀刀竟頃刻間變成一篇哀婉陳情，跪道萬不得已驚動上君，卻是因阿蘭若與蘇陌葉不顧師徒倫常，私相授受暗通款曲，此時二人俱在帳中，她同橘諾兩個姑娘家遭遇此事何等驚嚇，不知如何是好云云。

因這齣戲一步一環都合嫦棣的意，因此她演得分外盡興。興頭之上時，眼見上君投向帳中的目光飽含怒氣，且漸有烏雲壓頂之勢，心中十分得意。得意間一個走神，再望向上君時，卻見他看著她身後，眼中滔天怒氣一瞬竟如泥牛入海，轉而含了滿目的訝然。

嫦棣好奇，忍不住亦回頭相看。

這一看，卻看得身子一軟，側歪在地上。

身後大帳不知何時已然撩開，阿蘭若躺在床裡側，外側坐在床沿上的銀髮青年，正不緊不慢地穿著鞋，卻哪裡是什麼蘇陌葉。雖然身上披的不同於尋常紫袍，乃是一件清簡白衫，但這位穿鞋穿得從容不迫的仁兄、她們口口聲聲的姦夫，卻實實在在，是阿蘭若明媒正娶嫁過去的夫君息澤神君。

艙中一時靜極。上君瞧了僵在一旁的橘諾一眼，顏色中看不出什麼喜怒。

侍女們垂目排成兩串，大氣不敢出。幾個站得遠膽子大的在心中嘀咕，從前主子們私下對二公主殿下時有恥笑，言她空領一個神官夫人的名頭，卻博不得神君大人的歡心，今個日頭已升得這樣高，神官大人才剛起床，二公主殿下她……這不是挺能博神君大人歡心的嗎？

因剛起床之故，息澤神君銀髮微亂，衣衫大面上瞧著齊整，衣襟合得卻不及平日嚴實，晨光灑進來，是段好風景。

風景雖好，小艙中此時氛圍卻凝重，神君倒是一派淡然，穿好鞋子，並未如何瞧房中站成一團的列位，回頭錦被一裹，將床上的鳳九裹得嚴嚴實實，輕輕鬆鬆地打橫抱起來，途經屏風旁的方桌時，方同上君淡淡點了個頭，「太吵了，先走一步。」

上君瞟了跪地的橘諾嫦棣一眼，即便是一族的頭兒，世面見得不可謂不多，這種情景下也著實不曉得該說什麼，含糊地亦點了個頭，說了聲：「這個事，回頭查證清楚會給你個說法。」一族頭兒說出這個話，已經有些伏低的意思。不料臉色慘白的嫦棣突然嘶聲道：「他不是息澤，他一定是蘇陌葉變的，因曉得同阿蘭若的醜事無法遮掩才出此下策。蘇陌葉的變化之術高超，連父君你也不定能識得出來，但父君你一定信女兒……」

上君神色變了好幾遍，終於沉聲喝道：「住口。」嫦棣嚇得退了一步，臉色煞白地咬住唇。艙中一時靜極，唯息澤抱著阿蘭若走得俐落，腳步聲不緊不慢漸漸遠去。嫦棣垂著頭，指甲嵌進掌中，留下好幾個深印，她方才那番話，這個假息澤竟敢不理會。

上君似是有些疲憊，靜了一陣，突然朝著艙口道：「你怎麼也來了？」

嫦棣一驚，立時抬頭，身上又是一軟，幾乎跪也跪不穩。無論如何也沒有想到，艙門口站的，竟是白衣白袍手撫碧綠洞簫的蘇陌葉。怎麼會是蘇陌葉？

陌少風姿翩翩立在艙門口，臉上露出一個有分寸的笑，手上有分寸地朝著上君施了一記禮，心中有分寸地罵著娘。

帝君，何其會打算的帝君。明明是他老人家將計就計編出這場戲，他老人家倒是溜得快，卻將自己推出來唱壓軸，他大爺的。

他心中罵著大爺，面上卻依然含著笑意，起聲道：「著實沒有料到上君也在這裡，今日一大早蘇某得了封信，落的是阿蘭若的名，邀我辰時末刻同她在她艙中相見。但阿蘭若的字原是蘇某一手教出來的，是不是她親筆手書，尋常人瞧不出來，蘇某卻還略分辨得出一二，因此想挑個清白時辰前來探問探問阿蘭若，卻不想遇到上君亦攜著兩位公主前來探視她，倒是我沒有挑對時辰了。」

一席話落地，今日阿蘭若房中這樁事，來龍去脈到底如何，便是傻子也猜得出了。

嫦棣臉上一片慌亂，跪行抱住上君的腿，「父君你別信他，他全是胡說！」

蘇陌葉作不明所以狀，「這等事三公主卻不好冤枉蘇某胡說，蘇某這裡還存著這份不知出於何人的手書為證來著。」

嫦棣原本煞白的臉色瞬然鐵青，求助似地緊盯著一旁的橘諾，橘諾只垂首不語，雙手隱在袖中，身子卻像繃得極緊。

上君含著怒色的目光從橘諾身上移回嫦棣身上，再移回橘諾身上，沉聲開口道：「來人，將兩位公主帶回去幽在房中，無我的命令不許出門一步。」

上君拂袖而去，瞧著像氣得不輕。無論是阿蘭若與蘇陌葉真的如何了，還是橘諾嫦棣兩姐妹陷害阿蘭若與蘇陌葉如何了，都是椿家醜。若他不曉得，其實也算不得什麼，偏偏兩個不省心的女兒竟將自己安作她們的一步棋，讓他曉得了。將這個事蓋下來自然不難，如何安撫息澤的裡子和面子，卻需斟酌。這個事，氣得他頭痛。

蘇陌葉目送簇擁著上君離開的一水兒女官的後腦勺，將洞簫在手裡掂了掂，臉上的笑意淡了下來。方才嫦棣慌極時口不擇言說他胡說，胡蒙倒是蒙對了一回，他確是胡說。她們效阿蘭若的字跡其實效得挺下功夫，連他都被擺了一道，拎著信見了鳳九直到她撲上來抱住他時，他才覺著不大對頭，她像是中了什麼惑術。

他對阿蘭若情深，正因情用得深，才未有一刻將鳳九認作她。但若非他本人亦修習惑術，這上頭造詣高，說不得他今日就順著橘諾嫦棣那二位公主的意，鑽了這個套。

他認出這是個套來，自然當務之急便是殺去小廚找了帝君，他原本想自己同帝君換一換便罷了，讓那兩個使計的吃個癟也算小懲她們一番。帝君立在一個小火爐跟前，聽他說了心中的打算，握慣佛經的手裡頭握了柄木杓，緩緩攪著爐子上的稠粥，「對方是女人，你就下不了手了？還記得俐落兩個字是怎麼寫的嗎？」帝君說這個話的時候，神色格外平靜，聲音卻讓他有些發冷。

他早有耳聞帝君做事的俐落，但那些皆是關乎六界的大事，今日這樁卻算是個瑣屑家務，他其實想看看帝君他要如何方能俐落。

帝君也著實沒有多做別的，只是拖到兩位公主將上君請入船艙才撩了帳子。不過，這撩帳子的時機，他悟出來卻極有學問。倘帝君撩帳子在前，頂多如自己所言令兩位公主吃個癟，帝君如今這個身分，因要賣上君的面子，著實罰不了兩位公主什麼。但撩帳子在後，這個事情，就變成了上君需為了安撫他的面子親手教訓兩個不懂事的女兒。比之前者，既能讓兩位公主得教訓，又無須帝君動腦動手，果然是俐落。

晨光大盛，將小艙中素色的桌椅擺件照得亮堂，蘇陌葉斜眼瞅了瞅凌亂的床鋪，挑了挑眉，怪不得方才望見帝君，覺著他不如在小廚中瞧著動氣。這個事情卻是那二位公主無心插柳柳成蔭，帝君他老人家，倒是玩得挺開心。

第四卷

影中魂

第一章　她與他的過往【一】

王都的花，比之南邊觀塵宮的茶花，花期一向晚些。賞過觀塵宮的茶花，轉悠回王都，正是晚櫻玉蘭之類鬥豔的時節，滿大街錦繡的花團，看著就挺喜人。

這一派大好的春光，卻並未將鳳九的情操陶冶得高尚。她自打回到王宮，閉門不出，一直在琢磨著如何將橘諾嫦棣兩姐妹坑回去。

九曲籠中嫦棣同她結了大樑子，尚未等她蓄養好精神，橘諾又摻進來一腳給她下了相思引。

她長這麼大，頭一回一而再，再而三地被人坑成了個同花順，自尊心頗受了些打擊。兩位公主一直被上君軟禁著，不說罰，也不說不罰。鳳九琢磨照上君對嫦棣的寵愛，估摸關個幾天此事也就罷了。但明顯她不能作罷，她得候著她們被放出來時再將她們關進去。這個打算倒是有胸懷也有骨氣，她眼巴巴數著手指頭等了數日，可最終，卻等了個未遂。

三月二十七日，宮中輾轉傳出一個消息，說橘諾公主不守閨訓，與人私通，懷下孽子，大辱宗室，已判削首之刑，功德譜中永除仙名，近日便要行刑。

關於嫦棣，明面上雖沒有聽說什麼，但從內帷裡也隱約傳出幾句私話，說是嫦棣公主因前幾日打碎了上君鍾愛的一盞明燈，被上君流放去了一處荒涼地界思過自省。

鳳九得知此事，有些傻眼。

橘諾未婚有孕，肚子裡的孩子竟還頗受上君君后的看重，她起先亦有些疑惑，心道區區一個比翼鳥族，民風難道敢比他們青丘更曠達不成？後來問了蘇陌葉，才曉得原來橘諾這個孩子懷得不一般，乃是懷的比翼鳥族下一任神官長。歷代神官長皆是未婚少女感天地之靈而結孕，這也是為什麼橘諾未嫁人就敢懷個胎懷得理直氣壯，且還能請動息澤神君下山特地調養她的緣故。鳳九猶記得當日自己還感嘆了兩句橘諾的好運氣，但今日，怎的又說她腹中這個孩子是與人私通？

正要差人去打探，茶茶卻將蘇陌葉引進了屋中。

自相思引之事後，為了避嫌，陌少其實已很少單獨找她議事，今日來得這樣突然，可見是有不得已的急事。

果然今日陌少不如平日淡定，少了許多迂迴做派，手中的溫茶只潤了潤喉嚨，已開門見山道：「月前我曾說，有幾樁決定阿蘭若終局的大事情，需請妳幫忙同她做個一樣的抉擇，這話妳可還記得？」

鳳九捏著個杯兒點頭。

陌少沉吟，「第一樁事，已經來了。」

鳳九嗯了一聲提起精神。

陌少蹙眉道：「這樁事，或許妳做起來不甘，但此時需以大局為重。」看著她，低聲道：「救一救橘諾。」

鳳九猛地睜大了眼睛。

鳳九其人，其實很有青丘的風骨，你敬她一分，她便敬你十分，你辱她一分，雖不至於十倍奉還，到頭來送回到你身上的，擠吧擠吧也得是個整數。

青丘之國九尾狐一族奉行的美德，從來沒有什麼不明不白的寬容，也沒有什麼不清不楚的饒恕，更別提此番這樣的以德報怨。

陌少生了顆全西海最聰明的腦子，同輩的神仙中是數一數二的精於算計。阿蘭若這個事情上，他精於算計地發現，照著這一世諸事的進展，如同從前一般，上君將橘諾斥上刑台問斬，乃是早晚之事。他精於算計地思忖，從前乃是君后處置人處置得不妥貼，方漏了個把柄，導致橘諾懷胎的真相終有一日東窗事發。他精於算計地打算，此次只需將這個事發的由頭往後挪一挪，給鳳九足夠的時間讓她同橘諾嫦棣先了斷私怨，之後橘諾再被推上刑台，他請鳳九兌現諾言勉力一救，以她爽朗不拘的性子，此事可成哉。

但陌少千算萬算，卻算漏了東華帝君。

他記得從前橘諾懷胎之事敗露是在四月十七，可宮中此次傳出的消息，卻早了整二十日。當是時，他腦中一瞬閃過的，竟是帝君在小廚房中平平靜靜地同他所說的俐落二字。

他到此時，方曉得帝君說的俐落是個什麼意思。

帝君怕是早已曉得比翼鳥這一輩王室的秘辛。

四海之內，大荒之中，有權力，有女人，有紛爭，就有秘辛。每個王室，都有那麼一段秘辛。比翼鳥一族的秘辛算不得多麼新鮮，相關也無非就是那麼兩件，王位和女人。

這段糾結的往事，說起來其實挺簡單，傳如今的上君相里闋的王位是弒兄而來，寵愛的君后傾畫夫人，其實是從親大哥手中搶過來的嫂子。

傳說裡傾畫夫人當年也很貞烈，本欲以死殉夫，但因肚子裡頭懷了橘諾，相里闋愛她心切，言她不死便允她留下大哥的骨血，她才這麼活了下來。傾畫如願生下橘諾，寶貝一般養著。再後來生下相里闋的骨肉阿蘭若，卻因她當日深恨相里闋，孩子剛落地便親手扔進了蛇窩。這也是阿蘭若的一段可憐身世。

留下橘諾，是當年相里闋萬不得已用的一個下策。眼看少女一日日出落得美麗聰穎，更是扎在他心中的一根長刺。相里闋早已有心拔掉她，無奈傾畫夫人護得周全。

後頭的事情，論來也是橘諾自己不爭氣，同教她習字的夫子有了私情，懷了身孕。比翼鳥一族體質殊異，懷胎不易，墮胎更不易，動輒橫屍兩命。墮胎是死，這個事被相里闋曉得也是死，為了保下前夫唯一的血脈，傾畫夫人別無他法，輾轉思忖後，終於撒下這個彌天大謊。

蘇陌葉嘆了口氣。這些過往都實實在在發生過，遮掩過往的木盒子再結實也未免透風，有形有影的事情，帝君想要曉得，自然就有法子可以曉得。

雖然瞧著帝君日日一副種樹釣魚的不問世事樣兒，但聽過這位天地共主執掌六界時的嚴謹鐵血，他自然不信帝君墮入此境後果真諸事不問。

見微知著，睹始知終，這才是帝君。帝君他當日在小廚房中說出俐落二字時，怕已是在心中鋪墊好了今日的終局。

蘇陌葉盯著杯中碧綠的茶湯犯神，橘諾絕不能死，倘若死了，後頭什麼戲也唱不成。既然這一次是帝君做主將橘諾的事晾在了上君跟前，是帝君他老人家要借相里闋這把刀懲治橘諾，若旁的人將橘諾救出來，豈不是等同與帝君為敵？

果然無論如何，還是只能靠鳳九出這個頭啊。

陌少神思轉回來時，正瞧見鳳九眼睜睜直盯著自己，眉間糾結成個川字，話中間疑惑道：「阿蘭若雖然不如我折騰，但從前同橘諾結的樑子也不算輕，為何她當此關頭卻要救橘諾一命，這個理我想不順。今日你若能說通我，我就全聽你的，你若說不通我，我就還要想一想。」

陌少欣慰她居然也曉得自己折騰，撈過一個趁手的圓凳落坐，又給自己續了半杯茶，擺出一個長談的架勢方道：「阿蘭若當初要救的，並不是橘諾，而是沉曄。」又問她道：「阿蘭若同沉曄，妳曉得多少？」

鳳九比出一個小手指來，大拇指抵著小手指的指尖給陌少看，「曉得這麼一丟丟。」

陌少手撫茶杯，良久道：「我可以再給妳講一丟丟。」

世間之事，最無奈不過四個字，如果當初。

陌少的這段回憶中，「當初」是若干年前的四月二十七，刑台上橘諾行刑。「如果」，是那時他領著阿蘭若前去台前觀刑。

凡人在詩歌中吟詠四月時，免不了含些芳菲凋零的離愁，生死相隔的別緒，借司命的話說，乃是四月主殺。

梵音谷雖同紅塵濁世相離得甚遠，這一年的四月，卻也籠了許多的殺伐之氣。先是宗學裡處決了一位教大公主習字的先生，再是王宮中了結了幾個伺候大公主的宮奴。未幾日，大公主本人，竟也被判上了靈梳台問斬。

身上擔了兩條重罪：一條欺君罔上，一條未婚私通。

大公主懷的是誰的種，曉得此事的宗親們許多年來雖閉口不言，此時到底要在心中推一推，這是否又是上君的一則雷霆手段？不明就裡之人，則是一邊惱怒著大公主的不守禮知恥，一邊齊拱手稱讚上君的法度嚴明。這樁事做得相里闋面子裡子都掙得一個好字。

到底是公主問斬，即便不是什麼光彩事，也需錄入卷宗史冊。為後世筆墨間寫得好看些，刑官拔淨一把山羊鬍，在裡頭做足了學問。觀刑之人有講究，皆是宗親；處刑之地有講究，神宮跟前靈梳台；連行刑的劊子手都有講究，皆是從三代以上的劊子手世家海選而來。

這樣細緻周到的斬刑，他們西海再捎帶上一個九重天都比不上，蘇陌葉深以為難得，行刑當日，興致盎然地揣了包瓜子捎領著阿蘭若在觀刑台上占了個頭排。

他本著一顆看熱鬧的心，阿蘭若卻面色肅然，手中握著一本往生的經文，倒像是正經來送這個素來不和的姐姐最後一程。

行刑的靈梳台本是神官祈福的高台，輕飄飄懸著，後頭略高處襯著一座虛浮於半空中的神殿，傳出佛音陣陣，有些縹緲仙境的意思，正是歧南神宮。

風中有山花香，天上有小雲彩，橘諾一身白衣立在靈梳台上，不像個受刑之人，倒像個絕色的舞姬將在雲台之上獻舞，肩頭擔的罪名雖然落魄，臉上的神色到底還有幾分王家體度。

觀刑台上諸位列座，兩列劊子手抵著時辰抬出柄三人長的大刀，刀中隱現猛虎咆哮之聲。此刀乃是刑司的聖物，以被斬之人的腕血開刀，放出護刀的雙翼白額虎，吞吃被斬之人的血肉生魂，並將魂魄困於刀中若千年不得往生。筆頭上雖也是斬刑兩個字，這卻又是和凡界砍人腦袋的斬刑有所不同。

大刀豎立，橘諾的腕血祭上刀身的一刻，四圍小風立時變作接地狂風，虎嘯陣陣，明晃晃的刀身上呈映出清晰的虎相。眼看烏雲起日光隱，猙獰的虎頭已掙脫刀刃，橘諾煞白著一張臉搖搖欲墜，白光一閃，利劍破空之聲卻清晰貫入耳中。

聲音盡頭處，一柄長劍沒入巨大虎頭七寸許，俐落地將白額虎逼入刀身。

英雄救美這齣戲，怎麼演，都是齣好戲，都不嫌過時。

天幕處陰影沉沉，狂風四揭，受傷的猛虎在刀刃中重重喘息。變色的風雲後，卻見緊閉的歧南神宮宮門突然吱呀大開。

黑色的羽翼在靈梳台上投下稀薄淡影，年輕的神官長在台上站定，臉上是最冷淡疏離的表情，身後的羽翼尚來不及收回，卻將瑟瑟發抖的橘諾攔在身後，遙遙望及觀刑台上上君的尊位，聲音清晰而克制，「臣舊時研論刑書，探及聖刀裁刑的篇章，言聖刀既出，倘伏刑人在生魂離散前將刀中虎鎖回，便是上天有好生之德，不論伏刑人肩負如何重罪，皆可赦免他的死罪。上君聖明，不知今日橘諾公主此刑，是否依然可照此法度研判？」

救美的英雄並不魯莽，有勇有謀，有進有退。上君寒著臉色點了個頭。刑書中的法度是祖宗定下的法度，在此見證的都是宗親，當著諸位愛卿的面，上君自然不能說出一個不字。

但雙翼白額虎自誕生日起，向來以執著聞名，一旦出刀，不飲夠伏刑人的血絕不善罷甘休，雖然祖宗有赦免的法度，且半途劫刑的不在少數，但這麼萬兒千年的，還沒有一個人能真正逃脫白額虎的兩排利齒。若說方才英雄的利劍將牠逼退了些許，這頭虎卻也不至於這樣膿包，蓄好時力再行掙脫出刀，是頃刻的事。

有勇有謀的英雄能不能救得美人歸，還須講個時運。

陰風蕭蕭，玄衣的神官長袖一揮利劍已轉回手中，白額虎再次越刀而出，橘諾木木呆呆，被推到角落，座上上君撚鬚沉默，觀刑台上的諸位卻像是個個打了雞血般瞧著刑台一派精神抖擻。

青年與猛虎僵持纏鬥，劍光凜冽羽翼紛飛，難分高下各有負傷，打得著實精采，也很有看頭。但白額虎生於戾氣，虎相只是一種化形罷了，添在牠身上的傷遠不及看上去嚴重，與之一比，倒是神官落了下乘，不過招招式式間仍然氣度十足，不落歧南神宮的高華派頭。

阿蘭若歪靠在座椅中向她師父道：「既要在刀劍中好好應付這頭白額畜生，又要凝力尋找將牠關回去的法門，沉曄他一人這麼單打獨鬥，未免有些艱難。」

蘇陌葉轉著茶盅笑，「法門不是沒有，白額虎嗜血，橘諾若肯主動讓那畜生飲一半生血，沉曄再以靈力全力相封，大約還掙得出一兩分生機。不過既然橘諾有孕在身，失一半生血，怕是難以保命。」漫不經心敲著杯沿道：「妳同橘諾一個娘胎出來，自然生血也差不多，不過妳若心生同情想幫他們，我看還是免了吧。一來得罪妳父親，讓他老人家不高興，二來台上那位神官大人，可一向忌諱妳是蛇窩裡長大的，怕並不想承妳這個恩惠。」

阿蘭若頷首一笑，恍然了悟，「哦？原來做這個事還能讓父親他不高興？那真是不做都不行了。」

未及蘇陌葉抬手阻攔，雪白的羽翼瞬然展開，眨眼間已飛向濃雲密布的靈梳台。蘇陌葉愣在座椅上，回神過來時撞豆腐的心都有。

阿蘭若喜著紅衣，便是這麼個不吉利的日子也是一身大紅，偏偏容貌生得偏冷，旁的人穿紅就顯得喜慶，她穿紅愣是穿出冷清來。但即便冷清，這個色兒也夠顯眼。羽翼拍過長空時，連正和白額虎打得不可開交的神官都分神望了一望。

照凡界的戲路來演，此等危急時刻，翩翩佳人與翩翩公子這麼一對望，定然望出來幾分情意，望出從今後上天入地的糾葛。但可嘆此番這個戲本並非一套尋常戲路，公子望著佳人時，佳人正引弓搭箭，目沉似水地望著狂怒的白額雙翼虎。雙箭如流矢，穿透狂風正中白額虎雙目，猛虎痛嘶一聲，攻勢瞬間沒了方向。不過這是頭用兵器殺不死的虎，此舉也不過是為找到法門多爭一時半刻罷了。

狂風迷眼，虎聲振振，少女離地數尺虛浮於半空中，俯身看著玄衣的神官，貼得有些近，「她背叛了你，你卻還要救她？」

青年臉上是天生的冷倨，微微蹙眉，「她是我未婚的妻子，一起長大的妹妹，即使做錯了事，有一線生機，又如何能不救？」

少女愣了愣，眼中透出笑意，「你說得很好。」輕聲道：「你還記得嗎？雖然不同你和橘諾一起長大，我也是你的妹妹，你小時候說過我很髒，被蛇養大，啃腐植草皮，身體裡流的東西不乾淨。我送過你生辰賀禮，被你扔了。」

年輕的神官長有片刻沉默，「我記得妳，相里阿蘭若。」

少女彎了彎嘴角，突然貼近他的耳廓，「我猜，你還沒有找出將白額虎關回去的法門？」

猛虎似乎終於適應了眼盲的疼痛，懂得聽音辨位，狂吼一聲，利爪掃來。青年攬住浮空的少女緊退數步，方立穩時卻見少女指間憑空變出一截斷裂的刀刃，長袖揚起，趁勢握住他的左手十指交纏，刀刃同時刺破兩人手掌，鮮血湧出。

青年的神情微震，兩人幾乎是憑本能躲避猛虎的攻勢，十指仍交纏緊握，騰挪之間，少女直直看著他的眼睛，神情淡定地含著笑，「世說神官之血有化污淨穢之能，今日承神官大人的恩澤，不知我的血是不是會乾淨許多？」

兩人的血混在一處，順著相合的掌心蜿蜒而下，血腥氣飄散在空中，青年神色不明，卻並沒有抽回自己的手，「激怒我有什麼意思？妳並非這種時刻計較這種事情的人。」

少女目光蕩在周圍，漫不經心，「白活了這麼多年，我都不知道原來我不是這種人。」瞄見此時二人已閃避至端立的長刀附近，神情一肅，順著風勢一掌將青年推開，續足力道朝著長刀振翼而去。青年亦振開羽翼急速追上去，卻被刀身忽然爆出的紅光阻擋在外。

紅光中少女方才刺破的右手穩穩握在聖刀的刀刃上，舊傷添新傷，鮮血朝著刀身源源不斷湧入。白額虎忽然住了攻勢，饜足地低嘯一聲。少女臉色蒼白，面上卻露出戲謔，朝著突然乖順的猛虎道：「乖，這些血也夠你喝一陣了，貪玩也要有個度，快回來。」猛虎搖頭擺尾，果然漸沒入刀身，因吸入的血中還含有神官化污淨穢之血，靈力十足，一入刀身便被封印。

紅光消逝，猛虎快攻時縈繞刀身的黑氣也消隱不見，端立的聖刀彷彿失了支撐，頹然倒下。

橘諾顛顛倒倒躲在沉曄身後，沉曄瞧著橫臥於地的長刀，阿蘭若從長刀後頭轉到前面來，蹣跚了一步，沒事兒人一樣撐住，隨手撕下一條袖邊，將傷得見骨的右手隨意一纏，打了個結。

觀刑台上諸位撿起掉了一地的下巴，看樣子關於這精采的變故著實有滿腹言語想要傾訴，但為人臣子講究一個孝順，不得不顧及上君的怒火，壓抑住這種熱情。

上君明面上一副高深莫測，內裡估摸快氣暈了。他想宰橘諾不是一天兩天，終於得償夙願，誤打誤撞沉曄卻來劫法場。他估摸對白額虎寄以厚望，望牠能一併把沉曄也宰了，神官長替九重天履監察上君之職，沉曄為人傲岸又剛直，也是他心中一根刺，孰料半途卻殺出個阿蘭若，真是什麼樣的運氣。

事情到了這個地步，待要何去何從，諸位此時自然要等候上君的發落。

上君寒著臉色，威嚴地一掃刑台，啟開尊口下出一個深思熟慮的結論。橘諾公主死罪既逃，活罪卻不可免，罰出宗室貶為庶民，永不得入王都。神官長沉曄救人雖未違祖法，卻是本著私情，擔著監察之職，事及自身卻徇私至此，有辱聖職，即日向九天回稟，將其驅除歧南神宮，亦貶為一介庶民永不得入王都。至於阿蘭若，身為一個公主光天化日下大鬧刑場有失體統，判一個罰俸思過。

上君慮得周全，倘哪天王宮中死了個公主抑或神宮裡死了個神官長，著實是樁天大的事。但族裡若莫名死了兩個庶民，卻實在不足為道。

不死已是大幸，橘諾最後一次掌著公主的做派拜了個大禮，沉曄垂著眼睫面上沒有什麼表情，阿蘭若卻向著上君，臉上含著一個戲謔，「今日女兒為了姐妹親情如此英勇，原本還指望得父君一聲讚，這個俸祿罰得卻沒道理。」不及上君道一聲放肆，又道：「再則關乎神官長大人，前幾日息澤傳給女兒一封信，信裡頭請神官長大人打一面琉璃鏡，待九天仙使到谷中來時，好託帶給天上的太子殿下做生辰禮。說起來這也是他不像話，早先去天上面見聖顏時，同太子殿下吹噓過一兩句沉曄大人製鏡的本領，卻不想就此被太子殿下放在了心上。」無奈狀道：「息澤令我將沉曄大人請入府中潛心製鏡，但此番父君既令他永不得入王都，父君的聖令自然一等一威嚴不可違背，但夫訓也是不可違的一件事，所以我也有些疑惑，是不是將府邸搬到王都外頭去好些？還有些疑惑，搬府這個錢從哪裡出好些？」

上君揉著額角道：「息澤愛卿果真有來信？信在何處？」

阿蘭若面不改色道：「果真有來信，但這個信此時卻沒在身上，不過來信時師父他老人家也在，」瞟了眼上君座旁，「母妃也恰過來探看我，他們都瞧見了。因信裡頭提了幾句製琉璃鏡有些材料需我備好，我不大懂，還將信遞給師父請他指教過兩句。」

上君目光如炬看向蘇陌葉，倒血霉的陌少抽搐著嘴角點了點頭，「正是，但我並非比翼鳥族，有些材料亦不大懂，就將信又遞給君后請她瞧了瞧。」

君后救侄兒心切，亦點了點頭。

上君沉思半晌，判為國庫著想，阿蘭若無須遷府，沉曄以戴罪之身入阿蘭若府製鏡，鏡未成不得出府，鏡成需即刻離都。

這個事情，就這麼了了。

曲終收場，侍衛們寬容，未即刻收押橘諾，容她跪在地上幫沉曄清理傷口。靈梳台上空空蕩蕩，紅衣的少女沒有離開的意思，面色是失血過多的蒼白，卻悠閒地蹓躂著步子走過去，半蹲在一對苦命鴛鴦跟前，和橘諾四目相對。

半晌，咧出個冷意十足的諷笑，「真是對可嘆又可敬的未婚夫妻。不過，從今天開始，你們沒什麼關係了，記得要離他遠些。」將受傷的右手搭在沉曄的肩上，「他是我救回來的，就是我的了。」

橘諾含淚恨聲，「沉曄不是妳的，我自知如今配不上他，但妳也不配。」

靈梳台巍峨在上，陣風散後台邊聚起幾朵翩翩的浮雲，紅衣少女像是心情愉快，踱步到台沿，伸手握進雲中，「世間事飄忽不定者多，萬事隨心，隨不了心者便隨緣，隨不了緣者便隨時勢。妳看，如今這個時勢，是在何處呢？」

神官原本沉淡的眸色中，有一些東西緩慢凍結，狀似寒冰。

茶涼故事停，瞧得出回憶阿蘭若一次就讓陌少他傷一次。

鳳九識大體地替陌少換上一盞新茶，待其緩過神來，委婉地拈出心中一個疑問，「情這個東西，譬如天上的子母樹一樹生百果，我自曉得個個該有個個的不同。但阿蘭若此時既已嫁了息澤，對沉曄生出的這個情果，是否有些不妥當？」她近日同息澤處得多些，自覺算個熟人，難免為息澤抱一抱屈。

陌少道：「她同息澤與其說是夫妻，不如說一對忘年友。比翼鳥這些地仙，在我們看來朝生夕死何其地脆弱，似乎更耽於享樂，但息澤卻比谷外的些許神仙還要無欲無求些，他對阿蘭若，倒比我更擔得上師父這個名頭。」

鳳九一言不發了半日，道：「你說的是那位……前頭和橘諾嫦棣各有糾纏，近日不曉得為何又對我頗有示好的……息澤神君？」

陌少咳嗽一聲道：「這個嘛，此地既是被重造出來的，興許出了一些差錯，令神君他性情變化了一二也說不準，咳，從前、從前息澤神君他確然最是無欲無求的。」

鳳九忍住了問陌少一句有無法子可將神君他變回從前那個性情，將話題轉到一樁她更為好奇之事上，道：「既然阿蘭若和沉曄後來有許多糾纏，那時她救了他，他是不是有點喜歡上她了？」

蘇陌葉遠目窗外，「比翼鳥一族將貞潔兩個字看得重，傾畫夫人一身侍二夫，沉曄其實不贊同，三姐妹間只橘諾一人得他偶爾青眼，傾畫改嫁給上君後生下的阿蘭若和嫦棣，他都看不太上，其中又尤數阿蘭若排在他最看不上的名冊之首。」

鳳九訝道：「但是她救了他，這不是一種需以身相報的大恩嗎？」

陌少冷道：「沉曄冷淡自傲，在他看來，他從前瞧不起阿蘭若，辱了她，她將他要到府中如同要一件玩物，不過是要囚禁報復他罷了，說他因感激而喜歡她，不如說他那時其實有些恨她。」良久，又道：「我有時想起阿蘭若的那句話，無論為仙為人，需隨心隨緣隨勢，她將此語參悟得透徹，但她的心或許在沉曄那裡，緣和勢，卻並不在沉曄那裡。」

一席話聽得鳳九頗唏噓。

第二章　紫衣神君大戰多尾蛟

蘇陌葉潤了口茶入嗓，道：「妳略想想，若願幫我這個忙，勞茶茶給我傳個信。」

天陰有雨，小雨淅瀝下了一個時辰零三刻。未時末刻，有信自前府來，陌少斜倚窗欄，聽雨煮茶，拎著信角兒將信紙懶懶在眼前攤開，瞧著紙片上鳳九幾個答允的墨字，臉上浮出個意料之中的笑容。

此境到底是誰造出，蘇陌葉曾疑過沉曄，但此君待鳳九扮的阿蘭若在行止間同從前並無什麼大分別，若果真是沉曄所造，按他在阿蘭若往生後的形容，能重得回她，即便是個假的，也該如珠如寶地珍重著，這麼一副不痛不癢漠不關心的神態，倒是耐人尋味。

再則帝君已有幾日不見，他老人家的行蹤雖向來不可捉摸，但消失得如此徹底，卻並非一件常事。帝君在謀什麼大事陌少自覺不敢妄論。近幾日帝君似乎用他用得趁手，時常在他肩上派一些重任，晚一日曉得帝君的謀劃，算是落幾天心安少幾天頭疼。

他私心盼帝君他最好消失得更久一些無妨。

另一廂，自打送出信後，鳳九就很惆悵。

在陌少的回憶中，阿蘭若空手握白刃握得何等地雲淡風輕，撕袖子又撕得何等地瀟灑意氣。鳳九尋了把同傳說中的聖刀有幾分形似的砍柴刀，在手上比了比，刀未下頭皮先麻了一層，又演練了一遍單手撕袖子做綁帶的場景，手都紅了袖子卻連個邊角也沒損。

鳳九覺得，阿蘭若是真豪傑，但她是真糾結。那麼，若是提前把血放出來，拿個口袋盛著，待她上靈梳台救人時，啪一聲直接將血包扔到刀身上，這樣行不行呢？會不會顯得很突兀呢？

她日思夜想，自覺憔悴。

橘諾的大刑定在四月初七。

四月初二，鳳九夜觀星象，唉聲嘆氣，三垣二十八宿散落長天，太微垣中見得月暈，她的星相學雖只學得個囫圇，大約也曉得此乃是赦罪之兆，略放寬心。

心寬後忽省得陌少這篇戲本子裡，息澤神君亦是個重角色，從前乃是因他沒有下山，由得阿蘭若在上君跟前胡亂編排，但此回息澤時時在上君跟前晃蕩，編胡話前，她是否需先同他知會一聲？

息澤神君，他近日是在何處來著？

正沉思間，忽然遙見得天邊乍現一道銀藍的光陣，鳳九早曉得這個世界有邊有界，天邊自然也不會是真正的天邊，瞧這個方向，像是白露林旁的水月潭。

水月潭於原來的梵音谷而言，是唯有女君得以前去泡溫泉的禁地，此境中的水月潭，卻是連王族也不能涉足之所，越加地神秘。陌少提過一兩句，說水月潭就像是連著現世與新創之世的一個通道，既不循現世的法則，也不遵新創這個世界的法則束縛，是個險地，亦是個混亂之地。
既然是這樣的地方，此時卻陡現光陣，雖只那麼一瞬，亦大不尋常。陌少有句話點評鳳九點評得中肯，好奇心甚重。一個無聲訣捻起，不過頃刻，這個好奇心甚重的少女已端立在白露林裡，水月潭中間的一塊巨石上。
剛站穩，不及將四周瞟上一眼，聽聞背後蚊子哼哼的一個聲兒，「姑娘，姑娘，妳擋著我了，麻煩站開些。」
鳳九嚇一跳，回頭一望，幾步外傘大的蓮葉結成一串，似盾牌般豎立在水潭旁，翠綠翠綠的極為扎眼且刺眼。提醒她的聲兒就是從那後頭傳來。
鳳九幾步過去，揭開其中一張蓮葉。葉子後頭出現一張小童的臉，驚嘆地和她對視了片刻，立刻往旁邊讓了讓，羞赧道：「方才沒有瞧見是這麼漂亮的一個姐姐，來來妳坐我旁邊，最近這一排的好位置都被占完了，幸虧我人長得小可以給妳挪個位置出來……」
鳳九其實沒有搞懂這是在做什麼，但一看有位置，本著一種占便宜的心態，順其自然地就坐了。左右綿延一望，果然都擠滿了小童，每個人手裡頭皆扶立著個荷葉柄擋著自己，虔誠地望著高空。
鳳九伸手彈了彈眼前的荷葉，「你們立這個是做什麼？」
身邊的小童子極為熱心道：「這個嘛，這是一種隱蔽，潭裡棲息的一尾猛蛟老爺正同一個厲害神仙打架，打得可好看了，我們閤族的小魚精都跑出來看熱鬧，撐個荷葉免得被猛蛟老爺注意到，呵呵……」

鳳九抽了抽嘴角，猛蛟老爺牠直到現在也沒有注意到這個扎眼的荷葉陣真是太不容易了，心中對方才所見的光陣因何而來有了個譜，誠懇求教道：「不知在此收蛟的卻是哪位神君？這尾猛蛟……猛蛟老爺又是犯了什麼樣的大錯？」

小童子遞給鳳九一把煮毛豆，挨著她又坐近一些，手指朝著前頭的水月潭一比劃道：「是這樣的，這個潭底有一口儲著許多靈氣的冰棺，冰棺裡頭睡了一個美人，我在下面玩的時候都看到過。冰棺裡的靈氣有時候會流出來，就引來了住在水潭另一頭的猛蛟老爺。因為護衛這口冰棺的法術施得很高超，猛蛟老爺起先只敢躲在周圍分食一些跑出來的靈氣，後頭覺得不過癮，就想打破冰棺將靈力全部放出來。那天猛蛟老爺不行運，撞冰棺的時候正好被這個厲害的神仙路過遇到，就同牠打了起來，已經打了兩天了。他們現在可能是在更前頭些的水裡頭打所以看不到，一會兒還會冒出來的。我們先休息一會兒，吃點煮花生和煮毛豆……」說著又遞給鳳九一把毛豆。

鳳九剝著毛豆，覺得潭底睡了個人這樁事還挺稀奇，但此時卻不安全，待打架的那二位從水裡頭冒出來後倒是可以下去一觀。

嘴裡頭嚼著無味的毛豆，鳳九嘆息小魚精們其實挺懂享受。坐了人家的位置還吃了人家的豆，免不了在廚藝上提攜他們一兩句，「你們族裡有七香草沒有？曬乾磨粉拿個小罐封好，往後煮花生毛豆抑或是炒瓜子板栗都可以往裡頭勾一兩杓，味道比現在這個好。」

小童子眨巴眨巴水汪汪的大眼睛，裡頭盛滿了欽佩和仰慕，誠懇地受了教。

不過片刻，遠處果然有水浪沖天而起，帶得他們眼前的荷葉都晃了一晃，正好晃出個縫隙來，鳳九趁勢將攢在身旁的毛豆殼扔出去。小童子一隻手穩住荷葉柄激動道：「看，他們出來了……」另一隻手再遞給她一把毛豆。

鳳九抬頭一望，倒抽了一口涼氣。

水潭中參天大樹的光華將林子渲染得如同白晝，騰騰霧色繚繞著翠蘭的樹冠，遠望竟有幾分九天瑤台的意思。此時台上正盤踞著一尾吐息粗重的銀蛟，而月色清輝之下，銀蛟對面衣袂飄飄的持劍之人，不是幾日不見的息澤神君卻是哪個？

紫衣的神君氣定神閒，浮立在最大的一株白露樹的樹梢頭，身後是半痕新月，清風入廣袖。

這是鳳九頭一回看息澤拿劍，大多時候她見到他時他都在搗鼓藥材，因此她私心將他定位得有些文弱。此時見他對著猛蛟的氣勢和威儀，竟覺得這種神姿似乎同他更合稱些。他持劍的模樣，有一種好看的眼熟。

銀蛟長居於水潭之中，尤其擅水，長嘯一聲，竟有半塘的水顛簸起來，騰空化形為冰魄利箭。箭雨直向紫衣神君而去。

鳳九瞧著這個陣仗頭皮一麻，心道幸好息澤原本就是此境中人，此時可以聚起仙障來對抗，像她這種境外之人，在這裡會受到法術的限制，尋常仙術尚可，卻使不出什麼重法來，這種時刻必定被箭雨射成個篩子。

箭雨疾飛，一湧而來，卻見息澤並未聚起什麼仙障，反而旋身出劍。雪白的劍光中流矢紛落，待息澤手中劍光緩下來時，她眼尖地瞧見，最後幾簇箭頭被他用劍鋒輕輕一轉打偏，竟回射向憤怒的銀蛟。

銀蛟蜷起身子閃避，紫衣的神君冷靜地瞅著這個空隙急速出手，劍氣擦過蛟尾，竟斬下完完整整的一條尾巴來。

銀蛟痛吼一聲，斷尾拍打過身下的白露林，林木應聲而倒，上頭沾著大塊的蛟血，落進水裡頭融開，老遠都聞得到血腥味。

一列的小魚精們個個興奮得眼冒紅光，鳳九身旁的小童子激動得毛豆都忘了剝，手緊緊地拽著鳳九的膝蓋，「猛蛟老爺是頭多尾蛟，尾巴能長七七四十九次，前頭砍的那四十九回牠的尾巴都立刻就長出來了，妳看這回就沒有長出來！」

鳳九目瞪口呆，生怕自己是看錯了，遲疑道：「我方才似乎瞧著神君他沒有祭出一絲法力，光憑著劍術把那個箭頭雨破了，還把你們猛蛟老爺的尾巴砍了？」

小童子握拳點頭道：「這兩天都是這麼打的呀，厲害神仙要是使法術就打不了這麼久了。我娘說打架這種事，最忌諱雙方懸殊過大，三招兩式間定勝負有什麼看頭。打架的趣味，在於你來我往間勝數的縹緲，懸著打架之人的命，也懸著看架之人的心，看得人眼珠子都捨不得挪，這才是一場有責任感的精采好架，厲害神仙他很負責吧！」

徒劍宰蛟譬如空手擒虎，這個人的劍術到底是有多麼變態，鳳九無言了半晌，斟酌地捧場道：「神君他很負責，你娘也是一番高見。」

小童子面露得色，突然驚吼一聲，「呀，猛蛟老爺逃到水裡去了。」著急道：「他不曉得傷口流血的時候在水裡頭血流得更快嗎？」

鳳九心中感嘆這是多麼有文化的一個小魚精，脖子亦隨著他的聲兒朝著戰場一轉。

四下搜尋間，潭水中驀然打出一個大浪，沉入水底的猛蛟突然破水而出，頭上頂著一團白光，細辨白光中卻是個棺材的形制。

一直淡定以待的息澤神君臉色竟似有微變，鳳九琢磨銀蛟頭上的這個，興許就是方才小魚精口中睡了個美人的冰棺，一時大感興趣，探頭想看得再清楚些。

息澤的劍中有殺意。方才雖然他砍了銀蛟的尾巴，她卻並沒有感到這種殺意，銀蛟似乎亦有所感，得意地一番搖頭晃腦，但頃刻肚子上就中了一劍。

冰棺自高空直垂而下。

在它垂落的過程中，鳳九感覺有一瞬看清了棺中人的面容，還來不及驚訝，便被一種魂魄離體的輕飄之感劈中，腦中一黑。待穩住心神消了眩暈後，她驚訝地發現，自己似乎正在半空急墜。

有一隻手攬上她的腰，接著撞進了一個帶著白檀香和血腥氣的胸膛。耳邊有急速風聲，沉穩心跳聲。

鳳九試著抬頭，望上去的一瞬，對上一雙深幽的眼睛。這雙眼睛前一刻還含著凍雪般的冷肅之意，待映出她的面容迎上她的目光時，卻猛地睜大。

真是漂亮。青丘的第一個春陽照過雪原也不過如此。

鳳九分神想著，覺得摟著自己的手更緊了些，近在耳畔的喘息竟有一絲不穩。

息澤神君他，有些失態。

在這裡看到自己是這麼值得激動的一樁事嗎？鳳九覺得稀奇。

風聲獵獵，也不過就是幾瞬，略啞的聲音貼著她的耳廓說了兩個字：「藏好。」下一刻已將她推了出去。雖是一個危急時刻，力度卻把握得好，她掉落在白露樹的一個枝椏上時沒有覺得什麼不適。

再抬頭望時，息澤御風已飛得極遠，將銀蛟徹底引離了這一方水潭，似乎打算將新戰場設在潭那邊的一方禿山上。

鳳九棲在白露丫子上，右手在眉骨處搭個涼棚往禿山的方向一瞧，什麼也沒瞧見，耳中只聽到猛蛟時而痛苦的長嘯，料想息澤正占著上風，並不如何擔心。新月如鉤，潭似明鏡，待要從棲著的丫子上下來，卻見潭水中映出一個佳人倩影。鳳九定睛瞧清楚潭水中佳人的倩影，一頭從樹丫子上栽了下去。

哆嗦著從水裡爬上岸時，鳳九都要哭了。她終於搞清了方才息澤為何有那麼一驚。原來冰棺裡的美人醒了。

醒來的美人在何處？片刻前在息澤的懷中，此刻正趴在岸上準備哭。

一心一意準備哭的鳳九覺得，她今天實在是很倒霉。普天下誰有她這樣的運氣，看個熱鬧也能把魂魄看到別人的身上。陌少說過此地混亂，但她沒想到能亂到這個地步。她此時宿著冰棺美人的殼子，她連怎麼宿進她殼子的也不曉得。她離開了阿蘭若的殼子，也不曉得那個殼子現今又如何了。

還沒等她醞釀著哭出來，幾棵白露樹後卻率先傳出來一陣肝腸寸斷之聲。她認出來哭天搶地的那個正是方才挨著她坐的小魚精，圍著他的另外兩串小魚精默默地抹著眼淚，他們中間的地上，直僵僵躺著的恰是阿蘭若的殼子。

萍水相逢的小魚精哭得幾欲昏厥，「漂亮姐姐妳怎麼這麼不經嚇啊，怎麼就嚇死了啊……」強撐著昏厥未遂的小身子，鼻子一抽一抽，「阿娘說人死了要給他上兩炷香，我們沒有香，我們就給妳上兩把毛豆……」其餘的小魚精也紛紛仿效，不多時，阿蘭若的身上就堆滿了煮花生和煮毛豆。

小魚精們的義氣讓鳳九有點感動，一直感動到他們掏出一個打火石來打算把阿蘭若給火葬了。趁著火星還沒打出來，鳳九躲在樹後頭，趕緊捻動經訣隔空將阿蘭若的殼子推進了水中。殼子掉進水中的那一刻，她抹了把腦門上的冷汗，亦不動聲色潛進了水潭中。

在鳳九的算盤裡頭，一旦她靠近阿蘭若的殼子，說不準就能立時換回去，屆時她同這個冰棺美人各歸各位，正是造化得宜。

她在水底下握住阿蘭若的手，沒有什麼反應；抱住阿蘭若，還是沒有什麼反應；捻一個魂魄離體的訣，卻覺此時自己的三魂七魄都像被捆在冰棺美人的殼子裡，脫離無法。事情它，有些許大條了。

誠然她並非真正的阿蘭若，變不回去心中也覺沒什麼，但頂著阿蘭若的臉，吃穿用度上不用操心，頂著這個冰棺美人的臉，莫非天天跟著小魚精們吃毛豆？毛豆這個東西偶然一吃別有風味，天天吃還是令人惶恐。再則她還應了陌少要頂著阿蘭若的身分幫他的忙，半途而廢也不是她的行事。

鳳九在水底下沉思，既然變不回去了，而她又必得讓所有人繼續認為她是阿蘭若，有什麼法子？

唔，施個修正之術，將比翼鳥一族關乎阿蘭若模樣的記憶換成這個冰棺美人的，或許是條道。

鳳九想起她的姑姑白淺有一句名言，只有課業學得不好的人才是真正的聰明人。此情此境，片刻就能想出這麼個好主意，鳳九在心中欽佩自己是個真正的聰明人，順便一讚姑姑的見解。但課業不好，卻始終是個問題。當初夫子教導修正術時她一直在打瞌睡，施術的那個法訣是怎麼唸的來著？

被銀蛟頂出去的冰棺如今已落回湖中，就在她們腳底下。鳳九胡亂將阿蘭若塞入冰棺，又胡亂照著一個朦朧印象施了個修正術，胡亂寬慰自己既然是個真正的聰明人，一個小小的修正術豈有什麼為難之理。做完這一切，她登時將諸煩惱抛於腦後，踩著水花浮上水面，打算關懷一下息澤打架打得如何了。

看熱鬧的小魚精已散得空空，徒留岸邊一排扎眼的荷葉憮憮攤著，遠處的禿山似乎也沒有什麼動靜，鳳九感到一瞬莫名的空虛。

低頭再望向水面時，水中人長髮披肩，白裙外頭披了件男子的紫袍，瞧著竟然有些縹緲熟悉。

一道白光驀然閃過鳳九的靈台，這個冰棺中的少女，會不會是她真正的殼子？她無法再移到阿蘭若的殼子裡，乃是因她機緣巧合回到了自己的身體中？這個想法激得她不穩地後退一步。

但來不及深想，天邊忽然扯出一幅稠密的閃電，雷聲接踵而至，老天爺有此異象，必是有惡妖將被降服。果然，禿山上傳來猛蛟的聲聲痛吼，冷雨瓢潑，藉著白露林的璀璨光華，可見乃是一場赤紅的豪雨。

鳳九抬頭焦急地搜尋息澤的身影，雨霧煙嵐中，卻只見紫衣神君遙遙的一個側影，身周依然沒有什麼仙法護體，銀色的長髮被風吹得揚起來，手中的劍像是吸足了血，繞著一圈淡淡的紅光，氣勢迫人。

猛蛟身上被血染透，已看不出原本覆身的銀鱗，眼中卻透出凶光，露出極其猙獰的模樣。

鳳九不禁打了個哆嗦。

被激得狂怒的困獸揚頭嘶吼，電閃之間彎角向紫衣神君瘋狂撞過去，像是已放棄了法術，要以純粹的力量做最後的勝負一搏。鳳九一顆心提到嗓子眼，嘶聲急喊快躲開。紫衣神君卻並未躲開，反而執劍迎上去，劍鋒極穩極快，以斬風破雨之勢直劈過蛟首，但那樣硬碰硬的姿勢，堅硬的蛟角亦無可避免刺過他的身體。那一瞬間不曉得眼睛為何那樣靈敏，鳳九見他反手斬斷刺進身體的蛟角，只皺了皺眉，臉上甚至沒有其他痛苦的表情。

白露林的光華一瞬凋零，滿目漆黑間，鳳九覺得自己聽到了蛟首落地時的沉重撞擊。她喊了兩聲息澤，沒有人回應。她跌跌撞撞地爬上一個小雲頭，朝著禿山行得近了些，血腥氣漸重間，她一疊聲地喊著息澤，但仍然沒有人回應。

空中影出一輪圓月，四月初二夜，卻有圓月，也是奇哉。雨下得更大，倒是退了血色。鳳九的小雲頭吸足了雨水，一動一行軟綿綿的，頂不住沉重，最後歇在禿山的一個山洞口。

她全身上下都被雨水澆透，心口一陣涼。

息澤在哪裡？是不是傷得很重？還是已經……他最近都對自己不錯，冒險去始空山給她取護魂草，送她魚吃，她被橘諾兩姐妹算計時，他還來給自己解圍。

她不曉得心頭的恐慌是不忍還是什麼，也不曉得身上的顫抖是冷還是在懼怕什麼。她覺得她不能待在這個山洞，外頭雨再大，不管他是傷了還是怎麼了，她得把他找出來。

正要再衝進雨幕，身後的山洞裡卻傳來一聲輕響。此種深林老洞，極可能宿著一兩頭奇珍異獸。鳳九攀著洞壁向裡頭探了一兩步，並未聽到珍獸的鼻息，又探了一兩步，一陣熟悉的血腥味飄進鼻尖。

顧不得小心扶著巖壁，鳳九顫著嗓子試探地喊出息澤兩個字，幾乎是一路跌進了山洞。

洞口還好些，依稀有月光囫圇見得出個人影，洞裡頭卻是黑如墨石。她一向怕黑，自從小時候走夜路掉進一個蛇窩，也不怎麼再敢走夜路，今天晚上不曉得哪裡借來的一個肥膽。子夜無邊，濕乎乎的山洞裡頭一線光也沒有，她渾身發毛，哆嗦著預備從袖子裡掏顆明珠出來照明。方才她在洞口就該將它掏出來，也不至於不體面地滾進山洞，她不曉得那時候自己怎麼就會忘了。

手指剛觸到袖子裡的明珠，忽感到一股大力將她往後一扯。她啊地驚叫一聲，明珠啪一聲墜地，順著一個斜坡直滾到一個小潭中。小水潭醞出淺淺的一團光，但只及得她腳下。她才發現方才自己是站在一尾臥蛇的旁邊，再多走一步，一腳踩上去，難免不會被牠兩顆毒牙釘入腿中。此刻，這尾臥蛇已斷作兩截。

一隻手摟在自己腰間，將她穩穩收進懷中。她雖是個小女孩，到底青丘的帝姬做了這麼多年，家學淵源還是能耳濡目染一些，曉得判斷這種時刻，會救自己的不一定就是友非敵，需更祭出些警醒來。她定了定神，像凡間那些隨意扯塊布就能當招牌的摸骨先生一樣，有意無意地摩挲過圍在腰間的手，想借此斷出身後人大體是個什麼身分。

極光潔的一隻手，食指商陽穴處並無鱗片覆蓋，不是什麼山妖地精。小指指尖圓潤，亦並非鬼族魔族。手掌比自己大許多，應是個男子。指端修長，膚質細膩，看來是位養尊處優的公子哥兒。手掌略有薄繭，哦，公子哥兒偶爾還習個刀或習個劍。

正待進一步摸下去，忽然感到身後的呼吸一窒，又是一股大力，反應過來時，鳳九發現自己背貼著身後的岩塊，困在了公子哥兒和洞壁的中間。

洞頂的石筍滴下水珠，落進小潭中，滴答。

朦朧光線中，她雙手被束在頭頂，公子哥兒貼得她極近，面無表情地看著她，乾燥的手指卻撫上她的臉頰，如同方才她撫著他一般，眉毛，眼角，鼻樑，狀似無意，漫不經心。

她不曉得原來這種摩挲其實是很撩人的一件事，要是她曉得，借她一千個膽子她方才也不那麼幹。

對了，公子哥兒是息澤神君。

她方才沒有猜到是息澤，因那隻手溫暖乾燥，並無什麼血痕黏漬，乾淨得不像是才屠過蛟龍的手。此時一回想，她同息澤相見的次數也算多，但著實沒有看過他狼狽的模樣，這樣的行事做派，倒像是一下戰場就能將自己收拾得妥貼。

他的手指停在她唇畔，摩挲著她的嘴唇，像立在一座屏風前，心無旁騖地給一幅絕世名畫勾邊。鳳九忍不住喘了一口氣，在唇邊描線的手指驟停，鳳九緊張地舔了舔嘴角。息澤古冰川一般的眼忽然深幽，她心中沒來由地覺得有什麼不對，本能往後頭一退。身子更緊地貼住巖壁那一刻，息澤的唇覆了上來。

後知後覺的一聲驚呼被一點不留地封住，舌頭叩開她的齒列，滑進她的口中。他閉著眼，每一步都優雅沉靜，力量卻像是颶風，她試著掙扎，雙手卻被他牢牢握住不容反抗。她聞到血腥與白檀香，原本清明的靈台像陡然布開一場大霧。

她覺得腦子發昏。

這樣的力道下，她幾乎逸出呻吟，幸好控制住了自己，但唇齒間卻含著沉重的喘息，在他放輕力度時，不留神就飄了出來。

緊握在頭頂的雙手被放開，他扶上她的腰，讓她更緊地貼靠住他，另一隻手撫弄過她的肩，一寸一寸，扶住她的頭，以免她支撐不住滑下去。她空出的雙手主動纏上他的脖子，她忘了掙扎。他吻得更深。她不知道為什麼覺得這種感覺很熟悉，好像這種時候她的手就應該放在那個位置。

她腦子裡一片空白。他的唇移到了她的頸畔。她感到他溫熱的氣息撫著她的耳珠。體內像是種了株蓮，被他的手點燃，騰起潑天的業火。這有點像，有點像……她的頭突然一陣疼痛，靈台處冷雨瀟瀟，迷霧剎那散開，迎入一陣清風。

神思歸位。

洞中的塵音重灌入耳，鐘乳石上水落石出，像誰漫不經心撥弄琴弦，靜謐的山洞中滑出極輕一個單音。她一把推在息澤的前胸，使了大力，卻沒推動。他的嘴唇滑過她的鎖骨痛哼了一聲，頭埋在她的左肩處，仍摟著她的腰，輕聲道：「喂，別推，我頭暈。」

推在息澤胸口的手能感覺到莫名的濕意，舉到眼前，藉著潭中明珠漸亮的暖光，鳳九倒抽一口涼氣，瞧著滿手的血，只覺得幾個字是從牙齒縫裡頭蹦著出來的，「流了這麼多的血，不暈才怪。」

肩頭的人此時卻像是虛弱，「別動，讓我靠一會兒。」

血腥味越來越濃重，鳳九咬著牙道：「光靠著不成，你得躺著，傷口沒有包紮？」

息澤低聲，「正準備包紮，妳來了。」

鳳九木聲道：「我沒讓你把我按在牆上。」

息澤不在意道：「剛才沒覺得疼，就按了。」又道：「別惹我說話，說著更疼了。」

扶著重傷的息澤前後安頓好，鳳九分神思索，這個，算是什麼？

她被占便宜了。被占得還挺徹底。

按理說，她該發火，凡是有志氣的姑娘，此時揙他一頓都是輕的。但占便宜的這個人，如今卻是個重傷患，不等她揙，已懨懨欲昏地躺在她的面前，她能和一個傷患計較什麼？

她沒有想通，他方才的力氣到底是打哪裡冒出來的？

那樣的陣仗，著實有些令她受驚，親這個字還能有這麼重的意思，她連作夢都沒有想過。其實今天，她也算是長了見識。

洞中只餘幽軟的光和他們兩人映在洞壁的倒影，細聽洞外雨還未歇。

聽著瀟瀟雨聲，鳳九一時有些發神。

在青丘，於他們九尾狐而言，三萬歲著實幼齡，算個幼仙。她這個年紀，風月之事算夠格沾上一沾，更深一層的閨房之事，卻還略早了幾千年。加之在她還是個毛沒長全的小狐狸時，就崇拜喜歡上東華帝君，聽折顏說，比之情懷熱烈的姑娘，帝君那種型約莫更中意清純些的，她就一心一意把自己搞得很清純。

念學時她一些不像樣的同窗帶來些不像樣的書冊請她同觀，若沒有東華帝君這個精神支柱她就觀了，但一想到帝君中意清純的姑娘……她沒收了這些書冊，原封不動轉而孝敬了她姑姑。

當年他老爹逼她嫁給滄夷時，其實是個解閨房事的好時機。按理說出嫁前她老娘該對她教上一教，但因當年她是被綁上的花轎，將整個青丘都鬧成了一鍋糊塗粥，她娘親頂著一個被她吵得沒奈何的腦子，那幾日看她一眼都覺得要少活好幾年，自然忘了要教她。

她去凡間報恩那一茬，無論是那個宋姓皇帝還是葉青緹，卻皆是不得她令連握她一根小指頭都覺得是褻瀆了她的老實人，這一層自然揭過不談。

到此時，鳳九才驚覺，她長這麼大，宋皇帝葉青緹再加上個息澤神君，被迫嫁出去三回，滄夷神君處算是欲嫁未遂一回；且此時一邊擔著個寡婦的名號，一邊被迫又有了個夫君。自然，這等經歷對他們當神仙的來說並不如何離奇，離奇的是，她到此時竟仍對閨房之事一無所知。當年追東華時追得執著，她竊以為有了這層經歷，謙謹說自己也算一顆情種了，但天底下哪有情種當成她這個樣子？

從前沒有細究，今日前後左右比一比，究一究，壽與天齊的神女裡頭，她這顆清純的情種連同她十四萬歲高齡才嫁出去的姑姑，在各自的姻緣上，實在是本分得離譜，堪稱兩顆奇葩。

她娘家的幾位姨母時常深恨她長得一副好面皮，竟沒有成長為一個玩弄男仙的絕代妖姬，實在是很沒有出息，見她一次就要嘆一次。她今日恍然，自己的確令赤狐族蒙羞。從前在姨母們唏噓無奈的嘆息中，她還想過要是她能將無情無欲的東華帝君搞到手，就會是一樁比絕代妖姬還要絕代妖姬的成就，屆時定能在赤狐族裡頭重振聲威，族裡所有的小狐仔都會崇拜自己。追求帝君沒有成功，她才明白原來絕代妖姬並不是那麼好當的。而如今她連這個志氣都沒有了，都遺忘了。

她想了許多，只覺得，這些年，她實在是把自己搞得清純得過了頭，有空了還是應該去市面上買幾本春宮。那種冊子不曉得哪裡有得賣。

枯柴被火舌撩得嗶剝響動。她方才施術從洞外招來幾捆濕透的柴火烘乾，一半點著，一為驅寒，一為驅蛇，另一半拈細拍得鬆軟，又將身上的紫袍脫下來鋪在上頭，算臨時做給息澤的一個臥床。她覺得她那件紫袍同息澤身上的頗有些像，但也沒多想什麼。

此時火光將山洞照得透亮，水月潭雖是個混亂所在，倒也算福地，周邊些許小山包皆長得清俊不凡，連這個小山洞都比尋常的中看些。

他們暫居的這處，洞高且闊，洞壁上盤著些許藤蘿，火光中反射出幽光。小潭旁竟生了株安禪樹，難為它不見天日也能長得枝繁葉茂，潭中則飄零了幾朵或白或赤的八葉蓮，天生是個坐禪修行的好地方。

息澤神君躺在她臨時修整出來的草鋪上，臉色依然蒼白，肩頭被猛蛟戳出來的血窟窿包紮上後，精神頭看上去倒是好了許多。

鳳九慶幸蛟角刺進的是他的肩頭，坐得老遠問：「現在你還疼得慌嗎？可以和你說話了嗎？」

息澤瞧她幾乎坐到了洞的另一頭，皺了皺眉，「可以。」補充道：「不過這個距離，妳可能要用吼的。」

鳳九磨蹭地又坐近了幾寸，目光停在息澤依然有些滲血的肩頭上，都替他疼得慌，問道：「牠撞過來的時候，你怎麼不躲開啊？」

息澤淡聲，「聽不清，大聲點。」

鳳九鼓著腮幫子又挪近幾寸，恨恨道：「你肯定聽清了。」但息澤一副不動聲色樣，像是她不坐到他身旁他就絕不開口。她實在是好奇，抱著雜草做的一個小蒲團訕訕挨近他，復聲道：「你怎麼不躲開啊？」

息澤瞧著她，「為什麼要躲，我等了兩天，就等著這個時機。不將自己置於險地，如何能將對方置於死地？」

他這個話說得雲淡風輕，鳳九卻聽得心驚，據理反駁道：「也有人上戰場回回都打勝仗，但絕不會把自己搞成你這個模樣的，你太魯莽了。」但她心中卻曉得他並不魯莽，一舉一動都極為冷靜，否則蛟角絕非只刺過他的肩頭。她雖未上過戰場，打架時的謀劃終歸懂一些。不過鬥嘴這種事，自然是怎麼讓對方不順心怎麼來，鬥贏了就算一條好漢。

息澤卻像是並未被激怒，反而眼帶疑惑，「近些年這些小打小鬧，你們把它稱之為戰場？不過是小孩子過家家罷了。我今次這個也談不上什麼戰場，屠個蛟是多大的事。」

鳳九乾巴巴地道：「此時你倒充能幹，倘若用術法就不是多大的事，你為什麼不用術法？」

這個問題息澤思忖了一瞬，試探道：「顯得我能打？」

鳳九抄起腳邊一個小石頭就想給他傷上加傷，手卻被息澤握住，瞧著她低聲道：「這麼生氣，因為我剛才親得不夠好？」

鳳九捏著個小石頭，腦中一時空空，話題怎麼轉到這上頭的她完全摸不出名堂，他們方才不是還在談一樁正經事嗎？她遲鈍了片刻，全身的血一時都沖上了頭，咬牙道：「他們不是說你是最無欲無求的仙？」

這個問題息澤又思忖了一瞬，道：「我中毒了，蛟血中帶的毒。」

鳳九瞧著他的臉，這張臉此時俊美蒼白，表情挺誠懇。鳳九覺得，這個說法頗有幾分可信。息澤近日不知為何的確對她有些好感，但遙想當日她中了橘諾的相思引，百般引誘他，此君尚能坐懷不亂，沒有當場將她辦了，他雖有些令人看不透，但應是個正人君子。

她暗自覺得，他適才的確是逼不得已，她雖然被占了便宜，但他心中必然更不好受，頓時憐憫，道：「我在姑姑的話本子裡看過，的確是有人經常中這樣的毒，有些比你的還要嚴重些。若適才只為解毒，我也並非什麼沒有懸壺濟世的大胸懷的仙，這個再不必提了，你也不必愧疚，就此揭過吧。」

息澤贊同地道：「好，我盡量不愧疚。」側身向她道：「唱首歌謠來聽聽。」

鳳九疑惑，「為什麼？」

息澤道：「太疼了，睡不著。」

雖然他全是一派胡說，但鳳九卻深信不疑，且這個疼字頃刻戳進了她的心窩。

要強的人偶爾示弱就更為可憐，她越加地憐憫，注意到息澤仍握著自己的手，也沒有覺得在占她的便宜，反而意料他確然疼得厲害，此舉是為自己尋個支撐。

憐弱的心一旦生出來，便有些不可收拾，覺察息澤這麼握著自己的手不便當，她乾脆棄了小蒲團坐在他的臥榻旁。曉得息澤此時精神不好，歌謠裡頭她也只挑揀了一些輕柔的童謠唱。

有些許回聲，像層迷霧浮在山洞中，息澤的頭枕在她腿上，握著她的手放在胸前，微微閉著眼，模樣很安靜。

她料想著他是不是已經睡著，停了歌聲，卻聽他低聲道：「我小時候也聽人唱過一些童謠，和妳唱的不同。」

鳳九道：「你又不會唱。」

息澤仍然閉著眼睛，「誰說不會。」他低聲哼起來，「十五夜，月亮光，月光照在青山上，山下一排短籬牆，姑娘撒下青豆角，青藤纏在籬笆上，青藤開出青花來，摘朵青花做蜜糖。」

鳳九印象中，年幼的時候，連他老爹都沒有唱過童謠哄過自己。在她三萬多年的見識裡頭，一向以為童謠兩個字同男人是沾不上邊的。但息澤此時唱出來，讓她有一種童謠本就該是男人們唱的錯覺。他聲音原本就好聽，此時以這種聲音低緩地唱出來，如同上古時祝天的禱歌。她以前聽姥姥唱過一次這個歌謠，但不是這種味道。

好半天，她才回過神來，輕聲道：「我聽過，最後一句不是那麼唱的，是做嫁妝。青藤開出青花來，摘朵青花做嫁妝。你自己改成那樣的對不對，你小時候很喜歡吃糖嗎？」

洞中一時靜謐，火堆亦行將燃滅，她靠著安禪樹，息澤的聲音比她的還要低，「如果吃過的話，應該會喜歡。我沒有父母，小時候沒人做糖給我吃。看別人吃的時候，可能有點羨慕。」她睡意朦朧，但他的話入她耳中卻讓她有些難過，情不自禁地握了握他的手指，像是今夜，她才更多地知道息澤。

「妳以後會做給我吃嗎？」她聽到他這樣問，就輕輕地點了點頭。睏意重重中，覺得他可能閉著眼睛看不見，又撫了撫他的手指，像哄小孩子，「好啊，我做給你吃，我最會做蜜糖了。」

漸微的火光中，洞壁的藤蘿幽光漸滅，潭中的八葉蓮也合上了花心。

紫衣的神君睜開眼睛，瞧見少女沉入夢鄉的面容。黑如鴉羽的墨髮披散著，垂到地上，像一匹黑綢子，未曾綰髻，顯得一張臉秀氣又稚氣，額間朱紅的鳳羽花卻似展開的鳳翎，將雪白的臉龐點綴得豔麗。這才是真正的鳳九，他選中的帝后。

不過，她給自己施的這個修正術，實在是施得亂七八糟。這種程度的修正術，唬得過的大約也只有茶茶之流法力低微的小地仙。

他的手撫了撫她的額間花，將她身上的修正術補了一補。她呢喃了一兩句什麼，卻並未醒過來。九尾白狐同赤狐混血本就不易，生出她來更是天上地下唯一一頭九條尾巴的紅狐狸，長得這樣漂亮也算有跡可循。他覺得自己倒是很有眼光。

但有樁事卻有些離奇。

他確信，當初是他親手將小白的魂魄放入了橘諾的腹中，結果她卻跑到了阿蘭若身上。

此前雖歸咎於許是因這個世界創世的紕漏，但今日，她的魂魄又自行回到了原身上。
這不大尋常。
倘說小白就是阿蘭若，阿蘭若就是小白……
帝君隨手捻起一個昏睡訣施在鳳九眉間，起身抱著她走出山洞。
肩上的傷口自然還痛，但這種痛於他不過了了，他樂得在鳳九面前裝一裝，因他琢磨出來，小白有顆憐弱之心，他只要時常裝裝柔弱，縱然他惹出她滔天的怒氣，也能迎刃化解。小白有這種致命的弱點，但他卻並不擔心其他的男仙是否也會趁她這個弱點。他覺得，他們即便有那個心，可能也拉不下這個臉皮。他有時候其實很搞不懂這些人，臉皮這種身外物，有那麼緊要嗎。
山外星光璀璨，冷雨已歇。
不消片刻，已在沉入水底的冰棺中找到阿蘭若的軀殼。帝君抱著鳳九，召來朵浮雲托住盛了阿蘭若的冰棺。方走出不拘這個世界法則的水月潭，注目冰棺中時，阿蘭若的身體已如預料中般，一點一點消逝無影。頃刻後，冰棺中再無什麼傾城佳人。
鳳九在睡夢中摟住他的脖子，往他懷中蹭了蹭。他尋了株老樹坐下，讓她在他懷中躺得舒服些。他眉頭微微蹙起，有些沉思。
這是取代。
因小白是阿蘭若，或阿蘭若曾為小白的轉世，所以當初她的魂魄才會罔顧他的靈力相擾，進入阿蘭若的身體裡，取代了這個世界裡阿蘭若的魂魄。若彼時，不是他將小白的身體放在水月潭休養，若她的身體亦進入此境的法則中，必是從軀殼到魂魄，都完完全全取代阿蘭若，就像此時。

但倘小白真是阿蘭若……

若他沒有記錯，阿蘭若是降生於二百九十五年前，比翼鳥族盛夕王朝武德君相里闋即位的第五年。

三百年前，妙義慧明境呈崩塌之相，迎來第一次天地大劫，他以大半修為將其補綴調伏，要將捨去的修為補回來，需沉睡近百年。阿蘭若降生時，他應是在無夢的長眠中。雖不大曉得世事，但據後來重霖報給他的神界的大事小事，那時候小白應是在青丘修身養性。

好八卦的司命也提過一提，近三百年來，小白她唯一一次長時間離開青丘，是在二百二十八年前，去凡界報個什麼恩報了近十年。

這麼說，阿蘭若出生的時節，小白不可能來梵音谷，時間對不上。再則，樣貌也對不上。小白同阿蘭若，必然有什麼聯繫，但到底是個什麼聯繫，此時卻無從可考。

倘有妙華鏡在，能看到阿蘭若的前世今生，一切便能迎刃而解，可惜妙華鏡卻在九天之上。

他平素覺得這個瀑布做的鏡子除了瞧著風雅些外並無大用，沒想到還真有能派上大用場的時候。

為今之計，只有現打一面了。估摸需四下尋尋有沒有合適的材料，他記得梵音谷有幾座靈氣尚可的仙山。他許久沒再打過鏡子，妙華鏡，也算是把高難度的鏡子，花費的時間，大約會有些長。

第三章　她與他的過往【二】

四月初七，橘諾行刑之日頃刻至。

鳳九依稀記得，她姑姑白淺曾唸給她一句凡人的詩，意圖陶冶她的氣度。這句詩氣魄很大，叫作「暮色蒼茫看勁松，亂雲飛渡仍從容」。

鳳九很遺憾，問斬橘諾的這個靈梳台上，沒有讓姑姑瞧見自己看勁松仍從容的氣度。雖則她這個氣度其實也是被逼出來的。

據傳那把聖刀挑食，從來非鮮血不飲，她那個朝聖刀扔血包的大好計策不得不作罷，事到臨頭，只得硬著頭皮上了。

不過，她豁出去勇鬥猛虎智取上君，雖則徒手握上刀鋒時，額頭冷汗如瀟瀟雨下，但好歹沒有半途掉鏈子，風風光光地救下了台上一對小鴛鴦，也算出了風頭。

唯一可嘆之事是在水月潭時忘了同息澤對一對口徑。

不過好在近日上君估摸也尋不見他。那日她同息澤在水月潭入口分手，息澤說他要出趟遠門，十日後回歧南神宮，倘有事可去神宮尋他。

她思量片刻，覺得需先封個書信存著，待息澤回神宮時即刻令茶茶捎過去，將此彌天大謊囫圇個圓滿，這樁事才真正算了結。

再則，除了給息澤的這封書信，還要給沉曄寫信。

還不是一封信，是許多許多封信。

她瞧著自己被包成個肉饃饃的右手，十分頭疼地嘆了口長氣。

鳳九自然曉得，靈梳台上阿蘭若對沉曄的拚死相救，絕非只是為了惹怒她的父親。據陌少所言，阿蘭若性子多變，沉靜無聲有之，濃烈飛揚有之，吊兒郎當亦有之，但往她心中探一探，其實是個愛憎十分分明之人。譬如上君君后自幼不喜她，她便也不喜他們。陌少自幼對她好，她便謹記著這種恩情。但為何沉曄素來不喜她，她卻在靈梳台上對他種下情根，這委實難解。

或者說天底下種種情皆有跡可循，卻是這種風花雪月之情生起來毫無道理，發作起來要人性命。

從前，靈梳台橘諾受刑後，後事究竟如何？

據蘇陌葉說，四月二十八日，沉曄隻身入阿蘭若府，被老管事安頓在偏院。阿蘭若上午習字下午聽曲，入夜同陌少辯了幾句禪機，未去瞧他。次日袖了幾卷書，在水閣旁閒閒消磨了一日，又未去瞧他。再日天陰有雨，水閣不是個好去處，便在花廳中擺了局棋自在斟酌，亦未去瞧他。

入夜老管事呈報，說他頭一日便照著公主的話轉告過神官大人，他此來府中乃是貴客，若是那一進偏院不合他意，府中還有些旁的院落可清騰出來，府中各處除了公主閨房，他閒時都可隨意逛逛，尋些小景聊以遣懷。

但這三日來，神官大人卻一步未邁出過偏院，且看得出他心緒十分不佳，時時蹙眉。

再則，他雖照著公主的吩咐，預先去神宮打聽過神官大人的口味，但按著他口味做出來的飯菜，他動得其實也少。

此種情勢他不曉得如何處置，特來回稟。

老管事袖著手，豎著耳朵聽候她的吩咐。

阿蘭若沉默片刻，信手拈了本素箋，蘸墨提筆，寫了一封信。

這是她寫給沉曄的第一封信。

阿蘭若一生統共給沉曄寫了二十封信。同沉曄決裂時，這些信被還到了她手中，她死後這些信則輾轉到了蘇陌葉手中，不過二十來張素箋，被他一把火焚在了阿蘭若靈前。

半生情誼，只得一縷青煙。

但信裡頭許多句子，陌少到如今都還誦得出，譬如第一封的開頭：「適聞孟春院徙來新客，以帖拜之。舊年餘客居此院三載，唯恐別後人跡荒至，致院中小景衰頹，今聞君至，余心甚慰。」

她在信裡頭假裝是個曾在公主府客居過的女先生，去年出府進了王族的宗學，閒時愛侍個茶弄個酒，暫居在孟春院時，埋了許多好酒在院中，尤以波心亭下一罈梅子酒為甚。她已出府無福享用，便將這罈酒聊贈予他，念及客居總是令人傷情，願他能以此酒慰懷清心。

信在此處收尾，句句皆是清淡，也沒有多說什麼。

留名時，她書了「文恬」兩個字。

文恬其人，確是宗學裡一位女才子，早年清貧，以兩卷詩書的才名投在她門下，入宗學還是她託息澤的舉薦。但文恬並未住過孟春院。

院名孟春，說的是此院初春時節景致最好。倒是阿蘭若她每個春天都要去住上一住，種幾株閒茶，釀幾罈新酒。

信封好，老管事恭順領了信札，阿蘭若想起什麼，囑咐了句，「沉曄他若問起此信的來處，就說宗學中一位先生託給你的，我嘛，半個字都不要提。」

老管事低頭應是，心中再是疑惑面上也見不著半分。阿蘭若卻自斟了杯茶，續道：「若曉得是我的信，他半個字也不會讀。被拘在此處，的確煩心，有個人同他說說話，也算一星半點寬慰。能同他說得上話的人，我估摸怕是不多，大約也就宗學裡幾位先生，他瞧得上些。」

假名文恬的這封信札，果然掙出個好來。信去後的第三日，老管事回稟，連著兩日，神官大人進食都比前幾日多些。昨夜用完膳，神官大人還去波心亭轉了一轉，底下人不敢跟得太近，但他逗留的時刻亦不長，回來寫了封回信，令他帶給宗學的文恬先生。

阿蘭若拆開信來，亦是枚素箋。沉曄一手字寫得極好，內容卻簡單，只淡淡表了一聲謝意。若尋常人而言，這樣簡單的信，多半就是個敷衍的禮節。但依沉曄的性情，倘真要敷衍，不回信才是他的行事。阿蘭若唇角抿了抿，眉眼中就有了一絲笑意。老管事察眼意知眉語，趕緊呈上筆墨紙硯，催請主子提筆。

第二封信札裡頭，她著意提了孟春院的書房，本意是助他消磨時光。那間書房的藏書其實比她如今用的這間更豐富，一向也是她親自打理，且沉曄來的前日晚上，又添了些新本進去。這裡頭的書她尤愛幾本遊記，文字壯闊有波瀾，是以上頭她的批注也分外不同些。她放在書架最下頭，尋常其實無人會注意。

這一茬她自然並未在信中列明，只向他薦了幾套古書的珍本，再得他回信時，他的信卻長了兩句，提及房中幾本遊記的批注清新有趣，看筆跡像是她的批注，又薦了兩本他愛的遊記給她。

後來有一日，蘇陌葉排了個名為千書繪的玲瓏棋局給她解，她苦思無果，正值老管事呈遞上沉曄的第六封回信，她隨手將這盤玲瓏局描下來附在去信中。當日下午便得了他第七封回信。兩張紙箋，一張是已解開的蘇陌葉的玲瓏局，一張是他描出來令她解的另一盤玲瓏局。

暮春將盡，他信中言辭亦漸漸多起來，雖仍清淡自持，但同開初的疏離卻有許多分別。據老管事呈報，近日神官大人面上雖看不大出什麼，但心緒應是比往日都快慰開朗些，他自然仍未出過孟春院院門，但時而解解棋局或繪繪棋譜，或袖卷書去波心亭坐坐，或在院中走走停停。只有最後這一樁走走停停，他不曉得神官大人是在做什麼。

阿蘭若卻曉得沉曄是在做什麼，上一封信中他寥寥幾筆提及，他在院中尋出了她從前埋下的一罈陳釀，取四個白瓷壺分裝，夜中就棋局飲了半壺，猜是採經霜的染漿果所釀，封罈藏地下三季，再將秋生的蚨芥子焙乾，啟罈入酒中浸半月，染以藥香，復封罈地下兩載，問她是或不是。

自然，他猜得不錯，說的正是。老管事隨這封回信呈過來的還有一個白瓷壺，說此酒亦是神官大人吩咐帶給文先生的。

這是沉曄第二十封回信。

月黑風高夜，阿蘭若拎著白瓷壺一路蹓躂到孟春院外，縱身一躍，登上了院外頭一棵老樟木。

此木正對沉曄的廂房，屋中有未熄的薄燈一盞，恰在窗上描出他一個側影。阿蘭若於枝杈間尋個安穩處一躺，彈開酒壺蓋，邊飲邊瞧著那扇緊閉的小窗。

酒喝到一半，巧遇蘇陌葉夜遊到老樟木上頭，閒閒落坐於她身旁另一個枝杈上頭，開口一通擠對，「為師教導妳數十年，旁的妳學個囫圇也就罷了，風流二字竟也沒學得精髓，魚雁傳書這個招嘛，倒還尚可，思人飲悶酒這一齣，卻實在是窩囊。」

阿蘭若躺得正合稱，懶得動道：「師父此言差矣。獨飲之事，天若不時，地若不利，人若不和，做起來都嫌刻意。而今夜我這個無可奈何之人，在這個無可奈何之地，以這種無可奈何的心境，行此無可奈何之事，正如日升月落花開花謝一般地自然。」她笑起來，酒壺提起來晃了一晃，「此窩囊耶？此風流耶？自然是風流。」

風流兩個字剛落，對面的小窗突然打開，黑色的身影疾速而出。阿蘭若眼皮動了動。沉曄立在遠牆上與他二人面面相對時，白瓷壺已妥貼藏進她袖中。

玄衣的神官迎風立著，二人不成體統地一個躺著，一個坐著。沉曄皺著眉將二人一掃，淡淡道：「二位深夜臨此，想必有什麼指教。」

蘇陌葉站起來立在樹梢上頭，「指教不敢當，今夜夜色好，借貴寶地談個文論個古罷了。」又道：「聽說神官大人於禪機玄理最是辨通，不知可有意同坐論道？」
阿蘭若噗哧笑道：「師父是想讓神官大人坐在牆頭上同你論道嗎？」
蘇陌葉正經八百道：「論道之事，講的是一個心誠，昔年有聞佛祖身旁的金翅鳥未皈化前，就是同仇家在一棵樹上同悟恩怨的因果……」
沉曄的眼睛卻直視著阿蘭若，問出不相干的話來，「妳喝的什麼酒？」
她愣了愣，頃刻已恢復慣有的神色，「一個朋友送的，不過只得一小壺，方才已飲盡了，大人可出現得不湊巧。」
蘇陌葉瞧著他二人，挑了挑眉笑道：「送酒的朋友明日正要過府來同我們聚聚，神官大人若對這個酒有興趣，明日親見一見那位朋友不就明白了。」
沉曄望著他，「送酒的是誰？」
未等蘇陌葉答話，阿蘭若的聲音就那麼無波無瀾地響起，「宗學的文恬，文恬先生。」
那個名字響起時，沉曄冷肅的神色有些與平日不同。
照陌少的說法，當日阿蘭若借文恬之名同沉曄有書信往來之事，是他無意中發現。那夜明曉得阿蘭若在沉曄面前竭力遮掩，仍要將送酒之事拿出來發揮兩句，卻是他有意為之。
那時候，他不曉得自己對阿蘭若是什麼心，只覺她既然想得到沉曄，他就幫她得到他。這個事上頭，她思慮得太重，一心顧著沉曄，曲折得讓他都看不下去。他說出那番話時，只想著，早日做成一個時機，令文恬站到沉曄跟前，方能早日促阿蘭若下個決斷。
要嘛她在沉曄跟前認了她才是信中的文恬，一切攤開說，這段情會怎麼樣就看造化，但終歸有一線生機；要嘛她將自己做成沉曄與真文恬二人間的一座牽線橋，將這個姻緣讓給真文恬，徹底斷了自己對沉曄的念頭。但無論哪一種，都比她現在這樣拖著強些。

陌少覺得，藉著她人的身分陷在一段情裡頭自苦，這不該是他徒弟做的事。

鳳九思量，若是她，就選第一種。一切只因她聽過一個傳聞，幫人牽姻緣牽夠兩回，自個兒就難嫁出去。她屈指一算已幫東華姬蘅牽過一回了，再牽一回這輩子就完了。

但阿蘭若，或許其時已嫁出去了，再無後顧之憂，又估摸從未做過牽線橋，想試試其中滋味。

總之，一夜枯坐後，她選了後者。天濛濛亮時便將文恬傳入了府中，在她一番驚嘆裡頭，將二十封沉曄的信札穩穩遞到了她手中。交代給文恬的話裡頭，前事後事面面俱到，唯獨隱了她對沉曄的心思，不鹹不淡地編了一口胡話，「橘諾被放出王都時求我照應神官大人，妳曉得我還算心善，自然要照應。但我同他卻一向看彼此不順眼，照應他的信留我的名必然更惹他憤恨，是以留了先生的名。但近日府中事多，我亦有些力不從心，方請先生過府一敘，不知先生可否接下這個重任，代我書信上照應照應神官大人？也無須寫些特別的，不過閒時生活雜趣罷了。」

文恬從前受了她許多恩惠，加之又是個懂禮的人，自然應允幫這個忙，對她的一篇胡話亦不疑有他。

她瞧著文恬一封一封翻看沉曄的書信，時而讚兩聲，「從前倒是未曾留心，原來神官大人亦是位妙人，這些棋局，倒是有趣。」

阿蘭若笑了一笑，道：「先生棋藝精湛，從前在府中時我便極少勝過先生，今次正好可以同神官大人多切磋切磋。」頓了頓，又道：「不過先生回信時還需摹一摹我的筆跡，當日未想得太多，那些去信雖留的先生之名，字跡倒還是我自個兒的。」

文恬抿了抿唇道：「這並非難事。」

次日小聚，沉曄果然到場。

阿蘭若沒有什麼講究，但陌少骨子裡其實是個講究人，故而小聚的場地被安置在湖中間一個亭子裡頭。

此亭乃是陌少的得意之作。只一條小棧連至湖邊，亭子端立於湖心，四周種了一圈蓮花，遠望上去亭子像是從層層蓮葉中開出來的一個花苞。亭子六個飛簷各懸了只風鈴，風吹過鈴鐺隨風響，便有絲幽禪意。可謂集世間風雅大成，無處不講究。

但亭子名卻是阿蘭若起的，拿捏了最不講究的三個字，直白地就叫湖中亭。陌少琢磨了一陣，覺得這個名兒也算直白得有趣，忍了。阿蘭若拎了塊未上漆的紅木板兒，狼毫筆染個經水也不易落的重墨，板兒上寫出「湖中亭」三個字朝亭上一掛就算立了牌匾。陌少抽著嘴角，覺得這個匾兒也算天然質樸，又忍了。

沉曄入亭時，在亭前留了步，目光懸在紅木板兒龍飛鳳舞的三個大字上頭。亭中素衣的少女望了阿蘭若一眼，有些了悟，向亭外道：「那三個字文恬寫得不成氣候，承公主美意至今仍懸在亭子上頭，今日卻教大人見笑。」

沉曄的眼光就望向她。文恬的容貌只能說清秀，但一身素衫立在亭中，襯著背後縹緲的水色，瞧著竟是十分淡泊平和。

沉曄的目光些許柔和，低聲道：「文恬？」

少女就微微笑起來，「正是。」

後來蘇陌葉問過阿蘭若，瞧著這個場景，她心裡頭是如何想的。這個後來，也沒有後得多久。沉曄入亭方過片刻，便被文恬邀去湖邊一個棋桌上手談一局。亭中只剩他與阿蘭若，一個圍著紅泥小爐烹茶，一個有一搭沒一搭地剝著幾個橘子，眼光虛浮得也不曉得在想什麼。

陌少的這個問題，其實有些刻薄，刻薄得戳人心窩。湖邊玄衣的青年與白衣的少女恍若一對璧人。阿蘭若剝出來一個橘子扔給陌少，臉上竟仍勾得出笑，卻笑得有些無奈，「文恬是個好女子，才學見識都匹配得上他，家世雖不濟些，不過他如今也是落魄，文恬在這個時候同他結緣，正見出她不求榮華的淡泊。今日我做到這個地步，若他二人佳緣得成，也算我一個行善的造化。」

蘇陌葉皺眉，「那日靈梳台上妳對橘諾說那些話，可不像妳今日會這麼做。」

阿蘭若挑眉，「那些話嘛，不過為了逗逗橘諾罷了。」遠目湖岸處那一黑一白對棋的側影，低聲道：「他這個人，冷淡自傲，偏偏長得好，靈力好，劍使得好，字習得好，棋下得好，情趣見識也夠好，顯得那種冷淡自傲，反倒挺吸引人的。」

又笑道：「你想過沒有，他討厭我其實也並非他的錯。母妃二嫁後誕下我和嫦棣，此為不貞，因而我同嫦棣皆血統污濁。這其實，也不過是一種看法罷了。對這世間萬物，每個人都可以有每個人的看法，不能說誰對誰錯。只是他有這種看法，我和他自然再沒什麼可能了。他那麼看著文恬，其實我有些羨慕。」

良久，道：「但我也希望他好。」

蘇陌葉遞給她一杯茶，「情這種事，攤上就沒有好處，所幸妳看這樁事還留了幾分神志，既已到這個田地，妳早早收收心吧。」

阿蘭若接過茶，謝了他兩句。

此事便像就此揭過，再無隻言片語提及，兩人只閒話些家常，待湖邊的璧人殺棋而歸。

湖中亭小聚後，聽老管事說，沉曄和文恬互遞了四封書信。文先生隨信還附過兩件小禮，一只草編的白頭雀，一個手繡的吉祥紋扇墜，沉曄回了她兩卷書。書是沉曄定的，差他去市上買的，兩本滄浪子的遊記。阿蘭若彼時正捧著一盞茶在荷塘邊餵魚，一不留神茶水燙了舌頭，緩過來時，吩咐老管事今後他二人如何，可以不必呈報，終歸沉曄到她府上又不是來蹲牢的。又道，沉曄送給文恬的兩本書，也買兩本給她瞧瞧。

某些層面來說，鳳九有些佩服阿蘭若。遙想她當年傷情，偶爾還要哭一鼻子喝個小酒，而阿蘭若白將意中人送到他人手裡，遑論哭鼻子喝小酒，連一聲多餘的嘆息都沒有，每日該幹什麼仍幹什麼。鳳九覺得同她一比，自己的境界陡然下去了，有點慚愧。

但天意，不是你想讓它怎麼走，它就能怎麼走。風平浪靜中莫名的出其不意，這才是天意。

三四日後，沉曄夜遊波心亭，無意中瞅見亭旁一棵紅豆樹上題了兩行字。有些年成的字，深深扎進樹幹裡，當真是鐵畫銀鉤，入木三分，同留在他書匣中那沓信紙上的字跡極為相似。十六個字排成兩列：月映天河，風過茂林，開懷暢飲，塵憂頓釋。

兩列字略偏下頭留了一個落款。

他藉著月光辨出落款，臉色一白。落款中未含有年成時節，單一個名字孤零零站在上頭：相里阿蘭若。

鳳九兌起耳朵，急切想聽到下文，蘇陌葉卻敲著碧玉簫賣了個關子，「此時真相大白下，倘妳是沉曄，曉得一直寫信給妳的並非文恬而是阿蘭若，妳會如何？」

鳳九想了片刻，試探道：「挺、挺開心的？」

陌少笑道：「是我我也挺開心的，有個姑娘肯這樣對我好，還是個絕色，怎麼想都是賺了。」

鳳九如遇知音，立刻坐近了一寸，「可不是嘛！」

蘇陌葉停了一會兒，卻道：「可惜阿蘭若遇到的是沉曄，而沉曄他不是妳，也不是我。」

阿蘭若在書房裡頭，迎來了盛怒的沉曄。

其時她正剝著瓜子歪在一張矮榻上看滄浪子新出的遊記，猛見一截刻字的樹皮重重落在自己眼前。順著樹皮看上去，是玄色的袍子，沉曄沉著中隱含怒色的臉。

他居高臨下，目光中有冰冷的星火，「信是妳寫的，酒是妳釀的，棋局亦是妳解的。將我當作一件玩物，隨意戲耍捉弄，是不是很有意思？」

他逼近一步，眼中的星火更甚，「看我被妳騙得團團亂轉，真心真意一封一封回信給妳，想著我竟然也有這一日，心中是不是充滿快意？」

阿蘭若瞧著書冊上的墨字許久，突然道：「師父跟我說，要嘛我就爭一爭，要嘛就斷了念頭。本來我已經斷了念頭，你不應該跑過來。」

她想了一會兒，「就算有些事情你曉得了，其實你也該裝作不曉得，我們兩個，不就該像從前那樣形同陌路嗎？」

沉曄看著她，語聲冰寒，「從前我們竟然只是形同陌路？難道不是彼此厭惡？」

阿蘭若撫著書冊的手指一顫，輕聲道：「或者，你就沒有想過，我並不像你討厭我那麼討厭你，或許我還挺喜歡你，做這些其實是想讓你開心。」

她抬起頭來，「你看，你不曉得是我寫這些信前，不是挺開心的嗎？」

他退後一步，「妳在開玩笑。」

她像是有些煩亂，「如果不是玩笑呢？」

他神色僵硬道：「我們之間，什麼可能都有，陌路、仇人、死敵，或者其他，唯獨沒有這種可能。」

阿蘭若看了他許久，笑道：「我說的或許是真的，或許是假的，或許是我真心喜歡你，或許是我真心捉弄你。」

聽說那之後，沉曄同文恬再無什麼書信往來。文恬傳信問過一次阿蘭若，她簡單說沉曄曉得實情了，先前將她扯進來有些對不住。文恬沒說什麼，回信安慰了她兩句。

蘇陌葉將故事講到此處，瞧天色漸晚，暫回去歇著了。

鳳九曾想過許多次阿蘭若同沉曄到底如何，卻沒想到是這樣傷的一個開頭，令她有些沉重，亦頗為唏噓。因此臨睡前多吃了個包子，卻撐得睡不著，花園中轉了一圈，想起白天蘇陌葉講的故事，嘆了幾口長氣，沾了些夜露，方才回床上躺安穩。

第四章　妳的確不是她

鳳九手上傷好，提得動鍋鏟的那一日，她屈指一算，息澤神君，約莫該回歧南神宮了。水月潭中，她曾同息澤誇下海口，吹噓自己最會做蜜糖。青丘五荒，她最拿得出手的就是廚藝，可恨前幾日傷了手不能及時顯擺，憋到手好這一日很不容易。藥師方替她拆了紗布，她立刻精神抖擻旋風般衝去小廚房。但這個蜜糖，要做個什麼樣兒來？

唔，普天之下，凡是有見識的，倘要喜歡一個走獸，自然都應該喜歡狐狸。她私心覺得息澤算個有見識的。她對自己的狐狸原身十分自信，乾脆比著自己原身的樣兒燒了個小狐狸模子。待糖漿熬出來，哼著小曲兒將熬好的糖漿澆進模子裡，冷了倒出來，就成了一隻不可方物的糖狐狸。每個糖狐狸都用細棍子穿好，方便取食。

她連做了十隻不可方物的糖狐狸，齊整包好，連著幾日前備給息澤請他幫著圓謊的信一道，令茶茶盡早送到歧南神宮，交到息澤手上。話裡頭叮囑茶茶，「糖和信比，信重要些，倘遇到了什麼大事，可棄糖保信。」

茶茶看她的眼神，有一絲疑惑，接著有一絲恍然，有一絲安慰，又有一絲欣喜。

她聽到與茶茶同行的一個小侍從不明不白地開口相問：「為什麼信重要些呀？」

茶茶已走到月亮門處，壓著嗓子說什麼她沒聽清，好像說的：「殿下頭一回給神君大人寫那種信，自然信重要些。」

鳳九撓著腦袋回臥間想再回去躺躺。那種信？那種信是個什麼信？一個小宮婢竟比自己還有見識，還曉得什麼是那種信。話說回來，到底什麼是那種信？

蘇陌葉酉時過來，神色匆匆，說息澤急召，他需去歧南神宮一趟，阿蘭若給沉曄的信料想她還沒有動靜，他這幾日將它們全默出來了，她隔個兩三日可往孟春院送上一封。

鳳九的確還沒有什麼動靜，暗嘆陌少真是她的知音。雖有些奇怪，蘇陌葉作為谷外的一位高人，連上君都要給他幾分薄面，原不是憑息澤召就能召得動的，但見著眼前這二十封信的喜出望外，暫時打消了她這個疑慮。

她小時候最恨的一堂課是佛理課，其次恨夫子讓她寫文章。陌少此番義舉，令他在她心中一時偉岸無雙，她幾乎一路蹦蹦跳跳地恭送他出了公主府。

趁著月上柳梢頭，鳳九提了老管事來將第一封信遞去了孟春院。

晚膳時她喝了碗粥用了半只餅，正欲收拾安歇，一個小童子跌跌撞撞闖進她的院中。小童子抽抽噎噎，說孟春院出了大事。

鳳九驚了一跳，什麼樣的大事，竟將一個水靈的小孩子嚇成這樣。小童子摸著額頭上一個腫包，哭得氣都喘不上來。

難不成她的府裡還有欺凌弱小這等事，還是欺凌這麼弱小的一個弱小，忒喪心病狂了。鳳九握住小童子的手，義憤地鎖定眉頭，「走，姐姐給你做主去。」

孟春院中，幾乎一院的僕婢侍從都擁在沉曄的房中，從窗戶透出的影子看，的確像是有場雞飛狗跳。

鳳九琢磨，教訓下僕這個事，她是嚴厲地斥之以理好？還是和藹地動之以情好？一路疾行其實已消了她大半怒氣，她思忖片刻，覺得應該和藹慈祥些。

剛做出一個慈祥的面容跨進門，一個瓷盅兒迎面飛來，正砸在她慈祥的腦門兒上。

瓷盅兒落地，一屋子人都傻了，指揮大局的老管事撲通下跪，邊抹汗邊請罪道：「不……不知殿下大駕，老……老奴……」

鳳九拿袖子淡定地揩了一把臉上的湯水，打斷他，「怎麼了？」

眾僕訓練有素，敏捷而悄無聲息地跳過來，遞帕子的遞帕子掃碎瓷的掃碎瓷，老管事哆嗦著趕緊回話，「沉曄大人今夜醉得厲害，老奴抽不開身向殿下呈稟，怕久候不得老奴的呈報殿下會擔憂，才使喚曲笙通傳一聲，卻沒料到驚動了殿下，老奴十萬個該死……」

鳳九這才看清躺在床上的沉曄。

床前圍著幾個奴僕，看地上躺的手上拿的，料想她進來前，要嘛正收拾打碎的瓷盞，要嘛正拿新湯藥灌沉曄。

原來是沉曄醉了酒。醉酒嘛，芝麻粒大一件事，她要只是鳳九，此時就撂下揩臉的帕子走人了。

但此時她是阿蘭若。

阿蘭若對沉曄一片深情，他皺個眉都能令她憂心半天，還周全地寫信去哄他，惹他展顏開心。此時他竟醉了酒，這，無疑是件大事。

老管事瞄她的神色，試探地進言道：「沉曄大人醉了酒，情緒有些不大周全穩定，殿下、殿下在這裡難免不被磕著絆著，裡頭有老奴伺候著就好，殿下要嘛移去外間歇歇？」

鳳九審度著眼前的情勢，若是阿蘭若，此刻必定憂急如焚。她心中這麼一過，立刻憂急如焚地道：「這怎麼能，我此番來就為瞧一瞧他，他醉成這樣，不在他跟前守著，我怎能安心？」此話出口，不等旁人反應，自己先被麻得心口一緊，趕緊揉了一揉。

老管事聽完這個話，卻似有了悟，斗膽起來扶她坐在一個近些的椅子上，寬慰道：「大人他喝醉了其實挺安靜的，只是奴才們要餵大人醒酒湯時，大人有些抗拒，初時還由不得奴才們近身，待能靠近些了，瓷碗瓷盅一概遞出去就被大人打碎，這頃刻的工夫，也不曉得打碎了多少，唉……」

話間，啪，又是一個瓷碗被打碎。沉曄床前蹲了兩個婢女一個侍從，一個訓練有素地收拾碎瓷片，一個訓練有素地又遞上一只藥碗，孔武有力的小侍從則去攔沉曄欲再次將藥碗打翻的手。

這個時候，為表自己對沉曄的縱容和寵愛，鳳九自然要說一句：「他想砸就砸嘛，你們攔著做什麼。」

小侍從火燙一樣縮回手，老管家臉上則現出可惜且痛心的神色，「殿下有所不知，大人砸的瓷器，皆是宮中賞賜的一等一珍品，譬如方才這個碗，就頂得上十斛明珠……」

鳳九心中頓時流血，但為以示她對沉曄的偏愛，不得不昧著良心道：「呵呵，怪不得碎的這個聲兒聽著都這麼的喜慶。」

老管事瞧著她，自然又有一層更深的了悟。一個有眼力的侍婢專門擰了條藥湯泡過的熱帕子給鳳九敷額頭上的腫包。床上的沉曄卻突然開口道：「讓他們都下去。」

鳳九眼皮一跳，這個話說得倒清醒。

侍從婢女們齊刷刷抬頭看向她，鳳九被這些眼神瞧著，立刻敬業地甩了帕子一兩步奔到床前，滿懷關切地問出一句廢話，「你覺著好些了沒？」

老管事招呼著眾僕退到外間候著，自己則守在裡間靠門的角落處以防鳳九萬一差遣。

沉曄睜開眼睛看著她，醉酒竟然能醉得臉色蒼白，鳳九還是頭一回見。聽著說話像是清醒，但眼神中全是暈茫，鳳九覺得，他確是醉了。

沉曄看了她半晌，終於開口，「我知道這裡不會同從前一模一樣，許多事都會改變。但只要這具軀殼在，怎麼變都無所謂。最好什麼都變了，我才不會……」這話沒有說完，他似乎在極力壓抑什麼，聲音中有巨大的痛苦，「可一個軀殼，只是個軀殼罷了，怎麼能寫得出那封信。不，最好那封信也沒有，最好……」他握住她的手，卻又放開，像是用盡了力氣，「妳不應該是她。妳不能是她。」良久，又道：「妳的確不是她。」

鳳九聽得一片心驚，低聲問他，「你說，我不應該是誰？」

沉曄瞧著帳頂，卻沒有回她的話，神色英俊得可怕，冰冷得可怕，也昏茫得可怕。他低啞道：「我和她說，我們之間，什麼可能都有，陌路、仇人、死敵，或者其他，唯獨沒有彼此欣賞的可能。她那時候笑了。妳說笑代表什麼？」

鳳九沉默半晌，「可能她覺得妳這句話有點帥？」

沉曄沒有理會，反而深深瞧著她，昏茫的眼神中有克制的痛苦，良久，笑了一下，「妳說或許是捉弄我，或許是喜歡我，但其實，後者才是妳心中所想，我猜得對不對？」這痛苦中偶然的歡愉，像在絕望的死寂中突然盛開了一朵白色的曼殊沙華。鳳九終於有些明白為何當初阿蘭若一心瞧上沉曄了，神官大人他，確然有副好皮囊。

她沉默了一下，不知該回答什麼，半天，道：「呃，還好。」

沉曄顯然不曉得她在說什麼，她自己也不曉得。其時她想起蘇陌葉講給她的故事，心中已是一片驚雷，腦中也是一片混亂。見沉曄停了一會兒，似乎要再說什麼，有些煩不勝煩，一個手刀劈下去砍在他肩側。

四下安靜了。

她正要理一理自己的思緒，不經意抬眼，瞧見老管事縮在門腳邊驚訝地望著她。

鳳九頓時明白，這個手刀，她砍得太突兀了，看了一眼被他砍昏在床的沉曄，嘴角一抽，趕緊補救道：「他不願喝醒酒湯，也不願安穩躺一躺，這豈不是更加地難受，手刀雖是個下策，好歹還頂用，唉，砍在他身上，其實痛在我心上，此時看著他，心真是一陣痛似一陣。」

老管家驚訝的神色果然變得擔憂且同情，試探著欲要寬慰她，「殿下……」

鳳九捂著心口打斷他，「有時勾著勾著痛，有時還扯著扯著痛，像此時這個痛，就像一根帶刺的細針兒一寸一寸穿心而過的痛。啊，痛得何其厲害！我先回去歇一歇，將這個痛緩一緩，餘下的，你們先代我伺候著吧！」話間捂著胸口一步三回頭地走向門口。

老管事眉間流露出對她癡情的感動，立刻表忠心道：「奴才定將大人伺候規整，替殿下分憂……」

轉出外間門，鳳九呼出一口氣，揩了一把額頭的汗。演戲確然是個技術活，幸而她過去也算有幾分經驗，才未在今夜這個臨時出現的陣仗跟前亂了手腳。

記得蘇陌葉有一天多喝了兩杯酒，和她有一兩句嘆息，說情這個東西真是奧妙難解，怎麼能有這樣的東西將兩個無關之人連在一起，她開心了你就開心，她傷心了你就傷心。此時鳳九心中無限感慨，這有什麼難解，譬如她和沉曄，到今天這個地步，他們不管什麼情總有一點情。他開心了，就不會來惹她，她就很開心；他傷心了，就來折騰她，她也就很傷心。

她嘆了一聲，回望了一眼沉曄又喧嚷起來的臥間，又憶起方才對老管事說的一通肉緊話，打了個哆嗦，趕緊遁了。

自個兒的臥間裡頭，鳳九拈著個茶杯兒在手裡頭轉來轉去，她想一些深東西的時候，有拈個什麼東西轉轉的毛病。

她曉得蘇陌葉一直在疑惑，造出這個世界的人是誰。此前他們也沒瞧見誰露出了什麼行跡，直到今夜沉曄醉酒。酒這個東西，果真不是什麼好東西。

但倘若果真沉曄便是此境的創世之人，他造出這個世界，是想同阿蘭若得一個好，那為何自她入此境來，沉曄卻對她一直愛搭不理？這有些說不通。今夜他還說了些怪話，譬如她不該是阿蘭若，她只是個殼子之類。

陌少說過，創世之人並非那麼神通廣大，掉進來的人取代了原來的人，按理只有掉進來的人自己曉得，創世之人是不可能曉得的。換言之，沉曄不可能曉得她是白鳳九而非阿蘭若，但他一直說她只是個殼子，難道……他另造出阿蘭若來，卻沒法騙過自己這個阿蘭若是真的，所以才說她只是個殼子？

燈花劈啪了一聲，一絲縹緲記憶忽然閃入她的腦海。那夜她被沉曄救出九曲籠後，在昏睡中曾聽到一句話，多的雖記不住了，大意卻還有些印象，「我會讓妳復活，我一定會讓妳回來。」現在這麼一想，那個聲音，竟有些像沉曄的。

鳳九想了一通，自覺想得腦袋疼，再則深夜想太多也不宜入眠，擱了杯子打算睡醒再說。

一覺天亮，醒時老管事已候在她門外，呈上來一盅醒神湯，說沉曄大人酒已醒了，聽說昨夜公主親自來探看他，頗感動，料想公主昨夜必定費神，因而吩咐下廚熬了這盅湯，命自己呈過來給公主提一提神，看得出來沉曄大人還是關懷著公主。

老管事說著這個話時，眼中閃著欣慰的淚花。鳳九在他淚光閃閃的眼神中喝下這盅湯，果然頗提神。早膳再用了半碗粥，收拾規整後，她覺得今天似乎有些什麼大事要思索，這些大事，好像還同沉曄昨夜說的什麼話相關。費了半天的力，卻想不起來昨夜沉曄說了什麼，也想不起來要思索什麼了。她默了一陣，覺得既然想不起來，多半是什麼不打緊之事，或者是自己一時糊塗記錯了，也就未再留神。

蘇陌葉被息澤召走了，茶茶被她派去給息澤送糖狐狸了，息澤嘛，息澤本人此時亦在歧南神宮蹲著。說不準他們仨此刻正圍著一張小案就著糖狐狸品茶，一定十分熱鬧，十分和樂。

鳳九覺得有些淒涼，又有些寂寞。

她淒涼而寂寞地窩在小廚房裡做了一天的糖狐狸，做出來自己吃了兩個，院子裡的侍從婢女老媽子各送了兩個，給蘇陌葉留了五個，竟然還剩五個。她想了一想，想起來早上沉曄送了盅湯給她，來而不往非禮也，她是個有禮節的人，將剩下的糖狐狸包了一包，差老管事連帶第二封信一起捎給了沉曄。

第五章　紫衣神君餘毒未清

是夜，鳳九和衣早早地躺在床上，她預感今夜沉曄又會出個什麼么蛾子折騰自己，一直忐忑地等著老管事通報。

等了半個時辰，遲遲不見老管事，自己反而越等越精神，乾脆下了床趿了雙鞋，打算溜去孟春院偷偷瞅一眼。鳳九暗嘆自己就是太過敬業，當初阿蘭若做得也不定有她今日這般仔細。

嘆息中，窗外突然飄進來一陣啾啾的鳥鳴。府中並未豢養什麼家雀，入夜卻有群鳥唱和，令人稱奇。她伸手推門探頭往外一瞧。

鳳九覺得，她長到這麼大，就從來沒有這麼震驚過。

亭院打理上頭，因阿蘭若愛個自然諧趣，院中一景一物都挺樸實，以致她這個院子看上去就是個挺普通的院子，特別處不過院中央一棵虬根盤結的老樹，太陽大時，是個乘涼的好去處。

但此時，當空的皓月下，眼前卻有豐盛花冠一簇挨著一簇，連成一片飄搖的佛鈴花海，叫不出名字來的發光鳥雀穿梭在花海中，花瓣隨風飄飛，在地上落成一條雪白的花毯，花毯上頭寸許，飄浮著藍色的優曇花，似一盞盞懸浮於空的明燈。

紫衣神君悠閒地立在花樹下，嘴裡含著半個糖狐狸，垂頭擺弄著手上的一個花環，察覺她開了房門，瞧了她一會兒，將編好的花環伸向她，抬了抬下巴，「來。」

鳳九半天沒有動靜，幾隻雀鳥已伶俐地飛到息澤手旁，銜起花環嘰喳飛到鳳九的頭頂。安禪樹的嫩枝為環，綴了一圈或白或藍的小野花，戴在她頭上，大小正合襯。

鳳九仍靠門框愣著，腦中一時飄過諸多思緒。譬如折顏時常吹噓他的十里桃林如何如何，如今看來他那十里桃林除了能結十里桃子這點比佛鈴花強些外，論姿色遜了何止一籌。又譬如歧南神宮路遠，息澤此時竟出現在此院中，可見是趕路回來，要不要將他讓進房中飲杯熱茶坐一坐？再譬如上古史中記載，上古時男仙愛編個花環贈心儀的女仙做定情物，息澤竟送了個花環給自己做糖狐狸的謝禮，可見他忒客氣，以及他沒有讀過上古史……

雀鳥啾鳴中，任她思緒繁雜，息澤卻仍閒閒站在花樹下，「過來，我帶妳去過女兒節。」

這個話飄過來，像是有什麼無形之力牽引，走向息澤時她的裙子撩起地上的花毯，離地的花瓣融成光點，縈繞她的腳踝。

鳳九折回去信步踢起更多的花瓣，花瓣便化成更多的光點。鳥雀們在光點中撲鬧得歡騰，她踢得也歡騰，高興地向息澤道：「難得你把這裡搞得這麼漂亮，我們就在這裡玩兒一會兒，不出去了……」話還沒說完，腰卻被攬住，「成不成」三個字剛落地，兩人已穩立於王城的夜市中。

天上有璀璨的群星，地上有炫目的燈綵，佛鈴與優曇懸於半空，底下是喧嚷的人聲。

鳳九瞧著半空中飄飛的落花目瞪口呆，「你將幻景……鋪滿了整個王城？」

正有兩個姑娘嬉鬧著從他們跟前走過，落下隻言片語，「大約是哪位神君今夜心情好，為了哄心儀的女子開心，才在女兒節做出這樣美麗的幻景，教咱們都趕上了。那位神君可真是癡心，他心儀的女子也真是有福分。」

有福分的鳳九一心追著往市集裡走的息澤，姑娘們說的什麼全沒聽清，追上時還不忘一番語重心長，「做這樣的幻景雖非什麼重法，但將場面鋪得這樣大難免耗費精力，你看你前些時日身上還帶著傷，此時也不知好全沒有，我其實沒有想通你為什麼會做這等得不償失之事，啊你怎麼想的，我方才在院中時都忘了你身上還帶著傷這回事。」

息澤的模樣像是她問了個傻問題，「她們不是說了嗎？我今夜心情好。」

鳳九很莫名，「前些時也沒見你心情好到這個地步，今日怎麼心情就這麼好了？」

息澤指了指化得沒形的糖狐狸，「妳送我這個了。」

鳳九卡了一卡。

她默默地看了一眼糖狐狸，又默默地看了一眼息澤，良久，道：「我送你幾個糖狐狸，你就這麼開心？」

息澤聲音柔和，答了聲嗯，目光深幽地瞧著她，「妳送我糖狐狸，我很開心，回來陪妳過女兒節，做出妳喜歡的幻景，我是什麼意思，妳懂了嗎？」

息澤方才的那一聲嗯，早嗯得鳳九一顆狐狸心化成一攤水，聽他底下的這句話，化成的這攤水暖得簡直要冒泡泡。這是多麼讓人窩心的一個青年，小時候沒了父母，沒得著什麼疼愛，此時送他幾個不值錢的糖狐狸，他就高興成這樣。這又是多麼知恩的一個青年，她送了那麼多人糖狐狸，就他一人用這樣方式來鄭重報答她，旁人是滴水之恩湧泉相報，他簡直是滴水之恩噴泉相報。

鳳九給了息澤一個我懂的眼神，嗓音裡含著憐愛和感動，「我懂，我都懂。」

息澤默了一會兒，「我覺得妳沒有懂。」

鳳九同情地看著他。如今這個世道，像息澤這樣滴水之恩噴泉相報的情操，確然不多見了，想來也不容易覓得知音。息澤他，一定是一個內心很孤獨的青年。太多人不懂他，所以遇到自己這種懂他的，他一時半會兒還不太能接受。這卻不好逼他。

她越瞧著他，越是一片母性情懷在心頭徐徐蕩漾，恨不得回到他小時候親自化身成他娘親照顧他，手也不禁撫上他的肩頭，「你說我沒有懂，我就沒有懂吧，你說什麼就是什麼。」又看他的手，「這個糖狐狸只剩個棍子了，其他九隻你也吃完了？你喜歡吃這個？我此時身上卻沒帶多的，夜市裡頭應該有什麼糕點，我先買兩盒給你墊著，回家再給你做好不好？或者我再給你做個旁的，我不單只會做這個。」

息澤又看了她許久，輕聲道：「我不挑食，妳做什麼我吃什麼。」又道：「妳在我身上這樣操心，我很高興。」

鳳九幾欲含淚，這個話說得多麼貼心，她也認識另外一些內心孤獨的少年或者青年，為人就沒有息澤這樣體貼柔順。這就又見出息澤的一個可貴。

鳳九瞧著他的面容，遙想他小時候該是怎樣一個體貼可愛的孩子，無父無母長到這麼大，不曉得受過多少委屈，就恨不得立刻將他幼時沒有見識過的東西都買給他，沒有玩過的把戲一個一個都教他玩得盡興。

她滿腔憐愛地一把拽住息澤的袖子，豪情滿懷，「走，我帶你玩兒好玩兒的去。」

女兒節，照字面的意思就是姑娘們過的節日，梵音谷外的神仙不過這種節，但鳳九兩百多年前乃是凡界的常客，自然有些見識，看出凡界有個七月七過的乞巧節，同這個有幾分相類。

但地仙們過節，自然更有趣致。譬如排出的這一條街燈，燈上描的瑞獸便個個都是能言能動的，即便是個上頭只描了花卉的燈籠，湊近些也能聽到燈裡傳出自花間拂過的風聲。再譬如小攤上拿麵泥捏的麵人，也是個個古靈精怪得同活物一般，光瞧著都很喜人。

賣麵人的小哥拿剩泥捏了個笠筷拿根棍兒穿著，岔在一眾花枝招展的泥人兒間，泥笠筷竟自己就奏出樂聲來。鳳九瞧著有趣，多看了兩眼，聽到息澤在她頭上問：「妳喜歡這個笠筷嗎？」

息澤這樣一問，不禁令她想起她的表弟糯米糰子來。糰子是個十分委婉的孩子，想要什麼從來不明著要，例如她帶他出遊凡界，他睜著荷包蛋一樣水汪汪的大眼睛，絞著衣角羞怯地問她，「鳳九姐姐，妳想吃個燒餅嗎？」她就曉得，糰子想吃燒餅了。

息澤此時這個問法，句式上和糰子，簡直一樣一樣的。

麵人小哥正對著息澤舌燦蓮花，「公子果然有眼光，小人雖然有個虛名叫麵人唐，但其實最擅捏笠筷，城中許多公子都愛光顧小人買個泥笠筷送心上人，攤上這個已是今日最後一件了，公子若要了小人替公子……」

話沒說完，鳳九一片金葉子啪一聲拍在攤位上頭，「好，我要了，包起來。」

麵人小哥一手穩住掉了一半的下巴，結巴道：「是小、小姐付帳？一向不、不都是公子們買給小姐們嗎？」

息澤還沒反應過來，鳳九已接過麵人，巴巴地遞到他手裡，口中異常地慈愛，「你小時候沒有玩過麵人對不對，這個雖然是米麵做的，但入不得口，將它放在床頭把玩幾日即可。若要能入口的，前頭有個糖畫鋪子，我再給你買個糖畫去。」期待地道：「這個泥笠筷你喜歡嗎？」

息澤艱難地看了她一會兒，斟酌道：「……喜歡。」

鳳九感到一種滿足，回頭向目瞪口呆的麵人小哥豪爽道：「你做出這個來，他很喜歡，這就是莫大的功勞了，多的錢不用找了，當是謝小哥你的手藝。」

麵人小哥夢遊似地收回找出去的銀錢，敬佩地目送鳳九遠去的背影，喃喃讚道：「真奇女子，偉哉。」

鳳九如約給息澤買了個會噴火花的龍圖案糖畫，還買了兩盒糕。

一路上，息澤問過她想不想要一個比翼鳥尾羽做的毽子，一個狐狸面孔的會挑眉毛的檜木面具，一個拼錯了會哼哼的八卦鎖。於是她又一一給息澤買了一個毽子、一個面具、一個鎖。買完勢必滿含期待地問息澤一句喜不喜歡，自然，息澤只能答喜歡。

她聽著息澤說喜歡兩個字，就忍不住高興，就忍不住將賣這些小玩意兒的攤販打賞打賞。逛了一夜，逛得囊中空空，她卻十分地滿足。

三四個戴面具的孩子打鬧著跑過他們身前，有個長得高的孩子跳起來撈一朵落在半空的優曇花，花朵像是有知覺似地躲躲閃閃，孩子愣了一瞬，咯咯笑著就跑開了。

鳳九頓時想起自己混世魔王的小時候，回頭挺開心地向息澤道：「我像他們這麼大的時候，也愛在街上這麼跑來跑去。」

她的童年裡頭著實有許多趣事，邊走邊眉飛色舞地同息澤講其中一則，「那時候我有個同窗，是頭灰狼，有一回我沒答應他抄我功課，他趁我在學塾裡午睡時把我身上的毛皮……呃，羽毛全都塗黑了。」

息澤將落在她頭上的光點撥開，「妳小時候常被欺負？」

鳳九揚眉，「怎麼可能，旁的同窗們巴結孝敬我還來不及，就灰狼弟弟還敢時不時反抗一下，當然我都報復回來了。次回夫子帶我們去山裡認草藥，晚上宿在山林裡，我就去林子裡抓了隻灰兔子，趁灰狼弟弟睡著時把兔子塞在他肚子底下，次日清晨告訴他那是他作夢的時候生出來的，我還幫他接了個生，灰狼弟弟當場就嚇哭了。」

息澤唇角浮出笑來，「做得很好。」

鳳九嘆一口氣，「但後來他曉得是我耍了他，攆著我跑了兩個月。」

息澤道：「只攆了兩個月？」

鳳九無奈地看他一眼，「因為兩個月後年終大考，他想抄我的上古史。」

息澤點頭道：「看來妳的上古史修得很好。」

鳳九有一瞬的怔忪，但立刻拋開雜念，坦蕩地道：「這個嘛，因我小時候崇拜一位尊神，他是上古的大英雄，一部上古史簡直就是他的輝煌戰功史，我自然修得好。」

瞧息澤忽然駐足，她也停下來，又道：「其實那時候，我還想過在他喜歡的課業上也用一用功，無奈他喜歡的是佛理課，這個我就有心無力了。我一直不大明白他從前成天打打殺殺，後來為何佛理之類還習得通透，有一天終於明白了，揮劍殺人的人，未必不能談佛理。其實他還喜歡釣魚之類，但可惜夫子不開釣魚這門課。」話畢由衷感到可惜地嘆息了一聲。恍一抬頭，息澤的眼中含了些東西她看不大明白，他的手卻扶了扶她頭上有些歪斜的花環，低聲道：「妳為他做了很多。」

鳳九聽出這個是在誇她，不大好意思，順手從他手裡拿過那個檜木面具頂在面上，聲音甕甕從面具後頭傳出來，「這、這著實算不上什麼，只不過小時候有些發傻罷了。」忽聽得前頭一片熙攘喝彩聲，踮腳一瞧，立刻牽住息澤的袖子，聲音比之方才愉悅許多，興奮道：「前頭似乎是姑娘們在扔香包，走走，咱們也去瞧瞧！」

比翼鳥族女兒節這一日，姑娘們扔香包這個事，鳳九曾有耳聞。

聽說夜裡城中專有一樓拔地起，名婺女樓，乃萬年前天上掌婺女星的婺女君贈給比翼鳥族一位王子的定情禮。婺女星大手筆，然比翼鳥族慣不與外族通婚，二人雖有一番情短情長，終究只能嘆個無緣，徒留一座孤樓僅在女兒節這夜現一現世，供有心思的姑娘們登高，圓一圓心中的念想。

傳說中，是夜姑娘們帶著親手繡好的香包登樓，若心上人自樓下過，將香包拋到心上人的身上，他有意就收了香包，他無意就拋了香包，但收了香包的需陪拋香包的姑娘一夜暢遊。

鳳九發自肺腑地覺得，這果真是個有情又有趣的耍事，若早幾萬年青丘有這樣耍事，迷轂他也不至於單身至今。

她興致勃勃引著息澤一路向婺女樓，途中經過方才買麵人的小攤，麵人小哥在後頭急急招呼了他們一聲，「小姐行色匆匆，是要趕去婺女樓吧？奉勸小姐一句，妳家公子長得太俊，那個地方去不得！」

鳳九急走中不忘回頭謝麵人小哥一句，樂道：「我們只是去瞧瞧熱鬧，他是個有主的，自然不會亂接姑娘們的香包，勞小哥費心提醒。」

小哥又說了什麼，聲音淹沒在人潮中，但方才他那句倒是提點了鳳九，她不放心地向息澤道：「方才我說的，你可聽清了？」

息澤自然地握住她的手以防她被人潮沖散，「嗯，我是個有主的。」

鳳九將面具拉下來，表情很凝重，「啊，自然這句也是我說的，但卻不是什麼重點，要緊的是你萬萬不可亂接姑娘們的香包，可懂了？」

方才忘了叮囑他，息澤這等沒有童年的孤獨青年，此時見著什麼定然都新奇，從他對毽子、面具、八卦鎖的喜愛，就可見出一斑。要是他覺得姑娘們的香包也挺新奇，懷著一顆好奇之心接了姑娘的香包……拋香包的姑娘自以為心願達成，他卻只是出於一種玩玩的心理，姑娘們曉得了，痛哭一場算是好的，要是個把想不開的從婺女樓上跳下來……

想到這裡，她心中一陣沉重，又向他一遍道：「一定不准接她們的香包，可懂了？」

息澤深深看了她一眼，含著點不可察覺的笑意，道：「嗯，懂了。」

「真的懂了？」

「真的懂了。」

鳳九長舒一口氣。

可嘆她這口氣尚未鬆得結實，婆女樓前，迎面的香包便將他二人砸個結實。

鳳九皺著眉，傳說中，姑娘們將香包拋出來，接不接，在書生公子們自己的意思，拋，不過拋的是一個機會，一則緣分。但此時砸在息澤身上這數個香包，卻似黏在上頭，這種拋，拋的卻是個強求。

她終於有幾分明白麵人小哥的提醒是個什麼意思。

婆女樓上一陣香風送來，樓上一串美人倚欄輕笑，另有好幾串美人嬉鬧著欲下樓，邀被香包砸中的公子，也就是息澤神君他兌行諾言。

樓旁賣胭脂的大娘贈了鳳九同情一瞥，「姑娘定是外來的，才會在今夜將心上人領來此處吧？」

鳳九沒理會她那個心上人之說，湊上去道：「大娘怎曉得我們是外來的？大娘可曉得，這些香包，怎會取不下來？」

在婆女樓底下賣胭脂賣了一輩子的大娘自然曉得，神色莫測道：「從前這些香包，確然只是普通香包，婆女樓也確然是求良緣的所在，但百年前城中出了位姿容卓絕的美男子，是許多小姐閨夢中的良人。小姐們為了能得這位美男子一夜相伴，於是集眾人之力，做出了這等砸到人就取不下來的香包。」一唏噓一聲，「那位美男子因此而不得不在女兒節當夜，以一人微薄之力陪七十三位小姐共遊王城。老身猶記得當年那一夜，那可真是一道奇景。」

鳳九腦中想像了一番，讚嘆道：「確是道奇景。不知後來這位美男子娶了七十三位小姐中的誰，不過無論娶誰，想必都是段佳話吧。」

大娘再次給予她同情一瞥，「後來嘛，後來這位九代單傳的美男子就斷袖了。」

鳳九愣了一愣，猛地回頭看了眼息澤。難怪今夜樓前走來走去的男子多半歪瓜劣棗，難怪息澤一出場就被砸了一身。虧得他身手敏捷，可能為護著她又不太把砸過來的香包當回事，身上才難免中了數個。

是她執意將息澤帶來此處，她雖是無心，但倘若息澤步先人的後塵，亦在此被逼成個斷袖……這簡直不可想像。

她不敢再多想像，一把握住息澤的手，抓著他就開跑。只聽後頭依稀有女子嬌嗔，「公子，別跑呀……」她拽著息澤硬著頭皮跑得飛快。

人群紛紛開道，一路尾隨著稠急風聲，落下來的優曇也被撞碎了好幾朵。

街燈漸漸地稀少，被拖著跑的息澤在後頭慢悠悠地道：「怎麼突然跑起來？」

鳳九聽他這個話，想起樓上的眾美人，頓時打了個哆嗦，「不跑能如何？難不成你想一整晚都耗在她們身上，陪她們夜遊王都？」

息澤停了一停，「妳不想我陪她們？」

話間將鳳九拉進一條小巷中，這裡燈雖少些，佛鈴和優曇卻比燈市上稠得多，月亮也從雲層中露出臉來，頗亮堂。

鳳九站定一邊喘氣一邊心道，這真是句廢話，我自然不希望你被她們逼成個斷袖，但她適才急奔中說了兩句話，岔了喘息，此時連個嗯字都嗯不出來，只能勉強點個頭。這個頭，卻似乎點得讓息澤滿意。

佛鈴和優曇悠悠地浮蕩，巷子裡靜得出奇，只能聽見她的喘息。方才跑得那樣快，頭上的花環竟也未掉下來，未束的髮像自花環中垂下的一匹黑緞，額角薄汗濕了些許髮絲，額間鳳羽花豔麗得驚人，雪白的臉色也現出紅潤。

她的確長得美，但因年紀小，風情二字她其實還沾不大上，可此時，卻像是個真正風情萬種的成熟美人。

檜木面具掛在她脖子上，面具上的狐狸耳朵擋住下頷，摩得她不舒服，伸手撥了撥，但又反彈回去，她就又撥了撥，這個動作顯得有些稚氣。

息澤走近一步，伸手幫她握住面具，只是那麼握著，沒說幫她取下來，也沒說不幫她取下來。他漂亮的眼睛瞧著她。

鳳九不知他要做什麼，亦抬眼瞧回去，目光相纏許久，她遲鈍地覺得，此時的氛圍，有些不大對頭。眼看息澤傾身過來，她趕緊退後一步，開口道：「好久沒這麼跑過……」話尾卻被息澤含在了口中。他一隻手仍握住那枚面具，一隻手攬住她的腰，在她唇間低聲道：「我也是。」

鳳九眨了眨眼睛，伸手推了息澤一把，沒推動，他的氣息拂過她嘴角，令她有些癢。她的手放在他胸口，推又推不動，不推又不像話，她就又推了推，又沒推動。還想再推，感到他摟在她腰間的手突然用了力道，她整個人都貼在他身上。她嚇了一跳，開口輕呼了一聲。看到他漆黑的眼中閃過一點笑意，口中頃刻侵入軟滑之物，她腦中轟了一聲，震驚地明白過來那是他的舌頭。

他的眼睛仍然沉靜，仿似被月光點亮，纏著她的舌頭卻步步緊逼，她不知他想將自己逼到何處，隱約覺得這樣下去不是辦法，摸索著將木訥的舌頭亦動了一動。感到息澤一僵。這令她大受鼓舞，笨拙地纏著息澤的舌頭想將他逼回去。息澤目不轉睛看著她，唇舌間的動作卻十分配合，由著她抵著他的舌，直到滑入他的口中。

她有時候的確好強，也愛逞強，且好強逞強的心一升起來，一時片刻就收不回去。白檀香籠住她，是息澤身上的味道。她腦中一片空白，憑著本能中的好強，只想著要將息澤也逼得退無可退。

她的手攀上他的肩，踮著腳，唇緊緊貼著他的唇，舌頭在他口中胡攪蠻纏，自以為很有攻擊性。好半天，唇舌離開息澤時，覺得舌根都有些麻痺發痛，還喘不上氣。息澤的呼吸卻平穩，抵著她的鼻尖，唇移到她嘴角，撫弄過她飽滿的下唇，那輕柔的觸弄令她顫了一顫，他在她唇角停了一下，放開了她。

檜木面具重新掛到她頸上，狐狸耳朵仍擋住她的下頷。

像是靜止的時光終於流動，身旁的優曇花聚攏分開，撞出一些光斑，譬如夏日螢火。

鳳九蒙了許久，愣了許久，意識到方才做了什麼，沉默了許久。

息澤的手撫上她頭上的花環，她偏了一步躲開，徒留他的手停在半空，正巧一朵優曇落下來，撞上指尖，幽光破碎，像在手心裡長出一圈波紋。

她的身影停在暗處，道：「我……」我了半天，沒我出個結果，見息澤沒有理她，半晌，聲音裡帶著一絲羞愧，前言不搭後語地道：「我剛才不知道自己在做什麼，我本來挺開心的今晚上，就像沒有憂慮也沒有煩惱的小時候，其實這一陣，我本來都挺開心的。」

息澤看著她，「為什麼現在不開心了？」

她收拾起慌張，強裝出鎮定，「近日你幫了我許多，我覺得你我的交情已擔得上朋友二字，或者我做了什麼令你有所誤會，但卻不是我的本意。我們雖有個夫妻之名，但這也並非你我的本意。我們就做個交心的朋友，你覺得好不好？」

息澤淡聲道：「妳覺得這樣好？」神色平靜地道：「那妳剛才，是在想著誰？」

她想著誰？她自然誰也沒有想，她只覺得方才自己撞邪了才會在那種事情上逞強。頭搖得像個撥浪鼓道：「我沒有想著誰，你別冤枉我。」她只求他將這一段趕緊揭過，又補充道：「我聽說無執念、無妄心有許多好處。我從前不是這個樣，現在卻想變成這個樣，我不想有執念和妄心，也不想自己成為他人的執念和妄心。我這麼說，你明白了嗎？」

息澤靜默地瞧著她，她說這些話的時候，全不見方才於優曇間肆意奔跑的天真，神色間含著難得一見的謹慎。果然，還是太快了。他有時候覺得她挺聰明，她卻挺笨，有時候覺得她挺笨，她又挺聰明。要放低她的戒心，看來只能先順著她的意。

他目光停在她身上，片刻，道：「剛才只是我餘毒未清，妳在想什麼？」

鳳九傻了。

方才息澤親她，她自然想到，要嘛是息澤又中了毒，要嘛就是喜歡她才親她。她覺得他不能這麼倒霉，連著兩次都栽在毒這個字上頭，那自然是有些喜歡她，而她竟然親了回去，顯然是她腦袋被門夾了。

她鼓足勇氣，自以為拿出一篇進退有禮又不傷息澤自尊的剖白，卻沒想到他只是餘毒未清，或許自己將他親回去也是染了他身上的毒？果然還是個毒字。

息澤問她她在想什麼，一定是聽出來她覺得他喜歡她了，這個話一定是暗示她想多了，她的確想得太多了。思緒到此，她一張臉立時慚愧得通紅，遮掩地乾笑道：「哦，原來是餘毒，我、我這個人心思細密，有時候是容易想得多些，你別見笑，哈哈、哈哈。不過你這個毒也著實厲害，十幾日了竟還有餘毒，不要緊吧？」

息澤沉默地看了她一會兒，斟酌道：「蛟龍的毒，是要厲害些，倒不是很要緊。」

鳳九抵著牆角，一時也不曉得該再說些什麼，見息澤不再說話，氣氛尷尬，半天，道：「那這些天毒發時，你一定很難受吧？」

息澤淡定道：「嗯，都是靠忍。」

鳳九哦了一聲，巷中又是半刻沉默，沉默中她腦中升起一個疑問，想要忍住，最終沒有忍住，問道：「既然都是靠忍，那你，你方才為什麼不忍？」

息澤坦誠地道：「忍多了不太好。」又道：「妳說過我們是交心的朋友，既然是朋友，幫個小忙我想妳應該覺得沒什麼。」

鳳九不知為何有點想發火，但息澤說得也有道理，而且此時發火就顯得自己氣量太小了，只得繼續哈哈道：「我自然覺得沒有什麼，但反正你已經忍了那麼久了……」

息澤深深看了她一眼，「就是因為忍了很久，不用忍時才不需要忍了。」不待鳳九回應，捂著胸口皺眉作疼痛狀道：「方才跑得急，傷口似乎裂開了，有些疼，先回去。」

十幾日了還有餘毒，且傷口未癒，但息澤竟說不要緊。想來是誆她。鳳九本性中有時候頗愛操心，此時方才的尷尬一應皆忘，心中唯有一片憂慮，忙上前一步扶住息澤道：「我看你這個傷像是不大平穩，早曉得不出來也罷，趕緊回去，我讓人給你治治。」她擔憂地皺眉扶住息澤時，卻沒注意他嘴角噙著的一絲得逞的笑意。

茶茶尚滯在歧南神宮，替她的小婢子長得一臉機靈相，但因年紀小，有些事終歸不如茶茶會拿捏，譬如息澤今夜宿在何處這個問題。

若是茶茶，約莫神不知鬼不覺往鳳九床上再添個瓷枕罷了。替她的小婢子卻謹慎，一板一眼地請示鳳九，「殿下，今夜神君可是按往例仍宿在廂房中？東廂、西廂殿下都曾為神君備過一間，卻不知神君是想宿東廂還是西廂？」

其時息澤懶洋洋躺在鳳九的床上，藥師剛來探看過他身上的傷。

他身上原本沒什麼傷，沒想到鳳九大半夜還真能延請來藥師，見血的障眼法又障不了神仙的眼，於是挺乾脆地自發將胸口又弄出傷來。此時這個養傷，倒是養得名副其實了。

鳳九打著呵欠問息澤：「時候不早了，你想宿在東廂還是西廂？」

息澤的胸口纏著繃帶，閉著眼睛頭也沒抬，道：「我覺得我可能挪不動，今夜就宿在此處吧。」

鳳九上下眼皮直打架，打了個呵欠道：「也好，你今夜宿在此，我去東廂歇一歇，啊，需留個小廝在房中伺候，倘有什麼事也好差他來通傳我。」

息澤仍沒動，口中道：「小廝哪有知心好友照顧得周全。」狀似疑惑地看著她，輕聲道：「妳不是說，我們是知心好友嗎？」

鳳九頭皮一麻，知心好友，這的確是她說出的話。但她說出這個話時，是拿小燕壯士做的參照。小燕也是她的知心好友，常陪她吃酒談心，雖然沒什麼文化，卻一直在嘗試著變得有文化。但息澤這個知心好友，簡直就是她的大爺。

她無奈地撓了撓頭，挫敗道：「好吧，但今夜若再毒發，你需忍著。」又偏頭吩咐小婢子，指著床前的六扇屏風道：「在屏風外頭替我搭個小榻。」

鳳九愛心軟，又容易被激出母愛，倘今夜她的母性情懷一直綿延，說不準不消息澤提，她就顛顛地留下來親自看顧他。可嘆息澤無意的一親，親得她一顆被母愛浸泡得柔軟的小心肝霎時掉進個冰窟窿。

息澤反思得沒錯，他那一步，確是有些快了。幸而後頭神來一筆，算救回半個場子。

息澤暫宿在鳳九院中養傷的這幾日，每每她有走出院門去做個別的事的打算，他就有傷勢要復發的徵兆。作為知心好友，她自然什麼別的也不能做，只能整天寸步不離地守著他。

所幸守著息澤並不無趣，還讓她長了一些見識。

譬如飲茶，她原以為東華那種煮個茶喜用黑釉盞的已算是種講究，跟著息澤才曉得，此種講究是個窮講究，飲茶的情趣高曠，在於「天地合一，就地取材」八個字。

正待初夏，院中開了幾蓬蓮花，息澤令她尋幾個荷花盞，將幾味粗茶擱在花心裡盛著，待入夜後花苞合起來，將納於其中的茶葉一熏，次日取些山泉水再將這些茶隨意一烹，即便拿個大茶缸子喝，入口也是天然妙味，自有諧趣。

再譬如院中盛開的花木，她從前只曉得，瞧著入眼的可折一兩枝插瓶玩賞，從未聽過還有盆玩一說。息澤卻是有閒情，尋來寬碗做盆，覆上泥沙，在園中花叢裡挑選嫩枝植入泥沙中，點綴以靈璧石，稀疏雜以小花穗，就是一盆意態風流的山水小景。剩下的花枝他偶爾還會編個蝴蝶或是兔子給她。

偶爾他們也殺殺棋，她自然不是他的對手，他卻並不一味贏她，時不時也讓她贏一兩局過把癮，但這個讓字又做得很有學問，讓得知情知趣，不顯山不露水。

她睡不著時，他會隔著屏風給她唸書，他聲音低沉，放輕柔時就如拂面的微風，很快就讓她睡過去。每每此時，她就覺得有個有文化的知心好友是多麼難得，她都可以想像，倘若小燕給她唸書，書中一定有一半字不認得要請教她，只能越唸越令她精神。

越是相處，她越覺得息澤是個妙人，同他這麼處著，時光竟逝若急流，過得有些不知朝夕了。

這日她心血來潮，親去廚房替息澤備藥湯，迴廊上隔著一叢嫩竹，兩個小婢在嫩竹後頭說私房話，絮絮的私語無意間飄進她的耳朵，「我就說說神君其實對咱們殿下用情深，聽說女兒節那夜，滿城的花海就是神君的手筆，想必是將殿下打動了，自那日後殿下同神君關在房中日夜相守，算來已有六日，呀……說不準咱們府中很快便能添個小殿下了！妳說我們要不要現在就做些小衣裳小褲子備著，屆時託一託茶茶姐姐帶給小殿下。想著小殿下穿著咱們做的小衣裳在院子裡頭撲蝴蝶，不覺開心嘛，神君他務必動作要快些啊……」

鳳九腳底下一滑，差一點就栽進旁邊的魚塘，幸虧眼明手快扶住了圍欄。但經這麼一提點，她恍然自己原已陪著息澤折騰了六日。她從來是個坐不住的，此番竟能在區區斗室中一困就是六天……她由衷地感到震驚。再聽這兩個小婢說息澤對她用情頗深，還盼著他二人閉門造個小殿下出來，她就有些哭笑不得，一路抽著嘴角去了廚中。

待端了藥湯回房，本想將這個話當個趣聞同息澤一提，敞亮的正房中，卻不見他的人影，倒是靠窗的長桌上留了張字條。

字條上筆走銀鉤，頗有氣勢，說要出門一趟，今日或明日回來。出門做什麼，他卻沒有細說。

第六章　她與他的過往【三】

鳳九幼時上的族學，學中駁雜，什麼都教，因此她學過佛，亦修過道。她認為，道這個字最要緊是講個調和，譬如有天就有地，這是種調和。有男就有女，這也是種調和。息澤走了蘇陌葉回來了，這還是一種調和。

陌少突然出現在湖中亭時，鳳九正攀著圍欄，有一搭沒一搭地餵魚。

聽見身後有響動，漫不經心回頭，看清蘇陌葉的模樣時，一個哆嗦差點從圍欄上摔趴下去。

西海第一風雅第一風流的蘇陌葉蘇二皇子，此時正散著髮絲赤紅著雙眼，修長的玉手裡頭一個大茶缸子，豪放地朝自己猛灌涼茶。

片刻寂靜，鳳九掐了自己一把，確定此時並非作夢，湊過去疑惑地道：「陌少你這副形容，難道是昨夜闖了哪家姑娘的香閨，被姑娘她爹拿根棒子打出來了？」

蘇陌葉撂下茶缸，瞥了她一眼，眼神中飽含悲憤，「息澤邀我至神宮助他打件法器，正要緊的時刻，妳讓茶茶送什麼糖狐狸，他接到那個鬼東西，二話不說將後頭諸事全拋給我，下山後就再沒回來過。我累得很，此時手腳都是僵的，臉也是僵的。」

看她面上吃驚，嘆了口氣道：「我說這個話也並非怪罪妳，但妳需體諒，今日我這個形容是連著七八日大耗仙力且未曾合眼的形容，此時還有口氣能同妳說長道短，著實西海福蔭，還需算上我命硬。」

鳳九方才有一愣，同愧疚其實無甚關係，只為感嘆息澤的報恩心切。此時眼中映入陌少頹廢的面容，心中莫名地燃起同情，寬慰他道：「你看，息澤他是個知恩的人，你施了這樣大的恩給他，待這件法器製成功，他不曉得會怎麼來報答你，想想都讓人激動。」話到此處，果然有些激動，動容地道：「不過，陌少你並不缺寶物，也不愛美人，我猜，他必定會選一種更有情誼更值得珍重的報恩法，譬如說親自下廚做一桌小宴款待於你……」

帝君的廚藝，是一個很玄，且很危險的東西。連宋的唏噓言猶在耳。陌少手裡的茶缸子不禁一抖，道：「他若想不起來報答，妳千萬不要提醒他。」瞧鳳九面露疑惑，木著一張臉補充道：「因日行一善乃是我們西海的家規，要的就是不求回報這四個字，施恩若還望報，卻是落了下乘，會被族人瞧不起。」

鳳九頓時了悟，眼中流露出激賞神色。陌少咳了一聲，趕緊將話題一撥，道：「此事便不議了，我今次回來，一為去王宮取個東西，二來其實也是問一問妳，沉曄處，這幾日可有什麼不妥當？」

什麼叫妥當？什麼叫不妥當？鳳九沉思著這個問題。沉曄近幾日安靜地困在孟春院中，安靜得若非陌少提醒，她都快忘了她府中住著這麼一尊大神，她的概念中，這個就叫作妥當。但她不曉得這是不是陌少想要的妥當，含糊地道：「他沒來惹我，應該算是妥當。」

陌少笑了一聲，神色間卻不見什麼笑意，當然要從他此時這張臉上看出笑意來著實也有點困難，道：「他原本就不會先來招惹妳。從前對阿蘭若是如此，此時對妳也理當如此。」

這卻勾起了鳳九一些好奇，道：「我也聽過一些傳聞，說沉曄後來曾為阿蘭若一劍斬三季。這個傳聞還傳得挺廣的，可見出他對阿蘭若的情分。但萬事皆有因果，我覺得，這情分總不至於阿蘭若仙去後才憑空而生吧。上回你將他二人的過往同我講了一半，今日不妨講講另一半？」

蘇陌葉半靠著椅背，遠目湖中田田的荷葉，道：「另一半嗎？我曉得的也不多，有影的事，不過一兩件罷了。」又道：「上回我講到何處？可是沉曄曉得給自己的信是阿蘭若執筆，勃然大怒，去她的書房同她說了些決絕話？」

鳳九唏噓道：「陌路、仇人、死敵，他說他們之間只有這種可能。」

陌少冷笑道：「他該畢生謹記這句話，畢生奉守這句話。這對阿蘭若來說，才是一件幸事。」

亭中一時沉默，良久，蘇陌葉輕聲道：「阿蘭若她，有一種氣度，在壽不過千的靈物中，是我生平僅見最為從容瀟灑。」

阿蘭若的瀟灑，在與沉曄的書房一別後，可見出一二來。若旁的女子，被心上意中之人說了如許重話，雖不致日日以淚洗面，顛在閨中三四日卻是尋常。

但阿蘭若的行止，卻像是那日書房中事並未發生。

不用再變著法兒關懷沉曄，她的日子倒過得越發清閒起來，除開常例的習字聽戲之類，適逢宗學裡頭教射御的夫子回家探親，她還去宗學中頂替這位夫子，教了幾日射御。日出而作，日落而歸，同悶在孟春院中的沉曄相安無事。

近日因她在宗學代教，時常偶遇袖一卷書行色匆匆的文恬。文恬正應了她這個名字，性子恬淡，下學後也不愛與同僚閒逛，日子過得一板一眼。她前幾日有些對不住文恬，料想她成日紮在書堆中，回家估摸也是對燈枯坐，必定乏悶，偶爾碰到她時，便令廚中多備雙筷子，將文恬領回去一道用個晚膳。

文恬愛棋成癡，曾與沉曄有一棋之緣，阿蘭若雖不知他們當日那一局殺得如何，看文恬的模樣卻似乎念念不忘。終於在第三回她將文恬領回來時，女先生期艾了半天，小心同她討問，能不能去孟春院探一探沉曄，同他請教幾個棋路。

她自然是允的。

文恬滿面感激之色。

此後文先生常出入孟春院中。

老管事頭幾日常來稟，今日文先生幾時進的院門幾時出的院門，同沉曄說了幾句話，兩人又殺了幾局棋。

有一回還憂心忡忡地在話尾添了一句，他看出來沉曄雖不好親近，卻願意高看這位文先生一眼，再讓這位先生出入孟春院中，是否不大穩妥了。

阿蘭若笑看老管事一眼，道：「有個朋友能陪著消遣是件好事，你這樣著人亦步亦趨跟著，卻夠敗人的興致。神官大人要做什麼，是他的事，他此時落難，我們敞開府門，是予他一個方便，卻並非將人誆來蹲牢。這個話，我記得早前似乎同你提過。」

老管事揣著這個訓誡，回去認真琢磨了一番，磨出個道道來，將嘴縫上了。

不過，老管事一輩子跟著阿蘭若，本著忠心二字，覺得即便殿下似乎暗示了自己沉曄的事今後無須再稟，但該稟的，還是得稟。譬如沉曄大人近日時常在與文先生對弈中出神，這個就該稟一稟。

老管事一顆老心細緻得像蛛絲兒纏成的，注意到近日沉曄雖然愛出神，但並非時時出神，只是當棋局布在波心亭抑或小石林中時，沉曄落子落得不大上心。

波心亭中，他愛盯著亭旁的一棵紅豆樹瞧。照老管事看，這棵紅豆樹並沒有什麼玄機，只是長得格外清俊些，粗壯的樹幹上缺了一截樹皮罷了。他隱約記得這棵樹上曾有過阿蘭若的一兩句題字。

小石林是孟春院中阿蘭若從前練箭的地方，以巨石壘陣，空曠幽寂，天有小風時，在此對弈頗能靜氣寧心。

文先生手中捏著棋子，容色格外平和秀美，心稍粗些的大約會以為沉曄是瞧著文先生發呆，但老管事何許人，自然看出來沉曄的目光從文先生的頭頂擦過去，乃是凝目在她身後的巨石上頭。

巨石上有幾行字，題的是：「愁懷難遣，何需急遣。浮生多態，天命定之。憂愁畏怖，自有盡時。」

雖然未有落款，老管事卻曉得這是誰的字。閤府就阿蘭若平日愛寫個書法，但正經用毫筆將字寫在紙上卻非她所愛，就好興之所至時，隨手撿個東西題劃上幾筆，早前還中規中矩地在題字下頭落個款，後來寫得多了，連落款也懶得題了。

忠義的老管事看在眼中，默在心中，趁著阿蘭若心情好的一日，將縫著的嘴掀開一個縫兒，狀若無意地把此事漏了出來。

阿蘭若勻著墨，笑嘆了一聲道：「我誆過他，他瞧著我的字難免有氣，你們何苦還將棋局設到這些地方。」手上的墨漸濃厚，又道：「不過，孟春院中沒我題字的地兒也少，他若實在不順眼，你瞅著如何處置一下，或者刻在樹上的就剝了，刻在石上的就鑿了吧。」

阿蘭若說得十分輕鬆，但那些題字，老管事卻捨不得。他心中有些覺得她或許想錯了，又有些覺得，就算她想對了，沉曄不是沒說出來自己對這些題字不順眼嘛。那如何處置它們，是毀還是留，就等著他親口說出來那一日再做打算吧。

算來幾日也生了不少事，但沉曄被拘進公主府，尋的是個替太子夜華製琉璃鏡的藉口，雖是句托詞，明面上的功夫總要做一做。孟春院中早已為沉曄闢出一屋，連日搜羅的製鏡所需的秘材，也於近日搜攢齊備，只待開爐煉鏡。文恬又來找過一回阿蘭若，說早聽聞關乎沉曄製鏡的傳聞，一直想見識見識，此番他煉鏡需找個人搭一搭手，她毛遂自薦，向公主求個機緣。

阿蘭若給了她這個機緣。

蘇陌葉敲著杯沿向她道：「文先生這個模樣，像是真瞧上了沉曄，她求什麼妳應什麼，此種大度我很佩服。」

阿蘭若傾身替他添茶，「沉曄有他瞧得上的姻緣，他瞧不上我並非一種過錯，你想我因此就變成個因妒生恨的小人嗎？」又道：「這世上有一半的仇恨，都是自生仇念罷了，我卻並不覺得這個有仇恨的必要，大約這也是未曾得到過的好處。今次不過予他的姻緣一個方便，舉手之勞，又何談大度不大度。」

良久，蘇陌葉道：「我原本便不以為妳會為此等事憤恨，但介懷總是難免。我只是在想，若有一天妳因他而憤恨，會是為了什麼？」

阿蘭若轉著手中的茶杯，「那一定是因得到過。譬如他愛上我，後來不愛了，又去愛了別人。」又自顧自笑道：「兒女情長事渺如塵埃，師父定然聽得酸牙，喏，喝杯茶緩一緩。」

蘇陌葉瞧著杯中，「世間有大事，亦有小事，何為大事，何為小事，這個卻難分斷。譬如九天之上太子夜華君與白淺上神的那段情，我就覺得不可輕視。」

阿蘭若道：「師父說得是，不過我這樁卻是沒影兒的事，我想也沒想過。」

凡界有位先賢云，世事不可絕對論，說的大約就是這個。神仙們自負壽長，不到失意處不究天命。可知何為神仙，非那些生而為神的遺族，但凡強修為仙的妖精凡人皆須斷絕六欲七情。六欲既斷，也沒什麼可失意，因而在探論未知上頭，多數神仙其實不如凡人。

教射御的夫子歸來，呈上許多家鄉帶的土產，千謝萬謝了阿蘭若。不用去宗學，她在府中閒了幾日，偶爾袖書去湖中亭納涼。湖塘邊遇到過沉曄文恬一兩回。她不偏不躲地走過去，文恬含笑同她請安，她就含笑應一聲。沉曄瞧著她沉默不語，她走過兩步又回頭道：「昨日徐管事說你煉鏡有味特別的秘材，好像是枚什麼石頭產於歧南後山，他們未幫你搜羅周全，徐管事哪識得這等秘材，這卻需你親去挑揀，我已傳信給了上君，明後日也正要去探探息澤，你同我一道？」

沉曄冷冷道：「這是見我囚鳥般困在此處可憐，給我的一個恩賞？」

阿蘭若拿書冊擋住當頭的日光，道：「啊，你說是恩賞，那便是恩賞吧。」

文恬打圓場道：「屆時我可否同去，歧南山一向無君令示下不可妄入，但我挺想去見識見識。」

兩人的目光仍在半空膠著，誰也不肯退讓半分，沉曄道：「文恬自然同去。」

阿蘭若愣了一愣，笑道：「有文恬在免得我倆途中打起來，也好。」

兩日後，歧南後山梧桐照日影，清風送竹濤。

阿蘭若攜了一籃子自製的蒸糕煮糕煎糕安穩坐在竹舍外頭的敞地上，候著息澤調息完畢，開門會客。沉曄冷冷瞧了她身旁的籃子一眼，沒說什麼，攜著文恬先去山中採石去了。

息澤調息至正午，方才開門，打著呵欠白衣飄飄地倚著籬笆牆，「妳倒來得快。啊，給我帶糕了？」

阿蘭若提起籃子迎過去，「你既來信告知捕到了犬因獸助我練弓，就該曉得我最遲不過今明兩日便要造訪，閉門半日，我還當你是不想見我。」話是這麼說，臉上卻燃起十二分的興致，「犬因現在何處？」

息澤接過籃子朝外頭走了幾步，「妳方才那模樣半死不活，嚇我一跳，自然不能放妳進門將晦氣過給我，此時人總算新鮮過來，早這樣新鮮多好，難得來看我一眼，就該這麼新鮮。」

阿蘭若嘆道：「這些日精神是不大好，可也當不上半死不活吧。你讓我在屋外熬半日的日頭，就為將我曬出些活氣？」

息澤拈了塊糕入口，「不為這個為什麼？」抬手一劃，所向處霧靄漸開，呈出一片石林。林中怪石疊嶂，上頭籠著圈紫光，隱隱傳出異獸的咆哮。他大約覺得這個聲兒挺賞心悅目，聽了好一會兒才道：「這頭犬因為禍多年，花了我好些力氣才捕到。所有異獸中，身形最活的是牠，且沒有痛覺，最合妳練弓。若妳能射中犬因，梵音谷中便沒有射不到的東西。」

阿蘭若從袖中化出弓來，笑道：「讓我去會會牠。」

犬因獸乃一頭四角的上古遺獸，習性也對得起牠猙獰的長相，就一個猛字。阿蘭若祭出戳時弓，飛身入石陣。犬因獸被息澤餓了幾天，聞到人味很激動，儘管身上力氣被餓得不大足，爪子卻比平日更利身形也比平日更活，為了一口食幾乎豁出老命，怪難得。

阿蘭若藉著石陣的阻攔，凝神同犬因獸拉開距離，無羽箭破空疾飛，但未近牠身就被靈巧躲開。息澤在外頭慢悠悠道：「妳瞄準了射牠是射不中的，妳從前射的那些東西沒一個比妳的箭快，但犬因卻永遠能快過妳的箭，不如算算妳箭的速度，再算算牠移動的速度，往偏裡射。」

息澤說的未嘗不是道理，但著實不大容易，這就意味著阿蘭若需做三件事，一是躲著犬因謹防被牠逮住一口吞了，二要立刻在心中做出一個精確算籌，三還需花大力氣觀察把握住牠的習慣動向。

陣中激戰了半個時辰，誰也沒討著誰的便宜，美食在前卻不能享用，可想犬因獸有多麼憤怒。

息澤立在石林旁，邊喝茶邊道：「妳差不多該出來了吧，個把時辰內射不中牠很正常，若因疲累被牠吞了我如何向妳師父交代。」

話音剛落地，陣中響起犬因獸一聲狂怒的咆哮。

紅衣少女方才借力在石柱上，騰至半空放出精心算計的一箭，正中四角獸胸腹，極妙，且極準。她沉靜的眼中現出一絲飛揚之色，欲落地急退出陣。悲劇，卻就在這個時刻發生了。

落地的一剎那，沒留神地上一堆枇杷核，腳底一個不穩，直直摔下來，前額正磕在近旁的一截石筍上。

而說時遲那時快，狂怒的犬因獸已作勢要猛撲而來。

羽翼振空之聲乍然響起，玄色的翼幅似片濃雲遮蔽天日，急撲而來的犬因獸被一柄長劍當胸刺過，釘入一旁的石柱。一切只在瞬息間發生。玄衣的青年目沉似水，手中封起印伽，銀光之中，林中怪石轟然而動，犬因掙脫長劍的束縛，嘶吼著欲穿過石陣。

陣法因被沉曄做了調動，不像方才那樣懶散鬆垮，犬因獸一靜一動皆被牽制，但他二人出陣也不像方才那樣便宜，他只在離犬因獸最遠的西南方留了一段薄弱小口，容二人相擁滾過去。

阿蘭若捂著額頭上流血的傷口模糊地看著他，像是沒搞清他怎麼會突然出現。此等危急時刻，豈容有什麼別的思慮。沉曄一把抱住阿蘭若，一隻手將她受傷的頭按在胸口護住，黑色的羽翼緊緊覆住二人，在犬因掙扎著穿過最近的怪石前，擦身滾過那道薄弱的結界小縫。

待他們滾出陣外，息澤已將結界再做了一次加固，目光落在沉曄身上，讚賞道：「幾年不見，你臨戰倒是越發冷靜了。」又道：「小時候就愛冷著一張臉不理人，大了怎麼一點長進沒有？」

沉曄面無表情道：「犬因獸如此凶險，你讓她去同犬因對戰？」

息澤道：「她不是射中了嘛，要不是突然摔了一跤……」撓著頭愧疚道：「啊，也怪我，昨天去陣中蹓躂，剝了幾個枇杷……」但又立刻正色道：「但真正的戰場也是如此，可不會有人幫她清掃枇杷核，全靠自己操心，我這個也正是為了警醒她。」

阿蘭若躺在沉曄的懷中，悠悠插話道：「我覺得，戰場上可能不會有人吃枇杷，所以我不用操這個心。」

沉曄瞧著息澤，眼光裡沒有一絲溫度，「她身處險境時你在做什麼，她是你的髮妻。」

息澤立刻又很愧疚地道：「我在吃她帶給我的糕，沒怎麼留意……」但又馬上正色道：「拜了堂就是夫妻嗎？這就是你們的陋見了，我同阿蘭若可都不這麼覺得。再說，你不是快我一步救到她了，我出手豈不多餘？」

沉曄的面色沉得像塊寒冰，「我若不快一步，她已被犬因咬斷了胳膊。」

息澤奇道：「可能被咬斷胳膊的是她，她都沒有質問我，你為何質問我？」

沉曄的手還覆在阿蘭若流血的額頭上，她臉上亦出現好奇的神色，附聲道：「啊，這是個好問題，我也想知道。」

沉曄第一次低頭看她，她額頭的血沾在他手上，他曾輕蔑地說這些東西不乾淨，此時卻任由它們污了他的手指。他沒有將手拿開，眼神中有類似掙扎的情緒一閃而過。

阿蘭若輕聲問：「沉曄，你是不是喜歡上我了？」

他道：「妳怎麼敢……」

她撥開他壓住她額頭的手指，他聲音中含著一絲怒意，「安分些。」

她笑起來，「你真的喜歡我，沉曄。」

他的手指重壓上她的額頭，緊抿著唇沒有說話，但沉淡眸色中，卻僅容她的影子。她的模樣那樣闖進他眼中，像某個世外之人闖進一座塵封的雪域平原，除開她的笑，背後仍是千年不變，有飛雪漫天。

但這已經夠難得了。

她就高興起來，伸手挑起他的下巴，「不承認也沒什麼，我頭痛，你笑一個給我看看。」他仍抱著她，順她的手抬高下巴，卻微垂著眼看她，「妳找死。」

她似笑非笑，「有誰曾像我這樣捏著你下巴調戲你嗎？」

他仍那麼看著她，等著她將手收回去，「妳說呢？」照理說該含著怒意，語聲中卻並無怒意。

文恬趕過來送絲帕的手僵在半空，臉色發白，息澤往口裡又送了一塊糕，看了眼天色，咳了一聲總結道：「該挪到床上去躺著的趕緊挪，該做飯的趕緊做飯去，都在這裡戳著算是怎麼？」

沉曄是否喜歡阿蘭若，雖然在聽陌少講這個故事的前半段時，鳳九著實在心中捏了把冷汗，此時卻譬如一座大石猛然沉入深谷，砰一聲巨響後頭，升起的是她一顆輕飄飄的心。她覺得欣然，且釋然。

確然，在聽陌少提及犬因獸時，她也想過，為了唱好同此時這個沉曄的這台戲，她是否也需去歧南後山會一會傳說中的犬因獸。

她想到這個時，頭皮也的確是麻了一麻。

但對阿蘭若同沉曄終成眷屬的感動，悄然淹沒了先前的一絲隱憂。她命中對情字犯煞，情路走得不太平，因她由衷地欣賞阿蘭若，故而希望她的情路好歹比自己順一些，這個結局倒令她滿意。

她提起一只杯子灌茶，蘇陌葉瞟了她一眼，似笑非笑的神色攢上頽唐面容，那笑意一瞬冷進骨子裡，鳳九打了個哆嗦，想起來對面坐的這位仁兄有個雅號叫作千面神君。

千面神君蘇陌葉手指輕敲了兩下桌子，「我知妳在想什麼，可覺得這是個好結局？」遠目湖中道：「這可不是什麼結局，而後還有許多事，算得上好的，卻只那麼一件。」停了一停，道：「息澤一直在找時間同阿蘭若和離。」目光仍向著湖面，絮道：「息澤為人頗仗義，這樁婚事雖於他無意義，多年來他從未上表提和離之事，卻是憐憫阿蘭若是個身分尷尬的公主，頂著他髮妻的名頭，日子總算好過些。自岐南後山這一日，沉曄同阿蘭若在一起兩年，他們有些什麼我不大清楚，那時我回了西海，只知兩年中，沉曄仍被困在阿蘭若府中。」

鳳九暗忖，陌少說他回西海乃是因西海有事，保不準是個托詞。興許那時他總算明白過來阿蘭若於他而言是什麼，可嘆佳人已另覓良人，陌少他是因傷情，才回了西海。既然琢磨明白這一層，鳳九自覺說話時應躲著這一處些，道：「連你也不曉得的事，不提也無妨，只是你方才說還有許多不好之事，卻不曉得是哪幾樁？」

蘇陌葉愣了一愣，良久，道：「史書載兩年後，上君相里闋病逝，太子相里賀繼位，即位日七月二十四，正是龍樹菩薩聖誕日。即位不過七天，鄰族夜梟族痛斥比翼鳥族縱容邊民越境狩獵，發兵出戰。相里賀御駕親征，將夜梟族拒於思行河外，八月十七，相里賀戰死。相里賀無子，按王位承繼的次序，若橘諾未被貶為庶民，便是她繼位，再則阿蘭若，再則嫦棣。八月十九，卻是流放的橘諾被迎回王都即君位，次日，阿蘭若自縊身死。」

鳳九震驚。

蘇陌葉續道：「或許因阿蘭若魂飛魄散，而於比翼鳥言，自縊確是能致人魂魄飛散的好法子，他們才敢拿這個來誆我。」

鳳九平穩了片刻心緒，蹙眉道：「我曾聽聞，阿蘭若故去後，時任的那位女君即刻便下令將她的名字列為了禁語。此時我卻有些疑惑，橘諾越阿蘭若繼位，宗族竟允了？且他們鐵口咬定阿蘭若自縊，便沒給你一個她自縊的理由嗎？而橘諾她又為何要將『阿蘭若』三字列為禁語？」

蘇陌葉面無表情道：「有傳聞說，上君並非病逝，而是被阿蘭若毒殺。」他撤回目光看向鳳九，「自然，若是這個理由，妳提的問題便不再難解，但妳信這個傳聞嗎？」

鳳九本能搖了搖頭，忽想起來道：「此時沉曄呢？」

蘇陌葉冷笑道：「沉曄？那則傳聞說上君死後，他被重迎回歧南神宮，阿蘭若因上君之死被關，他曾上表……」

鳳九心中沒來由一沉，「表上寫了什麼？」

冰冷的笑意在蘇陌葉眼中描出一幅冰川，「表中請求將阿蘭若之案移給神宮，道她既犯了如此重罪，理應由神宮親自將其處死。」停頓良久，道：「次日，阿蘭若便自盡了。」

第七章　息澤神君吃醋了

這一夜，鳳九作了一個夢，夢中有濃雲遮蔽天幕，風吹過曠野，遍地荒火，暗色的煙塵漫於長空，一條頹廢的長河似條游蛇橫亙於曠野中，河邊有搖曳的人影。

鳳九模糊地辨認出河邊那人一身紅衣，雖看不清模樣，心中卻知道那是阿蘭若。她揣著數個疑問，踩過枯死的草莖，想靠她近些，卻不知為何，始終無法近她的身。

眼看紅衣的身影將陷入濃厚煙塵，她急切道：「妳為何要自盡？什麼樣的事值得妳冒著魂飛魄散之苦也要一心求死？」

女子帶笑的聲音隨風飄過來，含著就像蘇陌葉所說的那份灑脫，「是啊，為何呢？」荒火驀地蔓延開來，如一匹猛獸躥至鳳九腳底。她吃了一驚，騰空而起，只感到身子一輕，醒了。

鳳九琢磨了一早上這個夢的預示，沒有琢磨出來什麼。恰逢昨日陪著陌少一同回來的茶茶提著裙子跑進來，提醒她陌少要回神宮了，她昨夜收拾書房，瞧見有個包著糖狐狸的小包裹，上頭貼了個條子給陌少的，還打不打算再給陌少。鳳九一拍腦袋，深覺茶茶提點得是時候。殺去書房取了糖狐狸，興沖沖地去找陌少。

蘇陌葉得了一夜好睡，今日總算有個人樣，翩翩佳公子的形神也回來了十之七八。

鳳九豪氣地將糖狐狸朝他座前一丟，蘇陌葉一口茶嗆在喉嚨裡頭，「這個東西，我也有份？」

鳳九大度道：「自然，我院中連掃地的小廝都有一份，沒道理不給你留一份。」邀功似道：「自然你這一份要比他們那一份更大些，且你這個裡頭我還多加了一味糖粉。送去沉曄院中的與你這個口味一樣，聽說沉曄分給了他院中的小童子，小童子們都覺得這個口味還不錯。」

陌少臉上神色變了好幾變，最後定格在不忍和憐憫這兩種上頭，收了糖狐狸向鳳九道：「這事，妳同息澤提過沒有？」

鳳九奇道：「我為何要同他提這個？」

陌少臉上越發地不忍且憐憫，道：「啊，沒提最好，記著往後也莫提，對妳有好處。」

鳳九被他弄得有些糊塗道：「為何不能提？」

陌少心道因我還想多活兩年，口中卻斟酌道：「哦，因妳這個身分，親自做蜜糖賞給下人或贈給我們這些師友，其實都不大合規矩，從前阿蘭若就不做這等事，妳若同息澤他說了，萬一引得他起疑，豈不節外生枝。」

鳳九恍然，「這倒是，這個事卻是我沒想全，還是你慮得周到。」

話說到此處，因提了息澤幾回，有另一事忽然浮上鳳九的心頭，向蘇陌葉道：「我突然想起來，有一事還要請教於你，因我是個陸上的走獸，對水族曉得不多，不過你是水族可能知道，蛟龍的血毒可有什麼解法？」蛟龍的血毒盤踞在息澤體內十幾日未清乾淨，比翼鳥族的藥師們終歸只是地仙，沒有什麼見識，竟診不出這種毒。雖據息澤說不是什麼要緊的毒，卻令鳳九有些擔憂，是以有此一問。

蘇陌葉莫名道：「蛟龍的血毒？蛟龍並非什麼毒物，反倒蛟血還是一種極難得的滋補聖品，且等閒毒物若融入蛟血，頃刻便能被克制化解。有些劇毒因混的毒物太多，藥師們一貫愛取蛟血為引，先將部分能化解之毒化解，拔出剩下的毒就容易很多。誰同妳說蛟血中竟會含毒？」

鳳九懵懵懂懂地看著蘇陌葉，震驚得話都說不利索，「可、可他說他中了蛟血中帶的毒，會、會那樣是因毒發身不由己之故。」

蘇陌葉給自己倒了杯茶，挑眉道：「誰同妳說這話定是在誆妳。」茶杯剛沾上唇，猛然頓住，轉頭看她道：「妳說他會那樣，會那樣是會哪樣？」

鳳九不說話。

蘇陌葉試探道：「他沒有占妳什麼便宜吧？」

鳳九的臉先白了一下，繼而兩腮透出粉來，粉色越暈越濃，一句話的工夫，已像抹了胭脂般地通紅。

蘇陌葉抽了抽嘴角。這個人是誰，他心中八分明白了。帝君。

今日他真是倒了血霉，或者說，自他承了連宋的託付進到此處遇到帝君開始，他就一直在倒血霉。帝君追姑娘的路數太過奇詭，恕他搞不明白，但要是讓帝君曉得他攪了他的好事，他會有什麼下場他就太過明白。

鳳九逆光坐在一張梨花椅上，仍呆愣著，不知在想什麼。

蘇陌葉咳了一聲，昧著良心補救道：「其實，蛟血這個東西吧，雖能化解一些小毒，但情毒卻不在此列，若是一劑情毒融進蛟血……」

鳳九手背貼著臉，臉上的紅暈退了些，淡聲道：「你想說也許那條蛟龍先中了情毒，將毒過給別人也未可知？但譬如我中了情毒，你沾了我的血，難不成也會染上情毒嗎？世上哪有這樣的情毒，陌少，你不會以為我當真如此好誆吧？」

蘇陌葉乾笑了一聲，幾乎預見到帝君將蒼何劍架在他脖子上是個什麼情景。良久，他嘆了口氣，向鳳九道：「妳從前告訴我，妳想遇到一個更好的人，一個妳有危險就會來救妳的人，救了妳不會把妳隨手拋下的人，妳痛的時候會安慰妳的人。妳有沒有想過，說不定那個誆妳的人，就是妳要找的這個人？」

鳳九愣了一愣，道：「我同他的確處得不錯，但……」

蘇陌葉道：「其實那人是誰，我大約也猜出七八分。妳是不是覺得，某些時候，他在情趣品性上同東華帝君很像？」不等鳳九回答，又道：「我想，妳不是不喜歡他，只是覺得，這就像把他當東華帝君的影子，到頭來說了那麼多次放下最終卻仍然沒能放下，妳是這麼想的嗎？」

其實蘇陌葉這一篇話，泰半是在胡謅。當然，他也曉得他胡謅得很荒謬，鳳九必然揚聲反駁，他少不得要多說許多歪理，竭力將她引到這條歪道上。她若能往他說的那些話上頭想一次，就必然會想第二次，多想幾次，說不準就相信她果然喜歡上息澤了。

這也是事到如今，他能補救帝君的唯一辦法。

鳳九沉默了片刻，片刻中，蘇陌葉喝了半盞茶，他覺得鳳九此時的沉默乃是為蓄積精力，好一氣呵成淋漓盡致地罵他一頓。這頓罵本就是他自招的，他候著。

良久，鳳九終於開口，低聲道：「啊，可能你說得對。」

蘇陌葉剩下的半盞茶直接灌進了衣領中，目瞪口呆地望著鳳九。

鳳九又沉默了片刻，向他道：「今日你說的許多，都稱得上金玉良言，令我有醍醐灌頂之感，你還有什麼要忠告我嗎？」

蘇陌葉頓時有一種神遊天外的不真實感，聲音卻很平靜地道：「哦，沒什麼了，只還有一句，若妳果然喜歡他，不要有壓力，可能因妳喜歡的本就是那個調調，恰巧帝君同他都是那個調調罷了。」

陌少離開後，鳳九在他房中坐了半天，晨光耀耀，很宜思考。方才同陌少說話時，不過半炷香裡頭，她就在震驚、憤怒、疑惑、恍然四種情緒間轉了一大圈，轉得她腦子有些暈乎，想事情想得不很清楚。她震驚於息澤誆她，憤怒於息澤竟然誆她，疑惑於息澤為何誆她，恍然於息澤誆她，可能是喜歡她。

這個恍然，初時自然將她駭了一跳，但從前她姑姑白淺教她做占卦題的訣竅，有一句名言，說她們這種沒天分的，要想在夫子眼皮底下將這一課順利過關，須得掌握一種蒙題的訣竅。排除所有已知的可能，最後剩下的那個可能，就算看上去再不可能，也是最大的可能，這就是相命占卦的訣竅。

誠然，關於是不是看上了她這個事情，息澤曾否認過。但鳳九也算是在情關跟前撲騰過的人，看事自然不再膚淺，曉得於情之一字，有那種打落牙齒和血吞型的，譬如她姑父夜華；有那種敢作敢為愣頭青型的，譬如她好友小燕；還有一種死鴨子嘴硬型的，恐怕息澤就是這一種。

她對息澤，到底如何看的，這一點，她開初沒有想明白。在她所有朋友中，息澤無疑是最有文化的一個，最有品味的一個，她對息澤自然是有好感的，否則就算藉著蛟毒的名頭，他占了她便宜要想全身而退也不大可能。當年灰狼弟弟同她玩木頭人這個遊戲時，沒留神撞了她且在她臉上磕了個牙印，她就把灰狼弟弟揍得三個月不敢同她說話。

但倘說她心中其實有幾分留意息澤，為何當初以為息澤喜歡她時，她卻那樣惶恐？她著實懵懂了一陣。直到蘇陌葉那一席話飄進她耳中，像是在她天靈蓋上鑿了個洞，一束通透之光照進她腦海，雖痛，卻透徹。她深覺陌少不愧是陌少，可能她心中的確是這樣想的。而陌少最後對她的那句提點，更似一陣清風拂過她心中，將方才那束通透之光尚未除盡的些許迷霧一應吹散。陌少有大智慧。

瞬間，她覺得自己澄明了。

不錯，她對息澤的一些熟悉之感，乃是因他同東華帝君都是一種調調，但她對息澤的好感，卻並非東華帝君之故，因她喜歡的就是這個調調，碰巧他們都是一個調調。

陌少說得有理。或許息澤，正是自己要找的那個人。

她想想，自己身上還背著什麼債？

首要是葉青緹。水月潭中，同戰過蛟龍的息澤一別後，她在袖中發現了裝頻婆果的錦囊，曉得此時這個外殼果然是自己的原身。頻婆果安然無恙被她好好藏著，就待走出梵音谷後，能以此果復活葉青緹，屆時，她欠他的債，就算還清了，為他守孝的諾言也可廢止了。

再者是……東華的名字浮上她心頭。她愣了一愣，帝君著實給了她許多恩，當然也令她吃了許多苦頭。不過，此時他既已同姬蘅雙宿雙飛，她要做的，該是大度一些，祝他二人能長長久久。帝君同她其實已不再有什麼瓜葛，若干年後他若想起她，大約印象中不過是位挺能逗樂的舊年小友。

她透透徹徹想了一通，自覺身上的確沒背著什麼人情債了，既如此，她一心想遇到的一個人從天而降了，為何不趕緊逮著？

息澤他嘛，不過就是死鴨子嘴硬些，不過連東華帝君這麼難搞的她都嘗試過了，息澤還能比東華更難搞嗎？如此一想，她淡定地喝了一口茶，頓覺很有把握。

三日後，橘諾出王都。當日靈梳台上橘諾受大刑動了胎氣，傾畫夫人百般懇求，上君方發了個善心，允她滯留王都一些時日養胎。

鳳九從陌少處聽聞當年阿蘭若做過人情，令沉曄同橘諾相見最後一面，故而前些日便打點好刑官，在城外一條清清小河旁，為二人排了一齣送別戲。據說當年阿蘭若其實並未跟著去，但她閒來無事，覺得跟去瞧瞧熱鬧應該沒有什麼。

殘陽餘暉照進河中，河畔楊柳依依。比翼鳥一族盛行的遊記中描繪的那些感人場面，譬如折柳相贈淚灑滿襟之類，全然沒有見到。

橘諾形銷骨立，立在一株垂柳之下，沉曄站得挺開，遙望著河對岸。大鬍子刑官站在他們身後三四步，目光如炬射向二人，前頭兩人長久無話。

鳳九嘆息世間竟有人沒有眼色至斯，任誰被個外人這麼目不轉睛盯著，恐也說不出什麼掏心窩子的話。她嘆息一聲，招呼大鬍子刑官過來幫她試茶。她前一陣在息澤處學到一個野地飲茶的樂趣，順道捎帶了套茶具出來練手。

果然大鬍子前腳剛抬，後腳處橘諾便有了動靜，她話說得小聲，無奈鳳九一雙狐狸耳朵尖，輕言細語隨風而來入她耳中，十分清楚。

她說的乃是一句悔悟之言，「表哥的情意今生只能辜負，卻是我太不懂事，如今我已配不上表哥，只望……只望在此結下來世盟約，若有來世，定不相負。」

鳳九手上頃刻爆出一層雞皮，分茶的手都有些抖，她豎起耳朵，想聽聽沉曄的反應。她耳朵豎了片刻，但沉曄在片刻之間，沒有任何反應。良久，才似疑惑道：「我對妳，有什麼情意？」

橘諾的聲音中含著一絲不穩，「你、你說我是你從小一起長大的妹妹，就算我做錯了事，卻不能放任不管。你並非愛管閒事的人，明知救我有什麼可怕後果，卻以身犯險，這些，難道不是因表哥你對我……」

沉曄淡淡道：「救妳是為妳父親全下一條血脈，知恩不報枉為君子，妳要感謝妳父親對我施有大恩。」

橘諾不能置信道：「那為何你今日來送我，不是、不是不捨我嗎？」

沉曄道：「藉機出來走一走罷了。」

橘諾顫聲道：「你、你從小便不喜婞棣和阿蘭若，但對我卻最好。」

沉曄蔑然道：「妳母親身上的血不貞不祥，我早該知道，妳和婞棣一母所生，自甘墮落，本該沒什麼不同，從前我高看了妳。」

橘諾氣得發抖，聲音中含著哭腔，「若我是不貞不祥，阿蘭若呢？她也同我一母所生，已嫁於他人卻仍來招惹於你，不更是不貞不祥、自甘墮落？你卻甘願為她所囚……」

沉曄冷笑道：「我就是甘願為她所囚，妳要如何？」

鳳九豎著的耳朵冷不丁一顫，手撐著下巴免得它掉地上。刑官擔憂地上前道：「殿下可是牙痛？」鳳九搖頭遞給他一杯分好的茶，又指了指河邊，意思是他喝完了可以上路了。

今日來瞧熱鬧，果然瞧到好大一個熱鬧。她著實沒料到沉曄救助橘諾其實還有這層隱情，但這也挺合他的性子。沉曄確然不是個憐香惜玉之人，一張嘴能將人傷到什麼地步，鳳九感觸頗深，此刻遙望橘諾在風中顫抖得似片枯葉的身影，心中簡直要溢出同情。

橘諾走得落魄，沉曄負手在河畔看風景，王城外頭，山是高山，水是流水，比之府裡頭那些琢磨出來的小景，自然要曠達些。

鳳九思索，方才沉曄同橘諾動了口舌，或許口渴，是否該邀他過來喝杯茶潤嗓。打招呼的話一出口，卻有些後悔，依照沉曄開初時對阿蘭若的厭惡，多半不會過來，她是白招呼了。這麼一想，頓覺訕訕的無趣，預備把剩的半壺茶倒掉，將茶具也收一收。

不料沉曄竟走過來了。不僅走過來了，還盤腿坐下了。不僅坐下來了，還坐在她正對面，抬手向她，「妳說的茶呢？」

唱戲這上頭，鳳九不愧是有經驗的，迅速地進入角色，道：「啊，在此在此。」將一只剛倒滿熱茶的小盞遞過去。

為演得逼真，以示阿蘭若對沉曄的上心，鳳九還在頃刻間籌出了兩句關懷言語，他唇沾杯沿時，擔憂地道：「我才剛煮好不久，恐有些燙，你先吹吹……」他飲湯入喉時，又期待地道：「這個茶沒什麼新鮮，粗茶罷了，但煮茶的水卻是從荷葉上採集的荷露，你嘗嘗看喝得慣否？」沉曄放下茶杯，神色高深地看著她。她淡定地遞過去一張絲帕，繼續她的關懷三步曲，寵溺地道：「方才喝茶時是有些心不在焉嗎？瞧，嘴角沾了茶漬，用這個揩一揩……」

沉曄瞧了她一會兒，接過絲帕，話音中含著一絲譏誚，「我搞不懂妳，前幾日還聽聞妳同息澤神君鶼鰈情深，是如今宗室中貴族夫妻的典範，今日妳卻來如此關懷我，卻是為何？」

鳳九心中咯噔一聲。原本阿蘭若的時代，息澤從未出過歧南山，蘭沉二人的故事與他也並無什麼相干。但此番她卻忘了，息澤是個變數。陌少曾告誡她，旁的事她想如何便如何了，但阿蘭若同沉曄的關係，還須她務必照著從前的來盡力，因這條線極關鍵，保不準便是日後結局的引子。

鳳九握住沉曄的手，無限真誠地道：「我同息澤嘛，不過逢場作戲罷了，對你……」方是真心四個字即將脫口而出，因突然想起這個時段阿蘭若不過暗中戀慕沉曄罷了，這段情並未擺上檯面來，又趕緊咬回舌中。

事有湊巧，茶茶領著突然回府的息澤來河畔找鳳九時，二人遇到的，正是這一幕。

當是時，楊柳拍岸，和風送來，茵茵碧草間一桌茶席，沉曄與鳳九相對而坐。鳳九隔著茶席牢握住沉曄的手，一雙眼睛含著無限柔情，正低聲絮語什麼。

彼時茶茶的腦子其實是昏的，瞧身前的息澤走近了幾步，自己也尾隨走近幾步，便聽到自家殿下的聲音飄進耳中，「息澤是個好人，或許逢場作戲四個字我方才用得不大準確，但你那些話委實令我著急，我同他確然只是一些互幫互助的情誼，我可指天發誓，同他絕無什麼。此前沒有什麼，此時沒有什麼，將來也斷不可能有什麼，你信我嗎？」

茶茶沒來得及琢磨鳳九一番話說的是什麼，單聽她這個軟軟糯糯的聲兒，骨頭已酥了一半。無意中打了個噴嚏，偏頭時瞧見息澤的臉色，卻有些愣住。神君一張臉雪白，眼神冷得像凍了幾千年的寒冰。

茶茶戰戰兢兢地轉回頭，瞧見茶席中方才正低語的二人看著他們，一個冷淡一個驚詫，想來是被方才她那個噴嚏驚動了，這才發現了他們。

茶茶打眼一瞟，殿下的手仍覆在沉曄的手背上，殿下眼中雖有驚訝，但方才過多的柔情尚未收回去，仍徐徐迴盪在剪水雙瞳中。且殿下今日一身紅衣，同一身白衣的沉曄坐在一處，瞧著簡直像一對璧人，天造地設，何其般配。

息澤的目光凝在他們那一處片刻。她從未見過神君臉上有那種表情，但到底是種什麼表情，她也說不上來。神君向前跨了一步，又停了，看了靜坐不動的二人片刻，沒說什麼，卻轉身走了。她記得從前神君的背影一向威儀，縱有天大的事他腳下的步子也是不緊不慢，自有一種風度，此時不曉得為何卻略為急迫。

茶茶呆在原地，自覺此時不宜跟上去。她聽到沉曄意味深長向她主子道：「既然你們沒什麼，他為何要走？」

她聽到她主子殷切但含糊地道：「啊，我同息澤的確沒有什麼，你不用拿這個試探我，或許他覺得打攪了我們飲茶賞景所以走了吧。還是你覺得飲茶人多些更熱鬧？如果你喜歡更熱鬧些，我去把他叫回來。」

茶茶看見神君的背影頓了頓，她有一瞬間覺得神君是不是要發作。但只是一晃神的工夫，神君已消失在了他們的視線中。茶茶回憶神君的背影，覺得神君不愧為神君，就算是一個背影也是玉樹臨風，但風可能大了點，將這棵臨風的玉樹吹得有些蕭索。茶茶的心中陡然生出一種同情。

鳳九瞧著窗外頭像是從天河上直潑下來的豪雨，出了一陣神。

午後野地裡那一齣，她敬佩自己眼睜睜瞧著息澤甩手而去，仍能一邊安撫地陪著沉曄吃完後半頓茶，再安撫地將他送回孟春院中。這便是她的敬業了。她當時的處境，正如一個逛青樓找姐兒的風流客，遇到自家的潑辣夫人殺進來捉姦。她覺得，便是個慣犯，也不定能將這檔子事圓得比她今次更如意些。她一面覺著情聖這個東西不好當，一面又覺著自己似乎當得挺出色，是塊料子。

沉曄回孟春院後，她去找了息澤半日，直找到瀟瀟雨下也沒找著息澤的人影，她就回來了。據她猜測，息澤是醋了，但他一向是個明理的人，給他解釋也不急在這一時。對付沉曄這個事挺費神，她須留些精力，倘被雨淋病了就不大好了。

茶茶拎個燭台擱在窗前，瞧著豪雨傾盆的夜空，擔憂地向鳳九道：「此時雨這樣大，神君定要被淋壞了。」

鳳九打了個呵欠道：「他能找著地方避雨，這個不必擔憂。」

茶茶唏噓道：「殿下找不著神君，定是神君一意躲著殿下了。他定是既想見到您，又怕見到您。既想見到您同他解釋您同沉曄大人沒有什麼，又怕見到您同他解釋您確然同沉曄大人有一份情……」

鳳九道：「他不是個這麼糾結的人吧……」

茶茶嘆了口氣道：「想想神君大人他走在荒無人煙的野地中，此刻天降大雨，但神君大人心中早已被震驚和悲傷填滿，還能意識到下雨了嗎？冷雨沉重地打在他的身上，滲進他的袍中，雖冰冷刺骨，跟心底的絕望相比，這種冷又算得了什麼呢？」

鳳九道：「他不會吧……」

茶茶幽怨地看了鳳九一眼，「待意識到下雨的時候，神君大人定然想著，若是這樣大的雨，殿下您仍能出現，與他兩兩相對時他定然將您擁入懷中，縱然您狠狠傷了他他也全不在意了。可殿下您……」她再次幽怨地看了鳳九一眼，「殿下您竟因為天上落了幾顆雨，就俐落地打道回府了。您這樣將神君大人置於何地呢？他定然感到萬分淒慘悲苦，恨不得被雨澆死了才好呢。」

鳳九有一種腦袋被砸得一蒙的感覺，道：「他不至於這樣吧……」

茶茶打鐵趁熱地道：「殿下要不要再出去找一找神君？」

鳳九試圖在腦中勾勒出一幅息澤神君在雨中傷情的畫面，倒是出來一幅他一邊賞雨一邊涮火鍋的畫面。雨中傷情這檔子事，怎可能是息澤幹得出來的事？她暗嘆茶茶的多慮，咳了一聲道：「我先睡了，息澤嘛，想必他早睡了，明日雨停了我再去找他。」

茶茶一口長氣嘆得百轉千迴，恨鐵不成鋼地搖了搖頭，轉身幫她鋪被去了。

窗外風大雨大，鳳九模糊想著，近日出了幾個大日頭，來場雨正好將天地間的昏茫氣洗一洗，冷雨敲著窗櫺，她漸漸入眠。睡到半夜，卻陡覺床榻一矮，一股濕氣撲面而來。她今夜原本就睡得淺，驚醒的瞬間一個彈指，帳外的燭台驀地燃亮。

昏黃燭火些微透過薄帳，能勉強照出個人影。息澤神君閉眼躺在另一半床榻上，周身都冒著寒氣。覺察有光照過來，他眼睛不大舒服地睜開，目光迷茫了片刻，定在縮於床角攏著衣襟的鳳九身上，道：「妳在這裡做什麼？」

鳳九看了他一陣，無言地道：「這個話，可能該我來問要好些。」

息澤的目光中露出不解，她打了個呵欠道：「因為這個是我的床。」瞧著息澤今夜像是諸事都慢半拍的模樣，奇道：「你是不是早回來了？怪不得在外頭找了你一下午沒瞧見人影。你是住在東廂還是西廂？此時逛進我房中……是夢遊逛錯房了嗎？」

息澤靜了半天，道：「在外頭散步，忘了時辰，剛回來，沒留神走錯房了。」

窗外仍有呼嘯的風聲雨聲，鳳九一個激靈，在床頭扒拉半天，扒拉出個貝殼撥開，房中立時鋪滿柔光。鳳九此時才瞧見息澤一身像在水裡頭泡過一般，連床榻上他身下的被面都被身上的水浸得濕透。

鳳九呆了一呆，茶茶神算子。

她伸手握上息澤凍得泛青的手指，像是握上一個雪疙瘩。

鳳九咬牙道：「這麼大的雨，你就不曉得躲一躲，或化個仙障出來遮一遮你都不會了？」

息澤閉著眼睛小寐道：「我在想事情，沒留神下雨了。」

鳳九從他身上跨過去。
息澤一把握住她的手，語聲中透著疲憊道：「何必急著躲出去避嫌，我都這樣了能對妳做什麼？」
鳳九掙了掙。
息澤道：「我不會對妳做什麼，我頭暈，妳陪我一會兒。」
鳳九額頭上青筋跳了一跳，「避你大爺的嫌，陪你大爺的一會兒，澆了五六個時辰的雨，你頭能不暈嗎？我去搬澡盆放洗澡水給你泡泡，你還動得了就給我把衣裳脫了團個被子捂一捂，動不了就給我待著別動。」
息澤道：「我動不了。」
鳳九挽著袖子在屏風外頭一邊搬澡盆一邊道：「那你就穿著衣裳泡。」
息澤沉默了半天，道：「又能動了。」
有術法的好處就在這裡，即便半夜僕役小廝們都安眠了，也能折騰出一盆熱氣騰騰的洗澡水。鳳九將手臂浸進去試了半天水溫合不合宜，又拿屏風將澡盆圍了，搬個小凳子背身坐去門口，方招呼息澤可以去泡泡了。
聽到後頭劈里啪啦一陣響動，鳳九疑心息澤是否撞到了桌椅，但此時若他已寬了衣……她克制住了扭頭去關懷他的衝動，直待屏風後頭傳出水聲。方轉身搬著凳子移去屏風附近坐著，以防息澤有什麼用得著她的地方。
比翼鳥族因本身就是個鳥，不大愛在屏風器物上繪鳥紋做裝飾，眼前排成一排的幾盞屏風乃用絲線織成，上頭繡著靜心的八葉蓮。但此時裊裊水霧從屏風後頭升騰起來，連綿的八葉蓮似籠在一片霧色中，瞧著竟有些妖嬈。

鳳九掐了把大腿，就聽到息澤的聲音從屏風後頭飄過來，「我散步的時候，在想妳寫給我的那封信。」

鳳九莫名道：「什麼信？」

屏風後水聲暫停，息澤道：「妳說借我的名於靈梳台救下了沉曄，因妳覺得他對橘諾情深且有義氣，挺讓妳感動。」

鳳九終於想起來和著糖狐狸一道送給息澤的那封關乎沉曄的信，大約很寫了幾句冠冕的話，但其實她已記不得信中具體寫了些什麼，也不曉得息澤突然提起此事是何意，只得含糊道：「啊，是有這麼回事。」

息澤道：「我開始是信了的，因我覺得，妳不會騙我。」

鳳九一顆心瞬間提到嗓子口，這話說得，難道他已曉得自己並非阿蘭若，且曉得了自己同陌少正幹著什麼勾當？一顆冷汗滑落腦門。

息澤繼續道：「原來妳是因喜歡他才救他。」他低沉的聲音籠在霧色中，聽得不真切，鳳九心中卻陡然鬆落，他原來是這個意思。她一抹腦門上的冷汗，頓感輕鬆地接口道：「我的確沒有騙你，你想太多了。」但因她提起的心猛然放鬆，聲音中難免帶著一種輕快，聽在息澤的耳中，似乎他提起沉曄這個名字，都讓她格外地開心。

又是一陣難言的沉默。

息澤緩緩道：「妳從什麼時候開始喜歡他的？」不及她回答，又道：「因他在九曲籠中救了妳，而我沒有趕到？妳想要一個妳有危險能趕去救妳的人，妳覺得他才是那個人是不是？」

鳳九一下精神了，息澤此前口口聲聲說他二人不過知心好友，這是知心好友該說出的話嗎？再則，她想要個什麼樣的人，她記得此話只同陌少略微提過，怎麼此時倒像是人人都曉得她想要個什麼人了？

嘴硬的死鴨子，有要開口的跡象。她得意地清了清嗓子，意欲激得息澤開口開得更確鑿些，道：「你是我的知心好友嘛，我有危難時你著實無須第一個趕到，你瞧，你同沉曄又不一樣。」

她等著息澤來一句捏心窩的話，屏風後頭卻良久沒有聲音。她等了許久，屏風後靜得不正常，連個水聲都沒有。鳳九心中咯噔一下，他此時頭昏著，不會是暈在水裡頭了吧。

也顧不得計較息澤此時光著，她一兩步跨過屏風。因她方才加了乾薑透骨草之類有助於驅寒的藥草，澡湯被藥草浸得渾濁，桶面上未瞧見息澤。

鳳九喊了兩聲，水中沒有回應。她顫抖著兩步跨近桶旁，顧不得挽袖子，朝水中伸手，碰到個硬物，一撈一拉一提。息澤破水而出，半邊身子裸在水面上，一隻手被她拽著，一隻手攏著濕透的長髮，皺眉看著她。明珠柔光下，水珠在他裸露的肌膚上盈盈晃動，鳳九將目光從他鎖骨上移到他脖子上，再移到他臉上，克制著就要漫上臉的紅意，假裝淡定地道：「嚇我一跳，你躺在水底做什麼？」

息澤淡然道：「想事情，妳太吵了。」

鳳九捏著他胳膊的手僵了一下，她方才還拿定，他是對她有意，此時他說出這等話，她卻拿不準他究竟是有意還是無意了，或許近日其實是她自作多情，息澤行跡雖古怪，但其實他對自己並無那個意思？因她感情上的軍師小燕壯士不在此地，不能及時開解她，她茫然了一瞬，訕訕放了他的手，道：「哦，那你繼續想，泡好了穿上衣裳回東廂吧，我先去東廂將床被之類給你理理。」

她轉身欲走，露出袖子的手臂卻被息澤一把握住，身後傳來壓抑的啞聲，「沉曄哪裡比我好？」

鳳九在原地呆了一呆，倘他沒有嫌過她煩，她會覺得他多半是醋了，但此時，她卻搞不明白了。若就這個問題字面上的意思……她想了片刻，誠實道：「這個我卻沒有比較過。」她從未對沉曄有過非分之想，自然不會將他同息澤比較。但此話聽在息澤的耳中，卻分明是她對沉曄一意鍾情，不屑將沉曄與旁人比較。屋中一時靜極，吐息間能聽得窗外的風聲。鳳九覺得喉頭不知為何有些發澀，掙了掙手臂。

忽然一股大力從臂上傳來，她一個沒站穩驀地跌倒，澡盆中濺起大片水花。鼻尖縈繞驅寒的藥草香，溫水浸過她貼身的長裙，肩臂處的薄紗被水打濕，緊貼在雪白肌膚上。鳳九動了一下，驚嚇地發現自己坐在息澤腿上。息澤的臉近在咫尺。

這麼一個美男子，長髮濕透，臉上還帶著水珠，平日裡禁欲得衣襟恨不得將喉結都攏嚴實，此時卻將整個上半身都裸在水面上，深色的瞳仁裡像在醞釀一場暴風雨，神色卻很平靜。

鳳九的臉紅得像個番茄，坐在他腿上，一動不敢動。這個陣仗，她著實沒跟上，不曉得唱的是哪齣。

息澤空出的手撫上她的臉，低聲道：「沉曄會說漂亮話逗妳開心？說妳長得好，性格好，又能幹？」他停了停，盯著她的眼睛，「妳想聽的這些好聽話我沒說過，也說不出。但我對妳如何，難道妳看不出？」

鳳九平調啊了一聲，片刻，恍然升調又啊了一聲。

前一個啊，是聽完他的話腦子打結沒聽懂的敷衍的啊，後一個啊，是想了半刻排除各種可能性終於明白了他在說什麼，卻被驚嚇住的啊。

兜兜轉轉，他果然，還是那個意思嘛。

鳳九強壓住就要怒放的心花，面上裝得一派淡定。

良久，息澤續道：「我沒想過來不及，沒想過妳會不要我。」他這句話說得實在太過自然，彷彿果真是鳳九將他拋棄讓他受了無限委屈。

鳳九接道：「因此你就醋了，就跑出去淋雨？」

息澤仰頭看著房頂，「我在想該怎麼辦，結果沒想出來該怎麼辦。除掉沉曄或許是個法子，但也許妳會傷心。」

鳳九欣慰道：「幸好你還慮到了我會不會傷心，沒有莽撞地將沉曄除掉。」

息澤淡淡道：「妳雖然讓我傷心，我一個男人，能讓妳也傷心嗎？」

鳳九倒抽一口涼氣，「你竟說你不會說好聽話。」

息澤頹廢道：「這就算是句好聽話了？」

說話間，澡盆中的水已有涼意，鳳九瞧息澤的情緒似乎有所緩和，大著膽子手腳並用地爬出澡盆。息澤神色有些懨懨地靠在盆沿，沒再攔著她，也沒多說什麼。

鳳九立在澡盆外頭，居高臨下看著息澤，這種高度差頓時讓她有了底氣，心中充盈著情路終於順暢的感慨和感動，方才在澡盆中的侷促與膽怯一掃而空。息澤這個模樣，醋得不是一般二般，她覺得自己挺心痛。但誰讓他此前死鴨子嘴硬來著？

施術將水又溫了一溫，她神神秘秘靠過去，在閉目養神的息澤耳畔輕聲道：「你醋到這個地步也好歹收一收，我親口說過我喜歡沉曄了嗎？」息澤的眼睛猛地睜開。她的手搭上他肩頭，像哄孩子，「下午不過一個誤會罷了，我這麼喜歡你，又怎麼會不要你。」說完，在他臉上親了一口，心中滿是甜蜜。息澤還沒反應過來，她倒是先打了個噴嚏，察覺紗裙貼在身上浸骨地涼，趕緊邁過屏風換乾衣裳去了。

鳳九今夜，對自己格外佩服，如此簡單就將息澤拿下，自己逾千年練就的，果然是一手好技術，不比隔壁山頭的小燭陰差了。

此時只還一樁事令她有些頭痛。她這個阿蘭若，是假的，自然不能一生待在此境，但息澤卻是此境中人，屆時如何將他帶出去？不曉得他又願意不願意同她一道出去？

她想了一陣，又覺此事不急於一時，便也懶得想了，一面哼著小曲兒一面將方才被息澤躺得濕透的床舖換一換。二人如今已心意相通，他人又還暈著，自然無須大半夜地另搬去東廂，便在此處歇著，她同往常一般在床邊搭個小榻即可。

息澤估摸還需再泡一泡，她收了明珠，只將一盞燭台挪到屏風旁留給息澤，因想著大半夜的，倘息澤出來她也有點不好意思，不曉得該說什麼，便爬上小榻先行歇著，意欲裝睡。

裝睡，這個她挺在行。

她聽見有窸窣的腳步近在榻前，恍眼間燈燭皆滅，小榻外側一矮。息澤沐浴而歸，同她搶睡榻來了。她原本側身靠裡躺著，此時只覺後背沾上一片溫熱，氤氳水汽似乎被帶到榻上，夾雜一些藥草香和白檀香，不知為何竟生出些纏綿意味。

鳳九捏著被子糾結，此時她是繼續裝睡，還是提點息澤一句，大床的被褥她已挑了乾燥的替他換了，讓他躺到大床上去？

所幸息澤沒有更深的動靜，只拉了個被角搭在自己身上，低聲向她道：「既然對沉曄無意，下午為何同他說那些話？」

鳳九在心中長嘆，你問得倒直接，不過對不住，我睡著了。

息澤的手貼上她的肩，聲音極輕，幾乎貼著她耳畔，道：「想不想知道裝睡會有什麼後果？」

鳳九似被明火燙到，瞬間滾到睡榻邊兒上，口中不自然地打著哈哈道：「那個嘛，我同沉曄唱台戲激一激你罷了，沒想到你這樣經不得激。」

這誠然是篇胡說，但此時並非說實話的良機，況且息澤也像是信了她這個胡說。想起息澤喝醋的種種，著實令她憐愛，但也有些好笑，她抿著嘴笑話他，「這個也值得你醋成這樣，往後是不是我多和誰說幾句話，你都要醋一醋？忍這個字是個好字，你要多學一學。」

一隻手隔著被子撫上她的臉頰，息澤輕輕嘆息了一聲，「我沒有吃醋，我是怕來不及。」

鳳九一時啞住了，熱意立時浮上面龐。此時最忌沉默。她假裝不在意地翻了個身，背對著息澤道：「哪有那麼多來不及，這個上頭，你就不如我想得開了，我講個故事給你聽，你就曉得你要向我學一學。」

她咳了一聲，果然拿出講故事的腔調來，道：「在你之前，我喜歡過一個人，看月令花時我同你提過，想必你也曉得。為了接近他，我當年曾扮成他的一個寵物。初時他對我還挺好的，但後來他有了一個未婚妻，事情就有些不同了。我被他未婚妻欺負過，還被他未婚妻的寵物欺負過，他都向著他們。不過就是到這個境地，那時候我一心喜歡他，我都沒覺得我來不及過。」

講完這段過往，她唏噓地靜了一陣，又咳了一聲，數落躺在另一側的息澤，「這個故事吧，雖然是個挺倒霉的故事，但於你也算是有一點借鑑的意義，你看你醋了我就出來找你，你被雨澆了我就給你調配泡澡的驅寒湯，就這樣你還說來不及，那我……」

剩下的話卻被她嚥進了喉嚨，息澤從她身後抱住了她，低聲道：「他是個混帳。」她驚訝地屏住了呼吸，什麼也說不出。他今夜行止間不知為何格外溫存，將她攬在懷中，手臂環著她，像她是什麼不容遺失的絕世寶物。窗外狂風打著旋兒，這個擁抱卻格外地長久。

今夜可能會發生什麼，她不是沒想過。她雖滿心滿意喜歡著息澤，但對圓房這個事，卻本能有些畏懼。

房中只聞彼此的吐息，良久，她感到腦後的長髮被一隻手柔柔撥開。近日她被子蓋得厚，夜裡就穿得少，身上只一條紗裙，顧及息澤在房中，才在紗裙外頭又隨意罩了個煙羅紫的紗衣。此時，紗裙紗衣卻隨著息澤的手一併滑下肩頭，裸出的肌膚有些受涼，她顫了一顫。

一個吻印在她光裸的肩上，她能感到他的嘴唇沿著她的頸線一路逡巡，她能感到他近在咫尺，有白檀的氣息。雖然房中漆黑不能視物，他的手卻從容不迫滑到她身前，解開紗袍的結帶，滑入她貼身的長裙，帶著沐浴後特有的溫暖，撫過她敏感的肌膚，指間的沉著優雅，像是寫一筆字，描一幅畫，彈一支曲子。

鳳九覺得自己像是被架在一口大鍋上，用文火緩緩熬著，熬得每一寸血都沸騰起來，她有些受不住地喘息，伸手想攔住他貼著她肌膚遊走作亂的手指，握上他的手臂時，卻使不出一絲力氣。

今夜他的行止全在她意料之外，她攢出聲音來想要拒絕，剛模糊地叫出他的名字，唇就被封住。此時不僅血燒得厲害，連腦子都被熬成了一鍋糨糊。她記得他們之間有過幾個吻，但都不像此時這樣，兇猛地舔吻噬咬，將人引得如此情動。對了，情動。

她一隻手抵在他赤裸的胸前，一隻手攀住他的肩，被他吻得暈暈乎乎，還能分神想他今夜袍子穿得著實鬆散。她瞧不見他的模樣，伸手觸及他的胸膛堅硬溫暖，卻並不平滑，像有些瘢痕，無意識地用手摩挲那一處，卻引得他在她腰腹脊背處輕柔撫弄的手指加大了力道，他吻她吻得更深。

壓抑的喘息中，一絲愉悅攀上她的腦際，她迷糊地覺得似乎片刻前想過要將他推開。為什麼要將他推開？她想不出這個道理，只是一遍一遍回應他的吻，血液中的灼熱令她亟待找到一個出口，直到衣衫褪盡同他肌膚相貼之時，那微帶汗意的濕潤和溫暖終於令她有些舒緩。

從前，她聽說過這樁事有些可怕，此時卻不覺有何可怕之處，眼前這銀髮青年的親吻，明明令人極為愉悅。她不知接下來會如何，只覺得無論發生什麼，都應當是水到渠成之事。

但縱然如此，當他進入到她身體時，她仍感到震驚。他的喘息帶著好聽的鼻音，近在她耳畔，身體裡生出一種微妙的疼痛，方才還不夠用的糨糊腦子眼看要有清醒的跡象，他的手指卻以絕對的克制在她敏感的身體上煽風點火，吻也如影隨形而至。

那些撫摸和親吻帶來的舒緩將原本便不太明顯的疼痛驅散開來，他汗濕的額頭抵著她的額頭，問她：「痛嗎？」聲音沉得像暴風雨前的陣風，尾音像一把小鉤子，令她的心顫了顫。她委屈地點了點頭，手卻罔顧意志地攀上他的肩，牢牢抱住他，在他耳邊哭腔道：「有些疼。你淋了雨，不是頭還暈著嗎？」他的手攬過她的腰，沙啞道：「不管了。」

一夜豪雨過，次日豔陽天。晨光照進軟榻，鳳九攏著被子坐在睡榻的一側，睡榻旁靠了盞座屏擋風。榻上的青年側身熟睡，髮絲散亂於枕上，綢被搭在腰間，銀髮被含蓄的日光映出冰冷柔軟的光澤，襯著熟睡的一張臉格外俊美，鳳九的臉就紅了。

咯咯，昨夜，她同息澤圓房了。圓房這個事，其實也並不如傳聞中的可怕嘛。的確初始是有些痛，但與和人打架白刀子進紅刀子出的痛比起來，著實無足掛齒，況且後來也就不痛了。她隱約記得她哭過一回，但也不是為了那個哭。生於民風曠達的青丘，她覺得這沒有什麼，從前為了東華帝君而將自己搞得那樣清純，才更令她那些知情的親族琢磨不透。

她覺得同息澤圓房，這很好，她既然喜歡息澤，息澤也喜歡她，做這樣的事實在天經地義不過，就是、就是有些突然。但這也有好處，她此前還有些擔憂，真相大白之時息澤不願和她一起離開此境，此番他徹底占了她的便宜，還賴得掉嗎？想到此處，她備受鼓舞。

這個人，是她的了。

她就有些振奮地靠過去，綢被的窸窣聲中，息澤仍沒有動靜，看來他著實睡得沉。她將被子往他身上再搭了些，伸手理了理他的銀髮。沒想到他竟然迷糊地開了口，「為什麼不睡了？」她紅著臉輕聲道：「因為風俗是圓、圓房的第二天要早點起來吃紫薯餅啊。」他仍閉著眼睛，唇角卻有一點笑，聲音帶著睡意，「妳想讓他們都知道，我們昨天才圓房？形式之類，不用拘泥了。」伸手胡亂摸索到她的手，牢牢握住，「再陪我睡一會兒。」她就躺下來，同他十指交握，在這大好的晨光中，滿心滿足地閉上眼睛，同他繼續睡回籠覺了。

第八章　她的一生

凡人有句詩，提說春日的短暫，叫作「鳥歌花舞太守醉，明日酒醒春已歸」。當年鳳九從她那位性喜文墨的老爹處聽得這句詩時，難得展現出了她於文墨上的悟性，說這個凡人感嘆春日短暫，乃因春天是四季中最好的時節，好東西大抵令人沉溺，也就覺不出時光的流逝，恍然回頭，總覺短暫。她說出這個話，令她老爹如遇知音，那一陣子看她的眼神尤其特別地安詳。

今日將息澤神君丟出府門，遙望神君遠去的背影打呵欠時，鳳九就有點惆悵地想起了這句詩。酒醒春已歸，她同息澤此番相聚雖不致如此短暫，但這六七日著實稍縱即逝，如同一場春醉。

她本心其實想將息澤留得久些，但這難免對陌少有點殘忍。昨日陌少傳給息澤一封長信，不意被她瞧見，信中可憐巴巴道他正打的那件法器到了收尾之期，此種高妙法器，成相之日最為兇狠，尾收不好，此前耗進去的精力白搭不提，可能還會被它反噬，茲事體大，請神君務必早日回宮操持。

信末還聲聲淚字字血地問了一句，他前幾日傳給神君的統共十一封長信，神君是沒收著呢還是收著卻當廢紙點燈燭去了。

她當時便想起了這幾日夜裡，燈燭中若有若無飄出的墨香味，心中不禁對陌少生起一點同情。

本著一顆同情和大義之心，次日，她俐落地將息澤從府裡頭丟了出去。

將息澤丟出去，的確有些可惜，她跟著息澤這幾日，在王城各處胡混得有滋有味，過得不知比從前有趣多少。

譬如息澤領她垂釣，她其實對垂釣這樁事沒什麼興趣，原本想著遷就遷就他罷了，但一路遊下來，卻是她玩鬧得最有興致。息澤備了葉樸素的小木船，船頭擱了小火爐和一應裝了油鹽醬醋的瓶罐，帶著她順水漂流，欣賞城郊春日的盛景，近午時將小船定下來，他釣魚時她溫酒，魚釣上來她洗揀洗揀便做出來一頓豐盛大餐。用過午飯他將船划進附近的荷塘，就著荷葉的蔭蔽，他看書她就躺在他懷中午睡，日光透過荷葉縫斑斕地照在她臉上，她就將頭埋在他胸前緊緊貼著。

他愛握著書冊無意識地撫弄她柔軟髮絲，從前她作為一隻小狐狸在太晨宮時，東華帝君也愛這麼折騰她的毛皮，彼時她作為一頭靈寵，覺得挺受用挺安心，此時息澤這個動作，不知為何卻讓她安心之餘更覺貼心。她琢磨大約這就是心意相通的不同，又嘆服心意相通是多麼神妙的四個字。

因息澤是個視他人蜚短流長如浮雲之人，諸如領她垂釣、帶她賞花、陪她看雜耍之事，他大大方方就做了，也未曾想過喬裝遮掩一二，難免碰到熟人將他們認出來。於比翼鳥族而言，貴族夫婦春日裡外出遊樂著實算不得什麼稀奇事，但旁的夫婦們出遊更多為炫耀排場，似他們這種二人徒步遊長街的，確有不同。沒幾日，前神官長大人與二公主殿下夫妻情深之名便傳遍了整個王都，中間鳳九去宮中請過一趟安，君后瞧著她的眼神都有些不同。

這個事情，宮中如何傳的鳳九不大放在心上，她只隱隱擔憂，不能讓沉曄曉得。鳳九覺得，照凡間一句俗諺，她這種行徑就是吃著碗裡的，瞧著鍋裡的，乃是混帳所為。但她既應了陌少，心中縱然愧疚，也只能一心一意當一個好混帳。好混帳是什麼樣？先生們雖沒教過，好在有天上的連三殿下可供參詳。

沉曄的召喚在第三日午後傳來，是他院中的老管事過來遞的話。鳳九剛從午睡裡頭起來，對這個召喚有些一頭霧水。陌少的故事裡頭，沉曄他似乎沒主動請過阿蘭若去孟春院？還是說其實從前沉曄請過，只是陌少不曉得，或是忘了同她提說？她揣著這個疑問，以不變應萬變之心，入了孟春院，繞過小石林，上了波心亭。

亭中此時杳無人煙，空曠石桌上卻擱了只琉璃罐。午後昏茫的日光照來，將罐中翻騰的銀白霧色鑲了層金邊，約莫罐子施了結界，洶湧霧色始終無法從罐中逸出。

鳳九好奇心切，手撫上罐身，徹骨冰涼立時襲上頭腦。她一顫，想將手收回來，罐子卻像黏在手上。鳳九有些驚詫，一時只注意罐子去了，也未留神身周的動向，直到一個聲音在跟前響起，「可感到熟悉？」鳳九抬頭，迎上玄衣青年沉淡的眸色。沉曄。

她的確感到有些熟悉，因這只罐子同她小時候玩的蟋蟀罐子其實有幾分相似。但她隱約覺得，沉曄應該不是問她這個。她注意到沉曄抬袖時單手結起的印伽，瞬息之間，琉璃罐中的結界已消逝無蹤。遠方有風雷聲起，似鬼號哭，萬里晴空剎那密布陰雲。電閃扯開一條灰幕，日頭隱下去，換出一輪殘缺的白月。月光傾城。

不同於這妖異的天色，罐中暄軟的白霧卻漸漸平息了奔湧，似扯碎的雲絮，一絲一縷，繚繞於鳳九指尖，冷意寸寸浸入指骨。

天降此等不吉之相，或因厲妖被馴化收服，或因誰正施逆天之術。她強忍著腦中騰起的眩暈，看向沉曄，「這是、這是什麼法術？」

玄衣的神官注目進入她身體的白霧，淡聲道：「妳可聽說，壽而有終的地仙們，也能如凡人一般，用結魄燈或別的法子重造出一個魂魄？」停了片刻，看向她道：「縱使魂魄燃成了灰燼，連天上的結魄燈也無法，但有人告訴我，若能造出此境，不但可以從頭來過，還能有如同結魄燈一般的功用，為死去之人重做出一個魂魄。」

鳳九一愣，她迷糊有個印象，自己似乎曾懷疑過，此境可能是沉曄所造，但為何後來不了了之，卻無論如何想不起來了。今天他竟這樣大方就承認，她感覺自己並無想像中的驚駭。

她同蘇陌葉導了一場大戲，原本還有些愧疚，殊不知，沉曄竟也是在演戲。

腦海中唯剩一縷清明，她曉得她至少要裝出一副震驚樣和一副無知樣，以證明她確然是沉曄親手造出來的這個世界的阿蘭若。看樣子，他對她也的確沒什麼懷疑。

視線已然有些模糊，她緊咬嘴唇，聽得他聲音極輕，「錯了就是錯了，我從未想欺騙妳從頭來過，但無論如何，妳要回來，恨我也罷，視我如陌路也罷，這都是一個結果，為這一天，我等了二百三十年。」每說一句，臉色便白一分，似乎這每一句話，都讓他感到痛苦，偏偏聲音裡全是冷然。

待銀白的魂魄全數進入鳳九的身體，她只感到眼前一黑，耳邊響起最後一句話，彷彿來自世外，「他們說這個世界是妳的心魔，只有我知道，妳從沒有什麼心魔，有心魔的是我。」

鳳九從不曉得，陷入一場沉眠是如此痛苦的一件事。

按理說，暈的好處就在無知覺三個字。她如今身體上的確沒什麼知覺，但意識裡頭，卻有些遭罪。

在腦海中眼睜睜瞧著自己的魂魄同另一個魂魄幹架，此種體驗於誰而言，都算新奇。鳳九一開始其實沒反應過來，還抄著手在一旁看熱鬧，直到眼前的兩團氣澤糾纏愈烈，甚而彼此吞噬，她開始覺得腦袋疼，才驚覺眼前是兩個魂魄在幹仗。

她覺得今日自己膿包得令人稱奇。她無力攔阻兩個魂魄幹架，只能白挨著疼痛還算情有可原，可方才手指被強壓在琉璃罐子上時，她竟也無還手之力，這事卻很稀奇。

腦袋疼得像百八十個樂仙扛了大鑼在裡頭猛敲，鳳九忍痛分神思索，剛要想出些什麼，卻見自己的魂魄猛然發威，一口吞掉了阿蘭若的魂魄。而就在阿蘭若的魂魄寂滅之時，鵝毛大雪於剎那間紛揚而來，片刻便在她身前積成一面長鏡。她不長記性，再次伸手，指尖觸及鏡面之時，一股大力將她往鏡內猛地一拽。尚未站穩，一段記憶便從時光彼端，呼嘯而來。

那不是她的記憶，是阿蘭若的記憶。這面莫名其妙的長鏡後頭，阿蘭若的人生，阿蘭若的所思所想，阿蘭若的歡娛悲傷，她竟在剎那間全都感受到。那段過往如同一盞走馬燈，承載著零碎世事，永無休止地轉著圈兒，但每轉一圈，都是不同的風景。

鳳九有些好奇，此種境況，難道是因她的魂魄吞噬了阿蘭若，將阿蘭若化入己身，成了她的一部分？那阿蘭若還會如沉曄所說，再次復活嗎？若她復活，自己又會怎樣？

這個關乎性命的問題，她思索了有一兩瞬，覺得這種乏味之事等醒過來再想也是可以的，不宜多浪費時間，眼前還有另一樁亟待她發掘的重要之事需她勞心費神。她想通這個，立刻將這項疑問拋諸腦後，滿懷興致地、全心全意地關懷起另一件亟待她發掘的重要之事來——歧南後山犬因獸的石陣裡頭那一場患難見真情之後，沉曄同阿蘭若的八卦，後續如何了？

她費力在回憶中思索，將諸多片段串起來，看到一些事情的實景，首要者便是陌少口中他不甚清楚的兩年。

那迷霧重重的兩年，鳳九欣慰於自己猜得不錯，沉曄同阿蘭若確有一段真情。因是阿蘭若的回憶，阿蘭若對沉曄之心清清白白可昭日月，沉曄對阿蘭若之心，估摸阿蘭若當年從未看得真切，如今鳳九自然也看不真切。

天上的連三殿下有段名言，說一段情該是什麼模樣，端看歷這段情的人是個什麼模樣。譬如世間有那種轟轟烈烈的情，也有那種細水長流的情，還有那種相敬如賓的情。有人情深言淺，有人情深言深。不能說旁人的情同你的情不一樣，旁人的情就算不得情。

她一向敬佩連三殿下是位風月裡的高手，連三殿下親口提說的風月經自然是本好經。她將這本好經往沉曄和阿蘭若身上一套，覺得兩年來，縱然沉曄行止間少有過分親近阿蘭若的時候，言談中也挑不出什麼揪心的情話可供點評，但或許，他就是那類情深言淺之人，他的情，就是那種相敬如賓之情。

兩年的回憶太過瑣碎，鳳九懶得一一查驗，隨意在最後一段時日裡頭挑了一節在腦中打開。入眼處只見一面荷塘開闊如鏡，中央一亭矗立，亭中石桌上擱了堆不知名的花束，花束旁立著個闊口花瓶。

沉曄握了卷書坐在石桌旁，兩年幽居，將他一身清冷氣質沉澱得更佳，他目光凝在書冊之上，時而翻一翻頁。阿蘭若挨著他坐，專心搗鼓著桌上的花束，時而將削好的花枝放到瓶口比對，時而拿到沉曄眼前晃一晃，讓他瞧瞧她削得好不好，還需不需修整。

如是再三，沉曄將目光從書冊上抬起來，淡淡向她，「妳坐到我旁邊，就是專門來打擾我看書的？」

阿蘭若作勢用花枝挑他的下巴，「一個人看書有什麼趣味，奴家這麼遷就大人，」她笑起來，「不是因為大人一刻都不想離開奴家嗎？」

沉曄將頭偏開，無可奈何地用手指點了點花枝上一處略顯繁複的葉子，「妳自說自話的本事倒是日益長進，這一處梗長了些，葉子也多了些。」

阿蘭若從容一笑，「大人謬讚，奴家只是一向擅長猜測大人的心思罷了。」

沉曄正從她空著的那隻手中接過花剪，手一抖道：「再稱我一句大人，自稱一句奴家，就把妳丟出去。」

阿蘭若柔聲帶笑，「大人說過許多次要將奴家丟出去，可一次都沒做到過。」收回花枝時花盞正擋住她耳邊鬢髮，別有一種豔麗，他的目光良久地停留在她側臉上，她恍若未見，將最後一枝花束插入瓶中時，卻聽到他低聲道：「轉過來。」

她回頭瞧他，眼中仍是含笑，「方才一句玩笑罷了，可別為了賭氣扔我。」

他卻並未說什麼，起身摘過花瓶中一朵小花盞，微微俯身，插在她的鬢邊，他的手指在她鬢角處輕撫後一停，收了回來，書冊重握回手中，目光也重凝到書頁上，片刻寂靜中，還作勢將書卷翻了一頁。

她愣了一愣，手撫上鬢邊怒放的花朵，許久，輕聲道：「我有時候會覺得不夠，但有時候又覺得，你這樣就很好。」

他的目光再次從書頁中抬起來，像是有些疑惑，「什麼不夠？」她卻只是笑著搖了搖頭。晨曦將小小一個湖亭染得一片暖色，天也高闊，水也幽遠，一池清荷在晨光中開出妍柔的姿態，蓮香陣陣。亭中相依的二人在回憶中漸漸淡去，只在山高水闊中留下一個淡色的剪影。

這幅剪影令鳳九動容，甚至有些同情地覺得，他二人的故事若能在這個時刻永遠停駐也沒什麼不好。但該來的總會來，陌少當日提說史書關乎這兩年後的記載，寥寥數言，不可謂不慘烈。鳳九私心覺得史書嘛，難免有個不靠譜的時候。可將隨後的記憶細細鋪開，她訝然，史書關乎上君相里闋之死的記載，倒是難得靠譜了一回。

七月十六夜，宮裡傳來消息，說上君病薨。上君一向身體安健，卻不曉得攤上個什麼稀罕病，竟說薨就薨了。消息傳來時阿蘭若正同沉曄殺棋，黑子落在棋盤中啪嗒一聲，自亂了陣勢。沉曄拈著白子不語，僕從取來趕夜路的披風慌裡慌張搭在她腕中。阿蘭若急步出門，跨過門檻時回頭道了聲，「方才那一子不算，這局先做殘棋留著，改日我再同你分個勝負。」

沉曄出聲道：「等等。」起身自書案的插瓶中摘下一朵白花，緩步到她跟前，取下她髮鬢中的玉釵，將白花別入她鬢中，手指在她鬢角處輕撫後一停，才道：「去吧。」

三日後阿蘭若方得閒回府，府中一切如常，只是孟春院中客居了兩年的神官長，說是片刻前被迎回歧南神宮了。

老管事抹著額頭上的冷汗回稟，說正要派人去宮中通傳公主，不想公主已回了，神官長出門不過片刻，想來並未走遠。言下之意是公主若想同神官長道個別，此時還趕得及。

以阿蘭若的身分，此時追出去其實並非一件體面事，老管事急昏了頭，所幸她還秉著清醒。只是失神了片刻，將披風解下來，取下鬢上枯萎的白花，呆坐了一陣。晚風拂過，花瓣被風吹落，躺在地上，襯著清掃得一絲灰塵兒都不染的白石板，就像是什麼污跡。她瞧著手裡光禿禿的花梗，苦笑了一聲，「那夜你送我這個，其實是在道別？我竟沒有察覺出。」

一朝天子一朝臣，不同的君王在權力上有不同的安排。神宮的力量獨立於宗室之外，饒是相里闋在位，壓制一個失了神官長的神宮都有些費力，遑論即將繼位卻毫無根基的太子相里賀。這就是沉曄被迎回歧南神宮的緣由。

雖然同為一方之君，相里賀的這些考量，鳳九卻著實不能理解。自她記事起，他們青丘五荒五帝只換了一荒一帝，還是她把她姑姑給換下來了。且她記得她姑姑自從被換下來開始每天都過得十分開心，看著她的眼神飽含一種過來人的同情。再則東荒的臣子們大多不學無術，最大的愛好是假裝自己是平頭百姓跑去市集上擺攤，會掐起來多半是誰占了誰擺攤的攤位。照他們冠冕的一個說法，他們青丘之國的神仙，雖為家為國謀著一個職位，掌控著一點權力，但豈能像凡人，讓權力反過來愚弄他們。雖然九重天上的神仙也有那種好爭權的，那全是因他們沒有人生追求，沒嘗過擺攤的樂趣，嘗過了卻仍去弄權的，那就是他們沒有生活情趣。鳳九覺得，她這些臣屬們說得對錯與否暫且不論，但省了她不少事倒是真的。

這一段記憶緊鑼密鼓，一環扣著一環，像是一簾瀑布從峭壁上轟然墜下，擊打在崖底碎石上，濺起一叢叢冰冷水花。所謂悲劇，從古來開天，便是這樣一副遽然倉皇卻又猙獰無情的模樣。記憶的下一環，緊扣著蘇陌葉曾告訴她的那則傳聞。

原來，那並非一句虛言。

七月二十二，上君大殮將盡。是夜，公主府被圍，阿蘭若被一部鐵鎖鎖出府門，押進了王宮，安在她頭上的罪名，是弒君。

主理此案的刑司大主事是她娘傾畫夫人的親弟，她的親舅舅。

上君薨了，按理說承權的該是太子，但太子相里賀從前是個不被看重的太子，此時是個式微的太子，將來也許只能做個傀儡上君，大權一概旁落在傾畫夫人手裡。而朝中誰都曉得，刑司的這位大主事是傾畫夫人的心腹。換言之，往阿蘭若身上安罪名的是她親娘，困她的是她親娘，一門心思要置她於死地的，仍是她親娘。

阿蘭若蹲牢的第七日，傾畫夫人屈尊大駕，來牢中探視她。牢中清陋，一蓬壓實的茅草權當一個睡鋪，挨著牢門擱了張朽木頭做的小桌子，桌沿有盞昏沉沉的油燈，阿蘭若一身素衫，靠在小桌旁習字，牢門外一個卒子守著一個火盆，她習一張卒子收撿一張燒一張。

傾畫夫人委地的長裙裾掃過地牢中陰森的石階，她聽到綾羅滑過地面的窸窣聲，抬頭瞧了來客一眼，眉眼彎彎，「母親竟想起來看我，可見宮中諸事母親皆已處置停妥。」語聲和緩，像她們此時並非牢獄相見，乃是相遇在王宮的後花園，寒暄一個尋常招呼。

傾畫夫人宮裝嚴麗，停在牢門前兩步，卒子打開牢門退下去。阿蘭若將手中一筆字收尾，續道：「牢中無事，開初我其實不大明白母親為何往我頭上安這樣的罪名，但琢磨一陣，也算想通了一些因由。」

傾畫夫人淡聲道：「妳一向聰慧。」垂目在她臉上停留片刻，自袖中取出封文書並一個瓷瓶，手中掂量片刻，俯身一道擱在枯朽的木案上，「看看這個。」聽不出什麼情緒的聲音，如平日裡她向她請安時，她那些慣常卻毫無感情的敷衍回應。

燭光昏沉，映照在疊好的文書上，隱隱現出墨跡。阿蘭若伸手攤開面前的文書，掠過紙上一筆清雋剛勁的墨字。枯瘦燭影中，目光在紙上每下移一分，臉色便白一分。良久，她抬頭望向她母親，除了面色有些蒼白，小指仍在微顫，神情竟仍然從容，甚而唇角還能籌出一個笑，「沉曄大人呈遞的這封文書，寫得中規中矩，不如他一向的灑脫恣肆，文采風流。」

傾畫夫人看著她，眼神幾近憐憫，良久，卻問她道：「還慣否？」

阿蘭若似垂頭思慮，半晌，低笑了一聲，答非所問道：「父親一生剛絕果斷，卻不想敗在一個情字上頭。他大約從未想過，直至如今，母親妳仍未忘記橘諾的生父吧。橘諾確是他的眼中刺，他將橘諾趕出王城，斷送她的前程，彼時只圖快意，卻埋下了他今日病薨的禍根。但母親妳多年隱忍，乃是成大事者，自然不願就此止步。母親最終，是想讓橘諾即位，將父親從她生父那裡搶來的全要回去，對不對？」

她瞧著手旁的燭焰，又道：「太子、我，還有嫦棣，我們都擋了橘諾的路。太子非母親所生，母親自然不會留情，嫦棣她腦中空空，除了驕縱也不剩別的，或許讓她瘋了是條路，宗室也不會讓個瘋姑娘做上君。但兩個待繼位的女兒全瘋了容易招人閒話懷疑，必定要死一個，母親既保了嫦棣，我便非死不可。」她勉強一笑，「我沒想過母親會做到這個地步，母親這個計策，當真半點後路也不曾留給我。」

牢中一片如死的寧靜，阿蘭若伸手將文書擱在一旁，攤開一張白紙，重執了筆，一滴墨落在紙上化開，她輕聲道：「母親問我住得慣否，當日被母親棄在蛇陣中，我也熬過來了。今次母親將我關在此處，卻還記得我好習字，破例備了筆墨紙硯給我，讓我打發時日，我又怎會不慣呢？」

許久，傾畫夫人道：「妳當知，此事非我一人之力。」

阿蘭若手中的筆一顫，紙上是「浮生多態，天命定之」八個字。本是一筆好字，最後一字卻因執筆的顫抖，生生壞了氣韻。

可她仍然牢牢執著筆。

傾畫夫人的目光停在她的字上，淡聲道：「沉曄他生來居於高位，連上君都忌憚三分，自小就是個極有主見的孩子，縱然因救下橘諾自毀了前程，但世間事，最好謀劃者莫過前程，他本意在流放中從長計議，妳卻將他占為己物，可知，這觸了他的大忌？」瞧她一眼，續道：「方才妳嘆息妳父親重情，最終敗在一個情字上。妳父親雷霆手段，我生不如死，卻只能拴在他身旁。可妳呢，妳雖聰慧，此事上比之妳父親，卻遠遠不及。沉曄稍許逢場作戲，便讓妳用足真情，落到這個田地，不也是敗於一個情字？」

燭影寥落鋪在置於案沿的文書上。從前也有這麼一筆字，落在白底信箋上，提問阿蘭若，他在院中尋出的她那些陳釀，是不是他信中所述的釀法。如今仍是同樣的筆跡，落下的寥寥數語，卻是句句荒唐：「相里阿蘭若弒君殺父，此心狠毒，不啻虎狼，惡行昭然，更勝豺豸……」

正書寫的宣紙上頭，「天命定之」一句後又添了八個字：「憂愁畏怖，自有盡時」。遇到痛苦難當之事，她愛用這個安慰自己。八個字寫得力透紙背，將最後一個字收筆，她低聲道：「母親說逢場作戲，是何意？」

傾畫夫人的眼神更見憐憫，道：「他向妳王兄求了一門親事。」

阿蘭若緩緩抬頭。

傾畫夫人道：「不是什麼有家底有身分的女子，好在端正清白，在宗學裡供著一個教職。聽說這女子是從妳府中出來的，單名一個恬字，文恬，名字起得倒是嫻靜。」

阿蘭若緊閉雙眼，良久，道：「我有些累，母親請回吧。」

傾畫夫人轉身行了兩步，又回頭道：「妳的案子今晨已定下來，安在三日後行刑，沉曄午時遞上來這則文書，請上君將行刑之權移給神宮。妳去神宮已是勢必之事，神宮那些刑具，比刑司地牢中的多上許多，我知妳即便魂飛魄散也不願受此屈辱，若實在承受不住，便用瓷瓶中的藥自我了結吧。這是我作為母親，能給妳的最後憐憫。」

待傾畫夫人的身影消失在油燈籠出的微光之外，阿蘭若突然身子一顫，一口鮮血將案上的黑紙白字染得斑駁，油燈的小火苗不安地晃動，終於熄滅。

傾畫夫人的身影在地牢口一頓，待要舉步時，牢中的阿蘭若突然出聲，語帶嘶啞道：

「母親對我，談何憐憫？」

一陣咳嗽後，又道：「母親可還記得，那年陌師父將我從蛇陣裡救起，我第一次見妳，他們說妳是我的母親，我真是高興，妳那麼美麗。我看妳向我走來，便急急地朝妳跑過去，想要求妳一個擁抱，卻不小心摔倒。妳從我身邊走過去，像沒有看到我，像我是一株花、一棵草，或是一枚石頭。長裙擦過我的臉，我磕傷的手臂，妳目不斜視從我身邊走過去，綾羅曳地的聲音，同今晚的一模一樣。」

傾畫夫人的手指握住身旁的木欄。

又是一陣咳嗽，她輕聲續道：「今生我不知愛是什麼，母親吝惜給我，我自己爭來的，母親也將它毀掉了，其實我更想什麼都不曉得，母親為何非要如此殘忍呢？難道我是母親的仇人，看著我痛，是一件很快意的事情嗎？」

傾畫夫人的嘴唇動了動，許久，道：「若妳還有輪迴，來世我會還妳。」

阿蘭若笑了一笑，疲憊道：「同母親的塵緣，就讓它了結在這一世吧。若還有輪迴，我也沒什麼好求，只求輪迴中，不要再同母親相遇了。」

巨大的沉默中，傾畫夫人的腳步漸行漸遠，細微分辨，能聽出那看似穩重的腳步聲中隱有雜亂。待傾畫夫人的身影消失在牢口那扇陰森的大門外時，站得遠遠的小卒子慌裡慌張跑過來，重點起一盞油燈。

這一段最後一個場景，是阿蘭若疊起木案上染血的文書，緩緩置於油燈上，火苗糾纏著那些模糊的血痕，燃盡只是瞬息之事。灰燼落在木案上，還帶著些微火星。

蘇陌葉曾問她，若有一天她因沉曄而憤恨，會是為了什麼，彼時她一句玩笑，說那一定是因得到過，譬如他愛上她，後來不愛了，又去愛了別人。卻不想一語成讖。他甚至也許從未愛過她，連那些她自以為珍貴的回憶都是假的。多麼高明。

她垂目被火苗舔傷的手指，半晌，自語道：「看到我如今這個模樣，是不是就讓你解氣了，沉曄？」許久，又道：「你可知這樣的報復，對我來說，有些過重了。」油燈將她的側影投在幽暗的石壁上，端莊筆直的儀態，卻那麼單薄。

世事波折，難如人意。難如阿蘭若之意，也未必合傾畫夫人之意。

移往岐南神宮的前一日，阿蘭若被劫走了。

岐南後山天色和暖，日頭照下來暖洋洋的，林子裡偶爾傳出來幾聲鳥叫，連不遠處石林中的犬因獸都在安詳地袒著肚皮曬太陽，一派祥和平靜，像山外的風雲變幻全是場可笑浮雲。

鳳九瞧見坐在石板上同阿蘭若講道理的白衣青年時，其實沒認出來他是誰。青年一頭黑髮閒閒束於冠中，長得一張清寒淡然的臉，行止間卻頗不拘，手中掂著根玉米棒子，像是恨不得將這根玉米棒子直敲到阿蘭若腦門上，「事已至此，那個破王宮裡頭還有什麼值得妳惦念的，我好不容易將妳救出來，妳卻急不可待又要回去，難不成，是為了沉曄？」話到此處略有沉吟，玉米棒子在石板上敲了一敲，「不對，到此時還放他不下，這不合妳的性子，妳下山，究竟要做什麼？」

青年棲身的石板旁，兩棵老樹長得茂盛蒼鬱，樹間用結實的青藤搭了個可供躺臥的涼床，阿蘭若靠坐在上頭遠目林外景色，和聲道：「你從前常說的那句，浮世浮生，不過一場體驗，我覺得甚有道理。生之長短，在乎體驗，體驗得多便是壽長，體驗得少便是壽短。我近日了悟，我這段人生，看起來短，其實也算長了。」停了停，續道：「若說王宮中還有何人值得惦念，不過王兄罷了，他性子淡薄，其實無意上君之位，此時與夜梟族這一戰絕非偶然，定然是母……傾畫夫人的計策，意欲借刀殺人，將王兄除掉。王兄他非禦敵良將，一旦上了戰場，定然不能活著回來。」

白衣青年皺眉道：「即便相里賀待妳好，但這是他的命數，此種狀況下，妳還能保他一命不成？妳此時既出了那團漩渦，何必再將自己攪進去。」

阿蘭若緩聲答道：「你既曉得我的性子，便該料到我不能棄王兄於不顧。我會去戰場上將王兄換下來，屆時還需你看顧看顧。你放心，我惜命得很，自會權衡，比之王兄，我並非處處死路，還有生機。」瞧著白衣青年沉肅的臉色，笑道：「你這個臉色倒不多見，所幸今生對我好的人不算太多，你和陌師父也不像王兄這樣倒霉，無須我如此冒險相救。」

白衣青年凝目看她片刻，道：「妳一向頑固，我此時說什麼也留不住妳，但戰場凶險，若是此行回不來呢？」

她神色平靜，「若此行回不來，即便我死，也是以王兄的名義戰死，比之傾畫夫人逼我自殺，這種死法倒是有意義許多。屆時便勞煩你將王兄改名換姓，送往安全之地，讓他過尋常日子吧。」許久，續道：「我曾寫給沉曄二十封信，也勞煩你幫我要回來，信裡頭那些真心實意，再存在他那裡，想想有些可笑。」

白衣青年嘆息一聲，「妳這些託付我都記著，只望到時候用不著我做這些，妳何時下山？」

她仰躺在藤編的涼榻上，隨意將手搭在腦後，唇角攢出來一點笑意，「和風，日影，今日是個睡覺天，讓我再偷一個浮生半日閒吧。」

歧南後山這片桃源景漸漸消逝在日暮的薄影中，鳳九壓著一顆沉甸甸的心，竭力排開最後一段回憶。論及話本子，她姑姑白淺處有無窮的珍藏，她打小耳濡目染，自然多有涉獵，那些痛徹人心像是從淚罐子裡撈出來的故事，她讀過不知多少則，卻全比不上今次她眼見這一樁。這段回憶甚至沒有半滴淚水，卻像一柄絕世名劍，極冷也極沉，奪人性命時乾脆俐落，絕不拖泥帶水。阿蘭若傷得平平靜靜，痛得平平靜靜，連赴死，都赴得平平靜靜。

蘇陌葉講給鳳九的史冊記載，說相里賀御駕親征，拒敵十七日，力有不逮，終戰死疆場。掩蓋在薄薄史頁後的真相，鳳九在這段回憶裡看到。戰死的不是相里賀，而是阿蘭若。

同夜梟族一戰，因由是比翼鳥族縱容邊民越境狩獵，兩族開戰，這個戰場，自然開在邊境上。思行河穿越亙古悠悠流淌，流到最南邊，拐過平韻山的隘口，一年復一年，匯入慈悲海中。挨著平韻山慈悲海的一段思行河，一向稱的是南思行河，河旁有座巨大的樂音林，遍植樂音樹。比翼鳥及夜梟兩族歷代以此林為界。

八月初七，阿蘭若趕赴戰場。戰事初一拉開，不過六天，比翼鳥族已丟失大片土地，被迫退於思行河以南，八萬大軍損了三萬，五萬兵士與夜梟族十二萬雄兵隔河相望。

一道道請兵支援的軍令加急送入王城，傾畫夫人恍若未聞，按兵不動。前有雄兵，後無援手，軍中士氣低迷，未曾歇戰，已顯敗相。是夜，阿蘭若潛入軍帳，迷暈相里賀將他運出軍中，自己則穿上他的盔甲，坐鎮主帳。

阿蘭若領著五萬疲兵，以半月陣依思行河之利，將夜梟族阻於河外。思行河中血流漂杵，南岸上也是遍野橫屍，本是夏末時節，夜晚河畔涼風過，卻只聞腐屍與血腥。半月陣阻敵七日，迫使夜梟族折兵五萬，卻因糧草不足且久無援兵，耐不住夜梟族憑著人多之利輪番攻陣，終在第七日半夜被攻破一個缺口。

天上長庚星亮起，夜梟族大王子喜不自勝，正欲領軍渡河。月光星輝之下，隔河瞭望，卻遙見對軍主將手中驀然化出一張一人高的鐵弓，三支無羽箭攜著凜冽風聲劃破夜空，無羽的長箭直直墜入河中央，化作三根巨大鐵柱，立於洶湧水面一字排開。

召魂陣。

長庚星被忽起的墨雲纏得搖搖欲墜，一團金光忽從矗立於鐵弓旁的頎長身軀中兇猛掙開。破空的長鳴後，浮於半空的金光竟凝成一隻巨大的比翼鳥，俯瞰著河濱兩岸威嚴盤旋，翅膀搧起的烈風將金戈鐵騎掃得人仰馬翻。鐵弓旁的身影卻一動未動，烈風吹落頭盔，現出一頭漆黑的長髮，一張冷麗的臉。

哀哀嘶鳴中，金色的比翼鳥棲伏於河中央的鐵柱之上，羽翼覆蓋大半河面，翅膀再次搧動，周身竟燃起火焰。

烈焰熊熊燃燒，像是一場無終的業火，阻斷整個思行河，做成一道拒敵的天然屏障。焚風將對岸的樂音林吹得叮咚作響。樂音樹樹名的由來，原本便是因其樹枝樹葉隨風吹過而能奏出樂音。

為阻敵於思行河外，阿蘭若使了召魂陣，燃盡了自己的靈魂。這便是她魂飛魄散的原因。這才是她魂飛魄散的原因。

濃墨似的天幕，奔湧河流中滾滾業火，比翼鳥的哀鳴穿過樂音林，林中奏起奇妙的歌聲，彷彿哀悼一族公主之死。而渺渺長河上，那些小小的白色的樂音花卻不懼焚風，像一隻隻遷徙的幼鳥，穿過火焰飄散於河中，又似一場飛揚的輕雪，有一朵尤其地執著，跋山涉水緩緩飄落於阿蘭若鬢邊，她抬手將它別入鬢髮，手指在鬢角處輕撫後一停。那是沉曄給她別花後，慣做的一個動作。她愣了愣，良久，卻笑了一下。金色的比翼鳥最後一聲哀鳴，她撫著鬢邊白花，緩緩閉上了眼睛。大鳥在河中靜成一座雕塑，唯有火焰不熄，而長髮的公主已靠著鐵弓，耗盡了生命，步入了永恆的虛無。大火三日未熄，熄滅之時，公主與鐵弓皆化為塵沙，消弭於滾滾長河。

這便是阿蘭若的一生。

鳳九卻始終無法明白，阿蘭若最後那個笑是在想著什麼。

從這段記憶中出來，面前竟又立著那座大雪鑄成的長鏡，鳳九伸手推開鏡面，驀地眼前一黑，臨失去意識的前一刻，她覺得，這下，自己總算是要真的暈過去了吧，早這麼暈過去多好。

第九章　他的一生

公主府至高處乃波心亭，亭外遍植古木，棵棵皆是參天古韻的派頭，日光穿過林葉照進亭中，為一個小小山亭平添了一層古意。

此時山亭中容了四個人，東華帝君與神官長沉曄兩兩相對，沉睡的鳳九被攬在帝君懷中，蘇陌葉站在一旁垂手而立。天時地利人和，平心論，其實是幅好圖景。

然蘇陌葉蘇二皇子瞧著眼前陣仗，卻著實有些迷茫，因面前相對的二位皆是不動聲色之人，他雖長於察言觀色，但近日他被帝君折騰著打造法器，腦子累得有些不靈便，再則三日來發生的諸事彷彿連著的電閃，閃得他至今不能平靜。

三日前是個黃道吉日，老天爺慈悲了一回，令他傳給帝君的第十二封急信起了效用，將帝君召回了歧南神宮。他催帝君著實催得吐血，好在帝君回來了，他就把這口血含了回去，指望著法器收尾後他能下山歇一歇。

帝君要打件什麼法器其實從未同他明說過，他本著做臣子的本分也不曾問起，只循著帝君說的一一照做罷了。待帝君回神宮為法器收尾，成相之時他才曉得，這竟是面鏡子，且是面不同尋常的鏡子——妙華鏡。

九重天第七天垂掛的那面妙華鏡他聽聞過，說此鏡能再現三千大千世界數十億凡世的興衰更迭，但比翼鳥族所居的梵音谷亦是仙地並非凡世，妙華鏡理當照不出它的過往是非。他有些疑惑，既然並非這個功用，那帝君如此費心打這面鏡子來做什麼。他思忖，總不至於是打給鳳九的梳妝鏡……又思忖，娘的這其實很有可能。

所幸此番帝君並沒有離譜到這個境地。彼時鏡成，帝君隨意端詳了片刻，提筆隨手在紙上勾了個什麼拋入鏡中，未幾，鏡中便浮現出一幕清晰的小景。

鏡中景令他驀地晃神，正是兩百多年前解憂泉旁的蛇陣。淒風邪雨中，四尾盤石的巨蟒血紅著眼仰天長嘶，滿含失子的傷痛。被他抱在懷中的小女孩伸長了手臂掙扎著要重回蛇陣，瞳色分明的眼中蓄出淚水，口中吐出嘶嘶的蛇語。他立在雲頭，碧玉簫浮在半空，無人吹奏卻發出驅蛇的樂音。小女孩兀自在他懷中反抗，他原本可用法術禁錮，卻不知那一刻想著什麼，竟只用了手上力氣將這個愛躲在石頭後聽他吹簫的小姑娘鎖在懷中。她無計可施，眼看眼淚就要掉下來，他撫著她的額頭輕聲道：「妳很聰明，雖不會說話，但該聽得懂我在說什麼。妳不是一條蛇，是比翼鳥族的二公主。妳是想要繼續當一條蛇，生在方寸之地，被妳的同族視為異物，還是想要展翼翱翔天際？」眼淚凝在女孩眸中，良久，她咬著唇，像是忍受著什麼巨大的痛苦，振翼聲起，肩背處一雙雪白的羽翼瞬然展開，她模仿著他的聲音，「……比翼……」他笑道：「好孩子，這是妳第一次展翼？從此後，我就是妳師父。」

比翼鳥或有單翼，或有雙翼，阿蘭若是隻雙翼的比翼鳥。

許多年前的情境在眼前重溫，他自是愣怔，帝君卻已泡好一壺茶，分了兩個瓷杯，隨口向他道：「這面鏡子我改了改，如此地仙的前世今生也看得到了。」望著妙華鏡，道：「造出此境的大約是沉曄，先看看他要做什麼，再看看小白同阿蘭若有什麼關係，你留下來同觀，後續若有什麼事，方便代我打理。」

他一時竟忽略了帝君允他留在此處乃是指望他繼續為他做白工，腦子有一瞬的渾噩，語中帶顫道：「帝座是說，這面鏡子，可以看到阿蘭若的死因？」

帝君莫名道：「這很稀奇？」

他沉定情緒道：「我從不知世間還有能斷出神仙前世今生的法器，確然稀奇。」又道：「聽聞妙華鏡一次只能顯露事情的一面，請教帝座，此時顯露的這段過往，是否僅為沉曄所見的那一面？」

帝君淡淡點了個頭，提壺倒茶間提醒他道：「手別碰到鏡框上，當心被鏡中人的思緒攪亂心神。」奈何這聲提醒提得忒悠然忒不緊不慢了些，他的手早已好奇地撫上鏡框，而剎那之間，一種沉得像山石的情緒，隨著那隻與鏡框相連的手，直擊入他心底。像是轉瞬間親歷了一段人生。旁人的人生。沉曄的人生。

陌少記得，若干年前，阿蘭若曾告訴他，她同沉曄第一次見面，是在沉曄一次滿十的生辰前幾日。彼時她剛出蛇陣不久，雖有他這個師父照料，偌大王宮裡頭未免覺得孤單，瞧著誰都想去親近。

那日她逛到花園中，從一棵老杏樹後瞧見前頭花叢裡，沉曄領著橘諾嫦棣二人正玩猜百草的遊戲。她這位表哥原本就長得俊，那日許是日光花影之故，瞧著更是清俊不凡，令她極願親近。

不幾日他的生辰，她覺得這是親近他的良機，她該去賀一賀。她想起那日他立在清雅花叢中的風姿，本想去花園中摘一捧做賀禮，不想此花花期短暫，業已開敗。她憑著記憶中花叢的模樣稚嫩地臨了張圖在紙上，滿心珍重地捧著它去舅舅府中為他賀生。生辰那日他不同於在花園中穿著便裝，一身神官服顯出一種超出年紀的沉穩俊朗。他仍同橘諾嫦棣待在一處，只遠遠瞧了她一眼，便將淡漠目光移向別處。

午後她在後院一個小水溝中尋到了自己送給他的畫，墨漬已浸得看不出原畫的行跡，她的小妹妹嫦棣站在水溝旁奚落她，「沉曄哥哥說妳被蛇養大，啃腐植草皮長大，髒得要命，他才不要妳畫的畫……」

彼時她同他講起這段往事，笑道，她同沉曄幼時只見過這麼兩面，此後她再未生出親近沉曄之心，也再未去母家舅舅處做過客。她同沉曄，其實從一開始他們就沒有緣分，她後來仍強求同沉曄的緣分，也不知強求得對還是錯。

陌少以為，阿蘭若確是強求，且他深信她是因強求這段姻緣方種下灰飛的禍根。而沉曄對阿蘭若，他從不相信他對她竟會有什麼情，如若有情，何以能眼睜睜看著她走向死地？退一萬步，他厭了她幾十年，同她處得好些也不過兩年，即便兩年種種能稱作情，也斷不能以深厚論之。至於阿蘭若死後他的所為，不過是一種失去方知珍惜的老生常談罷了。沉曄並不愛阿蘭若，若他愛著阿蘭若，這才是一個笑話。

可老天爺就喜歡鬧笑話。妙華鏡中的情緒如洪水奔湧，陌少的臉色漸漸發白。帝君喝著茶問他，「還受得住嗎？」他臉色難看地笑了一笑，「望帝座指教，受得住待如何，受不住又待如何？」帝座的指教言簡意賅，「都受著。」

世說神官長冷淡寡言，思緒難測，上君的聖意還可揣摩揣摩，神官長的即便揣摩了卻也是個白揣摩。而此時這位難揣摩的神官長的思緒，就直白地攤在陌少的眼前。

他看得那麼清晰，就像他就是他。

沉曄降生並不太平。他母親懷著他時被接去神宮待產，但他降生這一日，天上卻並未現出什麼異象，且生下他竟是個極虛弱的小孩子，連啼哭都不會。時任的神官長息澤不在宮中，幾個不大心善的神官嘟噥著要將他母子二人逐出神宮，到神宮消暑的上君相里殷正好路過，懷著一把善心將他同他母親留了下來。

眼看著他呼吸漸弱，相里殷割腕放血，用半碗腕血救了他一條性命。他第一聲啼哭落地時正值當午，原本只掛著一個明晃晃日頭的東天，卻陡然爬上一輪圓月，一時天地間日月齊輝，相里殷大笑，「這不正是我族的小神官長！既然天降的異象是光照傾城，不如起名一個曄字。」他跟著母姓，受相里殷封賜，便有了一個名字，叫作沉曄。

上君相里殷做主了他母親的婚事，將她許給了自己的大舅子，他母親便搬出神宮去了夫家，而他在週歲時受封繼任神官長，被尊養在歧南神宮，跟著時任的神官長息澤學一個神官長該有的本事。

時光匆匆，山下的宮變發生時，他不過五歲。息澤神君邊吃綠豆糕邊告誡他，歧南神宮雖履的是個監察之職，但若非因上君失德以致生靈塗炭，旁的事都不在神宮監察之列。宮變這等事，他們爭他們的，咱們有興趣就去瞧個熱鬧，沒興趣就將宮門關嚴實了，喝個茶水吃個糕。

他們關著宮門吃了好幾天綠豆糕，外頭傳來消息說新君即位，且娶了前任上君相里殷的王后傾畫做貴夫人，王宮的禮官來請神官長的祝禱。息澤藉口綠豆糕吃撐了，不便出行，指派幾個隨從抬著五歲的他去了趟王宮。他第一次主持祝禱禮，僅有五歲，竟沒有出什麼差錯。息澤十分滿意，此後益發懶洋洋，宮中有什麼用得著神官長的地方，一應差遣他去頂缸。每一次頂缸，他都頂得挺出色，簡直令息澤愛不釋手。

他母親嫁了傾畫的哥哥，傾畫便是他的姑母。不久傾畫生了橘諾，因他常去宮中，便時常將橘諾拿給他照看。十歲那年，因入山修行之故，整整兩年未再涉足王宮，再次入宮時，橘諾糯糯告訴她，一年多前母親新添了一個妹妹，妹妹長得十分軟糯可愛，但母親卻將她扔進了蛇窩，好在那四條蟒蛇沒有吃掉妹妹，還抓來老鼠，咬斷老鼠的頸子將血餵給妹妹喝。

王宮裡的蛇窩僅有一處，便是解憂泉旁。為何想去看看橘諾口中這個孩子，他說不上來。那夜月銀如霜，他踩著月色正待步入花園，聽到一叢竹影後幾個宮婢絮語，說蛇陣裡那個孩子一向愛在這個時辰爬來爬去，今夜卻不知為何沒有響動，該不會是病了還是怎麼了，需不需稟給君后。幾人推搡著誰去稟給君后為好，卻又害怕君后發怒，誰也不想去，拈藉口道君后將這個孩子扔進蛇陣原本就不希望她活下來，若這個孩子真病了應該正合君后之意，她們多此一舉前去稟告，豈不自招晦氣，還是當不知曉不稟為好。絮語一陣便散了。

他靠近蛇陣，蹲了巨蟒的四座華表靜立，而在華表框出的蛇陣邊緣，果然瞧見一個歲餘的嬰孩趴伏在地上，正瑟瑟地發著抖。這夜十五，天上月圓，正是至陰的時辰，華表中的巨蟒想是汲月華靈氣去了，無暇看顧這個孩子。他防著驚動巨蟒，小心立在陣緣，勉力伸手翻過孩子。月光底下，瞧見孩子一張髒兮兮的小臉，乾裂的嘴唇難受地翕合著，幾粒乳齒咯咯地碰撞，懷中抱著一隻死鼠，手上全是血。

這是他的表妹。同是表妹，橘諾從小錦衣玉食嬌生慣養，這孩子卻衣不蔽體，髒兮兮地圈在這個蛇陣裡，僅能以鼠血為生。小小的孩子躺在地上，顫了一陣，終於受不住地哭出來，像被誰捏著嗓子，聲兒輕輕的、細細的。就是這樣一聲語不成調的啼哭，卻猛地擊在他心上。

這孩子得了什麼病他不曉得，需用什麼良藥他也不曉得，但梵音谷中沒有哪味良藥比神官之血更具奇效，這個他曉得。因蛇陣的結界阻撓，他不能身入陣中將孩子帶出來，只能咬破手指，勉強將手伸進結界搆著孩子的嘴唇，幾滴血下去，孩子終於有力氣自己抱著他的手指吮吸了。這孩子食量大，並不知他的血此時只是治她病的良藥罷了，反當作維生的養分，像吸食鼠血般非要喝到飽才肯放開。

他的血救了她一命，此時流在她身體裡。他從未用自己的血救過誰一命，這讓他覺得這個孩子於他是不同的。

他拿衣袖擦乾淨她的臉，看到孩子清晰的眉眼，想起橘諾說她的妹妹長得軟糯可愛。他想她的確十分軟糯可愛，傾畫夫人竟然忍得下心。饜足的孩子睜開黑白分明的大眼睛靜靜看著他，他撫著她的額頭笑了一下，聰明的孩子便也學著他的樣子，挑起稚嫩的嘴角笑了一下。他用手輕輕拍著她哄她入睡，她睜著眼睛仔仔細細看了他好一會兒，才終於閉眼睡著。而至陰時快要過去，巨蟒的警戒心該要回來了。

那之後，每次出入王宮，他常找時機悄悄去看那孩子。但往往只有十五至陰夜方能靠近蛇陣。後來他從息澤處知悉上君之血能讓巨蟒在華表中沉睡，便藉著祭祀之名儲了不少上君的指血。用這個法子他終於能踏入蛇陣。有一回他試著能不能將孩子抱出陣外，但孩子軟乎乎的手臂方觸到陣沿的結界，不知為何，華表中沉睡的巨蟒竟驀然驚醒，虧得他動作快，才沒有葬身蛇腹。那時他才曉得，自己一個十來歲的小孩子，雖擔著一個繼任神官長之名，力量卻是多麼弱小。

他很憐憫這個表妹，暗中照看了她五年。她餓時，就帶食物給她吃；她挨凍時，就用巨蟒蛻下的蛇皮做成衣裳供她禦寒。這些照顧不露痕跡，五年來一直無人發現，也就免了她倒霉。她剛出生便被扔在蛇陣裡，自然沒有名字，她不是一條蛇，是比翼鳥族的公主，得有名字，她的父母不願給她，他想他可以給她。他為她起名阿蘭若，是寂靜的意思。他在她手心寫「阿蘭若」三個字，緩緩唸出來，「阿蘭若，這是妳的名字，以後我說這三個字，就是在叫妳的名字。」聰明的孩子有樣學樣地拿手指在地上胡畫，讓他覺得好笑。他用術法將這三個字烙在她手臂上，輕輕道：「照著這個來畫。」懵懂的孩子緊抓著他的衣袖，眨眨眼睛，費力道：「曄……曄……蘭……」他輕聲道：「對，我是沉曄，是妳的表哥。妳是阿蘭若，相里阿蘭若。」

歷代繼任神官長皆需在十五歲閉關長修，長修之期二十年，修成便晉為副神官長。他小時候無所牽掛，一心盼著這段長修，如今照看著阿蘭若，卻覺能推一天是一天。但終歸，這是躲不過的職責。

他擔憂他走後她無人照撫，又重蹈食鼠肉飲鼠血的覆轍，臨別的那個夜晚，為她在蛇陣中種下四季果的果樹，並從神宮中拿來天泉水澆下。果樹在片刻間枝繁葉茂結出果實，他摘下一個果子遞給她，教導她從此後餓了就吃這個，渴了就喝解憂泉的泉水，萬不可再以鼠為生。

是年她已經五歲，生得玉雪可愛，卻因蛇陣中常有瘴毒之故，不大記事也不大會說話，但估摸也曉得這是一場離別了，伸手牢牢牽著他的衣角不肯入睡。他看著她，良久道：「妳這麼小，我回來時，妳一定已經忘了我。」孩子卻以為他在說什麼囑咐，似懂非懂地點頭。他伸手揉揉她的額髮，潔白的月光底下，四季花隨風飄落，有一朵落在孩子的肩上。他拾起來別在她耳畔，手指輕撫後一停，對著小小的孩子許諾，「我會回來，等我當上神官長，就可以救妳出來。」頓了頓，將孩子摟在懷中，「我是妳唯一的親人，阿蘭若，他們不要妳，妳還有我。」

那夜他走的時候，孩子從夢中驚醒，哭得很厲害。但他沒有回頭，由著孩子的哭鬧聲漸漸消失在身後。

二十年恍如隔世，他再回王宮恰是十五夜，上君賜宴，他急切想見到那個孩子。而聽到的關乎她的第一樁消息，卻是西海的貴客二皇子闖了蛇陣。上君領著宴上眾臣急急趕至解憂泉，他亦緊隨在列。再次涉足此地，滿目瘡痍間，首要入他眼的卻是半空的雲絮上，被白衣男子抱在懷中的童稚少女，蛇皮做的粗裙外裹著件男子的白外袍，白色的袍子隨東風揚起，她漆黑的長髮亦在風中翩飛，顯出一張未脫稚氣的臉來，格外精緻。二十年不見，那孩子長大了。

解憂泉中碧水翻騰，巨蟒長嘶不止，碧玉簫樂音輕動，那孩子在白衣男子懷中有生以來第一次展翼，王室中再無人有如此潔白的羽翼，白色的稚羽飄然落下，他伸手接住，而雲絮之上，白衣男子的目光撫過那孩子的手臂，突然道：「阿蘭若，這倒是挺好的意思，妳沒有名字，不如就叫阿蘭若吧。」他瞧見她懵懂地看著那白衣男子，斷續道：「阿……蘭……若？」白衣的男子笑道：「唸得很好，阿蘭若，我是蘇陌葉，西海的蘇陌葉。」

我是沉曄，是妳的表哥。妳是阿蘭若，相里阿蘭若。

二皇子攬著她站在高空，向著上君頷首，面上是個客客氣氣的笑，「我們西海想教養出好男兒來，也愛將他們扔出去歷練打磨，想來上君是存了磨煉二公主之心，才令她在此陣中修煉吧。不過這孩子合蘇某眼緣，今日既將她收成徒弟，便想帶在身邊教養著，不知上君肯否做給蘇某這個人情？」

這番話說得體面又刁鑽，上君神色複雜，但終是允了。

他見二皇子撫著那孩子的額頭，輕聲道：「從此後妳再不必待在此處，跟著我，妳開心嗎？」她輕輕點了點頭，挑起稚嫩的嘴角笑了一下。她笑的方式，還是她小時候他教的那樣。他想她果然將他忘了，但總有一些東西還是留在了她身上。因二十年苦修之故，如今以他之力已可將她救出蛇陣，但他此時並非大權在握，救出她也只能躲躲藏藏。西海二皇子的庇護，比他能給她的庇護更好。

驅蛇的樂音停駐的一刻，忽有一尾巨蟒揚起利齒鏟向雲中，專為對付這些巨蟒做成的細針飛出他的指尖，那猙獰的蟒蛇緩了攻勢，重重摔在地上。他不動聲色地收手入袖，趁著眾臣的驚嘆，悄無聲息地離開了解憂泉。他想她出生時命運不濟，此時總算迎來好的命運，這是樁好事。

二十年艱辛長修，山中無味的歲月裡，他常想起她。他是天定的神官長，他母親將孕育他看作一項榮光，從不將他視作己子，對他尊奉更多於愛，他從未嘗到過親情的滋味。他曾對她說「我是妳唯一的親人」，但她何嘗不是他唯一的親人。他將她從死亡邊緣救回來，給了她名字，將所有親情傾注在她身上。他有執念，執念是她。但如今她有了更好的依靠。他想，若要令執念不成魔障，放就要放得徹底，這一念方才能平息。

十年，他仍常想起她，但未曾提及她一句，未曾靠近她一分。

他長修之時傾晝夫人生下了嫦棣，大約彼時對相里闋的恨已消減不少，比之阿蘭若，嫦棣這個公主當得倒是平順。回回入宮，橘諾同嫦棣愛黏著他，姐妹二人時常在他面前提起阿蘭若。橘諾素來文靜，這種話題裡頭不大愛嚼舌頭，雖則如此，卻也忘了幼時對阿蘭若的善心。而嫦棣每每說得最是起勁，令他煩不勝煩。

一日嫦棣又提及她，「今日我聽一個老宮婢說，阿蘭若在蛇陣裡時都是飲鼠血食鼠肉為生，你們能想像嗎？飲了那樣多鼠血，她身體裡流的血，也大半都變成鼠血了吧，嘖，如此骯髒低賤，想不通父君為何竟允了她重回族裡還坐上公主之位，她怎麼配！沉曄表哥，你說我講得對不對？」

他想若她飲了鼠血身體裡便是鼠血，那她也飲過他的血，是否如今她身體裡亦流著他的血？這讓他有些失神。

嫦棣還要催促他，「表哥，你說我方才講得對不對？」他極不耐煩，冷淡道：「若要論血統，妳知道歧南神宮唯一低視的血統是什麼。」嫦棣的臉唰地一白。歧南神宮低視的是不貞的血統，若從這個條理上說，嫦棣和阿蘭若的血沒有任何區分。但阿蘭若是他養大的，亦飲過他的血，即便承了她母親不貞的血統，那又如何。

息澤近年已不大理事，在歧南後山造了個竹園精舍，傳出話來說身上染了重病，需移到彼處將養云云。他初時信了，去精舍瞧他，卻見息澤挽了褲腿光著腳正生機勃勃地在河中摸魚，面上看著比他都要生猛且精神。

息澤假模假樣咳嗽幾聲，一派真誠地道：「本君確染了病，但只因本君是個堅強人，不屑那種病懨懨的做派，你瞧著本君才像個沒病沒痛樣，實則本君都快病死了。」

他向快要病死了的息澤神君道：「頗多同僚相邀近日將來探視你，你這樣堅強必定令他們感動。」息澤臉上的笑僵了僵。

聽說後頭再有神官前去精舍探望息澤，瞧著的都是息澤臥病在床的頹廢樣。

息澤既然沉痾染身，神宮諸事自然一應落在他肩頭。是年，九重天太上老君於三十二天寶月光苑辦道會，以道法論禪機，他代息澤赴會。道會辦了九九八十一天，長且無趣，但因此趟道會所邀仙者眾多，尤顯熱鬧，因而道會結束後，趁著熱鬧勁兒百果仙開了一場百果宴招待眾位仙者，又耽擱九天。

待他再回梵音谷時，未曾想到，所聞竟是嗩吶聲聲。

阿蘭若出嫁了。嫁的是息澤。

那日是個風天，岐南神宮飄浮於半空，幻化出一道及地的雲梯。仙樂縹緲中，一身華服的息澤神君拾級而下，自送親的軟轎中牽出他紅衣的新嫁娘，握住她的手，一步一步走向威嚴宮門。他立在宮門旁一棵無根的菩提後，見她嫁衣外罩著同色的披風，防風的兜帽擋住大半眉眼，只露出朱紅的唇和雪白小巧的下頷。他蹙著眉，自袖中取出一支黑色的翎羽，於掌心輕輕一吹，雲梯上狂風乍然而起，掀開她的兜帽，她用手遮住飛揚的髮絲，仰起頭來，秀眉微微挑起。他已經許久不曾見她。她那個樣子很美。

他有一瞬的失神，那一夜四季花紛落如雪，花樹下他摟著還是孩子的她，輕聲對她許諾，「我是妳唯一的親人，阿蘭若。他們不要妳，妳還有我。」

而自從十年前月夜下那個轉身後，說定的誓言再不成誓言。她會有越來越多的親人，她的師父，她的丈夫，往後還有她的孩子。最後一眼，是狂風漸息，息澤將她的兜帽重合好，她朱紅的唇勾起一抹戲謔的笑。那不是他曾教給她的笑，但他知道有個人是那種笑法。西海二皇子蘇陌葉。

時光如水，她身上再沒有痕跡是他曾留給她，就像他從未在她生命中出現過。息澤攜著她踏進神宮，宮門沉沉合上。黑色的翎羽輕飄飄回到他手中。十年前他就失去了她，已經失去，談何再失去，只是這一次同她的錯身，不知為何，遠比上一次令他感到疼痛。

而後二十餘年，息澤退位，他繼任神官長之位，成為梵音谷有史來最為年輕的一任神官長。息澤裝出副病得沒幾天活頭的模樣避去歧南後山，他親送他去竹園，息澤還調侃他，「俊得不像話，聰明得不像話，卻整日板著個臉，自然你板著臉比笑著時更俊，但來送別我你還是笑著好些，我心裡舒坦。」

他環視竹園，卻未看到半件女子用品，終於忍不住道：「你妻子呢？」息澤抖開條有些發潤的被子曬在大太陽底下，「一個小姑娘家，年紀輕輕同我在這裡隱居有什麼意思，自然該待在山外她府裡頭。」

他瞧著山中野景，淡淡道：「你待她很好。」

息澤笑了，得意地贊同，「她的確有福氣，碰到我這樣的好人。」

世傳這一任神官長有一副絕代之貌，卻兼有一副冷淡自傲的性子，令人難以親近。他的所為同傳言也頗合，自他接管歧南神宮，神宮行事愈發低調，若非大祭，難覓神官長身影。

他即位的第二年，傾畫夫人求上君賜婚，選他做橘諾的駙馬。時年他根基不穩，難以推辭，但藉口尚未成年，需清淨長修，只行定親之禮，而將婚期無限長延。訂婚禮後，他更是閉在神宮，習字練劍，種樹下棋，只與清燈素經為伴。他住的園中，阿蘭若成婚那年他種下一園四季花，並未以天泉水澆灌，因而生得緩慢，悠悠二十來年過，橘諾出事的時候，才剛落完第一樹花，結完第一樹果。

縱然橘諾所為大大掃了他的顏面，但橘諾是相里殷唯一的血脈，不能不救。他亦知救橘諾乃是則死局，上君必將借此良機將他逐出神宮。但有些事情，看似死局，時機把握得宜，倒是意外的一條生路。

相里闋是位專橫君王，自即位日起，便虎視眈眈盯緊了神宮，大有將神宮納入囊中之意。息澤看事透徹，卻是個嫌麻煩的主兒，因而相里闋一上台，他這個繼任者不過童稚小兒，息澤便歡欣鼓舞地將諸事都丟給他，逍遙自在避去歧南後山了。神宮中勢力冗雜，並未察出相里闋野心且又頑固不化者不在少數。近年他雖在神官長的高位上坐著，行事卻時有掣肘，未免為難。不過，一旦神宮失去神官長，以相里闋的剛愎個性，對神宮的野心當不會再勉力壓制。若不幸相里闋近年行事謹慎了些，他也有辦法令他不再壓制。

歧南神宮內裡無論如何相鬥，終歸容不得外力褻瀆它。相里闋早一日對神宮下手，如此，神宮中各派勢力便能早一日放下芥蒂，共敵外侮。他是天定的神官長，即便相里闋廢黜了他，一旦王宮和神宮真刀真槍對起來，歧南神宮坐鎮的只能是他，即便是那些食古不化的老神官，除了迎回他也別無他法。此乃以退為進。

他坐在那樣的高位上，年輕而神秘的大神官長，享著世人尊奉，人生卻像是一塊荒地，唯矗著一座歧南神宮，或許東風吹過遍地塵沙，還能見出幾粒四季花的種子。也僅僅是，不能開花的種子罷了。

而究竟是什麼樣的因緣，讓他在橘諾的刑台上再見到她。她一身紅衣，展開雪白的羽翼，浮立於半空中微垂頭瞧著他，嘴角勾起一點笑，「你還記得嗎？雖然不同你和橘諾一起長大，我也是你的妹妹。」

阿蘭若，這是妳的名字，以後我說這三個字，就是在叫妳的名字。

「世說神官之血有化污淨穢之能，今日承神官大人的恩澤，不知我的血是不是會乾淨許多？」

妳這麼小，我回來時，妳一定已經忘了我。

「他是我救回來的，就是我的了。」

我會回來，等我當上神官長，就可以救妳出來。

「你看，如今這個時勢，是在何處呢？」

我是妳唯一的親人，他們不要妳，妳還有我。

如何能忘記。阿蘭若。

但他著實離開她太久，不知何時，她也學會了囚禁和掠奪。

在那些最深、最深的夢裡，他其實夢到過她，夢到那一年是他將她救出蛇陣，而她在他懷中展翼。他並非沒有想過有一日他會落魄，但這世間，若說他唯獨不希望誰見他落魄，那人只能是阿蘭若。可此時，他被她困在她府中，小小一方天地，活像一個囚徒。

沒有人喜歡被囚禁。

而後便是她寫給他的信，假他人之名的一則戲弄。

他一向最懂得掩藏情緒，若那人不是阿蘭若，他絕不會那樣盛怒。

書房中燭火搖曳，她懶懶靠在矮榻上，「你就沒有想過，我並不像你討厭我那麼討厭你，或許我還挺喜歡你，做這些其實是想讓你開心。」若是想讓他開心，為何要借他人之名，為何不在信末題上她自己的名字？他著實氣極，生平第一次口不擇言。而她笑起來，「我說的或許是真的，或許是假的，或許是我真心喜歡你，或許是我真心捉弄你。」

她說真心喜歡的時候，微微偏著頭，模樣裡有一種他許久不曾見到的天真。

在她說出這兩個字之前，那些深埋在他心底，不能發芽的四季花種子，他不曾想過也許是喜歡。而她說出這樣的話來，就像是打開一只被咒語禁錮的盒子，那些潛藏的東西齊湧出來。為何要長修？為何要救她？為何在那些最深最隱秘的夢境中，唯一會出現她的身影？

在犬因獸的石陣中，他入陣救她幾乎是種本能。他摟著她從結界中滾出來，她輕聲在他耳邊道：「你真的喜歡我，沉曄。」他抱她在懷中，見她眼中流露出靈動的光彩，就像她小時候他教她唸她名字的那個月夜。「曄……蘭……」她唸得語不成調。那語不成調的兩個字，或許卻正是一種預示。

他注定會愛上她。他其實從沒有停止過渴望她。

此後兩年，是一段好時光。他將幾株四季果樹移來孟春院，當夏便有一半開花，一半結果。阿蘭若立在果樹下若有所思，「蛇陣裡也有四季果樹，我幼年時都是吃這個，聽說從前蛇陣中並無此樹，卻是一夜間生根發芽開花結果，大約是老天憐憫我吧。」那些往事，她被蛇陣中瘴氣所困，果然再也記不起來。這也沒什麼所謂，他想，如今這樣已經很好。

她有時會在月夜搬個藤床到四季果樹下乘涼。那夜他從製鏡房中出來，遠遠只見月色如霜華，而她躺在藤床上，已睡熟的模樣，四季樹巨大的樹冠撐在她頭頂，投下些許陰影，她手邊滑落了一冊詩卷。

他最愛看她熟睡的模樣，即便心中繚繞再多煩惱事，瞧著她沉靜的睡顏，也能讓他頃刻忘懷。她還在他身邊。

白色的花朵散落在藤床上，他俯身靠近她，端詳許久，拾起一朵別在她鬢邊，手指在她鬢角處輕撫後一停，滑過她的眉毛、鼻樑、嘴唇。他第一次為她別花也是在四季樹下，這樣親密的舉動，就像在履行一個誓言：妳還有我，阿蘭若，有我就足夠了。良久，他俯身在她額頭印下一吻。她並未醒來。

而命運，卻在此開始出錯。

傾畫夫人藉口查驗他製鏡的進度，到阿蘭若府中同他一敘。製鏡房中，傾畫夫人面具般的妝容出現在他手中的雙面鏡碎片裡，淺聲道：「相里闋一日在位，你便一日不能回歧南神宮，我不知你有如何良計，但卻知你並不願困在此間。你從來敬重先夫，而我為先夫報仇之心也未有一日泯滅。為何你我不合力各取所需。倘橘諾即位，我代她立下此誓，王宮將永不冒犯神宮。」

照他此前的計策，若他此時是自由身，早已逼得相里闋同神宮動上干戈了，而如今相里闋果真已不再如昔日魯莽，對神宮乃是走的壓制蠶食的路子。神宮表面上瞧著無事，想必內裡的神官們，卻已被相里闋暗中替換了許多。近兩年幽居，他並非對外事一無所知。他一直在等著傾畫來找他。

他幼年時，息澤常在他跟前說一句訓誡：咱們歧南神宮，不到萬不得已時，絕不捲入凡塵之爭，這種事情，有失咱們的格調。大約息澤早已預料到終有一日他們將捲入這種降格之事，他不願為此事，因此將擔子卸給了他。既有傾畫相助，相里闋必有一死。縱然傾畫意在扶橘諾上位，但橘諾繼位還是太子相里賀繼位，於他又有何干？歧南神宮只需相里闋的一死。

傾畫三次過府，顯出十足的誠意，他方將籌謀放在一個錦囊中交給她。用毒從來就不是什麼出奇妙計，但卻是最適宜傾畫之計。相里闋天性多疑，因而在最後那一步之前，還有頗多路需繞行。每一程路該如何走，有何需規避，朝野中有誰可拉攏，可從誰開始拉攏，有些事成了該如何，不成又該如何，載了厚厚一沓紙，就像算籌一樣精準。相里闋雖寵著傾畫，卻如籠中鳥一般禁著她，此前她對朝野之事不甚瞭解，卻是他，將她帶上了權謀之路。

相里闋薨逝的前兩夜，傾畫再次過府。鏡房中，他正提筆描琉璃鏡的鏡框，好教人照此打個模子。雖是他的姑母，傾畫卻敬重地稱他大人，同他商議相里闋的近況，並允諾事成後即刻迎他重回神宮。他提著筆，專注在畫紙上，道：「此事若成，我要阿蘭若。」傾畫驀地抬頭。他做出冷淡的模樣，「她加諸我身上的，自然要一分不少，盡數奉還給她。」抬眼看向凝眉的傾畫，「還是說，她終歸是君后的骨肉，君后心疼了？」

傾畫沉默片刻，道：「事成之日，阿蘭若便是大人的。」

他不會再娶橘諾，而神宮的力量既不能歸於橘諾，傾畫也不會讓它歸於阿蘭若。要將她安全帶回神宮，這是最好的藉口。

但他這一生，最大的錯，卻是低估了傾畫。

七月十六夜，相里闋薨。七月十九，他被匆匆迎回神宮，主持相里闋大喪。而不過三日，便有消息傳入神宮，阿蘭若弒君，已被收押。彼時神宮大殿之上，黑色的祭瓶自他手中驀地滑落，啪一聲脆響。傾畫未兌現她的諾言。她如今慮事的周密，竟在他意料之上。

他對阿蘭若是假意還是真情，傾畫如何能知曉。她行此一招，不過是防著有朝一日，萬一他對阿蘭若動了真情，會幫著阿蘭若威脅橘諾的王位。她要將阿蘭若置於死地，她從未當自己是她母親。他怎會沒有想到？

阿蘭若被關後，他也被密實地監視起來。

傾畫到過一回神宮，在他面前攤開的一席話，看似出於一個母親的苦衷，「你那樣恨阿蘭若，本宮瞧著，卻覺難過，她因了你釀成大錯，但終歸是本宮的骨肉，她若長久受苦，本宮卻是不忍。看在本宮的面上，即便她有天大錯處，一死還不能泯你之恨嗎？你若做給本宮這個人情，往後有什麼用得著本宮，也只管開口。」話雖如此說，甄別他神情的眼神，卻難掩銳利。

他蹙起眉來，就像果真十分不滿的模樣，片刻，方緩緩道：「宗學中有位叫文恬的女先生不知君后可識得，若覺此事對不住我，君后可否認文恬做義女？我落魄時她待我不薄，我同她情投意合，意欲聘她為妻。」傾畫緩緩笑了，「有何不可？」那笑容中，終於有幾分放鬆。

傾畫允文恬到神宮陪他，此番相見，一貫恬靜的女子臉上卻難有笑意，無人時蔑然向他道：「我知你娶我是為報恩，你可知對你施恩最大的，卻是二公主殿下？公主待你的好連我都看在眼中，此番她蒙冤受屈，你卻坐視不理。我的確曾喜歡過你，但今日才發現，你當不上我的喜歡。」

他未有辯解，這樣的非常時候，除了自己，他誰也不信。若文恬出於本心說出那些話，他很欽佩。若是受傾畫旨意說這些話來試探於他，他就更需謹慎。

傾畫終是信了他，放在他身上的監視漸漸鬆動，尤其文恬在的時候。是日，他捎帶文恬去後山取天泉水，避開她去了一趟青衣洞。青衣洞洞名青衣，乃歧南山最為靈氣匯盛之地。息澤兩年來一直在此洞閉關。

無羽箭攜著疊好的書信闖過洞外結界，信中所述乃是阿蘭若被困之事。

息澤當年閉關之時，領了兩位神官入洞護法，他雖信息澤，卻信不過護法的兩位神官，因而信中矯了他人筆跡。此番只望息澤能親眼見到此信，出洞一救阿蘭若。

事急之時，更需冷靜與周密考量。倘息澤救出阿蘭若，三五月後，他便悄無聲息離開神宮，同她重會。倘息澤並未見到此信，唯一的法子，卻是將她的行刑之權移至神宮。屆時他護著她成功逃離的可能雖僅有一半，或許還更少，但總有那麼一些。

傾畫如此算計他，若能逃過此劫，他亦不會讓傾畫如意。她一心想讓阿蘭若死，那麼終有一日，他卻定要讓她坐上上君之位。

這天地蒼茫浩大，他從沒有親人，阿蘭若也不再有親人，即便所有人對他們都是算計那又如何，他們僅有彼此，有彼此，就足夠了。

八月朔日，阿蘭若被劫。此日亦為相里賀出征日，消息傳來時，他正於靈梳台主持大軍出征的祝禮。近日脫軌而行的事著實太多，好在這一樁終於走了正軌，他沒有押錯息澤。但阿蘭若被劫後，他被看得越加嚴密，傾畫終還是有些疑他。不過好在她平安了。她平安就好。

與夜梟族的一戰，時有戰報傳來，他雖身在神宮，亦知一二。但這一二中，並不包括此時思行河主帳中坐鎮的已是阿蘭若，並非相里賀。

八月初六，大軍被夜梟族逼退至思行河以南，折損三萬士卒。

他閒步在神宮中，瞧見滿栽四季樹的園子裡，一些落地的果子被鳥雀啄食，裸出一些褐色的種子，他將這些種子收起來。

八月初八，阿蘭若以半月陣阻敵，將夜梟族阻於河外寸步難行。

他在園中清出一塊空地，將種子撒在空地上，天泉水兌了些普通泉水澆灌，種子次日便長成清俊的樹苗。

八月十四，夜梟族攻破半月陣，阿蘭若使了召魂術，思行河上燃起潑天業火。

他替樹苗培了土，這幾日它們已長出翠冠，還有一株竟開出一朵清妍的小花，他用術法存起來，想這一朵很適合她。

八月十七，阿蘭若戰死，魂魄成劫灰，湮滅於思行河。

他徘徊於園中，四季樹已花滿枝頭，他拿了剪刀挑揀出一些飽滿的花枝剪下，想著這些亦可存起來，日後供她插瓶賞玩。

傳聞中，相里賀戰死，阿蘭若死罪在身，相里闋生前最寵的嫦棣，也在聽聞相里闋死訊後過度傷心以致發瘋。偌大一個王室，即位者僅存橘諾一人。八月十九，流放在外的橘諾被迎回王都即位。八月二十，橘諾親上神宮求他的祝禱，禮畢時請他去荷塘邊站站。

從前單純而自持身分的少女，此時臉上卻布滿了滄桑，遠目荷塘中水色，良久方道：「流放兩年，雖歷了些艱辛，但這兩年我才像真正活著，想通了一些人，也想清了一些事。我們姐妹三個，其實真正得著好教養的，倒是阿蘭若，長大後我會那麼討厭她，不過因她活得那樣無拘束，讓我很羨慕。她剛生出來的時候，我記得我是很喜歡她的。」他不知她此話何意，沒有接話。

片刻，橘諾又道：「許多事母親不同我明說，但我心中其實有張譜，說阿蘭若她弒君，我，不覺得這是真的。」她回頭看向他，「表哥，母親她讓我覺得，有些可怕。」

傾畫一生為著這個大女兒，虎毒尚不食子，她卻毫不在意用小女兒們的血肉鑄成橘諾的王座。到頭來，橘諾竟未有半分感激，倒只覺她的可怕，這是報應。

他淡淡回了一句，「妳害怕的不是她，是她手中的權力。如今妳已是上君，妳母親不該干政太久。」

八月二十二，是個好天，日頭不烈，偶有小風。這種天色，最宜訪親拜友。像是特地挑好似的，息澤神君來神宮探他。

彼時他袖了本書正在四季樹園子裡隨意翻看，息澤穿過月亮門，一路行至他跟前，神情有些頹然冷淡，省了寒暄落坐到他對面，道：「山外的天已變了一輪又一輪了，你幽在此中，倒是閒適。」

他抬頭略瞟了一眼息澤，手指翻過一頁，目光重回到書冊上，「我記得從前你常說，神宮乃世外之地，既如此，那些世間之事與一個世外之地又有何干？」手中書冊再翻一頁，道：「阿蘭若她……」

息澤皺眉打斷道：「情之一字，我沒沾過，自然不曉得你同阿蘭若都是如何想的。但既然你有此一問，可見心中也還顧念著她，既如此，又何苦將她逼到那個境地。當然你二人之事，我一個旁人，不大說得上什麼，你選的路，她選的路，不過都是你們各自的命數。」一嘆了口氣道：「今日我來此，也不過念著她一個心願，聽說她有二十封信在你處，她臨行前，託我替她討回來。」

息澤一篇話像說了什麼，又像什麼都沒有說，唯獨臨行兩個字如同兩根長針釘入他耳中，他手指僵在書頁上，緩緩道：「臨行？你救了她，卻讓她走了？」

息澤愣了一愣，像是有些不明白他為何有此一問。

一絲不祥忽漫上心頭，他倏然起身，向園門而去，「既然你來了，應有辦法助我早日離開此地，不管她去了何處，我們即刻下山，還能趕得上找回她。你不知她時常有奇思妙想，她若隻身一人在外我不放心……」他不是個愛說話的人，此時卻唯恐被人打斷也似，到底在懼怕什麼，他自己明白。他和阿蘭若，他們僅有彼此，命運再是出錯，卻萬不能在此刻出錯，若是連這一步都錯了，若是……

息澤卻像是突然明白了什麼，在他身後道：「沒有人告訴你嗎？沉曄，阿蘭若她去了戰場，換……」卻被他厲聲打斷，「不要說。」

不要說。

彷彿息澤不說出來，如他所願的一切便還會依然如他所願。

園中寂靜如死，唯有涼風閒翻過書頁，哧啦幾聲輕響。

他的手撐住園門，額頭沁出冷汗，卻還強撐著一臉平靜，彷彿裝成這個樣子，他此刻心底最深的恐懼，那足以將他徹底摧毀的恐懼，就不會也不曾發生。

但息澤終還是緩聲阻住了他的步伐，道：「阿蘭若她……」頓了一頓，「你的那封表書，傾畫給她看了。臨去思行河前，她說她今生可能並無姻緣，你是她爭來的，同你兩年情深即便是場虛妄，她也認了，只是沒料到你恨她至斯，她再是心寬，終究有些承受不住。」又道：「她說她會回來，我不知她去思行河，原是一心求死。」

平平靜靜的一篇話，字字如刀，像最鋒利的匕首扎進他心口，他知息澤不是有意，他卻想讓它們扎得更深更痛，因這樣才能感到自己還活著，才能有力氣反駁息澤，「阿蘭若她不會死，你說的字，我一個都不信。」

息澤端視他片刻，低聲道：「你信也好，不信也罷。」嘆息道：「她死後傾畫和橘諾才曉得此事，因關乎王權種種，她們瞞了臣下，但我不曉得她們為何要瞞住你。」

他不知自己如何發出聲音，「告訴我，她在何處？」

息澤沉默許久，無邊的靜寂中，彷彿終於明白，眼前這年輕的神官不願相信，卻又不得不相信，但與其相信他，他更願相信自己的眼睛。許久，息澤道：「她孤注一擲，啟開召魂陣，上古的凶陣噬盡了她的魂魄，化為塵沙湮滅在思行河中。」

他的身影狠狠顫了顫，腳下踉蹌，步伐卻更急。

那一日，王宮密探們自以為那位被看守得嚴嚴實實素無反抗之力的神官長大人，竟打他們眼皮底下，自正門走出了神宮。此舉令他們無限惱火，紛紛自半道現身相攔。而神官長面若修羅，隻手執劍，劍光閃過，相攔的密探們便個個身首異處。百來十密探裡頭唯留一個活口，是個平日反應奇慢此時來不及現身的小密探。待神官長走遠，小密探哆嗦著喚出傳信的鴿子，將神官長離宮之信綁在鴿腿上，傳給遠在思行河的傾畫母女。傾畫二人在思行河，乃是按比翼鳥族的族例，為死去的將士們祈福。

八月二十六，南思行河畔，將士們的枯骨旁搭起百丈高台，台上召來祥雲點綴，女君祈福的儀仗鋪排得很大。幾日急行，他亦恰在這一日趕至此處。

河似玉帶，蜿蜒於平韻山旁，耀耀晨光中，樂音林丁零輕響。不吃不喝急行趕路的這幾日，阿蘭若時時縈繞於他空白腦際，一閉眼，腦中便全是她的影子，那麼鮮活，容不得他相信她已離他而去。但如何能不相信，他不是自欺欺人之人。這幾日他如在雲中，思緒與痛苦皆離他而去，他要來思行河，他來找她，因此地是她給他的答案，將是他的終局。

他未曾想過躲開女君的儀仗，他只是沿著河畔，想像那是她臨終時走過的一段長路，她一生最後的一段路。走過這段路時，她在想著什麼？她仍恨著他嗎？

行到河畔盡頭，便是高台突兀，旌旗如蓮華，紫色華蓋下傾畫的臉映入他眼中，竟是難得的慌亂驚恐，他不知他的模樣是否令人害怕，只知傾畫僵著臉下了什麼號令，便有鐵箭如雨蜂擁向他。他本能揮劍，長劍立於河畔，鑄起森嚴劍氣格擋，但箭雨無終，終將他阻得進退維谷。

河畔忽有陣風吹過，樂音林中似有誰奏出一曲輓歌，白色的樂音花脫離枝頭，竟穿過凜冽箭雨，飄落於他的劍陣之中。小小的樂音花棲立於劍柄處，像一隻純白的蝶。蝶翼撲閃之下，阿蘭若就那樣出現在他眼前，漆黑的髮，緋紅的衣，帶著一點笑意，從他的劍柄上取下那朵白花，指間把玩一陣，緩緩別入髮鬢，手指在鬢角處輕撫後一停。他心中狠狠一痛，伸手想要握住她，握住的卻只是虛空。那不過是，樂音樹存留下來的一段影子罷了。心神動搖間，便有鐵箭穿過護身的劍氣直釘入他肩臂，剛硬的力道逼得他後退數步，口中的鮮血染紅劍柄。

「適聞孟春院徙來新客，以帖拜之。」

「我說的或許是真的，或許是假的，或許是我真心喜歡你，或許是我真心捉弄你。」

「你真的喜歡我，沉曄。」

「我有時候會覺得不夠，但有時候又覺得，你這樣就很好。」

他失去她那麼多次，眼看著她的影子消逝在眼前，才第一次明白，失去究竟是什麼。那個人，你再也見不到她，再也不能聽她說話，再也無法觸碰到她。她甚至決絕得放棄了輪迴，無論有多少個來生，無論你變成誰，也再不能同她相遇了。

她已經不在了，離開得徹底。

巨大的痛苦從內裡深深剖開他，一寸一寸蔓延，是遲來的絕望，他一生從不曾品嘗過的絕望。早知如此，他的那些隱忍是為了什麼？他對這俗塵俗世的忌憚是為了什麼？他活著又是為了什麼？

狂風自天邊而來，東天的日光瞬間被密雲覆蓋，阻擋箭雨的長劍忽然爆出一陣玄光，靠近的羽箭竟在這玄光中熔得無形。依劍身而起的玄光一分一分延開，猶如一只可怕的焚爐，所過之處萬物無形。這是毀天滅地之力，他不知自己何時有了這樣的力量，只是令萬物同葬的欲念一旦生出便難以再收回，他也不打算收回。

高台之上，傾畫與橘諾眼中含著濃黑而純粹的恐懼。她們這樣無能為力，他很滿意。阿蘭若在此處安息，這裡有山有水，也有花鳥蟲魚，這很好，既然她再不能回來，那麼與她同葬在此處，便是他的終局，也將是她們的終局。

不祥的玄光蔓過思行河，滔滔長河悄然蒸騰，唯餘一河泥沙，眼見離那座祈福的高台不過數丈，橘諾已暈了過去，唯餘傾畫仍勉力支撐。危急時刻，高台旁的濃雲中卻驀然浮現一個人影。息澤神君。終歸是一場滅族的大劫，一向逍遙的前代神官長亦不能袖手旁觀。

白衣的前代神官長廣袖飄飄仙氣卓然，神色間卻難掩疲憊，祭出全力克制住玄光的蔓延，向他道：「阿蘭若並非無可救之策，傳說九重天上有件聖物喚作結魄燈，能為凡人塑魂造魄，此結魄燈雖不能為我等地仙所用，但萬物皆有其法度，依照結魄燈的法度，造出一個養魂之地，為阿蘭若重塑一個魂魄，又有何不可？沉曄，你是想懷著遺憾與她同葬此間，還是想再見她一面？」

浮蔓的玄光瞬然停滯，息澤的話入耳中，令他有了一些神志。他平視著前方的白衣神官，聲音啞道：「我要怎麼做？」

息澤低聲，「你願不願窮盡此生修為，為她另造一個世界？即便她初始只是一具虛假的軀殼，直到你付出足夠的耐心，重塑出她的魂魄，方能令她完全復活。你願不願因此，付出你的一生？」

他看著面前的神官，神情格外平靜，「既然我已經失去了她，你說還有什麼，是我不能付出的呢？」

第十章　原來他們都不過是影子

蘇陌葉蘇二皇子風流一世，即便在阿蘭若處傷情，也傷得自有一種情態和風度，令人既悲且憐，引得無數重情之人讚他一句公子難得。蘇陌葉一向以為在阿蘭若的情路上，自己這個打醬油的唱的算是個苦情角兒，但觀過妙華鏡，方知論起苦情二字，沉曄這個正主卻要占先他許多，再則沉曄身上有幾道情傷，還是拜他這個打醬油的所賜，這一茬他無論如何也不曾料到。但無論如何，這是一個結果。他追尋此事兩百多年，無非是求一個結果，而此事真相竟然如此，他的愛恨似乎一時都沒了寄託，但終歸，這是一個結果。

陌少自個兒謙謹自個兒耳塞目盲，未曾料及之事，沉曄同阿蘭若的過往是一，沉曄造出阿蘭若之夢的真相是一，這兩者已足夠令他震驚，而當第三樁他未曾料及之事揭開在他眼前時，卻已非震驚二字能夠令他述懷。

這第三樁事，同陌少並沒有什麼相干，倒是與帝君他老人家，有著極其莫大的關係。

彼時妙華鏡中正演到沉曄一劍斬下梵音谷三季，傾盡修為在息澤神君指點下創製阿蘭若之夢。蘇二皇子因一時手欠，一隻手還同鏡框連著，迫不得已在沉曄的情緒裡艱難起伏。一派昏茫中，聽到靠在一旁的帝君他老人家慢悠悠道：「你倒回去我看看。」

蘇二皇子雖被鏡中沉曄的一生牽引，卻著實不曉得如何將它們倒回去。帝君似乎也想起來這一點，只是一向吩咐人吩咐慣了，瞧著他這個廢柴樣略沉思片刻，提筆一兩畫描了個什麼拋入鏡中，鏡面便似被吹皺的春水，漾出圈圈漣漪來。鏡中畫面在漣漪中漸漸消隱，蘇陌葉受制於鏡框的右手突然得以解脫，抬首再向鏡中望去時，漣漪圈圈平復，鏡面上現出的卻是九天祥雲，仙鶴清嘯。

蘇陌葉疑惑道：「這是……」

帝君撐腮注視著鏡面，淡淡道：「三百年前。」

蘇陌葉掃過鏡中熟悉的亭台樓閣，更為疑惑道：「既是將沉曄的人生倒回三百年前，鏡面上，卻又為何會現出九重天闕？」

帝君指間轉著盞杯沉吟，「若沒猜錯……」話說一半，住了口。

帝君不常沉吟，更不常欲語還休，因沉吟和欲語還休都代表著一種拿不準。帝君不常有對事情拿不準的時候。蘇陌葉心中驚奇，再往鏡面上一瞧，卻見祥雲漸開，妙華鏡中現出一軒屋宇，四根柱子撐著，橫樑架得老高，顯得屋中既廣且闊。然這既廣且闊的一軒屋子裡頭，旁的全沒有，唯有一張寬大雲床引人注目，雲床上模模糊糊，似躺著一個人影。鏡中的畫面拉近些許，蘇陌葉一頭冷汗，雲床上躺著的那位紫衣銀髮的神君，不是東華帝君卻是哪個？然斜眼一瞥活生生坐在自己身旁的這個帝君，帝君仍有一搭沒一搭地轉著盞杯，瞧著鏡面的神情，有一種似乎料定諸事的沉穩。

未幾，雲床前有了動靜。一位著衣板正的青年仙官挨近了雲床，板板正正地換了床頭裝飾的瓶花，板板正正地在屏風前燃了爐香，又板板正正地替沉睡的帝君理了理被角。被角剛理順，房中進來一位上了年紀的老仙伯。因青年仙官與老仙伯皆著便服，瞧不出二人階品，但鬍子花白的老仙伯見著板正的青年仙官卻是一個極恭順的拜禮，道：「重霖仙君急召老朽，不知所為何事？」

重霖，這個名字蘇陌葉聽過，傳說中帝君自避世太晨宮，便欽點了這位仙者做宮中的掌案仙使。重霖仙官乃帝君座下一等一耿介的忠僕，以多慮謹慎而聞名八荒，數萬年來一直是九重天上諸位仙使們拜學的楷模。

重霖仙官板正的臉上一副愁眉深鎖，掂量道：「此次請耘莊仙伯前來，乃是為一樁極其重大之事。帝君因調伏妙義慧明境而沉睡，你我皆知他老人家下了禁令，此事萬不可驚動宮外之人，以免令六界生出動盪。說來前幾日亦多虧仙伯的一臂之力，將司命星君司凡人的命格本子改了一兩筆，方能欺瞞住眾仙，假意帝君他乃是對凡人的生老病死、怨憎會、愛別離、求不得、五陰熾盛這人生八苦有了興致，轉生參詳去了。帝君他睡得急，雖並未留下旁的吩咐，但近日有個思慮，卻令我極為不安。」

耘莊仙伯邁近一步，「敢問何事令仙君不安？」不愧是太晨宮中的臣子，沒沾上九重天說話做事轉彎抹角的脾性，說話回話皆是直殺正題。

重霖嘆息道：「帝君雖已調伏妙義慧明境，鎖了緲落，但倘若曉得帝君為此沉睡，即便那緲落業已被囚，我亦擔心會否鬧出什麼風浪來。為保帝君沉睡這百年間緲落不致再生出禍端，我思慮再三，近日倒是得了一個法子。仙伯極擅造魂，若是仙伯能將帝君的一半影子造一個魂魄投入梵音谷中……自然，此魂若生，他斷不會知曉自己是帝君的影子，也斷不會知曉肩負著守護慧明境的大任，但此魂終歸有帝君的一線氣息，只要他投生在梵音谷中，便是對緲落的一個威懾。且梵音谷中的比翼鳥一族壽而有終，一旦皮囊化為塵埃，投生的那個魂魄自然重化為帝君的那半影子，於帝君而言也並無什麼後顧之憂。」

耘莊仙伯靜默半晌，沉吟道：「仙君此事慮得周全，老朽方才亦思慮了片刻，這卻是唯一可行之法。但依老朽之見，待老朽造成此魂，投入梵音谷後，仙君同老朽卻都需飲一飲忘塵水忘卻此事。仙君行事向來嚴謹，想來也贊同老朽所為，雖說投生的魂魄僅為帝君幾分薄影，但亦是帝君的一部分，若你我無意中透露此事，被有心之人拿捏去，將此魂煉化吞食，帝君沉睡中正是虛弱時，必會動搖他的仙根。」

重霖頷首，「仙伯這一點，提得很是。」

鏡中畫面在重霖攜了仙伯走出宮室後悄然隱去，起伏的祥雲連綿的亭閣都似溶在水中。妙華鏡端立在他們跟前，就像是面普通鏡子。

新一輩的神仙中，陌少一向覺得，自己也算個處變不驚的，但今日不知是何運氣，料想外之事一件一件接踵而至，令他頗有應接不暇之感。直至眼前這樁事揭出來，他覺得自己徹底淡定不能了。妙義慧明境是個什麼鬼東西，他不曉得，但剝離這一層，鏡中重霖與耘莊兩位仙者的話中所指，卻分明，分明說沉曄乃是帝君的影子。沉曄竟是帝君的影子？青天白日被雷劈也不能描出陌少此時心境之萬一，但若要說被雷劈，此時鏡子跟前，理當有位被劈得更厲害的吧，他不由得看向帝君。

理當被雷劈得更厲害的帝君卻從容依舊，沉穩依舊，分茶的風姿也是依舊。

其實沉曄是自己影子這樁事，初入此境時，東華他確然沒想過，即便時而覺得這位神官的氣息有些熟悉，也因懶得費心思之故，隨意以二人可能修的乃是同宗法術的藉口搪塞了。他不大想動腦子時，腦子一向是不轉的。疑惑沉曄是否同自己有什麼關係，卻是於妙華鏡中瞧見沉曄的毀天滅地之力。那滅世的玄光，原本是他使得最趁手的一個法術。倒回去一看，他料得不錯，沉曄同自己，倒果然是有幾分淵源。

但這個淵源，也不是不能接受。

一個影子罷了。

曉得沉曄是自己的影子，遠不及當日他看出原是個地仙使出創世之術更令他吃驚。而如今，一介地仙緣何使得出創世之術，這個就好解釋多了，畢竟是自己的影子嘛……

他從前是沒考量到還有影子一說，思慮得不夠周全，既然沉曄是自己的影子，那小白和阿蘭若……他抬手提筆，正欲描出阿蘭若的畫像投進業已平息的妙華鏡中，窗外卻驀然有風雷聲動，抬眼一觀，不祥的密雲竟似從王都而起……茶杯嗒一聲擱在桌上，妙華鏡遽然入袖，他起身急向王都而去。

風雷聲動時，蘇陌葉亦往窗外瞧了一瞧，口中正道「這雷聲聽著有些妖異」，一陣風過，見帝君已從房中急掠而去。他跟著帝君這麼些時日，還未曾見過帝君如此不從容的時候，好奇心起，未來得及躊躇，亦跟上了。

妖風起，鬼雲舉，東華御風而行，落在王都阿蘭若公主府的波心亭外。是時正見沉曄自亭中一張閒榻上抱起鳳九，神官一雙手剛扶上佳人玉臂，便被釘過去的一柄長劍及時攔住。一個錯手，似乎睡熟了的鳳九殿下，已穩穩躺在東華的懷中。蘇陌葉慢吞吞從雲頭上下來，心中暗讚了聲帝君好身法。

蒼何劍釘入亭柱，橫在沉曄眼前。說來帝君當日千挑萬選出息澤這個身分，將此境中真正的息澤神君凍在歧南後山的青衣洞，開始一心一意演著息澤這個角兒時，誠然，息澤神君原本的品貌性情他都當浮雲了，但至少有一樁事他辦得還算靠譜——每當拔劍時，好歹將隨身那柄八荒聞名的蒼何劍障了模樣，不致讓人因認出這柄劍而看穿他的身分來。

然此時，名劍之祖的蒼何神劍，卻就那麼大剌剌地、無遮無掩地攤在沉曄眼皮子底下，劍柄上皓英石截出的萬餘截面輝映著漏進亭中的暮光，簡直要晃瞎人的眼睛。

蘇陌葉料定，若沒有蒼何相阻，看沉曄的架勢必定是反手便要將鳳九重奪回手中，然蒼何不愧一代名劍，一出場便將眼前這位神官給鎮住了。須臾沉寂中，聽沉曄緩緩道出，「蒼何？」蒼何既已識出，又豈會識不出眼前這位尊神真身為何？年輕的神官默然片刻，的確是難得聰穎，抬眼再向帝君時，神色中含著三分莫測，「尊神蒞臨此境，令沉曄不勝殊榮，然沉曄何德何能，竟能勞動尊神親臨此間，惦念臣下的一己私事？」

面對著自己的影子，此時帝君臉上的神色……帝君臉上看不出什麼神色，目光略瞟過石桌上的空琉璃罐子，向著沉曄道：「為阿蘭若塑魂的氣澤看來你已集全了，已將它們全數擱到小白的身體裡了？」蘇陌葉抬眼一瞟帝君懷中的鳳九，帝君此話說得平和，看來殿下她身上並無大礙。

沉曄靜默半晌，道：「果然世上無事能逃脫尊神的法眼，臣雖不知尊神為何現於此境，然尊神懷中的女子，卻是臣下的執著，還望尊神網開一面，將她還與臣下。」

東華坐定在石桌旁的閒榻上，將熟睡的鳳九扶靠在自己胸前，單手摟著微微抬眼，「我的人，為什麼要讓給你？」

沉曄猛然抬頭。

東華空著的手輕輕一拂，卸掉了鳳九身上的修正之術，淡淡道：「小白她掉入此境，你造出的阿蘭若的軀體，被她取代了。」瞧著沉曄臉上的震驚，淡淡道：「前代神官息澤，倒的確是個高人，阿蘭若她若僅僅是隻比翼鳥，他教你這個復活她的法子縱然逆天，也還可行。但阿蘭若不過是個影子做成的魂魄罷了，原本就只有一世之命，一世了結便回歸為煙塵，即便你如何收集她的氣澤，也再做不成一個魂魄。你無論如何也復活不了她，她不會再回來了。」

蘇陌葉手中碧玉簫啪一聲摔在地上，沉曄失神道：「你說……什麼？」

妙華鏡自帝君袖中重見天日，立在石桌之上。東華懷中仍摟著鳳九，從容抬手自空中拈來一副紙筆，描出阿蘭若一幅小像，又在小像旁添了幾筆字，投入鏡中道：「她為何會作為一個影子而生，我也有些好奇，一道看看也好。」

不同於先前探看沉曄的生平，初時便是他的降生，此時妙華鏡中所現，卻是一個學堂。學堂外是個青青的山坡，坡上正有些靈禽靈獸玩耍，學堂裡傳來一陣琅琅讀書聲，唸的是段《般若經》。日影西移，唸書聲漸漸歇下來，像是將要下學。未幾，一個蓄著山羊鬚的老仙者攜著卷書從學中踱出來，陸續又有好些學子從學堂裡出來，各自從山坡上牽了靈禽靈獸坐騎，三三兩兩飛離山頭。

慢吞吞走在最後頭，被好幾位俊秀少年簇在正中的，是位紅衣少女。少女長髮如潑墨濃雲，秀眉似如鉤新月，眉間一朵朱紅的鳳羽花，眼若星子，唇染櫻色，神色間透著一股不耐煩。正是青丘的鳳九殿下。

蘇陌葉開口，「這也是，三百年前？」

帝君注視著鏡中的鳳九，「二百九十五年前，阿蘭若降生前些時候。」說阿蘭若或許是鳳九的影子，不過是帝君他一個推測，但妙華鏡中投入阿蘭若的小像，鏡中卻現出鳳九，其意不言已明。此事果然如他所料，阿蘭若的魂魄確然是取小白的影子做成。但小白她為何會將自己的影子放來梵音谷投生？且看她的模樣，似乎也並不曉得阿蘭若竟是自己的影子。此事令帝君有些疑惑。

鏡中鳳九跟著幾位少年漸漸走近，挨鳳九挨得最近的三個少年，分別穿一身藍衫、一身白衫、一身綠衫。瞧穿衣的式樣，不像是青丘的神仙，倒像是天族的少年。

妙華鏡中能傳出諸人說話聲時，正輪著藍衫少年。少年面上一派風流，含情目探向鳳九，「早聽聞青丘是塊仙鄉福地，一直想著遊學這些時日要去各處走一走，正巧前幾日拜見白止帝君時，帝君提起殿下於山水之道甚熟，大後日正有一日旬假，不知殿下可有空陪我一同遊一遊青丘？」

鳳九頂著少年的含情目道：「我……」

綠衫少年一把將藍衫少年撞開，一雙丹鳳眼亮閃閃地看向鳳九，「遊山玩水僅一日哪得夠，聽聞殿下廚藝了得，旬假那日不如同我一起去凡界吃酒，在凡界我有幾個頗心儀的館子，有些菜譜連天上都沒有，想必殿下一定也有興趣得很。」

鳳九頂著少年的丹鳳眼道：「我……」

白衫少年將綠衫少年和藍衫少年一同攔在身後，秋水眸中含著憂鬱，向鳳九道：「吃喝玩樂終歸不是個正經，聽聞殿下神兵鍛造一課同上古史一課均修得頗有造詣，不巧這兩門卻正是我的弱項，不知旬假時殿下可有空助我將這兩門課業補一補？」

鳳九頂著少年的秋水眸道：「我……」

三位少年目光中均流露出期待。

鳳九頂著三人期待的目光轉過身，從身後提出一個打著瞌睡的少年，向少年道：「我……大後日的旬假，有安排了嗎？」

瞌睡少年揉著眼睛，從袖子裡摸出個小本兒來，翻開幾頁，打著呵欠道：「啊，殿下的安排很多啊。白止帝君有令，午時前殿下需去探望三位神君的傷勢。哦，就是分別於上上個旬假上上個旬假及上個旬假邀您遊樂時被您打斷了腿、折斷了手、劃傷了脖子的那三位神君。午時後……我看看啊，午時後殿下您還需趕去鍾壺山同織越仙姬決鬥，這可是一場死鬥呢。嗯，如此說來，殿下能空出來的時候大約只有晚上吧。」

藍衫少年、綠衫少年及白衫少年靜成一片。

鳳九面無表情地替瞌睡少年合上小本兒，轉向面前三人，平和且慈祥地道：「同織越仙姬火併，也沒有死鬥這麼嚴重啦，就是卸掉她一條胳膊的事兒，可能打到酉時我就能回來。諸位，你們誰要等我？」

三位少年驚悚地對視一眼，一時連靈禽靈獸也忘了牽，靠跑的已直衝下山頭，溜得比兔子都快。

帝君的目光凝在鏡面上，略彎了彎嘴角。

鏡中天色已漸漸晚下來，瞌睡少年掀起眼皮瞥了眼鳳九，半空中化出一支筆來，重新翻開攤在手中的小本兒，舔了舔筆尖將上頭幾個名字劃掉，嘆道：「又被妳嚇跑三個，雖說妳家為妳做親的確做得早了些，但也無須這樣驚嚇他們，妳此時雖沒這種心思，但萬一往後妳想做親的時候，興許還用得著他們呢？」

鳳九將手搭在眉骨處，岔開話道：「我沒坐騎，灰狼弟弟你也沒坐騎，小叔的坐騎畢方他今日估摸又有個什麼事兒來不及接我們，你看我們是招朵雲下山還是走著下山？」

瞌睡少年合上小本兒遙指天邊，「咦，那朵祥雲是什麼？」

鳳九順著他的手指遙望，沒瞧著祥雲，不過，被夕陽落暉染成條金線的天邊，倒確見幾朵濃雲滾滾而來。

蘇陌葉料想，帝君整改過的妙華鏡雖觀得出地仙的前世今生，卻不應觀出一位青丘神女的前塵過往，若觀得出，這過往必定應同阿蘭若降生有幾分關係。方才一幕他確然沒瞧出同阿蘭若有何關係，而此時，待鏡中濃雲落地散開時，他才明白為何妙華鏡會現出這個學堂。落地在鳳九與灰狼弟弟跟前的仙者，是冥司的冥主謝孤栦。

凡人乃至壽而有終的靈物生死，關乎三位神仙，一是北斗真君，二是南斗星君，第三便是冥司的冥主孤栦君。南斗注生，北斗注死，而冥司則掌理人死後的刑獄訟斷，還管著一個輪迴台。孤栦君如他的名字般，行事也帶一個孤字，長年幽在冥界，不愛同眾仙往來，每年面謁天君的大朝會上，方能見到這位神君一回。蘇陌葉印象中，每每相見，這位神君總是一副病容清顯的模樣。

此番孤栦君立在鳳九跟前，仍是一臉病容，容她將身旁的灰狼弟弟打發走，方指著眼前一條崎嶇山道開口，「青丘晚景不錯，我們沿著這條路走走。」

鳳九跟在謝孤栦身後，諸學子皆已歸家，半山靜寂，雀鳥歸巢時偶爾一兩聲鳥鳴自他們頭上滑過。二人尋著棵如意樹坐下，謝孤栦自腰間拿出個酒壺飲了一口道：「近來有樁事，我估摸還是過來知會妳一聲。」

鳳九賠笑道：「是給你送酒送晚了這樁事嗎？這個你大可放心，你我朋友情誼，既然答應了送你一罈折顏的桃花釀，我便絕不會食言，只不過，唉，近日折顏他同我小叔鬧彆扭正在氣頭上，是個鬼神難近的時刻，即便是我也不大好……」

話頭被謝孤栦攔腰截斷，「是東華帝君之事。」

鳳九的笑僵在臉上。

謝孤栦道：「此事天上地下可能並無人知曉，北斗、南斗估摸也未曾察覺，大約因我掌著輪迴台，方才察知。」

瞧鳳九洗耳恭聽，續道：「近日梳理生魂冊，發現某處異界投身了一個魂魄，前去查探，乃知是無前生無後世的一個魂，非從輪迴台而來，死後也不會過輪迴台。未經輪迴台便投生化世，此種魂魄只能是仙者生造，而世間能生造出這種魂魄的人寥落可數，神族中除開我，也只有太晨宮中的耘莊仙伯了。前些年便聽聞帝君因想參透紅塵八苦而自求投身凡世，司命的命格簿子中雖載著帝君投生入凡世乃是三十年後，據傳此三十年他是在太晨宮中靜修，但靜修之時，令耘莊仙伯用自己的影子造出魂來投往異界先歷練一番，也未嘗不可，並不妨礙什麼。」一說得口乾，謝孤栦提起酒壺來又飲了一口，「帝君既瞞著諸位仙者，想來此事極為機密，我思慮許久將此事告知於妳，妳可知為何？」

魚尾似的晚霞皆已散去，山巔扯出半輪模糊的月影，鳳九躺下來，望著濛濛的天色笑道：「為了多誆我一罈子酒嗎？」

謝孤栦斜看她一眼，晃了晃酒壺，「我跟前妳逞什麼能，妳有什麼是我不知道的？七年前與妳同飲，醉鄉中妳不是說帝君在琴堯山救妳一回，妳想著報恩在十惡蓮花境救帝君一回，結果又被他反救了回來，到頭來妳還欠著他一回救命的大恩，遲早還需尋個時機回報給他嗎？依我看這是個時機，對著帝君的影子比對著帝君本尊強些，再讓妳回太晨宮面見他，怕是有些難為妳吧？」

鳳九閉目道：「你今日卻不像你，如此話多。」緩了緩，又道：「你從前說心傷這個東西，時間長了，自然就淡了，這話不對。」

謝孤栦垂頭看她，「哦？為何？」

晚風吹過，鳳九拿手擋住眼睛，「十年了，我仍記得那些傷心事，想起來時，那時候如何心傷，此時便如何心傷。」

謝孤栦亦躺下來，同望著濛濛夜空，「那是因為妳的時間還不夠長。」

鳳九偏頭看他，「其實我也有想起那些好時光。我同你說過沒有，帝君他曾為我做過一個六角亭避暑，給我烤過地瓜，做過糖醋魚，還給我包紮過傷口。」

謝孤栦道：「還有呢？他還為妳做過什麼？」

鳳九張了張口，「他還、他還……」一時不知還能說些什麼，將頭轉回去，半晌道：「他救過我。」

謝孤栦淡淡道：「救妳不過舉手之勞，那種情境下，無論是誰，帝君都會伸手一救。」

嘆了口氣道：「他待妳好的回憶，就只有這麼一點兒嗎鳳九，那些不好的回憶又有多少呢？」

鳳九仰望著月空，「不好的回憶……你想聽我做過的那些可笑的事嗎？」靜了一陣，道：「唔，有一次，我改了連宋君的短刀圖，姬蘅冒認說是她改的，我咬了姬蘅，帝君卻責罵了我而護著她，我那時候負氣跑出書房，入夜了不知為何總覺得帝君會因冤枉了我而來找我道歉，真心誠意地擔心他找不到我怎麼辦，特意蜷在他寢殿門口，很可笑吧？」

謝孤栦道：「那他來找妳了嗎？」

鳳九默不吭聲，許久，道：「沒有，他在房中陪姬蘅作畫。」

月亮漸爬過山頭，幾隻螢火蟲集結到如意樹下，謝孤栦道：「後來呢？」

鳳九無意識道：「啊，後來……」沉默了一陣，道：「後來姬蘅一直陪著他，我雖然委屈，但其實也想去陪他。你曉得那時候我總想待在他身邊，但我找不到一個合適的時機。再後來……我又抓傷了姬蘅，他將我關了起來，重霖看我可憐，將我放出來曬太陽，卻遇到了姬蘅的寵物索縈，牠……牠弄傷了我，我不小心掉進河裡，被司命救了。再再後來，他同姬蘅成親了，我就離開了九重天。」喃喃道：「都是些很無趣的事，想必你也聽得無趣吧？」

謝孤栦皺眉道：「那以來，他都沒有再同妳說過什麼話嗎？而妳就那樣離開了九重天？」

鳳九有些失神，輕聲道：「啊，是呢。」抬手從指縫中看著天幕景色，「司命說我這種，已當得上對帝君情深似海了，但其實情這個東西是什麼，深情又是怎麼一回事，我並不大清楚。雖然他無論什麼樣我都很喜歡，但比之他那樣尊崇地高高在上，要我希望的話，我卻寧願他不要那麼好。我希望他沒有住在太晨宮，不是帝君，這樣就只有我一個人看到他的好，只有我一個人喜歡他，我會對他很好很好。知鶴曾說他自幼同帝君在一起，同帝君之間的感情是我不能比的。我也知道有許多人喜歡他，但單論對他的感情，我想，所有人中，卻一定是我最喜歡他。」

謝孤栦嘆息道：「妳的心意，他過去不曾知曉，也許一生都不會知曉。」又道：「那時候他對妳冷漠，妳不傷心嗎？」

鳳九喃喃道：「怎麼會不傷心呢？但，終歸是我想和他在一起，為了他將自己變成了一個寵物，所以被他徒看作一個寵物也是自然。寵物就是這樣的，有時候受寵，有時候不受寵。他對我稍冷漠一些我就傷心得什麼似的，可能是我在心裡並沒有將自己看作一個寵物。」

謝孤栦搖了搖頭道：「在他面前妳已經足夠卑微了，為了他捨棄了珍貴的毛皮、尊崇的身分、家人和朋友，若是報恩，這些也夠了。」

鳳九閉眼道：「捨棄這些，只是為了我的私欲，這同報恩卻不能混為一談。」良久，又道：「你說得對，若帝君下界的是一個影子，這不失為一個好時機，帝君既然瞞著眾仙，他在哪處異界我還是不要知道為好。你不妨將我的影子也拿去，做成一個魂魄，投生到他所在之處。我希望這一次，我的影子可以代我好好地報恩，他有危險的時候就去救他，他想要什麼，都幫他得到。」

謝孤栦伸手牽過酒壺道：「他想要什麼都幫他得到……若是他未得到想要的，這場報恩依然不成呢？」

鳳九遠望著月光下靜寂的遠山道：「你不是說三十年後帝君會以本體投生到凡界？若此

次仍不成，屆時我去求求司命，問清帝君他投生至何地何處人家。」輕聲道：「三十年，我想那時候我見到他，一定不會再像現在這樣沒用吧。」

謝孤栦喝著酒溫聲道：「好，將妳一半影子給我，無論這個恩是否報成，屆時我都告知妳一聲。」

月朦朧，鳥朦朧，鏡中景在一派朦朧中幻作一個青天白日，梵音谷中阿蘭若降生，後事在鏡中一一呈現。阿蘭若魂飛於思行河畔，鑄魂的影子重歸於冥司謝孤栦手中時，亭中沉曄踉蹌而去，蘇陌葉未阻攔，他要去何處，他也未打探。

沉曄是個聰明人，想必已猜出他是帝君的影子，亦看出阿蘭若是鳳九的影子，兩個影子，他們的人生不過是他人命途中一段可有可無的消遣，任誰被告知此事也未免打擊。且，正如帝君所說，阿蘭若再不會回來了。而為何她愛上沉曄，要救沉曄，無論沉曄想要什麼她都盡心讓他得到，蘇陌葉終於明白，因她出生便是為他而來，她注定一生為他。他不知沉曄想著什麼，他失神離開時面色十分痛苦，他不忍問。

沉曄離去，帝君也並未加以阻攔，毋寧說阻攔，帝君其時凝目只瞧著鏡中，像並未注意到他。帝君蹙著眉，他不大清楚帝君神色中是否含著哀傷，他從未見過帝君這個模樣。

蘇陌葉想，一面鏡子，不過是個死物，卻照出各人悲愁。

須臾，鏡中現出謝孤栦再次踏入青丘，往生海畔與鳳九對坐而飲。

清風微涼，鳳九提壺斟酒道：「我的影子可有好好履她的職責？帝君的影子想要的東西，我的影子可否已幫他得到了？」

謝孤栦接過酒杯嘆息道：「並沒有。他最想要的東西，她到死都不曾明白。這場報恩並未如我們所料有個終局。」

鳳九一頓，「她……死了？這麼說報恩又失敗了？看來不得不找個黃道吉日去求求司命。」

謝孤栦飲過一杯，取過酒壺自斟道：「此時再見帝君，妳已不覺為難了？」

一朵雨時花飄落鳳九指間，她垂頭清淡一笑，「心傷這個東西，時間長了，自然就淡了。我從前不信你，此時卻覺你說得對。屆時凡界相見，不過報恩二字。或許終有一日，我與他能在天庭相見，可能是在個什麼宴會上，他是難得赴宴的尊神，我是青丘的鳳九，而我在他眼中，也不過是個初見的小帝姬，我同他的前緣，不過就是我曾經那樣喜歡過他，而他從不知道罷了。」

東華一震，她第一次見他，是在琴堯山上，而他第一次見她，卻是在兩千多年後的往生海畔。她說終有一日，也許他們能在一個什麼宴上相會，她說得不錯，後來他們在她姑姑的婚宴上相見，她差點將一個花盆踢到他頭上。他令她傷心了許多年，但那時候，她的臉上卻看不出什麼，做得像是第一次拜見他的一個小帝姬，聰明，活潑，漂亮。

妙華鏡已靜了有些時候，帝君卻遲遲未出聲。蘇陌葉道：「帝座。」帝君的目光不知放空在何處，仍未出聲。蘇陌葉上前一步，再道一聲：「帝座。」帝君像終於回過神來，看了他片刻，方道：「你第一次見小白，是什麼時候？」

蘇陌葉有些詫異，可能方才鏡中所現，鳳九的話令帝君傷懷，想起了什麼才問他這個。

但這個問卻不好答，他遇著鳳九是在折顏上神的十里桃林，且二人是私下裡得了個見面的機緣，並非世家正統的結交。若照實答了，說不準帝君以為他對鳳九有什麼，這個不妥。若此時瞞了，倘往後帝君得知，說不準以為他所以隱瞞乃因他的確對鳳九有什麼，也很不妥。躊躇片刻，又覺得帝君他並未拘泥他們相見的形式，問的只是時刻二字，遂謹慎道：「大約千年前，只是無意中見了殿下一面罷了，帝座問這個，不知……」

東華的目光凝在懷中熟睡的鳳九面上，空出的手撫在鳳九睡得有些泛紅的臉旁，蹙眉道：「她若想要見你們，都可以很快見到。她喜歡我，想見到我，到太晨宮中做宮婢四百多年，我們卻沒一個照面的機緣。照理說，我們的相見不該如此困難，依你之見，這是為何？」

蘇陌葉記得，鳳九當初同他訴這一段情時，用的是無緣兩個字。彼時他並未將這兩個字當真，他一向覺得，所謂無緣，應像他同阿蘭若這等郎有情妾無意的才叫無緣，而鳳九同帝君未曾嫁娶且各自屬意，只是因世事難料有些蹉跎罷了，怎能叫無緣？然今日帝君這一問，卻讓他有些思索，斟酌道：「殿下曾道，許是同帝座無緣，但臣下以為，不過是殿下因有些辛苦，為放棄找的一個藉口罷了，當不得真。」

東華抬起的左手間結出一個印伽，道：「小白說得沒錯，或許的確是緣分作祟。」說話間忽有陣風平地而起，亭上青瓦響個不歇，鳳九被帝君單手護在懷中，仍沒有睡醒的徵兆，而中天的月輪竟陡然拉近，月輪前橫出一座巨石，一個鬚髮皆白的老仙者倚在巨石旁。

此乃疊宙術。墜入此境之人若施出重法易令此境崩潰，而疊宙術卻正是一等一的重法。創世者在，此境即便碎了還能輕易復甦，但倘他們幾人陷入危險，交代在這裡卻未可知。蘇陌葉箭步上前，「此術萬不可施，這座土坡已有些動搖，帝座且冷靜冷靜！」

巨石旁的老仙者慈眉善目道：「以老朽之見，帝君卻比這位仙僚冷靜許多。仙僚可是因身在其中而未曾發現這個世界原本已有些崩塌之相？帝君施不施疊宙術召老朽前來探問天命，此境也撐不了多少時候了。」

蘇陌葉愣了一愣。

老仙者將兩手攏在袖中向東華道：「老朽枯守天命石數萬年，未想到第一個召老朽探究天命者卻是帝君。世間萬物的造化劫功自在帝君手中，老朽愚鈍，帝君並非困惑於天命之人，此番卻不惜以疊宙術傳老朽來見，不知帝君欲從天命石中探究的是什麼？」

橫在圓月前的天命石隨著老仙者的話又膨大了些許，可見出石頭上一些深深淺淺的字跡來。東華緩緩道：「本君同青丘鳳九的緣分，天命石是如何註解？」

蘇陌葉面上一愣。老仙者面上亦有一愣，愣過方道：「天命石刻著神仙的天命，帝君亦知雖有天命注定這個說法，但不為人知的天命方為注定，天命若為人所知，便會隨行變化，即便今日老朽告知帝君天命石上關乎帝君同那位殿下是如何刻載，至多明日，那些刻載便不會再與今朝相同了。變好者有之，變壞者亦有之，若帝君問了，同那位殿下的這線緣變壞了可如何是好？老朽竊以為帝君還是……不問為妙。」

疊宙術掀起的驟風不曾歇過，驟風之間東華淡淡道：「還有什麼能比本君同青丘帝姬無緣更壞？」

老仙者面露詫異，卻只在臉上一閃，復嘆息道：「帝君料得不錯，帝君同青丘的那位小殿下，原本確是……確是半分緣分都不曾有。小殿下對帝君執著一心，雖令人感動，然緣分一事，卻由不得人力。照天命石原本的刻載，那位小殿下……一片癡心必得藏冰雪，一腔艱辛合該付東流。不過，」斟酌片刻道：「三百年前帝君放了影子下界，卻在天命石上生出一個變數來。」

帝君沉聲道：「繼續。」

老仙者捋鬚道：「帝君的影子下界，小殿下亦放了自己的影子下界追隨帝君，此等執著卻為罕有，不知是否感動上天，小殿下的影子下界後，天命石上竟做出這對影子的一樁姻緣來。天命所定，這對影子緣起在一個蛇陣中，被救的以身相報，救人的得償所願，一生雖也有些許坎坷，但並非大坎坷，該和美到老的。」老仙者眼角餘光無奈瞟了蘇陌葉一眼，「無奈這位仙僚卻無意中橫插了一腳，不幸亂了天數生了枝節，天數之事，牽一髮而動全身，以致那二位本該是有緣人，走的卻是條無緣路。奈何奈何，可惜可惜。」

蘇陌葉臉色泛白，道：「我竟無意中做了罪人？」

老仙者道：「事有兩面，不該一概論之，在此是罪過，說不準在彼卻是樁功德，仙僚無須如此介懷，若單論此事，帝君其實當謝你一謝。」嘆道：「那二位有未盡的緣分，然影子並無來世，天命石便將這段未盡之緣安在了帝君同小殿下身上，如此，才有了小殿下與帝君後來的正經相見，若非如此，帝君和小殿下合該是終生不見的命運。」

話到此處，略有幾分躊躇道：「帝君與小殿下如今其實也算有緣，只是帝君既探問了，明日天命石自然要改寫，帝君與小殿下將來有緣無緣，卻不是老朽能分辨的了，只是老朽覺得，若這好不容易得來的微薄之緣因帝君此番探問而消弭，卻有些可惜。」

東華淡聲道：「天命說有緣如何，無緣又如何，本君不曾懼怕過天命，也無須天命施捨。」

老仙者一震，攏袖再拜道：「老朽聽聞帝君避世，越加淡薄，今日所見，我主仍是我主，此話老朽說來大約有些逾越，但見我主如此，老朽甚感欣慰。」

老仙者再拜之間，亭閣驀然大動，青瓦墜地，木石翻滾，蘇陌葉扶著亭柱向東華道：「可是因疊宙之術？」

帝君抬手取過仍紮在亭柱中的蒼何，開口道：「是沉曄。」

清風如舊，銀月如舊，但銀月清風之下，這個被沉曄生造出的世界卻是一派地動山搖，眼見著高山傾倒流水折道，四下裡人聲哭喊不絕，是此世行將崩潰的徵兆。

創世之主的沉曄既斷了求生之念，此世理當崩塌，而他們在思行河畔尋到沉曄時，果然見他已沉入水中。

素日白浪滔滔的思行河平如明鏡，河中的渾水也化作碧泉，映出河底玄衣神官俊美安靜的面容，像是從沒有什麼痛苦，也沒有什麼煩惱。

蘇陌葉說不準自己對沉曄是種同情抑或是種愧怍。這世間就是有這樣陰差陽錯的情，明明兩心相悅，卻要分隔天涯，先是生離，再是死別。世人道情之一字，最痛不過生不能相會死不能聚首。世人道輕了，情之一字最令人傷懷，應是明明愛著她，她卻到死也不曾知曉、不曾明白，而你再也無法令她知曉了。

蘇陌葉開口道：「其實我一直有個疑惑，沉曄既造出了此間，為何那時還會救橘諾，由著悲劇在此境中像從前一樣發生呢？」

東華淡淡道：「救下橘諾方能逼傾畫反上君，上君死，他大約會設法讓阿蘭若即位，前一世阿蘭若死在無權二字上，他大約是想給她這個，就算他不在，也能保護她。」

蘇陌葉啞然。回神時卻見帝君輕撫依舊沉睡的鳳九額頭，指尖凝出一團銀白光暈。蘇陌葉脫口道：「這是……」

帝君接道：「沉曄費心收集的阿蘭若氣澤雖被小白吞食了，再將它分離出來其實並非難事。」話間劈開思行河水面，碧波漾起高浪，白色的光暈緩緩進入沉曄的身體。水浪合上之時，水底已不見玄衣神官的身影，水中卻長出一株雙生的四季樹，樹高參天，花滿枝頭。

東華抬手，四季樹化為樹苗落入他掌中，凝目瞧了片刻，轉遞給蘇陌葉道：「出去後將它交給息澤，種在歧南神宮中吧。」

蘇陌葉接過樹苗喃喃道：「沉曄若死，魂魄自然該歸於帝座重化為影子，莫非帝座……」

東華點頭道：「我將它封在了此樹中。」頓了頓道：「連同小白化作阿蘭若的那半影子亦封在了此樹中。他二人，本該身死萬事滅，但世間萬事皆以常理推之，未免少了許多奇趣。將它們封印於此，千萬年後，它們是否能生出些造化，就再看天意了。」

身後乍然有烈焰焚空，不知何處傳來窸窣聲響，似琉璃碎裂，蒼何劍聞聲出鞘，頃刻化出千萬劍影，結成一個比護體仙障更為牢固的劍障，牢牢護著劍障中的三人。

隨著一聲堪比裂天的脆響，再睜眼時，已是梵音谷解憂泉中。

四面水壁的空心海子上，九重天的連三殿下從棋桌上探過頭來，居高臨下地同他們打招呼，「喲，三位英雄總算回來啦。」喜笑顏開朝著棋桌對面道：「他們毫髮無損回來了，這局本座贏得真是毫無懸念，哈哈，給錢給錢。」棋桌上一個打瞌睡的腦袋登時豎起來，現出如花似玉的一張臉，目光轉到平安歸來的三位英雄身上，立刻怒指道：「小九怎麼了？為何冰塊臉豎著出來小九卻是橫著出來？老子果然英明，早說了冰塊臉不如老子仁義，不曉得憐香惜玉！」蘇陌葉暈頭轉向朝海子上二位道：「拌嘴鬥舌確是樁奇趣，但二位可否暫歇一歇，先找個臥處讓我們躺躺？」

第五卷

錯天命

第一章　渴望竟成了現實

連宋君其人其實並非一個正直仙者，時常做虧心事，但因連宋君從未覺得這些虧心事有什麼，因而鮮有良心不安的時候，拿連宋君自個兒的話說，此乃他的一種從容風度，拿連宋君心儀的成玉元君的話說，彪悍的混帳不需要解釋。

彪悍的混帳連宋君，今日卻因良心不安，而略有惆悵和憂鬱。

說起連宋君的惆悵和憂鬱，不得不提及東華帝君。

帝君三人自阿蘭若之夢出來後，比翼鳥中有眼色的仙僕們不及吩咐，已鞍前馬後為三位收拾好三處就近的臥間。帝君抱著鳳九隨意入了其中一間，連宋君知情知趣，正要招呼仙僕們不用入內隨侍了，卻見已然入內的帝君突然又出現在門口，「你進來一下。」

連宋君有些懵懂，他刻意做出這麼個時機，令他二人同處一室說些小話聯一聯情誼。劫後餘生嘛，正是訴衷情的好時候，美人這種時刻最是脆弱，稍許溫存即可拿下。這種拿美人的關鍵時刻，他招自己進去做什麼？

連宋君懵懵懂懂進了屋，瞧著和衣躺在床上的美人鳳九，愣了一愣道：「你在她身上使昏睡訣做什麼，我看你們出來後她已有些要醒來的徵兆，你擔憂她希望她多睡一睡養養精神，我可以理解，但其實睡多了也不大好……」

帝君邊用一雙黑絲帶紮緊袖口邊道：「幫我守一守她，我回來前別讓她醒過來。」

連宋君瞧著他紮緊的袖口道：「你這不是煉丹的裝束嗎？」關懷道：「難不成鳳九她其實染了什麼重症？」

帝君深深看了他一眼，「再咒一句小白身染重症小心我把你打得身染重症。」

連宋君湊過來仔細瞧了瞧鳳九面色，「那你為何……」

帝君嘆息道：「她不想見我，所以阿蘭若之夢裡同她在一起時我都是假借息澤的身分，但她醒來想起這樁事必定難辦，你送過來的老君那瓶丹，此時算是派上了用場。」

連宋大驚，「你打算餵了她那丹藥令她忘記阿蘭若夢裡的事？」

東華理了理袖口，淡淡道：「我並不想她將那些事全忘了，所以須重煉那瓶丹藥，改一改它的功用，將她那些記憶全重寫一遍，尤其我瞞她那些。」

連宋木呆呆道：「這就是你想出的法子？」他這種情聖決計想不出如此粗暴直接的法子，一時震驚得無言以對，好半晌方回過神來道：「雖然同她坦白有些冒險，但候她醒來你老老實實坦白求她寬恕才是治本之法，你這樣，若她終有一日曉得真相豈不是更加難辦？你多想想。」

帝君抬手揉了揉額角，「我召了天命石，天命石說我們緣薄，經不得太多折騰。小白她在我的事情上……一向有些糾結，此時若讓她想起我在阿蘭若之夢裡瞞了她，後頭不曉得會鬧出什麼來，唯獨這件事我不敢冒險，思來想去還是此法最好。」

連宋長嘆道：「早知如此，那個夢裡你就不該扮息澤哄她。」又調侃道：「瞧著她同你扮的息澤親近起來你就沒有橫生醋意？」

東華皺眉而莫名道：「為何我要生出醋意，不過假借了息澤一個身分罷了，我還是我，她再次愛上我難道不是因為她此生非我不可嗎？」

連宋乾笑道：「你說得是。」

帝君話罷俐落出門，徒留連宋君坐在床邊嘆息，要緊時刻太過瞻前顧後說不準誤了大事，直來直往確然是帝君的作風，不過他今次這個決斷，連宋心中卻隱約有些擔憂。誆騙小狐狸之事，如今他也算半個幫兇。連宋君往床上憂鬱一看，復又惆悵一嘆。小狐狸純真和善，誆她其實有些下不了手。但不誆帝君就會對他下手，下的必定還是重手，誆耶？不誆耶？還是誆吧。

鳳九睜眼時已經入夜，窗外半輪清月照在房中一個溫泉池裡，水光微漾，如同魚鱗，鼻息間襲來清淡花香，藉著月光仰頭一觀，原是床幃旁以絲線吊了個漆板，上頭坐鎮一盆怒放的摩訶曼殊沙。若她沒有記錯，這彷彿是梵音谷中女君為帝君安置的行宮，他們這是，回來了？

鳳九望著頭頂火紅的曼殊沙發了半日呆。是了，帝君為姬蘅換了頻婆果，她盜果時墜入了阿蘭若之夢，帝君追來救她，還親了她，同她說了許多溫存話，她就原諒了帝君。後來她的魂不曉得為何入了阿蘭若的殼子，而帝君不知為何成了息澤，阿蘭若和息澤原本便是夫妻，她同帝君就做了夫妻。帝君給她編花環，帶她過女兒節，領她垂釣，陪她賞花，濕透的長髮，荷葉下的親暱，帝君的吻……鳳九瞬間清醒了，半晌，喃喃道：「其實是在作夢吧……」

感到身旁有什麼動了一下，遲鈍地轉身，清淡的月光下卻正對上一張臉。帝君的睡顏。鳳九的心漏跳一拍。或者其實並沒有作夢，只是她藏在心底最深的渴望，無論說多少次要放棄卻始終不能放棄的渴望竟化作現實，一時不能習慣，所以每每午夜夢迴時總是恍然夢中？

帝君愛側著睡，愛將頭髮睡得凌亂，她嘴角就抿出個笑來，伸手理順他額前的亂髮，緩了緩，纖白的手指順著額飾又滑落到他肩後的銀髮。

是了，是真的。

她睡不著，靜靜看著他的睡臉，心中突然就變得柔軟，探身親在他的嘴角，貼了會兒，就見他睜開還有些模糊的雙眼，她的唇仍靠在他唇邊，輕聲問他：「醒了？」

他看了她一陣，復又閉上眼睛，伸手將她攬入懷中，頭埋在她肩上，模糊道：「還有些睏，等我緩緩。」

他的氣息在她耳畔令她有些發癢，亦回抱過去，輕笑道：「時候還早，你繼續睡，我不吵你。」

他聲音已有幾分清醒，低低道：「妳呢？」

她的手撫在他耳後安眠穴上，動作極輕地揉了揉，軟軟道：「我已睡足了，既然我們能回來，想必你費了不少力，我幫你揉揉，你好好睡。」

他嗯了一聲，尾聲中帶著濃濃的鼻音，全然不似他平日的淡漠沉靜，令她的心瞬間融化，手上的力更輕更柔，而他的唇卻忽然落在她脖頸處，她微微偏頭躲開他，「不是說還睏著？」

他的聲音在她肩頭含糊，「緩了緩，不太睏了。」

她微微挪開些，看著他剛從睡鄉中清醒過來的面容，月光下極深極黑的眸子，挺直的鼻樑，微抿的嘴唇，襯著方才理順此時又有些凌亂的銀髮，有一種撩人的慵懶。他也專注地看著她。她沒出聲，卻比出口型，「打算做壞事？」就見他微微挑了挑眉，眼中流露出一些笑意來。她呆了一呆，湊過去主動將嘴唇貼上了他的嘴唇。但他頃刻便回吻過去，攻城略地，毫不留情。她緊緊摟住他。

門口突然傳來啪一聲碎響，白色的裙角自門緣一閃而過，徒留一地夜明珠的碎片，月色下還有些餘光。鳳九被這個聲音嚇了一跳正欲抬身，剛抬起來一半已被東華團在被中擋住。

鳳九在被中小聲且極其慚愧地道：「這裡如今是、是小燕的住處吧，你、你換回來是不是沒同他說。」東華施術將房門下了禁制，又將一地夜明珠殘片化為無形，方躺下將她從被中剝出來，輕聲道：「搬回來已同燕池悟打過招呼，此處有溫泉可以解乏，他暫住到疾風院去。方才嘛，老鼠打翻花盆罷了。」看她臉頰緋紅，額間鳳羽花開得極豔，手撫上她泛紅的眼角，「怎麼，嚇到了？」她瞟了他一眼，點了點頭，他輕聲問她：「我在還會害怕？」她看了他片刻，頭扭向一邊飛快道：「好吧不是害怕是不好意思。」他愣了愣，待反應過來時已再次吻上她的唇，而她也緩緩摟住他的脖子。房中花香益盛，月光照進來，似乎也沾染了些香味。

次日大早，鳳九收到小燕的傳書，說是半道碰見去歧南神宮辦事的冰塊臉同蘇陌葉，聽聞她已醒來，心中甚慰，問她可飲得酒乎，可食得肉乎，若酒肉皆可進肚，請她速來醉裡仙私會，萌少要私底下先給她餞一餞行。滿篇字跡竟算得上清秀，且只有私會這個詞用得不甚妥，令鳳九不由感嘆，幾日不見小燕益發有文化了。

信中另絮叨了些雜事，大意說自她進阿蘭若之夢，比翼鳥一族便曉得他二人這個夜梟族王子公主的身分是假的了，雖因東華和連宋之故不敢多加打探，但萌少私下問過他幾次，念著一場朋友，他是魔族魔君這個事他坦蕩蕩告知了萌少，她的身分他雖含糊了，但卻令萌少誤會她也是個魔族。

小燕語重心長道，要繼續瞞著萌少還是索性和盤托出全看她個人，畢竟萌少對傳說中的她種了一段甚深的情緣，而萌少注定拚不過冰塊臉，或許為了萌少的安危，看是不是乾脆一直瞞著為好。

鳳九捏著這封信，心中有些沉重。

今晨帝君同她提過，梵音谷他們已待得夠久了，待他辦了歧南神宮之事便領她回九重天。帝君去歧南神宮，乃是要將封有阿蘭若氣澤和沉曄魂魄的四季樹種在神宮中。沉曄同阿蘭若的過往，她也聽故事似地聽帝君大致說了些，確然是段令人嗟嘆的過往，令她也感到有些心傷。

她扯著帝君另問了一些七七八八，亦曉得了如今谷中的女君確然便是橘諾。阿蘭若之夢中的橘諾確然討人嫌棄，但原本的橘諾倒並非什麼可恨少女，得承女君之位也算是造化。聽聞傾畫夫人的結局倒有些淒涼，說是橘諾後來相上了一個有決斷的王夫，合二人之力將傾畫夫人囚在了深宮中。傾畫夫人在被囚的第二十個年頭上瘋了，偶爾言語，提及的卻多是阿蘭若。

鳳九覺得這些事都算一個了結，與自己也無甚關係，唯手中這封信裡頭，小燕卻難得提得很到點子。

萌少。

萌少夠義氣，將她和小燕當真朋友，曉得他們要走，還給他們餞行。做朋友，當見個真心，可萌少……她的身分當不當和萌少說，她也有些糊塗，良久，嘆了口氣，心道到時候見機行事吧。

月餘不見，醉裡仙仍是往日氣派，萌少近日愛坐在大廳裡頭，說是親民。鳳九到時，隱約聽他言辭熱烈說什麼，「本少雖沒見過她，但料想定是翠眉紅粉一佳人，靜若秋水映月，行似弱柳扶風，端莊賢淑，溫良恭儉，若要以花做比，唯有蓮花可比，取蓮花之雅，取蓮花之潔……」

鳳九順手從桌上撈起一個茶杯道：「這誰？吹得這麼玄乎，是醉裡仙新來的樂姬嗎？」

小燕無可奈何看了她一眼，「萌少正在憧憬青丘的鳳九殿下。」

鳳九腳下一滑從椅子上栽下去，握著個茶杯坐在地上，半晌道：「哦。」

看她摔倒，萌少終於住了話頭，嘆氣地伸出一隻手意欲將她拉起來道：「妳雖常同我們混在一起，到底是個姑娘家，儀容體面上總要注意些，像這大庭廣眾下坐在地上是個什麼體統，姑娘家還是要像個姑娘家。」

鳳九受教地爬起來，萌少繼續興高采烈向小燕道：「鳳九殿下她定是個一等一的名門淑女，因本質太過高潔，且純真善良，熱愛小動物，絕不沾酒肉葷腥這些俗物，是個真正只餐風飲露的高貴女神，且善感仁慈，連隻蚊子都捨不得拍死。」

剛用根竹筷子釘死一隻大個兒蒼蠅的鳳九茫然地看向萌少。

小燕終於聽得不忍，插話道：「固然鳳九她的確是那個……那個怎麼說的來著，哦，翠眉紅粉一佳人，下次跟老子說話說實在些，這些文縐縐的話記得老子頭疼，剛說到哪兒？對，翠眉紅粉一佳人，萌少你想像中鳳九是這個樣，但萬一她不是這個樣，你還戀她愛她嗎？」手一指，向鳳九道：「如果她是這個樣，你還戀她愛她嗎？」

萌少看向鳳九哈哈大笑，笑得氣都喘不過來，「怎麼可能！」指著她道：「鳳九殿下要是她這樣，我只好找塊豆腐把自己撞死了。」

小燕痛苦地扭過頭去。

鳳九鎮定地啃完右手裡一個兔子腿，慢吞吞道：「我的確是青丘的鳳九，常勝將軍是我贈你的，那個瓦罐亦是我贈你的，當初我救你時，稱你稱的是小明，瞞了你這麼久，對不住。」

酒樓中一時寂靜無聲，萌少端著一個酒杯愣了，良久，聲音帶顫道：「妳真是鳳九殿下，那個不沾酒肉、餐風飲露、熱愛小昆蟲小動物的鳳九殿下？」

鳳九斟酌道：「可能你對我有些誤會，其實……」

萌少顫著聲打斷她道：「妳方才喝的是什麼？」

鳳九看向面前的酒杯，「酒。」

萌少的聲音顫得更厲害了，「吃的是什麼？」

鳳九看向桌子上幾個骨頭，「兔子肉。」

萌少的聲音已經有點像天外飛音，「妳手裡的竹筷子釘的是個什麼？」

鳳九看向左手裡的竹筷子，「蒼蠅。」

萌少兩眼一翻，側身歪下了桌，鳳九與小燕齊聲痛呼：「萌少！」

東華連宋蘇陌葉一行此時正踏入大廳，聽得此聲痛呼，蘇陌葉緊走兩步，看向躺在地上的萌少訝然道：「他怎麼了？」

小燕蹲在萌少跟前瞅了半天，又伸手戳了兩戳，痛心道：「唉，萌兄他幾十年的一個夢想破滅，因不堪打擊而暈過去了，不過幸好老子這裡有醒神藥，等老子拿出來給他聞聞啊……」

須臾，備受打擊的萌少終於在醒神藥下幽幽醒轉，爬起來失魂落魄地看了鳳九一眼，一把推開蹲在他面前的小燕邊哭邊跑出酒樓，「女人，我再也不要相信女人，連我最崇拜的女人都是這個樣子，天下其他女人還有什麼指望！」

連宋君搖著扇子，不明所以道：「他到底受了什麼打擊，看他這個意思，似乎是要從此投向男人？女人我倒認識許多，男人嘛……」突然若有所思看向蘇陌葉，「將你哥哥說給他如何？」

陌少遠望著萌少的背影，「我哥他……喜歡英武些的，萌皇子……可能不夠英武。」

鳳九手裡還攥著那個啃剩的兔子腿，目光看向小燕有些惆悵，「我沒想過我把他逼成了一個斷袖，我們要不要去追一追，萬一他一時想不開……」

小燕瞥了東華一眼，亦回看向鳳九嘆道：「唉，斷袖就斷袖吧，他要是敢再喜歡妳，就不只是斷個袖了。等他出去哭一哭也好，說不定哭開了興許就想通了。依老子的高見，妳我追出去不過徒增他傷感，還是不追為好。來來，我們先吃這個兔子肉。」

眾人四下坐定分兔子肉，帝君臉上的神色看不出喜也看不出怒，鳳九靠過去偷偷和他咬耳朵，「這個肉哪有什麼好吃，誆誆他們還可以，回去我給你做更好吃的。」

帝君的眼中總算流露出點笑意，道：「好。」

她繼續同帝君咬耳朵，「今晨起得那麼早，肯定還睏吧？待會兒我們偷偷溜回去，你再睡一睡，我給你熬補神的湯，你醒了就可以喝。」

帝君的聲音亦放輕了些，道：「好。」

從阿蘭若之夢平安回來，鳳九細數，熟人皆見著了，唯漏了一個，便是姬蘅。如今她雖明瞭東華對姬蘅並無情意，且從小燕處得知東華當日答應娶姬蘅也別有隱情，但她曾親耳聽姬蘅表過對東華的一片癡心，因而出於私心，這幾日沒見著姬蘅前來關懷東華，她覺得倒是一樁幸事。依姬蘅對東華之情對東華之意，姬蘅竟能憋得幾日不來，她覺得也挺稀奇，稀奇之後又挺欽佩。

然她不過欽佩了姬蘅三天零五個時辰，姬蘅她就扛不住出現了。

是日正是帝君領她出谷。梵音谷這個地方雖稱的是出易入難，但修為不到境界者，要想不在開谷日出谷也有些困難，除非被修為高深的仙者提攜著。帝君帶著她便是提攜之意。

蘇陌葉早前已代帝君吩咐，說帝君他好清靜，無須比翼鳥闔族相送，免了女君已籌好的一個極盛的排場，保住了通向谷口的山道的方便清靜。鳳九已許久不曾早起散步，昨夜又睡得晚，不禁邊走邊犯睏，眼見著山道旁草色新鮮晨露可愛，也未曾將她的精神開曠起來。拐過一個彎道，一個水塘入目而來，鳳九琢磨著過去澆點水清醒清醒，視野朦朧中，就發現了佇立在水池旁於晨風中白衣飄飄的姬蘅。

姬蘅身後丈遠處，還站著一個臉色不佳的小燕。小燕為了能在情字上頭掙個功業，日前已同他們說好了不和他們同路出谷，要在谷中暫陪著姬蘅。即便情路縹緲還需費許多跋涉之苦，也決意同姬蘅再在這條情路上跋涉跋涉。

這個陣仗……蘇陌葉撫著碧玉簫低聲向連宋道：「我二人是否暫避一避？」

此種萬年難得一遇的熱鬧，且還是關乎東華帝君的熱鬧，連三殿下恨不得貼到跟前去好看得更仔細、聽得更真切些，聽聞陌少之言，啪一聲打開扇子掩口低聲輕咳道：「你……避避也好，我嘛，我看看，咯咯，我看看……」

前頭姬蘅和小燕二人快步而來，離帝君還有幾步遠時站定，姬蘅今日刻意打扮過，眉彎兩月，唇若緋櫻，只是雙眼有些像哭過似的腫，卻無損這張臉的風流標緻。姬蘅原本長得便不是那種楚楚可憐型的，如此倒平添了一段我見猶憐的風姿。

姬蘅的目光停在帝君的右手上，臉一白。

鳳九沒睡夠，今日腦子轉得極慢，順著姬蘅的目光一瞥，帝君的右手正牽著自己的左手。她恍然記起來出門時因她鬧著瞌睡很不情願，走得拖拖拉拉，帝君便伸手牽了她走，這一路似乎一直沒鬆過。又想起姬蘅因得了頻婆果來向自己耀威之事，覺此時雖是姬蘅平白到她跟前，但她同帝君牽這個手倒像是她故意在姬蘅跟前耀威，這同姬蘅知鶴的作為又有什麼分別？她打了個呵欠，悟出這種事其實沒什麼意思，胡亂一指前頭的水塘向帝君道：「看姬蘅公主像有什麼話同你說，我去前頭汲點水醒醒神。」一趁機抽出自己的手來。

小燕如花似玉的一張臉上透出心酸，看姬蘅癡癡凝望東華的目光，感覺不忍再視，轉向鳳九道：「哎，聽說那個水塘其實棲著水怪，老子吃點虧，陪妳同去。」

帝君的目光掃過小燕，淡淡道：「不用你吃虧，我陪她去。」一向姬蘅道：「有什麼話我回來再說。」握住鳳九的手便向水塘而去。鳳九有些發蒙，「我醒我的神，你們說你們的話，不正好節約時間嗎，你做什麼同我一起去？」帝君淡然道：「也不急在一時半刻。」走出十來步遠，鳳九似有所悟，有些不好意思地低聲道：「你是擔心我掉下水嗎？」帝君垂頭看她一眼，「妳說呢？」鳳九皺著一張臉，「你一定是擔心我掉下水嚇到人家水怪。」帝君挑眉道：「妳倒懂我。」鳳九憋出一個哼字，不解氣，又憋出一個哼字。

鳳九方才看得不錯，姬蘅的確哭了幾日。那夜她聽聞帝君歸來，且未宿去鳳九院中，反同小燕換了宿處，心中頓覺自己同帝君的姻緣可能還有一線轉機，想及夜深時分正是一個人善感的時候，特地袖了顆夜明珠照明，於深夜裡步履輕盈地前去帝君房中探視。

從前帝君住在這個寢殿中時一向由她近身服侍，偶爾假裝不知帝君在房中不敲門便直入而進，帝君也不會說她什麼。她那夜亦是這個打算，悄入帝君房中為他素手添一爐香，若帝君未醒，次日必曉得是她為自己添香，見出她對他的一個體貼，帝君若醒，她便要抓著這個時機伏在帝君床前同帝君訴她的一腔衷情。她曉得自己生得美，更曉得月光掩映下是她最美的時刻，屆時即便不能打動帝君，也能讓他記憶深刻。

她懷著這個念想雀躍地推開帝君的寢房門，然後……她就哭著跑了回去。她回去又哭了幾日，及至聽說帝君不日便要出谷，她擦乾淚定了定神，明白這是最後的時機。

即便帝君有了鳳九又如何，論先來後到，也是鳳九橫空插在他同帝君之間，鳳九她即便同帝君有情，也不過年餘，她對帝君之情，卻深種了兩百多年，放下談何容易。小燕說她何必執著，可他自己又何嘗不執著。這段情，她還是要爭一爭。可她今日要和帝君說的一番話卻自降身分得很，並不想讓閒雜人聽到，見帝君領著鳳九去醒神，愣了一下亦跟上去，在半道上叫住了帝君，「老師，請留步。」

東華回頭，轉過身來看著她。

姬蘅怯聲道：「奴今日其實有一事相求，特來此處候著老師，卻是為求老師一個恩准。」東華並未出聲，姬蘅曉得這是讓她接著說的意思，澀然續道：「奴年少無知時鑄下大錯，才致三百年不能歸家也無顏歸家，但客居在梵音谷中卻非長久之計，望老師看在先父的面上對奴再施憐憫帶奴出谷，即便做個老師府上的粗使婢女奴也甘心。」咬咬牙看了鳳九一眼道：「若老師肯施此恩，奴願一生伺候鳳九殿下和老師。」

聽得姬蘅口中道出自己的名字，鳳九一個激靈，瞌睡生生嚇醒了一半。姬蘅公主這番話雖做小伏低到了極致，若帝君一個心軟將她弄上天去，卻無異是請上來一個禍根。男人向來不察婦人的細微心思，她從前也不察，幸而得了小燕壯士一些指點，如今於此道已得了三四分造詣，忙十二分誠意向姬蘅道：「我看梵音谷山也好水也好，不受紅塵濁氣所污這一點更是好上加好，是個宜居的樂土，來太晨宮做粗使婢女有什麼好，宮中宮範極森嚴，雜婢向來不入內室，妳說的粗使婢女我從前也做過，做了四百年也不曾見帝君一面，妳來做這個著實有降妳的身分，我嘛，也是當年年紀小且臉皮厚。」帝君看過來，她看出帝君這個目光中略有戲謔，她自行理解可能帝君說的是妳現在臉皮也不薄，臉上登時一熱。

姬蘅眼中閃過訝色，目光卻充滿希冀地投向帝君。東華冷淡道：「在梵音谷住著方能克制妳身上的秋水毒，妳能安心在此住三千年，身上的毒自可盡數化去。」言下之意不用想出谷了。

姬蘅慌道：「但如此豈不是不能時常見到老師……」

鳳九道：「其實我可以給妳留一幅畫像……」

東華突然道：「妳父親臨羽化前託本君照顧妳，不過，本君一向不大喜歡照顧對本君想太多的人。」

姬蘅一張臉瞬時慘白，良久，慘然道：「是，奴明白了。」

水塘畔，鳳九盯著塘面發呆，帝君拿絲帕浸了水遞給她，鳳九接過在面上敷了一會兒，待涼意絲絲浸入，終於徹底清醒過來道：「幸虧當年我在你府上做婢女的時候，你沒有時機認得我，若那時候你認得我，同我說的話一定也是像今日同姬蘅說的這樣吧。」又躊躇道：「你說那些話的時候其實有些冷漠。」

東天晨曦初露，扯出一片扎眼的霞光，水塘邊碧草如茵，帝君躺下來遠望高曠的天空，若有所思道：「若那時認得，如今我兒子應該能打醬油了。」

鳳九正待取仍覆在臉上的絲帕，沒聽得太清，道：「你說什麼？」

帝君左手枕著頭，右手輕輕拍了拍身邊的草地，向她道：「我們躺一會兒再回去。」

鳳九愣了愣，帝君這個姿勢她極其熟悉。他釣魚時就愛拿一隻手枕著頭一隻手握釣竿，等魚上鉤的時節裡偶爾臉上還蓋一本佛經擋日頭。帝君很多樣子都好看，這種閒適的樣子她卻最喜歡。被這等美色迷惑，明曉得還有人等著不該躺下來她還是躺了下來，且自覺地躺在了帝君的臂彎裡，但口中還是不忘提醒他道：「陌少和連三殿下還等著，我們躺躺讓你過過癮就好啊……」

青草的幽香陣陣襲來，帝君摟過她閉眼道：「他們自會找事消遣，不用管他們。」

蘇陌葉遠望躺在水塘邊看朝霞的二位，向連宋道：「這個狀況從前有過嗎？依你之見，我們此時當如何？」

連宋君嘆一口氣道：「他一個人放我鴿子這種事倒是常見，他同什麼神女仙娥幽會放我鴿子這種事還從沒見過，」袖手一揮化出一局棋來，再嘆一口長氣道：「我們此時除了候著還能怎麼辦？權且殺兩局棋熬時辰吧。」

第二章　兵藏禮上遭遇挑戰

鳳九其實在心中打了個精細的算盤。

出梵音谷的第一樁事是先去姑姑處告一個饒。她當日是姑姑帶上九重天的，中途被帝君拐了，許多時日音信全無，雖然他們白家對自家崽兒皆是放養，但說不準這些時日姑姑亦很擔憂她，她需去姑姑處順一順她的毛。

第二樁事是復活葉青緹。青緹當年為救她而死在妖刀嵐雨之下，魂魄染了妖氣，即便轉世投胎也只能為妖，生生世世痛苦，唯一可解救他之法是做出一副仙體承他的魂魄，化了這股妖氣，再到瑤池去洗滌掉凡塵令他位列仙品。她當年收了他的魂魄放在冥主謝孤栦處。如今她得了頻婆果，頻婆果生死人肉白骨，肉出的白骨卻並非一個凡胎，乃是一個仙軀，正有復活他的妙用。如此，向姑姑討過饒後，正可以去謝孤栦那裡，討回託他保管的葉青緹的魂魄。

取到青緹的魂魄，即可去姥姥伏覓仙母處走一趟了，這便是第三樁事。她同帝君雖已做了夫妻，親族俱在的成親禮卻還未有過，這種虛禮在帝君看來是篇虛文，但在青丘老一輩眼中卻是天大的事，她同帝君勢必還要再辦個成親禮。然帝君一非世家，二無重權，更要命的是還打得一手好架，過她姥姥這一關可能很不容易。帝君是她好不容易爭來的，這樁姻緣豈可壞在姥姥手中，是以她要獨自去趟姥姥處會會姥姥，將她老人家說通。

但古來之事，一向是天不從人願者多。

九重天太子殿下夜華君的洗梧宮中，一個涼亭裡頭，鳳九她姑父太子殿下風姿無雙，彼時正悠閒地在亭中提筆作畫，她姑姑白淺歪在一個臥榻上翻一個遊記本子，她小表弟糯米糰子偎在姑姑懷中睡得正香。

她戰戰兢兢地挨過去同她姑姑行禮，一個大禮拜過，她那位太子殿下的姑父倒是衝她笑了一笑，她姑姑卻連眼皮也沒抬，只一個聲音在遊記本子後頭響起來，「哦，是鳳九啊，妳是不是忘了近日妳身上擔著什麼大事啊？」姑姑這種聲調，是沒有好事的聲調。

她立刻打了一個冷戰，小聲道：「不、不記得。」

姑姑仍然沒有抬眼，續道：「那我提醒妳一下啊，妳的兵藏之禮就在十五日後。」

兵藏之禮。她腦門一下生疼，哭喪著臉道：「姑姑妳能否當今日沒見著我，其實我十五六日後才能回來呢？」

她姑姑終於抬眼，眼中帶笑，「妳若是真的十五六日後才能回來，兵藏之禮上我就變成妳的樣子頂了妳，但妳既然回來了，就別想著再趁什麼便宜，乖，還有十五日，每日少睡兩三個時辰，也盡夠準備了。」

她泫然欲泣道：「可我一天統共才睡四個時辰。」

她姑姑就同情地看著她，「啊，怪可憐的，但年輕人嘛，一天只睡一兩個時辰不妨事。」

她將求助的目光看向她姑父夜華君，夜華君擱筆道：「唔，的確怪可憐的。」

她的眼中立刻燃起希望的火光，夜華君換了支兔毫道：「幸虧妳回來得早，若是再遲個七八日，大約只有熬通夜了。」

鳳九眼中希望的火光閃了閃，噗，就滅了。

雖然青丘之國不如九重天禮儀繁重，大面上一些禮儀還是有，譬如這個兵藏之禮。這是每一任新君即位後必行的一個禮。新君即位日便由白止帝君合著天相及新君的生辰時占出行禮的日期來，通常是百年之後，這期間新君須親手打出一款趁手兵器，於兵藏之禮那日當著八荒仙者的面藏於名下治所的聖地，以為後世子孫留用。譬如她手中的陶鑄劍，就是她姑姑白淺當年為自個兒的兵藏之禮造出的傑作。

鳳九自從領了她姑姑的仙職，繼位為東荒之君，兩百年來一半時光花在進學上，另一半時光就花在鍛造這件神兵上頭，她鍛的亦是一柄劍，因製劍之材取於大荒中的合虛山，因而給此劍命的名號是合虛劍。

她姑姑的婚宴前幾日，其實合虛劍已經鑄成，但裝劍以做兵藏之用的劍匣子卻還不曉得在哪朵浮雲後頭。她從前想的是反正時日尚早，待姑姑的婚宴後再在九重天玩耍一兩月也不見得會誤什麼事。

哪知後頭她竟掉進了梵音谷，哪知她還將此事忘得一乾二淨。

若行禮日那天她將一把裸劍呈在八荒眼前，她爺爺白止帝君非將她一身狐狸皮剝了不可。鳳九悲嘆地望了一回蒼天，她此前的那個精細打算無須做了，造劍匣子方才是此時命中的大事。十五天，十五天。權且拚一拚吧。

鳳九唉聲嘆氣地途經一十三天的芬陀利池，巧遇連宋君，二人偕走，連宋君瞧鳳九一副如喪考妣的模樣不禁關懷了一二。鳳九在連宋君一番關懷下，十分感動，身上此時背著一個什麼樣的大債也就照實說了。連宋君搖著扇子笑道：「妳家中不是還儲著一個帝君？東華造劍匣的水平可謂一流，他來做這個定能在一兩日內完工，此種要緊時刻妳將他供在那裡不拿來用一用豈不暴殄天物？」調笑道：「妳溫存他幾句他就幫妳做了，何須妳在此長吁短嘆。」

鳳九此時有一半神志放在劍匣該選什麼材質做個什麼式樣上頭，聽及連宋君此言，含糊道：「我自己的事其實還是該我自己來做，這個事交給帝君自然萬無一失，但什麼事情都靠著帝君就忒不上進了，再說帝君他也不想我長成一個只靠他的廢物，這個事頂多幫我籌劃籌劃製劍匣的進度，別的大約也不會多伸手幫我。」想起什麼似地突然眼睛放光道：「不然三殿下同我打個賭看帝君會不會主動代勞我，若我贏了，三殿下將上回給成玉元君做短劍所剩的世間至為珍貴的雩琈玉贈我，若三殿下贏了，我拿芬陀利池的肥魚做半月糖醋魚獻給三殿下。」

方此時二人正踏入宮門，連宋君收起扇子笑道：「賭注雖是得宜相當，但思及妳的境況，這個賭局還是我贏了的好。」扇子一點又道：「唔，我贏了其實也不算好，若吃了妳的糖醋魚，依東華的妒性，他非讓我吐出來不可。」

鳳九道：「三殿下這麼說未免托大，再則我覺得帝君他也不至於這樣吧……」二人一路閒聊入宮。

然連宋君近日情場雖得意，賭運卻不佳，帝君聽及鳳九前去她姑姑處告饒後的成果，果然當即半空中化出筆墨來為她理了個製劍匣的進度，貼在書房正對著書桌的一根柱子上頭，想了想又在言語間給予了她一些鼓勵，別的再沒有了。

鳳九趁東華出書房門，趕緊朝連宋君拱手，面帶喜色小聲道：「承三殿下抬愛，看來今日在下財星入宮，注定要將三殿下的雩琈玉收為囊中物了。」

連宋君亦小聲道：「方才看妳還滿面愁容，此時怎就開懷至此，就為贏了我一個雩琈玉？」

鳳九更小聲道：「十五日內製好劍匣已是既定之事，愁也愁不出更多什麼，愁一會兒鬆一鬆心情也就罷了，能將三殿下的雩琈玉誆來為我的劍匣增一分光彩卻是意外之喜，怎能不教人喜笑顏開？」

外頭東華已支使重霖在一株紅葉樹下擺開一張棋桌並兩個石凳。書房如今有鳳九坐鎮，她此時要在書桌前頭描劍匣圖樣，他同連宋在書房裡下棋未免妨礙她，今日天色又和暖，在外頭下棋吹吹涼風也好。

重霖抱著棋桌換了好幾個方向，口中一時道帝君擺在此處對否，一時道帝君擺在彼處對否，卻總是不對。重霖一頭大汗。別看重霖仙官一派板正，太晨宮中卻以擅解帝君之意著稱，享著一個解語花的美名。此時擺個桌子都不能循著帝君的心意擺好，這讓解語花重霖大人感到壓力很大。又擺了幾個來回，重霖大人行將崩潰時，方聽帝君緩緩道：「唔，這個位置不錯。」

重霖大人著實沒明白，此時這個棋桌遠在紅葉樹樹蔭之外，離那叢觀賞花卉也遠，帝君怎麼就看上了這個位置，起身提袖擦汗時，抬眼便瞧見書房裡頭的那張長書桌，以及書桌後頭鋪紙擺硯的鳳九。重霖大人頓然悟了，瞧著那張書桌因不十分對著書房門，在外頭看無論如何也看不盡興……解語花重霖大人誠懇向帝君道：「外頭正有涼風適意，鳳九殿下的書桌卻太偏可能吹不到涼風，待臣將殿下的書桌也挪挪吧。」帝君欣賞地看了他一眼，贊同地點頭，「嗯，挪挪也好。」

鳳九在裡頭用功，東華連宋二人在外頭用功，棋面上黑白子縱橫，連宋君頗有些感慨，「年前你我也是在這太晨宮中喝酒下棋，彼時我記得對你曾有一勸，說有朝一日你若想通了要找一位帝后雙修，知鶴也算不錯。哎，其實知鶴她配你，終歸勉強了些，但那時念著她在太晨宮中多年……不過你等了這許多年後等來鳳九，倒沒有虛等，果然唯有這一個承得起你的帝后之位。」

東華挑眉道：「你今日來前喝醉了酒？竟然難得有幾句好話。」

連宋不以為意地笑道：「酒卻沒喝，賭倒是打了一個。」又道：「雖然我對知鶴的印象也算不錯，呃，知鶴她舞還跳得不錯，不過要論貌美兼大氣，說句不偏幫的話，知鶴這點上卻遠不及鳳九。」落下一粒白子道：「今日我諫鳳九她製劍匣之事不妨找你代勞，她卻道她自己的事本當自己來做，不能靠著你徒長成一個廢物。我原以為這只是她的一番場面話，小姑娘嘛，一向總要人捧著寵著，不承想，你未幫她她竟果真沒有覺得有什麼，那番話竟是說真的。」

東華抬眼看向書房中的鳳九，紅衣少女望著眼前的白紙正專心致志地沉思，落毫時神色間透出嚴峻，可以想見日後她批改文書是個什麼模樣。帝君手中的黑子輕聲落下道：「小白她一向都很懂事。」

懂事的鳳九近日忙得腳不沾地，諸仙不曾應卯她已坐在書房中，一坐坐到午後，又從午後坐到點燈，再從點燈坐到夜深。帝君則在後頭小園林中忙著。

第三日重霖將她的行頭一概搬到了小園林，鳳九方知這幾日帝君在園中忙著什麼。舉目相望，荷塘中的六角亭全然變了模樣，亭子六面置了簾子擋風，亭中的水晶桌水晶凳已換成一條長案，亭子與水面相接的白水晶上頭則鋪了層厚毯子以防坐在地上腿涼。

聽重霖的意思，帝君是嫌書房中太拘束，特意將這座小亭收拾出來方便她用功。鳳九搬進來第一日，就感到這個小亭確然比書房可愛許多。因園中白天黑夜皆有活潑的景色，她做匣子做得煩了，只需抬頭便可望景解乏，她要睡時只需將六面簾子一合便成一個臥間。帝君這個心意，讓她有點感動。

鳳九吃宿皆在這個亭子裡頭。她由衷地忙，但她也由衷地感到，九重天上若排論一個清閒神仙榜，帝君必定要位列三甲。她因著一身公事而不得已長駐在這個亭子裡頭，帝君竟然也將吃宿都移來這個亭子裡頭。雖然她的茶水泰半都是帝君遞的，她忙得顧不上吃飯時帝君還伸手餵她個什麼，但其實大部分時候，帝君在這個亭子裡頭，都是在看閒書。她描劍匣樣子時帝君坐在她旁邊看閒書，她選製匣的木料時帝君躺在她旁邊看閒書，她拆木料時帝君睡在她旁邊看閒書，她試著粗略地組裝劍匣盒子時……帝君閒書蓋在臉上睡著了……

眼看十日一晃匆匆而過，匣子已大體完工，唯做裝飾的雩琈玉上頭的雕紋還空著，鳳九一根筋總算鬆懈下來。人一鬆快，這日在睡夢中就恍然想起了一樁事。

帝君前幾日似乎提問她什麼時候可將他帶去青丘見她的父母，她當時怎麼說的來著？她當時似乎正削著一根木料，一不留神就說了實話，「待我說通我姥姥，再說通我老頭就帶你回去。」

她當時忙昏了頭，此時想起心中立刻打了個咯噔，自己當時怎麼就說了實話呢。帝君當時書蓋著臉，良久沒有說話，她也並未在意，此時想起來，帝君該不是生氣了吧，但此後幾天帝君似乎又並沒有什麼異樣。

她不禁睜開眼，面前便是帝君平靜的睡容，她摸了摸帝君的臉，小聲而又愧疚地道：「我定會早日說通姥姥和我老頭，早日帶你回青丘，暫且委屈你幾日，你不能因為這個就生我氣啊。」又輕輕地拍了拍帝君的頭。因同帝君致了歉，心中一塊大石頭落地，看天色還有半個時辰好睡，頭埋進帝君懷中避著月光又睡了過去。

兵藏之禮定在二月十八，鳳九辛勞了十四個日夜，終於在二月十六夜的五更時刻，甩了刻刀成了劍匣封入靈氣，算了結了這樁天大之事。

四尺長的漢楠木匣子，做成一個抽盒，拼接處全無痕跡，盒底兼兩側做了一組五狐戲的刻紋，盒面再鑲上兩塊雩琈玉雕出的佛鈴花。鳳九做菜做得好，菜裡頭常需她刻個蘿蔔雕個南瓜，推此及彼，劍匣上的花紋她也做得十分精雅。這個劍匣子不曉得比當年她爺爺她幾個叔伯做的藏兵器的匣子做得如何，但比她姑姑當年做的實在要強出許多。

鳳九看著端放在長案上的匣子，感到一陣滿足。她自我滿足了起碼一刻，覺得差不多了，打算去睡覺。合夜明珠時看到躺在長案旁已睡了不知多久的帝君，伸手將搭在帝君身上的雲被往上頭提了一提，然後小心翼翼地偎在他身旁。

怎奈躺下去許久卻毫無睡意，輾轉片刻，復又翻身起來鋪紙提筆，想了一會兒開始塗塗抹抹，塗抹得打起呵欠來方才收筆，正要再去睡，驀然聽到帝君睡醒的聲音從她後頭傳來，「我記得描樣的活兒妳已經做完了，這麼晚了還在畫什麼？」

鳳九最愛聽帝君剛剛睡醒的聲音，低啞裡帶點鼻音，她覺得很好聽，想讓他再說兩句她再聽聽，就故意沒有說話。因夜明珠光芒太盛不好養瞌睡，她方才便在案旁點了根蠟燭，此時亭中只有這一圈幽光。帝君一隻手搭在她肩上靠過來，趁著蠟燭的一點微光看向她筆下的畫紙，「看起來……像是個房子？」偏頭看她道：「嗯？怎麼不說話？」

忙了十幾日，她反省自己其實這些天有些冷落帝君，早想好好同帝君說說話，此時既然大飽了耳福，就滿足地將蠟燭移得近些道：「劍匣子做完了我一時睡不著，就描個竹樓的圖來看看。姑姑在青丘留下的狐狸洞我其實有些住不慣，早想著在外頭的竹林裡頭蓋個小竹樓，但從前我描的圖裡沒有添上你和小狐狸崽子的臥間，所以想重新描一個拿去給迷轂讓他蓋出來。雖然你一年中可能只有半年能宿在青丘吧，但我覺得……」

帝君像是聽得挺有興致，抬指在畫中一處一點，道：「這一處是給我的？」又道：「我倒是很閒，太晨宮或是青丘其實沒有太大所謂，也可以一直長住在青丘，但我以為我是宿在妳房中，為何還要另置一間？」

鳳九自得道：「這就是我考慮得周到了，因為如果我們吵架，我把你趕出去，沒有這個臥間你就沒地方可睡了，雖然其實也有一間書房，但睡書房還要勞煩迷轂臨時給你鋪床鋪被，有些麻煩。」

帝君默然，道：「我覺得我再如何惹妳生氣，妳也不該將我趕出去。」

鳳九一揮手道：「啊，那個不打緊，都是細枝末節的事了，暫不提它，要緊是該添幾間房備給小狐狸崽子。這個竹樓蓋好了我打算至少住個千兒八百年的，所以幾間房幾間舍都要精細打算，你覺得留幾間好些？」

帝君道：「留幾間就是生幾個，是這個意思吧？那留一間就夠了。」

鳳九聊著聊著瞌睡又有些漫上來，打著呵欠道：「嗯，我原本其實想的留兩間，因為有兩個小崽才熱鬧對不對？但又有些擔心他們兩個自去玩了不親我這個娘親不同我玩怎麼辦好，像姑姑家只有糰子一個，糰子就比較黏姑姑，我想那樣比較好，所以這張圖留的也是一間，你既然也同意……」

帝君當機立斷道：「那就生兩個，這張圖妳也不用動了，將我那間讓給他們，就這麼定了。」

鳳九剛打完一個呵欠，摀著口道：「可……」帝君卻已吹熄了蠟燭。

小園林牆垣上菩提往生花的幽光映過來，亭中不至於十分幽暗，帝君略一抬手，六面簾子滑下來連那些光都擋住，帝君的唇在她額頭上停了一停，掀起蓋在身上的雲被將她裹進被團，「再不睡就天亮了，熬了這麼多天，就不覺得累？」

鳳九立刻將方才要說什麼全忘到浮雲外，拽著帝君胸前的衣襟含糊點頭，「方才同你說話還不覺得累，光滅了不知為何就又累又睏了，但那個劍匣子你方才看到沒有，我做得好不好？」

帝君將她攬進懷中，「嗯，看到了，做得很好。」

東海之外，大荒之中，乃青丘之國。

青丘上一回做兵藏之禮，還是十來萬年前白淺上仙分封東荒的時候。據史冊上的記載，彼時禮台搭在東荒的堂亭山上，台上有異花結成的數百級草階，直通向堂亭山最高的聖峰。尚且年幼的白淺上仙一身白衣，雙手高舉劍盒沿著草階拾級而上，於堂亭山聖峰上藏下陶鑄劍時，其風姿為洪荒仙者們爭相傳頌。

堂亭山不愧東荒的聖山，歷數十萬載仍蔥蘢蒼鬱，不見垂老之態。山頂做兵藏之禮用的禮台於今晨第一線太陽照過來時重現世間，極敞闊的一方高台，全以祥雲做成，且是一絲雜色都無的祥雲，台上翻湧的雲霧縹緲出無窮仙意，確然當得上神仙做禮的排場。對面的觀禮台雖盡數以山上的珍奇古木搭建，論理算奢豪了，但跟這方雲台比來卻也落了下乘。

落了下乘的觀禮台上此時坐了三個人。右側坐的是九重天洗梧宮的太子殿下夜華君，左側坐的是元極宮的連宋君以及太晨宮的東華帝君。帝君倚在座中，手裡頭握了個小巧的水琉璃盒子時而把玩，向連宋道：「你這麼早來我想得通，無非為瞧熱鬧，夜華這麼早來，他是記錯時辰了？」

連宋君笑得別有深意道：「你算是有福氣的，能親來一觀鳳九的兵藏之禮。他們青丘難得有著盛裝行重禮的時候，一生最重的一場禮大約就在這個日子了。相傳當初尚且年幼的白淺上神在兵藏之禮上，無雙的妙顏可是傾倒了洪荒眾仙。夜華那小子前幾日同我喝酒，言談間十分遺憾白淺上神做兵藏之禮時他無緣得見，只能在典籍的字裡行間想像她當年是個什麼模樣，他今日這個時辰就來，大約是想看看白淺當初行兵藏之禮的地方吧。」

帝君瞟了眼坐在對面望著雲台沉思的夜華君，突然道：「你說……小白她剛出生時是個什麼樣子？」

連宋君被茶水嗆了一嗆道：「你這個話卻不要被夜華他聽到，保不準以為你故意氣他，定然在心中將你記一筆。」目光一時被他手裡的琉璃盒子晃了一晃，扇子一指道：「你手裡的是個什麼東西？」

帝君攤開手，「你說這個？小白做給我的零嘴，怕日頭曬化了，拿琉璃盒封著。」

連宋君感到晴天陡然一個霹靂打中了自己，「零嘴？給你的？」湊過去再一定睛，透明中浮著淡藍色的盒子裡頭確然封著一些蜜糖，還做成了狐狸的形狀。連宋君抽著嘴角道：「我認識你這麼多年不曉得你竟然還有吃零嘴的習慣，這個暫且不提，鳳九她今日就要在八荒成千成萬的仙者眼前進大禮，定然十分緊張，你竟還令她給你做零嘴，你是否無恥了些啊你……」

帝君依舊把玩著那個盒子，嘴角浮起笑意道：「不要冤枉我，她白日裡睡多了，昨晚睡不著，讓我起來陪她同做的。再則，我第二次見她的時候，她就敢將花盆往我頭上踢，還能鎮定自若嫁禍給迷轂，」眼睛瞟了瞟看台四周裡三十層外三十層簇起來的八荒仙者，緩緩道：「區區一個小陣仗罷了，你當她是那麼容易緊張的嗎？」

連宋君故意收起扇子在手心敲了一敲，嘆道：「同你說話果然不如同夜華他說話有趣。」看了眼東天滾滾而至的祥雲道：「那幾位有空的真皇估摸來了，白止帝君一家想必也該到了，我過去找夜華坐坐，你差不多也坐到上頭去吧，省得諸位來了瞧著你坐在此處都不敢落坐。」目光掃過上頭的高位，笑了一聲道：「按位分鳳九她爺爺還該坐到你的下首，唔，鳳九她竟然有拿下你的膽量，此種場合她果然無須緊張。」

觀禮台下裡三十層外三十層的仙者們，乃是八荒的小仙。白淺上神那場兵藏之禮距今已遠，觀過此禮的洪荒仙者們大多作古，新一輩的小仙們皆只在史冊中翻到過寥寥記載，對這古老禮儀可謂心馳神往，早在三日前已蜂擁入堂亭山占位了。小神仙們瞧著祥雲做的禮台於須臾間重現世間的壯闊時，有過心滿意足的一嘆，覺得沒有白占位。見三位早早仙臨觀禮台上的神仙都有絕世之貌，且個個貌美得不同時，又有意足心滿的一嘆，覺得沒有白占位。思及大禮尚未開始，已經這麼好看，不曉得大禮開始卻是何等好看時，再有激動不已的一嘆，覺得沒有白占位。

行禮的時辰尚早，各位仙者間各有應酬攀談。譬如觀禮台下就有一個谷外的小神仙同坐在他身旁的一個青丘本地小神仙搭話，「敢問兄台可是青丘之仙？兄台可知最先到的那三位神仙中，玄衣的那位神仙同白衣的那位神仙都是哪位神君？」

青丘的小神仙眨巴眨巴眼睛自豪道：「玄衣的那位是我們青丘的女婿九重天上的太子殿下夜華君，白衣的那位搖扇子的我不曉得。不過兄台只問我這二位神仙，難道兄台竟曉得那位紫衣銀髮的神仙是哪位嗎？那位神仙長得真是好看，但後來的神仙們竟然都要同他揖拜，雖然看著年紀輕輕的，我想應該是個不小的官兒吧？」又高興道：「天上也有這等人物，同我們鳳九殿下一樣，我們鳳九殿下年紀輕輕的，也是個不小的官兒！」

谷外的小神仙吞了吞口水道：「那位尊神可比你們鳳九殿下的官兒大，雖然我只在飛昇上天求賜階品的時候拜過一回那位尊神。」又吞了吞口水道：「但那是曾為天地共主，後避世太晨宮的東華帝君，帝君他仙壽與天地共齊，仙容與日月同輝，你們鳳九殿下……」

話尚未完已被本地小神仙瞪著溜圓的眼睛打斷，「竟、竟然是東華帝君？活的東華帝君？」一手激動得握成一個拳頭，「果、果然今天沒有白占位！」

青丘做禮，歷來的規矩是不張請帖，八荒仙者有意且有空的，來了都是客，無意或沒空的也不勉強他，這是青丘的做派。雖則如此，什麼樣的規格什麼樣的場合，天上地下排得上號的神仙們會來哪幾位還是大體估摸得出。

但今日他們青丘做這個禮，為何東華帝君他會出現在此，青丘的當家人白止帝君覺得自己沒鬧明白。白止向自己的好友、八卦消息最靈通的折顏上神請教，折顏上神一頭霧水地表示自己也沒有弄明白。

連宋君坐在夜華君身旁忍得相當艱辛，幽怨地向夜華君道：「你說他們為何不來問我呢？」

夜華君端著茶杯挑眉道：「我聽淺淺說，成玉她生平最恨愛傳他人八卦之人。」

連宋君立刻正襟危坐，「哦，本君只是助人之心偶發，此時看他們，可能也並不十分需要本君相助。」

領著糯米糰子姍姍來遲的白淺上神疑惑望他二人一眼道：「你們在說什麼？」

連宋君皮笑肉不笑道：「夜華他正在苦苦追憶妳當年的風姿。」

白淺順手牽了盅茶潤嗓子，順著沾在夜華君身上的若干灼灼目光望向台下的小仙姬們，慢悠悠道：「我當年嘛，其實比你現在略小些，不過風姿卻不及你如今這麼招搖罷了。」

糰子立刻故作老成地附和道：「哎，父君你的確太招搖，這麼招搖不好，不好。」

連宋君挑眉笑道：「你二人十里桃花，各自五里，我看倒是相得益彰，其實誰也無須埋怨誰。」

夜華君淡淡然道：「那成玉的十里桃花，三叔你可曾占著半里？」

連宋君乾笑道：「我今日招誰惹誰了，開口必無好事啊……」

日光穿過雲層，將堂亭山萬物籠在一派金光之中，更顯此山的瑞氣千條仙氣騰騰。幾聲樂音輕響，雲蒸霞蔚的禮台上驀然現出一個法陣，由十位持劍的仙者結成，為的是試今日所藏兵刃夠不夠格藏在聖山之中。

換句話說，鳳九她需提著剛鑄成的合虛劍穿過此法陣，過得了，才可踏上百級草階藏劍於聖峰中，過不了便只能重新占卜，待百年後再行一場兵藏之禮。此間百年鑄劍的心力全毀不說，還丟人，是以開場連宋君才會猜測今日鳳九她必定緊張。這一樁禮之所以盛大，比之新君們的成親禮還要來得莊重，也是因它對新君的嚴苛。

鳳九她老爹白奕做今日的主祭。鳳九隱在半空中一朵雲絮後頭，看她老爹在禮台子上絮絮叨叨，只等她老爹絮叨完畢她好飛身下場。她老爹的絮叨她因站得高撿了個便宜聽不著，無奈耳朵旁還有個義僕迷穀的絮叨。

迷穀抱著她的劍匣子，瞧著白奕身後的十人法陣憂心忡忡，口中不住道：「待會兒殿下且悠著些，其實這個法陣殿下過不了也不打緊，在殿下這個年紀便行這個禮的青丘還未曾有過，雖說為人臣子說這個話有些不大合宜，但君上在這個事上也委實將殿下逼得急了些……」

迷穀的話從鳳九左耳朵進去又從她右耳朵出來。其時她的目光正放在觀禮台上她爺爺和東華帝君二人身上，心中忽有一道靈光點透。她琢磨她爺爺才是青丘最大的當家人，她同東華的婚事，若是將她爺爺說通了，還用得著挨個兒說服她姥姥她老頭和她老娘嗎？爺爺才是可一錘定音之人啊！但是要如何才能說服爺爺呢？

爺爺他老人家不愛客套，或許該直接跟爺爺說：「爺爺，我找了個夫君，就是今日坐在你上首的東華帝君，求你恩准我們的親事。」但這樣說，是不是嫌太生硬了呢？

從前姑姑教導她說服人的手段，姑姑怎麼說的來著？哦，對了，姑姑說，要說服一個人，言談中最好能先同他攀一點關係，如果能喚起他一些回憶更好，最要緊是讓他有親切感，再則末尾同他表一表衷心就更佳了。她想起這個，大感受教，就將方才那番稍顯生硬的說服言語在心中改了一改，又默了一默，「爺爺，我找了個夫君，就是今日坐在您上首的東華帝君，聽說他從前念學時是爺爺您的同窗，爺爺您還在他手下打過仗掙過前程呢！」好了，關係有了，回憶和親切感也有了，至於衷心……「我和他以後一定都會好好孝順爺爺您的，還求爺爺恩准我們的婚事！」嗯，衷心應該也有了。

她正想到要緊處，身旁迷穀一拉她的袖子，「殿下，時辰到，該入法陣了。」

迷穀又叮囑她，「過不了我們就不過了，也不怕人笑話，切不可勉強硬闖啊！」

鳳九但求耳根清淨，嗯了一聲。但迷穀的見解她其實不大贊同。道典佛經詞賦文章這幾項上頭她固然習得不像樣些，論提劍打架，青丘同她年紀差不多的神仙裡頭她卻年年拔得頭籌。

迷轂這個擔憂其實是白擔憂。

白奕剛下禮台，空中便有妙音響動，禮台上的法陣立時排出形來，高空一朵雲絮後乍然現出一道利劍出鞘的銀光，劈開金色的雲層，一身紅衣的少女持劍攜風而來，頃刻便入法陣之中。

高座上一直百無聊賴把玩著他那只糖狐狸盒子的帝君換了個坐姿，微微撐起頭來。

法陣中一時紅白相錯劍影漫天，天地靜寂，而兵刃撞擊之聲不絕。十來招之間紅衣的身影攜著合虛劍已拚出來三次闖陣的時機，卻可惜每每在要緊時刻，本只有十人的法陣突然現出百人之影，做出一道固若金湯的盾牆，將欲犯之人妥妥地擋回去。

台下的小神仙們，尤其是青丘本地的小神仙們，無不為他們的小帝姬捏一把冷汗。

此法陣乃是洪荒時代兵藏之禮開創之初，白止帝君親手以一成神力在堂亭山種下的法術，待祥雲禮台開啟之時，此術亦自動開啟結成令人難以預料的法陣。鳳九皺著眉頭，方才她拚著一招凌厲似一招的劍招，做的是個快攻的打算，因第一招間已察出來這十位結陣仙者用劍其實在自己之下，想著用個快字來解決，好一舉過陣，卻不想此番這個法陣的精妙卻並不在結陣之人用劍如何，而是每到關鍵時刻，總有百來個人影突然冒出來阻她過陣。

好一個溫吞局。

就這麼慢慢打著拖時辰是不成的，自上一回姑姑闖陣，結陣的這十位仙者睡了十萬年，就為了今天來難為她，他們自然比她的精力足些，看來還需找到法門一鼓作氣強攻。爺爺種下這個法術，雖每一回生出的法陣都不盡相同，但結陣的仙者始終是十人，沒道理輪到她突然招了百人來結陣，爺爺他老人家雖一向望著她成才，但也不至於望到這個分兒上，她眼皮跳了跳，這麼說……那多出來的百人之影，只可能是幻影。

不知為何，想到此處不由分神往觀禮台的高座上一瞟，正見帝君靠坐在首座之上，對上她的目光，唇角彎出個不明意味的笑，兩指並在眼尾處點了一點。她一恍神，結陣仙者的利劍齊齊攻來，她深吸一口氣後退數丈，腦中一時浮映出梵音谷中疾風院裡帝君做給她練劍的半院雪椿子，彼時椿林旁有幾棵煙煙霞霞的老杏樹，她蒙著眼睛練劍的時候，帝君愛躺在杏樹底下喝茶。是了，眼睛。

鳳九她娘挨著鳳九她姥姥，眼中的急切高過南山深過滄海，「九兒她怎就碰上了這麼個倒霉法陣，這個法陣攤上我也不定能闖得過，九兒才多大年紀，能有多深修為，娘妳看這怎好，這怎好？」

鳳九她姥姥眼中精光一閃，極有打算地道：「過不了才好，為娘一向就不同意妳公公的見解，姑娘家就該如珠如寶地教養大，嫁一個好夫君做一份好人家，好端端承什麼祖業襲什麼君位，這些都是九兒小時候你們將她丟給公公婆婆帶了一陣的緣故，若當年將九兒交給為娘帶著，必不致如此。當今的男子有哪個喜歡舞槍弄棒的女子，就說妳小姑子白淺，不也是近年來不動槍不弄棒了才嫁得一個好人家嗎？九兒她今日若打過了這個法陣，這些八荒的青年俊傑還有哪個敢娶她？」

鳳九她娘眼角瞬時急出兩滴淚道：「聽夫君說公公當年做這個陣，極重要的一個原因就是為了考核新君，勉勵他們即位後勤奮上進，若九兒今次沒過，公公必定以為是她上進得不夠了，無論如何要罰一罰的，但依母親之見，若九兒過了此陣又嫁不得一個好人家，這才是進退都難，這怎好，這怎好……」

鳳九她姥姥手一揮，一錘定音道：「她爺爺要罰她，你們多勸著她爺爺就是，這還能重過她嫁一個好人家去？」轉頭重回祥雲禮台，語帶欣慰道：「所幸九兒今日也爭氣，示弱示得相當不錯，你看方才她躲的那幾招躲得多麼惹人憐愛，看這個境況，敗陣應是……」定局了三個字含在鳳九她姥姥的口唇中，半晌，她姥姥僵著手指向祥雲禮台，渾身顫抖得像秋風裡一片乾樹葉，「她、她怎麼就過了？」

鳳九如何破了這個陣，鳳九她姥姥因忙著訓導她娘親未瞧真切，觀禮台上的諸位仙者同台下的小神仙們卻是看得清清楚楚。

這位小帝姬方才眼見已被逼到祥雲台側，他們的心都提到嗓子口時，竟見她突然收劍斬斷自己一截衣袖，伸手一撈就綁在了自己的眼睛上。眾人正疑惑時，她已毫無猶豫地提劍衝向法陣，拚殺之間竟比以眼視物時更為行雲流水，三招之內再次做出一個闖陣時機，待陣中兀然出現百人之影時，她攜劍略向右一移，眾人還未反應過來，她已衝破幻影站在法陣之彼，破陣了。

年輕的小帝姬仗劍而立，一把扯下縛眼的紅緞，抬頭看向觀禮的高台，未施脂粉的一張臉因方才的打鬥而暈出紅意，眸色卻清澈明亮，瞧著某處閃了閃，頃刻又收回去。

平日瞧著是個不著調的樣子，遇上個這樣麻煩的法陣，又是在八荒眾神眼皮子底下，卻絲毫未露過怯意，進退從容行止有度，在台上台下的一派寂靜中，穩穩鎮住了場子，還能氣定神閒收劍入鞘，輕輕呼出一口氣，「終於能顯擺今年做的劍匣子了。」

兵藏之禮中，最後一關沿著百級草階踏上聖峰藏劍時，才用得著盛劍的劍匣子，若連試劍法陣都通不過，劍匣子便的確無出場的時機了。

鳳九抬手輕輕一招，虛空中立時一道金光閃過，穩穩停在她跟前，金光中隱隱浮動一只狹長的劍匣，合虛劍陡然響起一聲劍鳴，劍匣應聲而開，頃刻間已將三尺青鋒納入其中。

主祭白奕迎面拜向聖峰，「請以合虛，藏此堂亭，武德永固，佑我東荒。」

禮台前藏劍的聖峰隨頌詞轟然洞開，紅衣的帝姬高舉雙臂，面上神色肅穆，將劍匣穩穩托於前額，一步一步邁向百級草階。東荒諸仙亦齊齊拜倒，一時祝聲震天，「少君大德，成此神兵，請以合虛，藏此堂亭，武德永固，佑我東荒。」

頌詞之聲響遍瓊山瑞林，久久不絕。

連宋君此次前來堂亭山，一則為跟過來看著湊熱鬧的成玉元君，二則自個兒也來看看熱鬧散散心。

因為目的很明確，連宋君今日果然得了不少好料。

譬如方才，他手上扇子換個手的當兒，就瞧見了小狐狸和東華兩人間隔著山高水遠的一個小動作。旁的人自然沒注意到，但連宋君何等眼明心細，自然看到鳳九她一破陣便將目光投向了觀禮台上，而台上最上座的帝君則換了左手撐腮，對著她淡然地比了個口形，這個口形卻分明說的是「打得漂亮」。小狐狸的嘴角就攢出個得意的笑，又費老大勁將笑強壓回去，謹慎地將目光收回合虛劍上，等著她老爹宣頌詞的當兒，還裝作無意地掃了眼四周有沒有人注意他們。

大庭廣眾之下和心儀之人眉來眼去這種勾當，花花公子連宋君回頭一想，自己竟然從未做過，頓時覺得簡直枉擔了一個情聖之名，不由得將目光投向觀禮台緣擠坐著的一眾天庭小仙身上，在裡頭挑出成玉元君的影子。成玉元君自從扎根在台緣上那把椅子裡頭，一直在同旁邊的司命星君探討核桃究竟有多少種吃法，探討得甚有興致，一眼也沒回頭瞟過他。連宋君愣愣看著那個背影好一會兒，有些感傷，有些憂鬱。

連宋君正憂鬱在興頭上，抬頭一眼瞟見大太陽底下，緩緩悠悠飄過來一大片濃雲。待識出這朵濃雲後頭隱的是誰，他頓時不憂鬱了。今日這種陣仗竟然還能遇到個來砸場子的，連宋君搖著扇子靠坐在座椅中，覺得有點意思。

鳳九彼時正托手將合虛劍送進聖峰之中。尚未丟手的時節，瞧見這片越行越近的濃雲，不由得緩了一緩。便在這一緩之間，聽聞濃雲後傳來一聲笑，「果然是場諸神共襄的盛會，不過鳳九殿下這段兵藏之禮，依聶某陋見，似乎還缺了一個步驟。」霧影散開，一身纅絲貂毛大氅的男子手裡頭捧一個暖爐，被一眾侍從簇擁著含笑浮在雲頭。

這世間唯有一個人，讓鳳九一看到就忍不住替他覺得熱得慌，這個人就是玄之魔君聶初寅。這個時刻出現在這個地方說上這麼一通話，聶初寅擺明是來踢館的。不過白家一眾長輩都在，鳳九自覺此時無須她這個小輩強出頭，收回劍匣子抬眼去瞧她老爹白奕。

青丘諸位長輩中，最會拿面子功夫的還得算她老爹，禮台上的妙樂停下來，她老爹白奕一臉如沐春風，「本君嘗聽聞魔族一貫瀟灑不拘禮法，卻不想玄之魔君這一派倒是重禮得很。今日我們青丘在自家地盤上行一個古禮，還累玄之魔君大駕來提點一二，真是慚愧慚愧。」

聶初寅眼光微動，臉上卻仍含著笑道：「白奕上神此言差矣，提點二字真真折煞聶某，不過是聶某曾觀過青丘兩場洪荒時代的兵藏之禮，心中甚為仰慕罷了。猶記得從前試劍後皆有一場比劍，允同輩之人向新任的一荒之君挑戰，令人心馳神往，可為何今日輪著鳳九殿下的兵藏之禮，卻在試劍後便直接藏劍了呢？」

聶初寅究竟想如何，觀禮的諸神茫然的依舊茫然，明瞭的已然明瞭。

從前青丘的兵藏之禮確有同新君比試這一環，同輩的仙者皆可挑戰新君，倘輸給新君便輸了，也沒有什麼，但贏了新君卻能得新君一個許諾。相傳白止帝君立下試劍、比劍這兩環，前頭一環是為勉勵新君即位後上進，後頭一環更是為激勵白家兒郎自小便在同輩間拔頭籌。因得不了這個頭籌便要以新君的身分輸人一個許諾，代價忒大了，是以白家的崽兒們雖然個個都是被放養長大，最終還是一一成才了。白止帝君四個兒子皆被如此折騰過，輪到小女兒白淺時，卻因帝后不忍，憐她是個女兒身，天天去白止帝君跟前哭，哭了倆月哭出來白止帝君一點惻隱之心，就將兵藏之禮中比劍這一環截掉了，且默認此後青丘再出女君，其兵藏之禮比之男子均可截掉比劍這一環。

折顏上神微微側身去問坐一旁的白止帝君，「兵藏之禮既是新君即位後的傳統大禮，若法則上有所更改，必得在青丘的禮冊上亦改一改才能在八荒作得了數，你不會一直忘了改吧？」

白止帝君撫著額頭道：「青丘不大重禮你也曉得，此事我的確忘了。」

折顏上神又道：「那……能挑戰新君的同輩之人，你是否也忘了限定只能是青丘的神族了？」

白止帝君含糊道：「前幾場禮均是在洪荒上古，彼時世風淳樸，魔族哪有這個心眼來討我的便宜，這個上頭我有疏忽也算不得突兀。」

折顏上神嘆息一聲道：「因你這個忘字和這個疏忽，說不得今日便要讓聶初寅討得一個大便宜，且於情於理你還說不出他什麼。」

白止帝君皺眉道：「他比九丫頭長七八萬歲，若下場同九丫頭一比，豈不是欺負小孩子鬧笑話，想來不會有這個臉皮吧。他帶的隨從裡頭，我看未必有誰打得過九丫頭。」

折顏上神未再接話，二人各端了杯茶潤嗓子，目光重轉向半空的雲頭，正聽聞聶初寅道：「既然青丘的禮冊上兵藏之禮的法則未曾變動，今日便該有一場比劍。聶某早聽聞鳳九殿下一身劍術出神入化，聶某亦是醉心劍術之人，不知可否與殿下切磋兩招？」

白奕方才還如沐春風的一張臉頃刻堆了層秋霜，「即便該有一場比劍，魔君同小女也當不得『同輩』二字，又何談切磋，還請魔君自重。」

眼見白奕言談間被逼得動了怒，聶初寅笑得真心，「鳳九殿下乃是青丘的孫輩，聶某亦是第三代魔君，從這個位分上說，聶某同鳳九殿下實屬同輩。聶某不過醉心劍術罷了，誠心同鳳九殿下切磋一二，雖是比試，但聶某身為魔族之後，絕非輸不起之人，難不成鳳九殿下身為神族之後，竟是輸不起的人嗎？」

從慶姜算起，聶初寅確然該算第三代魔君，但魔君之位素來靠的是拳頭而非血脈，照這個來說他和鳳九同輩著實牽強，但即便牽強，認真去辯終歸落了下乘。再則原本是族內一場比試，他這麼一說卻成了兩族之後的較量，神魔兩族近年雖修得睦鄰友好，終歸在根上帶了嫌隙，聶初寅這麼一挑撥，四海八荒看著，鳳九上也得上，不上也得上了。

觀禮的神仙們真心實意擔憂者有之，看好戲者亦有之。前者以暗中思慕鳳九至今的滄夷神君為首，後者以東華帝君的義妹知鶴公主為首。

折顏上神瞟了眼眼前的態勢，無可奈何瞥向白止帝君道：「你看，你又估錯一回，古來成大事者都不大拘臉皮，臉皮這個東西著實可有可無，聶初寅他這是鐵了心不要臉，決意以強凌弱和九丫頭打一場了，想來是要拿青丘一個承諾在他成大事時好用在刀口子上。可惜你一向卻是個要臉皮的人，這個悶虧只得吞進肚子，讓九丫頭上場意思意思同他過兩招吧。」

白止帝君將茶杯擱在案上道：「先讓九丫頭上去同他過兩招再說。」話間向白奕頷了頷首。

白奕得了自家老爹的態度，在聶初寅越發真心的笑容裡頭，滿面寒霜地將鳳九從草階頂上召了下來。

比之她老爹心中吃了悶虧且不得傾訴的悲憤，鳳九顯得十分從容。台下諸位除了些許不懂事的小神仙看著她滿懷期待，稍懂事些的都曉得聶初寅她決計是打不過的，她沒想著非要逞強打過他給神族爭一口氣，因此心中很淡定。

鳳九淡定地打開劍匣，淡定地抽出合虛劍，又淡定地朝擱了手爐手裡頭亦提著一把劍的聶初寅比了個請，口中道：「賜教。」此種對手並非什麼時候都碰得上，雖注定打不過，好好打一場卻必定有收穫。

台上一時劍花紛飛，長劍遊走間翩若驚鴻宛若游龍，劍擊之時偶有火花飛濺。第十招過，聶初寅的鐵劍直直比在鳳九喉前，一滴汗從鳳九額上滑落至頰邊。終究是實力太過懸殊，聶初寅收劍回鞘，口中佯作惋惜道：「卻是聶某高看了殿下的劍術，神族之劍，不過如此。」

台下白奕一雙劍眉簇得老高，咬牙向白止道：「便要讓他得了便宜還來如此羞辱我青丘嗎？」台上鳳九已謙虛道：「魔君雖長了鳳九八萬歲，比鳳九大了三輪，但畢竟同輩，竟在十招之內便贏了鳳九，鳳九真是心服口服。」

聶初寅蕩在眼角的笑意冷了一瞬，「殿下好口才，但聶某既勝了這一場，勝者王敗者寇，殿下乃信人，當不會賴了許給聶某的承……」諾字尚未沾地，卻聽觀禮台上突然響起一聲「等等。」

眾人目光移向發聲之所，出聲的是位藍袍仙者，和和氣氣的一張臉，竟是女媧座下的寒山真人。

寒山真人在女媧娘娘座下數萬年，品階雖不算高，卻因掌著神族的婚媒簿子，同僚為仙者見他皆拱一拱手，避開寒山二字，客氣稱他一聲「真人」。神族成婚同祭天地時，婚祭之文便是燒給這位真人，勞他在簿子上錄一筆，才算是正經成婚。按理說，這位真人與這場兵藏之禮八竿子也打不著邊，打不著邊的寒山真人此時卻站在禮台右側最偏僻且最裡頭的一個角落，朝著禮台處略一拱手，「小仙雖孤陋寡聞，卻也曉得青丘兵藏之禮比劍這一環乃是新君夫妻共進退的一環，魔君雖打敗了新君鳳九殿下，卻還未過得了新君王夫那一關，問鳳九殿下要青丘的承諾，似乎要得早了些吧。」

台下一陣寂靜，繼而一陣如蟻的喧譁。白止帝君的手定在了茶案上，折顏上神臉上一派驚色，伏覓仙母張大了嘴巴，白奕上神差點摔倒。白淺上神無意識問夜華君：「她嫁了？嫁了誰？什麼時候嫁的？」夜華君細心道：「既是寒山真人說的，大抵沒錯。」話畢狐疑看向坐他身旁的連三殿下，連三殿下裝作一派正人君子樣唔了一聲，「我這個人不八卦。」

鳳九僵著脖子看向觀禮台上的最高位，紫衣銀髮的神君卻不見蹤影。聶初寅面向攥了自己的寒山真人沉默片刻，冷笑道：「聶某倒從未聽說鳳九殿下還有位王夫，即便有，聶某也未必打不過他，便是哪位，就請上台吧。」鳳九心道，我覺得你真打不過他。

諸位神仙齊齊盯向半空，等著寒山真人口中新君的王夫從天而降，卻在這個當口，瞧見一位紫衣的神君從右側不緊不慢踏上禮台，漫不經心理了理袖子，「可以開打了？我出去磨了個劍。」一銀色的長髮，墨藍色的護額，俊美端肅的面貌，持著佛經時是浮於紅塵浮於三清的端嚴冷靜，握劍時卻凌厲得似盤旋颶風，摧毀力十足。這是方才還坐在觀禮台最高位的東華帝君，曾經的天地共主。

聶初寅僵了，台下徹底安靜了，片刻之間已跪倒一片，觀禮台上諸位品階高的真皇上仙亦齊齊離座而站。帝君站著，諸神豈敢入座。鳳九依稀記得曾經梵音谷中也有過這麼一齣，青梅塢中這個人一出現，便有眾神齊齊跪倒。鳳九終於有些明白帝君為何不愛出門，走到哪裡哪裡跪一片，看著都覺得累得慌。

茅簷長掃淨無苔，花木成畦手自栽。帝君瞧著台下跪得整整齊齊的眾神，頗有觀賞一十三天他栽下的一叢叢香樹苗之感，略抬手免了諸位跪禮，轉身安慰站在一旁的鳳九，「早曉得妳要輸，不用覺得給我丟了臉，」遞給她一塊帕子，「擋了幾招？」

鳳九一邊拿帕子揩汗一邊囁囁嚅嚅，「十招。」

東華點了點頭，「還可以。」又看向聶初寅道：「你覺得能和本君過幾招？」

玄之魔君聶初寅是個有夢想的人，魔族自魔尊少綰灰飛後一分為七，由七位魔君共同執掌。聶初寅自承了玄之魔君的君位，便一心想著如何一統魔族，立於七君之上，再拜為尊。要成就自己的夢想，與神族聯姻是條好路子，但可恨神族中能動搖天下局勢的上神皆是男子，而他是個孤兒，不像煦暘君那樣有個親妹子。他退一步想過，若這些上神有哪位正好是個斷袖，為了他的霸業他吃點虧將自己送上去又有什麼不可以呢？結果還真是不可以。他就又退了一步想，即便同他們攀不上關係，那最好也不要得罪，非要得罪，便一定要從他們身上討個大便宜。

他今日來此，計算得其實十分周密。他曉得此舉必定得罪青丘白家，但也從他們那裡拿到一個許諾不是？這個得罪，得罪得很值。但他從沒想過要得罪東華帝君。可事到如今，得都得罪了，既得罪了白家又得罪了帝君，青丘的那個承諾，就更要拿到手了。

他決然不是帝君的對手，和帝君是打不得的。

聶初寅臉上含著笑，這個笑卻極為勉強，「帝君抬舉了，比劍這一環原本只是同輩人間的切磋，聶某同鳳九殿下尚能稱得上同輩之人，卻同帝君在年紀上還隔著一個洪荒，聶某哪裡能做帝君的對手。這一環雖說挑戰鳳九殿下便是挑戰帝君，但帝君德高望重，畢竟與我等並非同輩之人，若要同聶某比劍，怕是有違禮冊上的這條法則。」

白淺上神收了方才的震驚，向著夜華連宋二人皺眉道：「他為何該同鳳九比劍，是他的道理，東華為何不該同他比劍，也是他的道理，這人嘴皮子真正厲害，道理都被他占盡了。此番東華若貿貿然下場，倒真顯得像是欺負晚輩了。」話畢惆悵一嘆，隱隱有些擔憂。

連宋君敲著扇子懶洋洋笑道：「我倒是覺得聶初寅高估了東華的臉皮。」

台下雖有種種議論，台上的帝君此時卻很從容很淡定，從容淡定中還透出幾分莫名，接著方才聶初寅的一番話沉吟道：「你說……本君同你不是平輩？」皺眉道：「本君為什麼同你不是平輩？」

聶初寅一愣。台下諸神也是一愣。

帝君看了一眼聶初寅，又看了一眼身旁的鳳九，緩緩道：「她是本君的帝后，自然同本君是平輩之人，你方才說你與她是平輩之人，那你與本君當然也是同輩之人，本君同你比劍，可見的確是同輩人間的切磋，違了青丘禮冊上的哪條法則？」

聶初寅神色僵硬道：「這……」

帝君慢條斯理地掂了掂劍道：「聽說你醉心劍術，真巧本君也醉心劍術，可見你我有緣，開打吧。」

眾神全傻了，白淺上神噗一聲噴了一地的茶水，連宋君扶著椅子的靠臂坐得穩當些，攤手向白淺道：「看吧，我方才說什麼了，聶初寅的那套歪理在他這裡根本行不通，臉皮這個東西，於帝君一向是身外物來著。」

第三章　碧海蒼靈樂逍遙

關於青丘那場兵藏之禮，影響著實很大。有幸前去觀禮的成玉元君回九重天後，在三十三喜善天的俱蘇摩花叢後擺攤，就兵藏之禮上的八卦講了半個月評書，場場爆滿，可見其震撼力。

最受小仙們歡迎的是帝君他老人家將玄之魔君聶初寅手中鐵劍一招劈開這一段。

傳說聶初寅以大欺小在比劍中欺負了青丘那位小帝姬鳳九，帝君他老人家上台為小帝姬出頭，受不了聶初寅的絮絮叨叨，禮讓三招後拔劍出鞘，於一招內挑落聶初寅咄咄逼人的鐵劍。鐵劍落地剎那，帝君他手持蒼何以極快的速度直擊而去，硬是在瞬息間將厚重鐵劍如剝筍般剝成兩枚，一隻劍柄承著兩柄劍刃在半空打了個旋兒落下，帝君的蒼何正正停在聶初寅的胸口。不過一招之內，竟演出此等無論招式還是力道皆變幻無窮的高妙劍法，傳說有幸在場的仙者們一時全傻了，一面傾倒於帝君持劍的冷峻風姿，一面自卑於同上古之神相比，近年來他們的仙術不昌究竟是到了何等地步。幸虧魔族看上去在術法一途上發展得也不是很好，令諸神稍感安慰。

聶初寅輸得一塌糊塗，倉皇離開青丘，再無顏提什麼神族之劍魔族之劍，而青丘那位小帝姬也總算順順利利地藏了劍，完了禮。

喜善天的評書講得熱鬧，成玉元君藉著天庭眾仙對帝君他老人家的崇拜，擺出此攤日日斂財，斂得不亦樂乎，糯米糰子小天孫幫她收了好幾天茶資，得了幾個金錁子做酬禮。成玉元君很高興，糰子咬著金錁子也很高興。

但幾家歡喜必定要有幾家憂愁，因這趟兵藏之禮徹底傷了芳心的亦大有人在，譬如天庭中一眾品階高的神女仙娥。

從前小仙娥們未有這個膽子將念頭打到帝君的頭上，實在是帝君他老人家太過神聖、太過傳說，諸位仙娥從未想過帝君有朝一日會娶一位帝后，抑或覺得帝君即便要娶一位帝后，大抵也輪不上她們這一輩的小仙娥，是以鮮少對帝君他老人家生出什麼非分之想。

可世事難料，帝君竟真的娶了一位帝后，娶的還是與她們中許多人同輩的青丘鳳九，令小仙娥們備受打擊，尤以帝君他老人家的義妹知鶴公主為首。

兵藏之禮後，知鶴公主失魂落魄地跑來太晨宮，重霖仙官瞧她一副憔悴面容不大好趕人，琢磨反正帝君不在，留她幾日權當行善，便闢了間客房容她住著。

知鶴公主一邊苦等帝君一邊臨風落淚借酒澆愁，碰上個人就抓著問自己比青丘的鳳九究竟差在何處，第三日抓到不意路過的重霖仙官。重霖仙官做人很誠實，瞧了知鶴哭得紅腫的眼泡子片刻，「帝君喜歡會做飯擅刀兵會打架的美人，公主妳這三樣都不大會，況且……」重霖仙官誠誠懇懇，「公主雖也算美人，但同鳳九殿下相比，公主妳長得……就算醜了。」

聽說知鶴公主當場嘔出了一口鮮血，長笑三聲，一頭扎進重霖仙官牽過來的馬車，頭也不回就下了九重天回了謫居的仙山，也當得烈性二字。

九重天上過年似的熱鬧，因青丘的八卦氛圍一向不如九重天上濃厚，倒頗安寧，唯有鳳九的學中好友灰狼弟弟有些許煩惱。族學裡頭一直開著課，鳳九已落了許多課業，全靠灰狼弟弟講義氣幫她抄筆記，眼看兵藏之禮她回了青丘，灰狼弟弟原本欣慰身上這個重擔總算可卸任了，到狐狸洞跟前一打探，聽聞禮畢後天上那位東華帝君同白止帝君在洞裡頭站了站，一盞茶後便將鳳九又領走了。灰狼弟弟抱著一摞帶給鳳九的筆記小本兒，認命地嘆了口氣，轉念一想這摞筆記小本兒其實可贈給鳳九做成親禮，這樣他就不必再送禮錢了，頓時又高興起來。

折顏上神自從在兵藏之禮上看了個大熱鬧，這幾日一直賴在青丘。東華同白止說了些什麼，折顏上神委實好奇，時不時拐彎抹角意欲探知一二。

這日白止帝君召了白奕夫妻到狐狸洞敘話，折顏上神明白他們必定是要談一些家事，這家事必定還同鳳九沾些關係。既同鳳九有關係，那同東華自然也有關係，便膏藥似地黏在白止身旁的椅子上愣是沒動。白止帝君佩服折顏上神連日來不折不撓的毅力，終於妥協，任他一聽。

照白止的說法，那日東華同他往僻靜處一站，確然說了要緊事。

帝君雖仍同往日般簡簡單單站一站也站得威勢十足，但姿態卻放得甚低，說對他孫女鳳九一見鍾情，意欲求娶為帝后，原本的確該按著提親定親再成親的規矩，但因二人前些日子掉入異界，因諸端事故之過，娶她就化繁為簡了，十分對不住她，也對不住他們青丘的一眾長輩。

帝君還說，這樁事他一直擱在心上，本該一出異界就來青丘叨擾，但聽說青丘擇婿甚為嚴厲，需三代世家且手握重權。三代世家這一條他著實沒辦法，不過手握重權這一條，他可以去同天君商量商量。又說小白因怕他這個女婿合不上長輩們的眼緣而終日忐忑，他也不好貿然拜訪，但事到如今，四海八荒都曉得他是青丘的女婿了，即便自己合不上他們的眼緣，也只有請他們將就一下。

帝君最後說，小白其實挺愛熱鬧，既然是青丘嫁女他娶帝后，也該讓八荒眾神補喝上一頓喜酒，須勞青丘同太晨宮齊心同辦一場婚宴。太晨宮有重霖主事，青丘嘛，他覺得小白她娘親就很不錯。婚宴日子可定在半月後，地方就定在碧海蒼靈。因初出異界時他便去了女媧處將他和小白錄入了婚媒簿子，同祭天地這一項便可不用再安排了。婚宴之事請小白她娘多操勞些，小白近日因兵藏之禮勞心勞力，他先帶她去碧海蒼靈休整休整。

白止帝君聽完這一篇話，琢磨了許久才琢磨出小白指的是他孫女，因想著唯一的孫女竟這樣被東華拐走了，白止帝君心中甚不平，原想要拿一個架子，但白止同東華認識幾十萬年，萬年間東華對他說過的話合起來也不及今日多，令白止帝君一時有些恍神，誤了拿架子的時機，待回過神來，帝君早已帶著鳳九出青丘了。

鳳九小時候對東華的心思，折顏上神略知一二，聽得東華同鳳九已入了女媧的婚媒簿子，心中大定。因按輩分鳳九算是他侄女，如此東華便是他的侄女婿，術法上他雖從未勝過東華，如今竟能在輩分上強出他一頭，折顏上神極其開心。

鳳九她娘也極其開心，卻並非因輩分這個虛名。鳳九她娘其實同鳳九差不離，自小聽著帝君的傳說長大，心中充滿了虔誠的崇敬，真是想了一萬遍也沒想到有一天自己會成為帝君他丈母娘。乍從公公處聽見帝君竟親口誇她操持婚宴可能是一把好手，從未操持過婚宴的鳳九她娘頓時十分振奮，並且暗下決心定要在操持婚宴一途上闖出個名堂來，不辜負帝君的一腔信任。

倒是十萬八千里外的鳳九她姥姥伏覓仙母頭腦清醒些，聽說是當日被帝君那手劍法鎮住了，成日地扶著額角嘆息，「妳說九兒不找就不找吧，一找竟找了個這樣厲害的，這麼個夫君往後她怎打得過，便是吃了虧回娘家哭訴，難不成娘家還能為她做得了主？我原本籌謀著替她找個門第相當或稍遜色些的世家之子，即便在婆家吃虧，九兒也還有她爺爺可做靠山，可如今攀上東華帝君這門親，倘被欺負了從哪裡去搬靠山？」

伏覓仙母的大兒媳伺候在她膝前孝順地安慰她，「不說九丫頭生得那般顏色，單說那張小嘴，多少甜言蜜語都能信口拈來，慣會哄人開心的，母親不也常被她哄得心口發酥嗎？兩口子又不是拿拳頭過日子，九丫頭年紀小，嫁過去帝君必定更加疼惜她。再則大面上說，九丫頭年紀小小就承了東荒的君位，有帝君幫襯負擔也輕些。依兒媳之見，這倒是門極合襯極合算的親事。」伏覓仙母聽了她大兒媳婦一番開解，被話中的見識打動，心中鬱結總算少了一半。

白止帝君將婚宴之事妥當交予白奕夫妻後，瀟灑地攜妻雲遊而去，毫無愧疚地徒留兒子兒媳鎮守在狐狸洞中。幸得太晨宮的重霖仙官主內主外皆是一把好手，當日便指了一長串仙伯仙官仙娥到青丘，來給鳳九她娘做幫手。

婚宴之事徐徐鋪開。第三日，刨了座玉山開採打磨出的玉製喜宴帖子已散遍八荒四海。聽到仙僚們時而議論，說帝君擺酒果然不同凡響，連帖子都是拿玉刻字，重霖仙官心中十分滿足，暗暗佩服自己的創意。

鳳九她老爹老娘這幾日忙得神魂顛倒，鳳九在碧海蒼靈倒是過得十分逍遙。那日兵藏之禮上帝君替她出頭時，她第一反應是自己人在台上眾目睽睽，面容頂的是青丘的體面，必須保持一派淡定，於是她保持了淡定，但腦中其實轟了一瞬，簡直像點了一百個炮仗。尋常姑娘這種時刻要嘛感動要嘛害羞不好意思，她兩樣都沒覺著，唯想著完了完了，她同帝君共結連理之事在親娘老子跟前暴露了。她本打算將此事循序漸進徐徐告知家中長輩來著，聶初寅踢館踢得太他奶奶的是時候了，帝君來這麼一齣雖是情非得已，但她爺爺說不準就要將她趕出青丘了。

她提心吊膽了一上午，總算候著帝君從她爺爺的狐狸洞裡頭出來。帝君誠懇地告訴她，她爺爺白止並未介懷，對這樁婚事簡直滿心歡喜，且主動提出要為他們補一場婚宴，並且高興地將籌備婚宴之事擔了下來，還體恤她近日費心費神，特地囑咐自己找個好地方帶她調養。

原來爺爺他老人家竟然這樣貼心，鳳九懸在半空中的一顆心頓時感動地落回地面，踏實極了，熨貼極了。

待到東華的老家碧海蒼靈，眼見此處山青水碧間瓊花玉樹交錯而生的勝景，鳳九抱著帝君的胳膊簡直興奮得兩眼放光，自以為奉了爺爺的旨意前來調養，心情無比暢快，頗有一種大考後的放鬆之感，諸事都不放在心中，唯將一個玩字當先。

碧海蒼靈位於天之盡頭，連綿仙山間圍出一汪碧海靈泉，說是靈泉，也有半個北海大，最為神妙之處在，浩渺靈泉中竟如陸地般長出各色花木，且有鳥雀棲息，花木最深處矗起一座巍峨石宮，正正立於靈泉正中。

鳳九她舅媽評她嘴甜，此評不錯，鳳九開心的時候嘴就更甜。今日她神清氣爽，加之身旁還有最喜歡的帝君陪伴，志得意滿，煩惱全無，心中時刻充盈一股甜意，自覺此時什麼好話她都說得出來。

入石宮雖可騰雲而去，但終歸失了趣味，帝君帶她乘一葉扁舟沿著花木夾出的水道行向宮門，鳳九一邊伸手攪水一邊歡天喜地，「你怎麼不早說你老家這麼漂亮，我覺得碧海蒼靈比九重天漂亮多了，你為什麼不住在這裡？」

帝君拉她的手以防她跌進泉中，瞧她這麼高興心情也好，低聲答她，「這裡太大，一個人住有些空。」

鳳九就順勢反拉住他的手，眉眼飛揚道：「以後我們要經常住在這裡，有我陪著你啊，我陪著你就不空了。」又在舟兩側指指點點，「這裡的水上是不是什麼都可以種啊？」儼然一副女主人的神態雀躍地出主意，「哎，我們不如在這一片種點梨樹，在這一片種點柚子，再在這一片種點葡萄。」溫溫柔柔地靠過去伸出右手疊在帝君手上，「你吃過沒吃過雪梨豬肘棒，還有葡萄蝦，還有柚子石斑魚，這些我都拿手得不得了。我們多種點果樹，以後到這裡小住的時候，我就可以天天做給你吃呀。」

她嘴甜的時候，的確能哄得人心都化了。帝君眼神明亮地看著她，唇角含笑，「如此說來雪梨有了，葡萄有了，柚子有了，蝦有了，石斑魚也有了，豬肘棒從哪裡來？」

她抿出點笑軟軟糯糯地回答，「從你身上割下來呀。」

兩隻小雀鳥從他們頭上飛過，帝君道：「妳捨得？」

她認真點頭，「捨得啊。」

見帝君並不回答，只是挑了挑眉。她傻了一會兒，將臉扭向一邊一臉克制，「你別挑眉，你一挑眉我就有點，就有點……」

帝君好奇地繼續挑眉，「就有點什麼？」

她臉頰緋紅，憋了好久才憋出來，「忍、忍不住想親親你。」

就見帝君靠過來，聲音低沉道：「給妳親。」

她有點扭捏，「大白天不太好意思……」

帝君鼓勵她，「不要緊，全碧海蒼靈只有我們兩個人。」

她抿著嘴想了又想，端端正正地捧著帝君的臉就親了上去……

自避世後，東華極少住在碧海蒼靈，石宮空置許久，雖前些時候令重霖來此收拾了一趟，但同久居之地太晨宮相比，終究顯得空曠。

鳳九初來此地，看什麼都新奇，連宮殿的空曠都像是有別種趣味，拽著帝君的袖子在石宮中跑前跑後，興味盎然地打算著往後各宮各殿該有的添置。

帝君的寢殿算是布置得妥貼的了，她瞧著也覺清涼，興致勃勃地安排著要在什麼地方再添個鏡台，什麼地方再加個香几。帝君帶她到花園裡摘枇杷，她琢磨花園中花木蔓生得太過雜亂，帝君坐在石凳上給她剝枇杷，她就拿出紙筆來思索如何打磨園中的風景。帝君將枇杷剝一剝去核餵給她，她一邊吃一邊拿毛筆頭點著圖紙問帝君，「你說這兒我們弄一座假山如何？修一段遊廊，然後在這兒堆一個土坡，坡上可種些紅葉樹點綴，坡頂就留給你種你那些香樹苗。土坡後頭的這片林子砍了吧，你喜歡佛鈴花，我們就在這兒種一大片佛鈴花。這裡再給你修一個瓷窯和一個製香坊。」眼睛亮晶晶地看著東華，「你還想要什麼？」

帝君看她良久，「都是給我的？妳呢？」

鳳九塗畫得很開心，在圖紙一個角落處拿手指戳一戳，抿著嘴道：「我要在這裡修個小荷塘，荷塘上安個亭子納涼看星星。還要在這裡開個菜園子種點小菜，種點我愛吃的白蘿蔔，再種點你愛吃的冬葵菜胭脂菜。」

帝君的眼神很溫和，想了想道：「前些時候洗梧宮送來一道涼拌蔓荊子妳記不記得，說是夜華下廚做的，還挺好吃。」

鳳九自得道：「姑父的手藝一般般啦，不及我做的。你喜歡吃那個嗎？那我們再種點蔓荊子好啦。」說著用筆在圖紙上再圈出一塊地方來。

帝君剝完枇杷湊過去與她共同研究，「可以再圈大點，這是什麼？習武台？這個不要了，一起開成菜園子，種些又能吃又能看的菜，有這種菜吧？」

鳳九張口就來，「有哇，五彩椒就又好吃又好看，但你吃東西偏清淡不愛辛辣，我想想啊，那倒是可以種點黃秋葵羽衣甘藍銀絲菜小南瓜什麼的，對了，我們還可以搭個葫蘆架子，葫蘆切片清炒很好吃的。」興高采烈地說到這裡突然收了聲。

帝君抬頭看她，伸手在她眼前晃了晃，「怎麼了？」

鳳九臉上閃過一瞬的茫然，囁嚅道：「啊，只是突然反應過來，你竟然在同我商量家裡以後要種什麼蔬菜，簡直不像真的……」她的眼睛迷迷濛濛地看向東華，帝君的眼神卻有些深幽，「家裡？」

鳳九呆呆道：「是啊，」又看了看周圍，不確定道：「這的確是你的地盤吧？」東華點頭，鳳九鬆一口氣道：「那我沒說錯啊，就是我們家嘛，就算每年來住的時間再短，也是我們的家呀。」

東華帝君自幾十萬年前從碧海蒼靈化世，從未有過什麼家人，就算後頭有知鶴的父母收養，但因東華自小便是一頭銀髮，知鶴的父母其實並不是很喜歡他，不過因心善看他孤零零的可憐，予他施飯之恩罷了，情誼上卻並未多加照拂，也算不得他的家人。家這個字，於帝君是很陌生的一個字眼，驀然聽鳳九這樣提及，心上竟顫了一顫。

看帝君良久不做聲，鳳九又將方才的話在腦中過了一遍，委屈地扁著嘴角道：「做什麼這副表情，我覺得我沒有說錯什麼呀。」

帝君勾起手指幫她重新將嘴角扺上去，眉眼間露出溫柔，「我喜歡妳說我們家。」

鳳九半明不白，但是看帝君高興她也高興，得了便宜就賣乖地膩上去道：「我也喜歡我們家，現在就很漂亮了，以後我們把它打理出來，得有多漂亮！你我的親朋好友來這裡吃茶玩耍，我們得有多長臉！」

帝君很是贊同，「不錯，別人家的花園都拿來養花，我們家的花園都拿來種菜，該有多長臉。」

鳳九聽出他語聲中的調侃，撇嘴道：「那是誰剛才開開心心提議要把習武場拿來開墾菜地來著？」見帝君低聲笑著不回答，就更緊地膩上去道：「你看，你也覺得弄成菜園子其實很好吧。等過幾日婚宴後我就開始料理它們，不過我們青丘節儉，沒有多少仙僕仙婢，只能從太晨宮中撥些人手下來了。」想了想，垮著臉道：「雖然說身為東荒之君，如今我的事務都是阿爹阿娘代為看著，並沒有多忙碌，但我還要繼續上族學，不能一直待在這裡。」又看帝君一眼，「雖然你很閒，但我都不在這裡，你在這裡又有什麼意思。我們乾脆在太晨宮找幾位仙官下來這裡守著，代為照顧菜園子好了。」

帝君似乎覺得她說得很在理，也幫著她出主意，「太晨宮中沒什麼大事，就讓重霖過來代為照顧好了。」

鳳九吃驚，「但是重霖要照顧你呀。」

帝君挑眉，「我跟著妳住青丘，他來搗什麼亂？妳難道不會照顧我？」

鳳九想了想，伸手在帝君臉上摸了一把，做出登徒子的形容來，笑咪咪道：「也對，重霖他畢竟不如我疼你嘛。」說出這句調笑話來，自己都被逗樂得不行，卻見帝君沉黑的眸子中忽有星光閃動，拉過她的手放在唇邊親了親，又將她抱在懷中，頭擱在她肩上，幾乎嘆息著說：「嗯，妳最疼我。」

鳳九想起來，這句撒嬌話一向數她的小表弟糯米糰子最會說，倘他父君娘親做了什麼事令他高興，糯米糰子十有八九會閃著水汪汪的大眼睛軟糯糯來一句「父君最疼我」，抑或「娘親最疼我」，令人既憐且愛。此時帝君說出這句話來，聲音壓得那樣低，而他熟悉的氣息那樣籠著她。他有那麼多的模樣，沉靜的模樣、威嚴的模樣、冷肅的模樣、慵懶的模樣、無賴的模樣，還有這種冷不丁撒嬌的模樣，都讓她喜歡得不知怎麼辦好。

因為方才他們剝了很多枇杷，她恍惚地覺得這句話中滿含著枇杷的清香，忍不住更加抱緊他，軟軟地輕聲回應他，「我當然最疼你啦。」

當日兵藏之禮後，東華做主將婚宴定在半月後的碧海蒼靈，重霖仙官掐指一算，半月後乃是三月初四。

婚宴帖子撒出去後，重霖仙官即刻派了隻仙鶴來請示帝君，大意表示碧海蒼靈這個地方帝君選得著實好，天有八方地有八荒，就數帝君的老家碧海蒼靈最為靈澤深厚，其間的仙山妙景必能令赴宴的仙者們見之忘俗，觀之忘憂。雖然靈泉中的石宮可能會因仙氣太足而稍顯喜氣不足，但以他的陋見，張些燈籠繫些彩條將格局鋪排得喜慶些便好，加之鳳九她娘建議席面布置得早些，好令赴宴的仙者們到時能宴得痛快，他們商量著看是不是提前三日過來籌備。巧的是白淺上神近日在承天台又排了好幾齣新戲，都是鳳九殿下愛看的戲本，帝君屆時正可帶鳳九殿下回天上好好歇一歇，不知帝君意下如何。

這一番話說得討人歡喜，事情也安排得討人歡喜，天庭諸仙常疑惑重霖仙官為何年紀輕輕卻能在太晨宮掌案仙使這個位置上屹立不倒數萬載，可見不是沒有理由。

重霖的建議帝君意下甚合，甫得此信時便算了算照重霖的安排，他們可在碧海蒼靈待幾日。算下來統共只得十日。

彼時帝君便覺得十日太短了，但過起來才曉得，這十日竟似乎比以為中的更為短暫。初幾日，因顧念鳳九前幾日勞累，日間帝君多帶她悠閒地遊山觀景，夜裡則令她早早睡下，自己拿卷書躺在一旁養瞌睡。到底是小丫頭片子，不過如此頤養兩日，已養出十足的精神，前一夜睡前從枕邊話裡聽帝君說起附近的仙山棲息了鸞鳥，次日一大早便興沖沖地拖著帝君漫山遍野捉小鸞鳥，捉到了喜孜孜賞玩半天再將牠們放回去，又心心念念初來時在小舟子上說的要在靈泉裡種果樹，竟從山上搞來好些果核，纏著帝君教她如何下種培植。

帝君帶她潛入靈泉底部埋好種子上岸，上岸後眼神悠遠地問了她一句，「精神已大好了？」鳳九上躥下跳玩得十分高興，想著上午去的那座仙山風大，明日還可以去放放風箏，遂開心道：「大好了。」又怕帝君否決放風箏這個提議，趕緊補充一句，「好得不得了！」帝君眼神悠遠地嗯了一聲。

翌日該起床的時候，鳳九就沒能起得來。

翌日後的數個翌日，清晨該起床的時候，鳳九不幸都沒能起得來。

所幸她恢復力好，經了再大的折騰，大睡一覺起來又是一條好漢。再則這件事她也不是不喜歡，只是帝君太有探索精神，搞得她有點累，除此外她沒覺得有什麼。

玩樂二字上鳳九有天生的造詣，念及婚宴後有無數正經事需料理，逍遙日子不多矣，即便每日睡到太陽出時才醒得來，日間剩下的時光也要卯足了勁兒地倒騰新鮮花樣。帝君陪著她一起倒騰，竟頗能沉入其中，最大的成就是在她手把手的教導下，做出了人生中第一盤能入口的糖醋魚。

十日匆匆而過，回太晨宮的前夜，帝君領鳳九去瞧碧海蒼靈的夜景。碧海蒼靈最美的時節，並非風和日麗之時，卻在暗沉沉的月末之夜。

每當月末最後一日，酉時末刻太陽落山之後，碧海蒼靈的天地都似末日般一派漆黑，直待到亥時初刻，方以西方的長庚星為首，四天星子次第在黑緞般的天幕中亮起，繼而從海之盡頭，托出一輪巨大的銀月來。月末時節天上掛的原該是殘月，碧海蒼靈中卻有滿月當空，還能同繁星共輝，可見出夜色的壯闊。

天上一輪相思月，地上伴的自然是風流景。月色乍一鋪開，靈泉中便繚繞出暄軟的白霧，薄薄一層鋪在碧水之上，白霧上的花木亦泛出各色幽光，星星點點，似燃了一海子異色的平安燈。

風也搖曳，雲也搖曳，山水相連處忽有鸞鳥破空長鳴一聲，天地間的靜景剎那活泛開來，無數雀鳥自仙山中啾鳴著翩翩而出，嘰喳聲竟組出一串極動聽的曲子，羽翼華美的靈鳥們隨此仙樂翩然起舞，姿態靈動，令人驚嘆。鳳九站在觀景台上，激動得說話都犯結巴，「這、這些靈鳥每個月這個時候都會來跳舞嗎？」

東華靠著根石頭柱子坐在一張用欽原鳥絨羽織成的毛毯子上，「妳當牠們閒得慌？」

鳳九立刻明白過來這原是帝君的手筆，討好地跑過來抱著帝君的胳膊，眼中依然在放光，結巴著道：「你、你讓牠們飛近點啊，飛近點給我跳個百鳥朝鳳……」

東華不置可否，「我不做虧本生意，妳拿什麼報答我？」

鳳九嘀咕道：「你做什麼這麼小氣啊，我明明還教會了你做糖醋魚。」突然眼睛閃亮道：「那我也給你跳個舞。」一雙手從他胳膊上攀到他肩上，「不要小看我，我跳舞也是跳得很好的，比你義妹知鶴絲毫不差，只是不好跳給別人看啦。」抿著嘴軟軟地笑，「我長這麼大還沒見過真正由百鳥表演的百鳥朝鳳呢，你讓牠們跳給我看，我就跳給你看呀……」

東華瞧她撲閃的睫毛，突然想起從前鳳九在自己身邊當小狐狸時，撒起嬌來就是這副模樣，當然那時候她沒有這副軟糯嗓子，但也是這樣水汪汪的眼睛，高興起來尤愛親暱地拿頭頂的絨絨毛蹭他的手，要想從他那裡得到什麼時，還會嚶嚶嚶地假哭。他那時候對付她自有一套辦法，瞧她哭得抽抽搭搭跟真的一樣，只覺好笑，什麼「我最喜歡把人弄哭了，妳再哭大聲點」之類的話簡直信口拈來。但如今瞧著她這樣乖巧地跟自己撒嬌，心中竟驀然生出一種扛不住的兵敗如山倒之感，一瞬間有些恍神。

外人面前她一貫客客氣氣老老實實，假裝端莊又老成，但他知道，她其實很喜歡撒嬌。她曾經對自己也守著諸多禮制，譬如在梵音谷，譬如在阿蘭若之夢。比之那時她對他的克制，他更喜歡她如今這樣天真又愛撒嬌，這才是她。緲落當日說他心底有一片佛鈴花海，不知花海後藏著誰。他知道花海後藏著的是隻紅色的小狐狸，彼時雖然並非男女之情，但他從來待她便不同。

觀景台上月色溫柔，鳳九看帝君瞧著自己良久不說話，有些著急道：「別不理人呀，這很划算哎……」

東華從恍惚中回神過來，表示贊同道：「的確划算，」笑了笑，「那妳先跳給我看。」

鳳九就有些遲疑，「不好叫靈鳥們等著我啦，讓牠們先跳嘛，這麼晚了，牠們表演完就好回去歇著了，你身為尊神，應該要懂得體恤下情嘛。」

天幕中星光燦動，東華任她抱著自己的肩膀討好，微微偏頭道：「我不過防著有人要耍賴，妳不是說過要誠心誠意地報答我，這樣同我討價還價，誠心在哪裡？」

鳳九不情不願地從他身上下來，退到觀景台正中站好，咳了咳道：「因為沒有絲竹伴奏，我給你跳一小段就好啊……」

東華卻像是早已預料到她會鑽空子，微一揚袖，身前便現出一把豎箜篌來，伸手撥了撥上頭的絲弦，似笑非笑看著她，「既然要跳，至少要跳足一整段，我給妳伴奏。」

鳳九吃驚地捣住了嘴，不敢置信道：「你還會彈箜篌？我、我從來不知道……」

東華唔了一聲，「彈得不多，妳自然不知道。」抬頭從容看她，「是不是覺得妳夫君多才多藝？」

鳳九的臉騰地就紅了，「夫、夫君兩個字從你嘴裡說出來好奇怪，啊啊，夫、夫君這兩個字本身就好奇怪，還是帝君好……」

東華停了試弦的手，朝她招了招，「過來。」

鳳九怯怯地挨過去蹲下來，剛要說「做什麼」，臉已經被他捧住用力揉了好幾揉。帝君神色威嚴地俯視她，「想清楚，我是妳哪位？」

她一張臉被揉得亂七八糟，只好求饒，「是……是夫君，放手，放手！」

東華方滿意地放開她，又拍了拍她的頭，「過去吧，」看著她的背影嘆氣，「妳自己說的要給我跳舞，磨到現在還沒個動靜，妳不覺得妳很要命嗎？」

鳳九揉著臉委委屈屈，「明明是你一直鬧我。」

觀景台後黑緞般的夜幕中月明星朗，碧海中幽光浮動，靈鳥們安靜棲立於樹梢。箜篌中流淌出柔緩樂音，隨樂音起舞的紅衣少女身段纖軟，月色下漆黑的長髮似泛著一層光，遮面的兩幅袖子款款移開，露出擋在水袖後極漂亮的一張臉，手指做出芙蓉花的形狀抬起，長袖滑落，露出一節雪白的手臂，舞步輕移間，柔軟得像是靜夜裡緩緩起伏的水波，又豔麗得像是水波裡盛開了一朵花。

東華撥弦的手指竟撥錯了一個音。他從來就曉得她長得美，但並非什麼風情美人，臉上多是清麗明媚的神態，他到此時才發覺，那張清麗臉龐如今竟可用豔字來形容，想要討好他時，眼波間流轉的都是渾然天成的媚態。他自然清楚，是誰將她變成這個模樣。她可能自己都不知道那溫軟眼波中的撩撥。

弦聲突然停頓，鳳九莫名地抬頭，四四方方的長檯上一時靜謐，良久，卻見帝君打開手臂，啞聲喚她，「過來。」

帝君坐在那裡朝她伸手的模樣、說這句話的模樣都實在太過迷人，雖然有些狐疑，鳳九還是磨蹭過去，嘴裡卻不忘抱怨道：「一會兒過去，一會兒又過來，為什麼老是叫我，你就不會到我這邊來嗎？反正不准再揉我的臉。」

帝君從善如流，「我不揉妳。」

「真的？」

「真的。」

帝君的確沒有再揉她臉，帝君直接將她放倒在了毛毯子上，她吃驚地小聲呼叫了一聲，初時還惦記著讓外頭的靈鳥們給她演百鳥朝鳳，奮力掙扎來著，奈何力氣沒有帝君大。後來帝君挑眉且用她最愛的那種低音哄她，迷得她簡直腦子發暈，就隨便他要怎麼樣就怎麼樣了。她還主動地配合了一下。

鳳九醒來時，已經是第二天大早，太陽已然出山，昨晚的銀月自然已收工，靈鳥們也皆回了山林，要想看百鳥朝鳳只得等下個月末了。鳳九咬著手指趴在被團中欲哭無淚，心中不住懊悔，白鳳九妳這個二百五，帝君的話能聽嗎？妳怎麼就相信了他的鬼話？妳真的是個二百五啊！

是日離開碧海蒼靈時，重霖同鳳九她娘人還未到，鳳九因昨夜未得償所願，有些神色懨懨，沒什麼精神地跟著東華回了太晨宮。

回宮後鳳九依然神色懨懨，連她姑姑白淺來請她看戲文她都婉拒了，直到帝君許諾下月還帶她回碧海蒼靈，月末令碧海蒼靈七座仙山的靈鳥都來給她獻舞，她才有些精神。但精神頭依然不大足，此前是不理人，此時也不過是對人愛搭不理罷了。

帝君端詳她良久，主動找來筆墨同她寫了份契書，上頭白紙黑字約定若完不成先前答允她的許諾自己就如何如何，又在上頭按下手印，將契書疊得整整齊齊交到鳳九手中，她的精神頭才終於算好完全了，又能對著他眉開眼笑了。

碧海蒼靈這兩三日注定鬧騰，重霖當日提議東鳳二人這幾日回太晨宮，因他曉得帝君近些時候好的就是個清靜，太晨宮雖非與世隔絕地，但八荒都明瞭他近日要擺場大宴，當體恤他忙碌，不會上一十三天打擾於他。

按理說重霖慮得極是，但世間總有些例外或者意外，蟄於謀事之初，發於謀事之中。

在天上的次日半夜，太晨宮中迎來一位仁兄。仁兄攀牆越戶而來，熟門熟路闖入東華的臥間，掀開帳子一把抓住東華放在雲被外的一隻手臂，「冰塊臉，跟老子走一趟！」擲地有聲的一句豪言，可惜話剛落地主人就被甩出丈遠。

房中亮起燭光，東華坐在床沿上將裡側的鳳九擋得嚴嚴實實，但架不住她主動裹著被子從他肩上冒出一個頭來，極震驚地與地上坐著的仁兄對視，「咦？小燕？你怎麼半夜跑來我們這裡，夢遊走錯地方了嗎？」

小燕壯士頹廢的神色中流露出淒楚，「老子受姬蘅所託，來找冰塊臉。她……」小燕哽咽望向東華，「她此時危在旦夕，想見你最後一面。」

鳳九一愣，看向東華，東華皺眉道：「她既住在梵音谷中，為何會危在旦夕？」

小燕淒惶道：「她求老子將她帶出了梵音谷……」

東華起身披上外袍倒了杯茶，「即便出梵音谷，也不至於到危在旦夕的境地，她做了什麼？」

燕池悟咬咬牙，從脖子上取下根繩子，繩子上頭串了塊白琉璃，琉璃中封了個小東西，形狀看上去竟像是什麼東西的爪子，極小巧精美的爪子。

燕池悟哽聲道：「她讓我把這個給你，說你看了自會明白。」

帝君喝水的手頓在半空，接過墜子在指間摩挲了片刻，忽抬眼向鳳九道：「明日妳先去碧海蒼靈，我去看她一眼，隨後就來。」

燕池悟得帝君這個回答深深地看了他一眼道：「老子在外頭等你。」

鳳九乍聽姬蘅彌留的消息十分驚訝，她雖然不喜歡姬蘅，卻也覺得惋惜，聽帝君說要去看看她，讓自己先去喜宴，便乖巧地點頭，又過來幫帝君穿外袍。

燭光畢竟微弱，映出東華離去的背影，看上去竟顯得模糊。

模糊而漸行漸遠的背影似乎預示了什麼，但彼時鳳九並沒有注意，只是那個夜晚，她沒能再睡著。

第四章　再傷情避走凡界

親宴上東華未曾出現。

親宴後的九日，東華一直未曾出現。

這九日自己做了什麼說了什麼，鳳九覺得，此時回想起來印象竟然十分寡淡。只還記得三月初四當日倒著實是個好日子，天光尤其和暖，顯得碧海蒼靈的諸景尤為曼妙，令前來赴宴的仙者無不讚嘆。

雖是補的成親宴，但重霖及她娘親都十分上心，成親所需的繁雜禮制除開同祭天地這一項，其他皆一應安排了。她一番盛裝後，她娘親語重心長地來同她說那些禮制的規矩時，她雖覺得有些麻煩，但心中其實好奇又期待。

八荒眾神皆早早趕來赴宴，連一向愛拿架子的天君都抵著時辰到了，眼看吉時一刻一刻逼近，東華卻仍杳無人影。她終於有些慌起來，才想起帝君前夜臨走時說的那句隨後就來，他沒有說隨後是什麼時候。他或許趕不上吉時了，她想，心中忽然有些空落。但轉念又覺得自己是不是太小氣了些，雖然這場成親宴十分重要，但小燕說姬蘅危在旦夕，帝君那夜雖說的是前去瞧她一眼便罷，但到得她病榻前，說不準亦有些同情，願意多陪一陪她，全她平生最後一個遺願。終是死者為尊，若果真是如此，帝君他趕不上吉時就趕不上吉時吧，她同一個將死之人爭什麼。

她想通此中關節時，正遇上重霖急急而來。太晨宮中最能幹的掌案仙官此時臉色卻說不上好，垂眉向她道：「帝君他此時仍不見蹤影，想必是有什麼緊急之事，恕臣斗膽，倘帝君今日不能出現，還請殿下示意，是否將成親的禮制全撤了，權將今日之宴辦成一個尋常酒宴？」

重霖這個提議是為全她的面子，當日發下帖子時明說了此宴乃是補辦的親宴，補辦的親宴該是什麼樣，所幸眾仙們全都不曉得，辦成個尋常宴會也算不得突兀。這種借個名目讓仙者們喝喝酒聚一聚的尋常宴飲場合，帝君不出現也沒有什麼。老一輩的仙者們大都曉得，帝君從來不喜歡這種宴飲場合，避隱前他自個兒擺慶功宴自個兒不出現的前科多了去了。

但倘如重霖和她娘此前的安排，將此宴辦成個正經親宴，帝君不出現，卻是當著八荒之眾給她這位新任帝后沒臉。

重霖能為她顧慮到這些，她很感激。

重霖見她的神色，斟酌良久道：「帝君甚為看重此宴，倘今日不能趕來，必定是身逢大事，帝君他絕非不顧念殿下，臣斗膽托大，帝君將此宴交給臣，便是信任無論什麼變故，臣總能護著殿下。」

她笑了笑，輕聲道：「是啊。」

吉時隨著日影溜過去時，她心中倒像是得了解脫一般。

她雖預料他或許趕不上吉時，但終歸還是存著一線希望。帝君是她求了兩千多年好不容易求得，能做她的帝后她已然十分滿足，那些虛禮她其實不如別的新嫁娘般看重，但一生唯有這麼一次出嫁，還是免不了盼望它能圓滿些。吉時一刻不到，她心中這種隱秘的渴望便一時不能消弭。此時她雖有些失望，倒也平靜許多。

一廊之隔的大殿裡歡宴之聲隱隱傳來，她豎起耳朵認認真真聽了一會兒，覺得殿中一定十分熱鬧。這麼熱鬧，不知為何她卻覺得有點寂寞。她拿個杯子給自己倒了杯濃茶，小口小口地喝了一會兒。

宴到一半，她娘親同她姥姥突然出現在房門口，她姥姥伏覓仙母滿懷憂慮地坐到她跟前，「九兒妳同姥姥說句實話，今日這種大日子帝君他為何沒來，妳同他是不是……」

她還是小口小口地喝茶，笑著寬慰她姥姥，「帝君確然有樁極重要的要緊事，臨走時同我說來著，若他趕不過來，後頭的事便交給重霖仙官，姥姥瞧，重霖仙官他不是對付得挺妥貼嗎？」

帝君自然未同她說過這樣的話，但如實向她姥姥和娘親坦白，她曉得她們定然不依。

她姥姥和她娘親終於放下心來。

這一場大宴，眾仙皆飲得滿足，靈台還存著清明的當日便告辭離去了，另有幾位好飲的仙者因醉酒的緣故，在石宮騰出的客房中多歇了一日，次日也一一拜辭了。碧海蒼靈重歸靜寂。白家人待了兩日亦回了青丘，唯留重霖同她留在此處。

其實她內心還是有些委屈，頭兩日時，也免不了偶爾想帝君他為何竟耽擱得這樣久，便是要全姬蘅的遺願，也用不了這麼多時候，便是當真可憐姬蘅，要再多陪她些，何不派個人回來通傳一聲。

第三日半夜，她突然從一個噩夢中嚇醒過來。其實夢到了什麼她全不記得，只是突然想到帝君好幾日沒有消息，會不會是出了什麼事故？她臉色蒼白地大半夜將重霖急急召來，口齒不清地同他說清自己的疑惑。可她雖曉得帝君去了姬蘅處，那夜她卻忘了問姬蘅人在何處。她心中慌急越甚，催著重霖同她連夜離開碧海蒼靈，一個往西南去尋小燕，一個往東南去找姬蘅的哥哥煦暘君。

三日後兩人在碧海蒼靈會合，因連日趕路，皆是一臉風霜。

她入得青之魔族的地盤說明來意時，裡頭一位頗穩重的魔使蹙眉同她長嘆道，他們的魔君已有近一年未曾回到族中，他們亦不知去何處尋人，若她什麼時候見到他，還請代為轉告魔君盡快回族中一趟，她傳話之恩青之魔族定然銘感五內。而重霖拜會赤之魔族時，煦暘君道，三百年前他妹子同小侍衛閔酥私奔之事鬧出來時，赤之魔族已將她逐了出去，姬蘅自那後再未同赤之魔族有什麼聯繫，如今她在哪裡，他們一族著實無可奉告。

帝君身在何處，此時竟全無頭緒，她踉蹌一步幾欲跌倒，被重霖慌忙扶住。眩暈中卻見幾朵祥雲倏然而至，前頭兩朵雲頭上分別立了她爺爺她奶奶，後頭兩朵雲上站著她阿娘同她阿爹。

她爺爺白止帝君眼中洶湧著極盛的怒氣，見到她時那怒氣中竟微含了一絲憐憫，良久，她爺爺開口道：「妳夫君，他此時究竟在何處？」

她強自定神道：「他有樁要緊事……」

白止帝君怒氣勃發地打斷她道：「所謂的要緊事，便是在成親宴上丟下妳，反去同赤之魔族的姬蘅糾纏不清？」

這幾日她著實思緒混亂，但她想他們既是夫妻，她總該信任他，本能為他辯解道：「爺爺怎麼說是糾纏不清，此事我也知曉的，姬蘅她命懸一線，帝君他只是出於憐憫去見她最後一面，我們做神仙的，對將死之人的這點憐憫還是要有的啊。」

白止帝君冷笑一聲，「最後一面？為何我卻聽聞今晨他抱著姬蘅威風凜凜地闖開赤之魔族的丹泠宮，當著煦暘君的面為姬蘅出頭，以第七天妙華鏡做交換，強令赤之魔族將這位被驅逐出族的公主重迎回族中？聽說彼時那位公主柔弱攀在他懷中，可看不出什麼命懸一線來！」

她腦中一轟。

白止帝君搖頭嘆息道：「所幸赤之魔族封了消息，此事曉得的人不多，否則傳進八荒眾神的耳朵，我們白家的臉面卻在何處？」看著她，又道：「其實臉面之事，也並非十分要緊，只是東華他這般負妳，卻教爺爺如何好忍？」

她一張臉蒼白得全無血色，良久，道：「我想聽聽帝君他怎麼說。」

白止帝君待要再論，卻被她奶奶伸手擋住，她奶奶柔聲勸慰她，「妳先同我們回青丘靜靜，若東華他有心，自會到青丘尋妳。」

她夢遊般走到她奶奶身旁，又夢遊般回過頭看向重霖，聲音縹緲道：「碧海蒼靈到赤之魔族需一日，赤之魔族到青丘需一日，你同帝君說，我等他兩日。」

白家上下齊來劫人，重霖自知擋不住，只得低聲應了個是。

在青丘的這兩日，她過得有些渾渾噩噩，大多時候坐在房中發呆。她老爹長吁短嘆，同她娘親嘀咕有些受不住她這樣文靜，她上躥下跳的活潑時節雖常將他氣得眼冒金星，但如今他卻懷念她從前那個模樣。她娘親就抹著袖子揩眼淚。

她其實並非要惹她爹娘操心，她只是在等一個結果，結果出來前她瞧什麼都有些懨懨的。阿蘭若之夢裡，碧海蒼靈中，她覺得帝君對她不像是假的，但為何他不來找她，他就不擔心她嗎？她想不大明白。

她想得深了，有時會腦袋疼，像錐子從顱骨鑽進去似的，一陣一陣疼得厲害。每每疼過，便有些莫名的片段從腦海深處冒出來。

譬如她原本記得當初她掉入阿蘭若之夢時，帝君趕來救她，她醒來時帝君說了許多好聽話哄她，說當年她做小狐狸時沒有認出她讓她受了很多委屈都是他的錯；她哭著問他為什麼換了她的頻婆果，他耐心地替她擦眼淚，坦坦蕩蕩地承認因為她說要拿頻婆果給小燕做糕點，他喝小燕的醋；她提起姬蘅時，他皺眉答她「妳怎麼會這麼想，她同我沒什麼關係」。她就相信了他且原諒了他。

但腦中偶爾現出的片段，卻是水月白露林中，一張寬床之上，她同帝君陳情他們可能並無緣分，所以分開說不準更好，他卻若有所思看著她，「沒有什麼所以了，其實我們已經成了親，因為小白妳，不是喜歡我嗎？」

明明印象中，阿蘭若之夢裡她一直曉得息澤便是帝君，偶爾片段閃過，卻有蘇陌葉來開導她的情傷，「若妳果然喜歡他，不要有壓力，可能因妳喜歡的本就是那個調調，恰巧帝君同他，都是那個調調罷了。」「他」是誰？若是息澤，她不是從來曉得他們就是一個人嗎？

她想不起帝君何時同她說過那些話，也想不起蘇陌葉何時開導過她。再用力想，卻是想得頭痛欲裂，只有抱著腦袋，才有一刻緩解。她娘親撞見她倒在榻上蜷作一團強忍頭痛的模樣，大驚之下趕緊請來十里桃林的折顏上神。

而是日已是第三日清晨，早過了她允給東華的兩日之期。她苦等兩日，終等出一個結果。東華沒有來，重霖也沒有來。她頭疼得厲害。

外頭是個暖陽天，折顏上神踩著日光踏進狐狸洞。

折顏診過她的脈，又伸手去探她的元神，收手時眼神微動，咳了聲打發她娘親出去替她取些參糖，待房中只有他們兩人時方道：「妳的記憶被人改過，妳曉得嗎？」

她一時聽不懂他的話，茫然地搖了搖頭。

折顏唉聲嘆氣，「能以丹藥改人的記憶，放眼八荒也沒有幾人做得成功，約略不過東華墨淵西方的佛祖再算我一個。墨淵同我再添西方一個佛祖都沒道理來改妳的記憶。縱然我一向不羈些，但這種有違仙道之事……」他抬眼看向她，眼中竟也像三日前她爺爺到碧海蒼靈劫她時那樣，流露出似有似無的憐憫。

折顏從袖子裡取出一顆仙丹，「妳先將這個吞了，我立時開爐再給妳煉顆丹，吃了那個大約能將妳被修的記憶找回來。」

她木然拿起眼前的金丹，對著挨窗而入的日光照了照，輕聲道：「這顆丹找不回我的記憶嗎？那吃這個又有什麼用？」

折顏一隻腳已踏出門檻，聞言回頭，又是一聲嘆息，「妳同東華，我聽妳小叔提了，此時出來這樁事也不知對妳是好還是不好。」他模樣似乎十分掙扎，終啟口道：「那是保胎藥，妳有孕了。」

房中一時靜極，那顆金光閃閃的保胎藥咕嚕嚕滾在地上。折顏拾起丹藥，緩步走到她身邊，將仙丹重擱到她手中，良久，伸手摸了摸她的頭髮。

九日來她未曾掉過眼淚，此時終於哭出來，淚水滑落眼眶，頃刻濕了面頰，卻沒有什麼聲音，也沒有什麼表情，只是語中有些微顫，輕聲問他，「小叔父，你說，他怎麼能騙我呢？」喃喃地重複，「他怎麼能騙我呢？」

她雖不大愛哭，但每次哭起來，都唯恐不能哭得傷傷心心，好惹人憐憫教人心疼，此時卻面色平靜，只是眼淚洶湧，像決堤的天河，漣漣的淚水順著下頷滴落在水紅的長裙上，浸開的水漬就像盛開的一串佛鈴。

這九日，著實是太長了。

折顏新煉的靈丹在次日送來，那些真正的記憶重納入腦中時，她的心緒卻不及預想中那樣動得厲害，大約是累了。

她終於想起來，帝君其實從未告訴她為何當初要換她的頻婆果，彼時姬蘅說想要，他便給了。他說他同姬蘅沒什麼，可他對姬蘅的不同她卻看得清楚明白。她如今總算有空將這些東西都想一想。

他的確對自己有情，可他對姬蘅亦未必無情，原本是天上地下最不沾紅塵的尊神，到底是她還是姬蘅將他拖入這十丈軟紅糾纏不清？當日她墜入阿蘭若之夢生死一線之時，他選了她。今日姬蘅岌岌可危，他便擇了姬蘅。到底是誰看不清自己的真心？

大約他也明白最終選了姬蘅有些對不住她，才無顏來青丘見她吧。

她想她同帝君著實走了一段很長的路，前半段她一個人追著他的背影追得辛苦，所幸後半段老天施恩，才終於教她將他趕上了。因一開始便是她想要他，所以追得再累她也覺得沒有什麼。

這段情來得這樣不易，她從來想的都是要好好珍惜。他誤了成親宴，她心中其實在意得很，但她想她可以裝作不在意。爺爺說他同姬蘅的私情時，她腦中剎那一片空白，但空白後她想的還是要信任他，至少要聽他親自同她說這件事。

她努過力，她想她給了他足夠的時間，只要他能趕來，無論他說什麼她都相信。可先愛的人總是卑微。從今往後，這段路，她要一個人走了。

她很累了，也不想要他了。

當神仙，其實也很不容易，仙途漫長又孤寂，為了不將日子過得百無聊賴，會做神仙的神仙們，大多都養了個興趣來寄託情懷，譬如太上老君愛煉丹，南極仙翁愛殺棋，白淺上神愛看話本子，就是這個道理。

初初飛昇尚來不及養出興趣來的小仙們，因沒有其他事好做，切磋神仙界的八卦水到渠成地就成了他們當上神仙後的第一件要事。但無論聽八卦還是說八卦，又有個講究，八卦的事主需是個識得的人，這個八卦才能說得有興趣，聽得有興致。小仙們頂聚三花飛昇上天後識得的第一位尊神，自然是一十三天的東華紫府少陽君東華帝君。而好巧不巧的是，近兩百年八荒四海神仙世界最大的八卦，就是帝君他老人家丟了媳婦兒。

傳聞中帝君這位媳婦兒年紀雖小卻是個角兒，乃九重天太子妃白淺上神的侄女兒，青丘之國白止帝君的孫女兒，且早在四百年前便承了青丘的東荒君位。兩百年前青丘的兵藏之禮上，這位殿下以一把合虛劍藏入堂亭山聖峰，紅綾縛眼闖過百人劍陣的風姿曾傾倒眾生，八荒美人譜上僅被她姑姑白淺上神壓了一頭，位列第二。

小仙們聽了這個傳聞，對帝君這位媳婦兒很是神往，連帶著對帝君為何會將他這位媳婦兒搞丟之事也越加好奇起來，奈何帝君的八卦私底下淺談尚可，妄議尊神之名卻非人人都擔得起，諸位皆沒膽子深究，只是隱約聽說自從那位殿下失蹤後，青丘之國同一十三天太晨宮便有些不大對盤。且帝君丟了媳婦兒，這兩百年來日日天翻地覆地搜尋，白家丟了女兒，卻一直未有什麼動靜。

白淺上神和善好說話，司命星君陪她老人家喝茶時曾有一問，白淺上神撫著扇子作疑惑狀道：「失蹤？不過是我們白家的姑娘到了年紀都要去歷練歷練罷了，本上神倒還未曾聽說有這種傳聞，這個是誰傳的，傳得也忒不像樣了些。」

司命星君斟酌著恭敬再問：「那鳳九殿下是在何處歷練，不知上神可否指教一二？」

白淺上神就笑盈盈地攤開扇子，「白家的崽兒皆是放養，她想要去何處歷練便去何處歷練，家中一向不管的，你請教本上神，本上神其實也不曉得。」

司命星君發了片刻的神，方道：「只要殿下平安，小仙便安心了。」

八荒傳聞中年紀雖小卻是個角兒的鳳九殿下此時正蹲在凡界的一座小山頭上拿把菜刀削山藥。

她兒子白滾滾近日肉吃多了有些積食，山下開醫廬的老秀才開了張食補方子給她，上頭說拿山藥熬米粥抑或紅糖炒山楂皆可治小兒積食。白滾滾不愛吃甜食，鳳九琢磨著紅糖炒山楂就算了，待會兒再去山下買點鹽巴，把米粥做成碗鹹米粥，白滾滾愛吃鹹味的。

白淺上神關於鳳九失蹤實則在歷練一說，其實並未誆騙司命。

猶記洪荒時代，在父神開辦的供神魔仙妖幾族共同進學的學宮水沼澤中，尤為重要的一門學業便是去凡世歷練。三千大千世界共有數十億凡世，每處凡世待一年也要十億年。幸而當年父神還有點神性，只隨意選了十萬處凡世令他的高徒們歷練。

相傳有此機緣去歷練的高徒包括後來的天地共主東華帝君、天族的戰神墨淵上神、魔族的始祖女神少綰女君、洪荒第一隻鳳凰折顏上神，還有鳳九她爺爺和她奶奶。

可見這些去凡世歷練過的高徒們後來都成了材，且成了大材。

當年鳳九承東荒君位時，鳳九她爹白奕其實有些短視冒進，一心想招贅個賢婿幫襯她，這一點遠不及鳳九她爺爺有見識。白止帝君當初其實早已有計較，待過了兵藏之禮後要將鳳九亦送去凡世歷練歷練，一朝為君，靠夫婿有本事算怎麼回事，還是得自己手裡頭有幾把刷子。他將這個打算同小孫女提起時，沒料到鳳九竟然也很贊同，令他頗感欣慰。

但兵藏之禮後卻生了些事端。白止帝君仁德，原本打算讓神傷的小孫女休整一兩年再將她送去凡世，沒料到小孫女休整了不過一兩日，便自個兒打好了包袱皮前來辭行。見小孫女這樣上道且上進，白止帝君自然是准了。臨行前送她一個信封並信箋一張，說與之配套的另一個在她姑姑白淺上神處，她一人孤身在外，若有什麼要緊事須同家裡商量，就拿筆寫在信箋上，她姑姑在她那處的信箋上自能看得到。

鳳九去凡世前還走了趟冥界，見了見她的朋友謝孤栦，又在冥界幽了三日，拿頻婆果給葉青緹做了個身軀，將他的魂魄順利提出來放進了仙軀中。

按理說三月後葉青緹便能復活，她卻沒等到他復活那個時候，只請謝孤栦代為照顧，待他醒了且教他一些修行的法門以化去魂中的妖氣，三百年後他修行期滿將要飛昇之時，她再來助他赴九天瑤池洗滌凡塵位列仙階。這種因奇緣而得以飛昇，又須去瑤池洗凡塵的，洗塵之儀必得由予他身軀之人施洗塵禮，這是仙籙寶籍上頭的規矩。

將諸事安排停妥，她便揣著肚子裡頭的白滾滾去凡界安營紮寨了。

在第一處凡世裡，鳳九生下了白滾滾。隨後每三年換一處凡世駐著。雖凡界有一條施了法術易被反噬的法則，框著她不好動不動就使出法術來，但虧得性子機靈劍術又高超，凡世她混得還不錯。

兩百年中，她在城裡開過酒樓，在鎮上營過書局，在集中守過雜貨舖，在荒郊野外擺過茶水攤子，時而是掌櫃，時而做幫傭，怡紅閣旁賺過青樓姑娘們的胭脂錢，城隍廟下得過太太小姐們的算命資，輾轉十餘處，當真做得像是在紅塵中修行，修著修著，便自覺看慣了世情。

看慣世情後的鳳九於去年輾轉到這一處凡世，不大想繼續在浮華中泡著了，打算換一換口味試一試清淡的隱居生活，於是乎，帶著她兒子白滾滾跑到了這個山溝裡頭蹲著。

這條窮山溝看著窮，實際上也很窮，但它有個很霸氣的名字，叫作藏龍溝。藏龍溝裡有個藏龍村，藏龍村當然也很窮，但好在是個有二十來戶人家的大村子，窮則窮矣，二十來戶人家每天從口糧裡擠一根紅薯出來，還是供得起一個教書先生。

教書先生是位屢試不第的落第秀才，垂垂老矣才頓悟這輩子沒有做官老爺的命，六十高齡時回了老家做夫子，算是混口飯吃。先生的那間破私塾就坐落在村子邊上，恰同鳳九搭在半山坡上的兩間茅草棚遙遙相對。

白滾滾每天日出而行日落而歸，挎著他娘親給他縫的一個小布包，從自家的茅草棚跨越半個山頭去夫子的茅草棚念學。

白滾滾今年已有一百九十七歲高齡，長得卻同那些兩三歲的凡人小童子沒什麼兩樣，依然是顆小豆丁。要說有什麼不同，也不過他這顆小豆丁比凡人的小豆丁們更圓潤更可愛些，且他天生一頭銀髮，比凡人的小豆丁們更出挑些。但髮色上的這種出挑卻並非什麼好事，因此白滾滾從小就開始染頭髮。他曾問過他娘親這是何因，他娘親笑咪咪地跟他說，因為他們是神仙，他是個小仙童，所有的小仙童都是銀色的頭髮，又長得慢。白滾滾就信了，因為他沒有見過其他的神仙和小仙童。

但後來白滾滾發現，自從他娘親告訴了他他們是神仙後，很多事情，他娘親都愛拿這個當藉口。

譬如家裡做了七只栗子糕，她娘親拿兩個碟子分糕，給她自己分四只給他分三只，他嚴肅地告訴他娘親，他學中小夥伴的娘親們都不同自己兒子搶糕吃時，他娘親就摸摸鼻子哼哼著跟他說，因為我們是神仙他們是凡人啊，這個事情上頭神仙同凡人規矩是不一樣的！

再譬如他娘親睡覺愛踢被子，自他懂事起，就開始每天半夜起來給他娘親蓋被子，以致他一直以為做兒子的天生就該半夜起來給為娘的蓋被子。直到有一年同學中的小夥伴們聊天，他才陡然發現別人家同自己家全是反著來的。他回家嚴肅地同他娘親商量以後他們家也該如此，他娘親還是摸著鼻子哼哼，神仙界其實都是兒子半夜起來給娘親蓋被子的，他們是凡人，他們不懂我們神仙界！

哦，還有一回，這一回頂頂要緊。白滾滾已記不大清那是什麼時候，他第一回曉得凡人的小童子們不僅有個娘親，還有個爹爹。一個同他要好的小夥伴有次問他他的爹爹在哪裡，他就回去問他的娘親，他娘親彼時正在院子裡曬玉米，聞言一串玉米棒子從手裡落下來正正砸在腳背上。他娘親忍著痛笑得有點勉強，「你是我一個人生的，沒有爹爹。」

他晃著小短腿顛顛地跑過去幫他娘揉腳，疑惑道：「但是我學中的同伴們都有爹爹啊。」

她娘的聲音聽起來就有些縹緲，「因為我們是神仙嘛，神仙界的小仙童們是可以只有娘親沒有爹爹的。」

白滾滾覺得，事情有些不大對頭。但他也沒法子求證，只是暗暗在心裡懷疑。他衷心地希望神仙界大人其實不和小孩子搶糕吃，大人要半夜起來幫小孩子蓋被子，且小仙童們必須有爹爹。因這樣他就可以有個爹爹。他想過他要是也有個爹爹，他爹爹該是個什麼樣。拿他那些小同窗的爹娘們做模子來比對，除了長相這一條，其他大多都是爹強過娘。所以他要是有個爹爹，他爹的廚藝一定要比他娘高，劍術要比他娘好，按時起床，從不踢被子。但他只是在心裡想想，這個小算盤他從沒有告訴過他娘。

隱居在藏龍溝的日子閒且懶散，此處有夜歸鳥，有青山頭，有白月光，雖不及八荒中的仙境華美，但自有一番平靜的妙處，鳳九正琢磨也許可在這條山溝多蹲幾年時，驀然感到心口有些發燙。

將貼心口揣著的她爺爺送她的信封取出來打開，信箋一展，果然是白淺又寫了封信給她。她姑姑白淺上神兩百年間時常寫信給她，第一封信寫在她初入凡塵後第二個月。信中說時隔七十三日，東華倒終於去了青丘找她，大約以為彼時她仍在青丘。白止帝君未能攔得住，容他入了谷，但自然是沒找到她。

說彼時帝君的臉色著實難看，不過白止也不遑多讓，寒著臉向東華道：「帝君尊崇無匹，白家本是攀不上這門親，只是九丫頭任性，好在今次她總算懂些道理，曉得她及不上那個資格同魔族的公主共事一夫，甘願下堂請去，求帝君賜一紙休書。」

東華一張臉雖血色盡失，卻依然沉著，「這不會是小白說出的話。」

恰巧折顏上神給狐狸洞送桃花釀過來，見他們這個劍拔弩張的陣仗，很客氣地搭了句閒話道：「罷，罷，我來說句公道，九丫頭確然沒說過什麼下堂請去，不過，倒是問了我一句帝君你何苦一次又一次騙她，是不是覺得她傻尤其好騙，你想要她的時候就要她不想要她的時候就放著不理她，她覺得累，也不想要你了。」

折顏上神攤了攤手，「固然這聽著有些像小孩子的撒氣話，哪裡曉得次日她便果真收拾包裹不見人影了，便是到如今，連我也沒再見過她。」

說帝君當時聽了那個話，面色很是空洞。

鳳九甫得此信時正躺在一個馬扎上曬太陽。

七十三日。她默了片刻，提筆問她姑姑魔族的姬蘅公主近日是否正是大病痊癒，九重天上第七天的妙華鏡如今是否已在赤之魔族。

良久，她姑姑回了個「然」。

她盯著那個「然」字發了許久的愣，覺得帝君他的確周到，將姬蘅照顧得妥貼了再來尋她。難道是她往日太過賴皮地纏他，才讓他深信她總是會在原地等他？

愣過方覺自己莫名，走都走了，這些疙瘩事還理它做什麼。

此後，若她姑姑再在信中提及東華，她再無什麼回音。

所幸她姑姑提得不多。只後頭又有一回，說東華可能已曉得她去了凡界。

白淺上神表示自己其實有些佩服帝君的手段，說帝君當日在青丘尋她不成，即刻便回九重天從天君處強要了兩封文牒，又合了太晨宮的玉譜令座下仙伯各送去魔族和鬼族。魔族七位君主及鬼族的離鏡鬼君收了這套文牒，即日便在各自族內幫著搜起人來，也不曉得文牒中究竟寫了什麼。

帝君此番像是全不在意八荒曉得他丟了媳婦兒，找她的動靜著實搞得大，但也著實有成效，不過百八十年，已將八荒翻了個底朝天。

將八荒寸土翻遍也未覓得她的芳蹤，帝君自然會想到她是隱去了何處。

白淺上神在信中打著哈哈，道即便帝君曉得她匿去了凡界，凡界有數十億凡世，就算只坐在妙華鏡前一處凡世一處凡世地糾察探看，也未必就那麼有緣能正巧探看到她所在的那一處。況且此時妙華鏡已搬去了赤之魔族，聽說還未尋到合適的好地方安上去。妙華鏡取下來容易安上去難，即便是東華親自來安它，這樣壯闊的一匹瀑布，安好也要耗上數十年，不過這卻是他自作自受。

末了白淺上神還提了一句，近些日子她其實無意中見過東華一回，帝君他瞧著不如往日精神了，且清減得厲害，臉上隱現出病容。不過又立刻道，近日天上氣候不佳，連她都染了些風寒，興許帝君也是風寒吧。

這封信到得鳳九手中時，她正帶著白滾滾盤坐在一處凌雲山頭上聽風雷之聲。急風打在山石上，猶如凡人的祭天鼓，白滾滾聽得十分激動，即便頭髮被狂風吹得稀亂，小臉蛋上卻滿是正色，小胸膛還一鼓一鼓。

鳳九在狂風中頭暈目眩地掃完這封信，她如今比之百年前想事情又要更從容些，雖覺東華這麼找她有些離譜，她也不是傷心地遠走天涯，如此這般倒顯得像是在躲他，她又沒有做錯什麼，卻有什麼好躲。她當日離開時並未刻意隱瞞去處，只是白家人看不慣處處刁難東華罷了。不過回頭想想，她同東華也的確無甚可說了，再不見也有再不見的好處。

她就在磅礴的風勢裡頭長吸了口氣，結果將自己給嗆住了。

她不曉得的是，此封信裡頭，白淺其實對她有些隱瞞。

期間白淺上神確見過東華帝君一面，卻並非無意中見到，乃是帝君親自遞帖，邀她去瑤池坐坐賞一賞池中新開的芙蕖。按理說白淺上神雖貴為上神，與帝君相比卻仍算小輩，長輩召小輩陪著賞一賞花，派個人去通傳一聲便可，帝君卻親寫了帖子給她，帖上的字筆走銀鉤，頗有風骨。

瑤池旁的小亭中茶香裊裊，二人坐定，裊裊茶香中帝君開門見山問她，「小白可是去了凡界？」

白淺愣了一愣，客氣笑道：「司命因同鳳九那丫頭有些朋友之誼，當初也來問過我，我們白家一向不大管子孫的修行事，我只曉得她如今在外歷練，究竟在哪一處歷練，卻委實不知。」

帝君直直看著她，語聲淺淡，「妳知道。」

白淺上神臉上的笑便有些收起來，道：「帝君可想聽個故事？」不及他回答已接著道：「鳳九那丫頭廚藝了得，天底下什麼菜她都能做，卻唯不做一樣，便是麒麟株，帝君可知為何？」

自斟了一杯茶水道：「倒並非她厭惡麒麟株的口味或體質與此味菜蔬不合，只因麒麟株獨生於西方梵境，不能存活於異地水土。她小時候因愛吃麒麟株，花了死力想在青丘培一棵出來，投進去三百年時光，還為此落了課業遭了好幾回她爹的毒打，著實費盡心血，可麒麟株依然不能在青丘存活。她被折騰得累了，就乾脆徹底捨了它，從今往後遑論說做關乎麒麟株的菜色，便是吃也不再吃了。」

她看向東華，眼中頗有意味，「那丫頭絕起來時比什麼都絕，我這個一向冷心冷肺的同她一比，竟可算有一副難得的熱心腸，且妙的是那丫頭一直以為自己善感又多情，從未意識到自個兒是顆絕情種，就像她至今不曾意識到她再也不吃麒麟株。」

帝君突然咳了一聲，接著便是連串的咳嗽，這一陣咳嗽持續了許久方停下來，聲音有些沙啞向白淺道：「妳比喻得不錯，本君此時便是被她棄了的又一棵麒麟株。」話罷又咳嗽一陣方道：「前一棵因討不了她歡心，被棄了也不好說什麼，本君這一棵，卻想著找到她再試一試。」

白淺臉上現出一絲微訝道：「那……這數十億凡世的賭盤中，便請帝君賭一賭，看你同她有沒有緣分吧。」

帝君眼中原本便暗淡的神采在她此言後變得更為暗淡，良久才道：「我們無緣，妳讓我賭緣分，可能我永遠也找不到她。」

白淺原本還算和煦的雙眼中漸漸泛上些冷意來，撥弄著手裡的茶杯蓋慢悠悠道：「帝君既覺得同她原本就無甚緣分，又何必尋她，若誠心想要找她，總該有些辦法。」

此事後不久，東華他果然找出別的辦法來，便是鳳九在藏龍溝裡琢磨著打算將來時，收到的這封信裡白淺所言。

此信著實令鳳九一驚。信中道，是年的五月初五，帝君為新飛昇的眾仙定階冠品時，將最後一回開啟九天瑤池，允因奇緣而可得飛昇的仙者前來施洗塵禮洗去凡塵，此後瑤池將被永久塵封，天庭再不會將以奇緣而證得仙果的仙者列入仙籙寶籍。

白淺在信後百般慨嘆，道不曉得東華他何時查得了葉青緹之事，此舉再明瞭不過，是在拿葉青緹威逼她，他倒果真是參出來一個尋她的好法子。又道當年父神評價東華的九住心已達專注一趣之境，判他一念為神一念為魔，他此番做法著實欠慈悲心，不知可是失了九住心，直奔著魔道而去了。

鳳九拿著這封信，手卻有些止不住顫抖。

她已經許多年不曾這樣過。

第五章　奈何天命無緣

葉青緹未曾想過自己有一日竟會修仙，且只待今日於瑤池洗去凡塵再去大羅天青雲殿拜過東君，他便將成為一個仙。

葉青緹猶記得，自己為人的那一世已是四百多年前。

他生於縉朝葉氏，乃永寧侯府的嫡長子。永寧侯府以武傳家，每一代永寧侯皆是死在戰場上，他爹亦在三十五歲那年血濺沙場，他襲爵之時，年方十七。

彼時縉朝已是強弩之末，高門子弟泰半紈褲，葉氏子孫卻實打實是一眾爛蔥頭裡的一窩好蔥，葉青緹更是這窩好蔥裡頭拔尖的。照理說葉青緹人長得俊，品性好，門第又高，當為京城諸名門擇婿的首選，奈何自縉朝建朝以來，永寧侯府出了名地多寡婦，真心疼女兒的世家大族都不大願以嫡女相嫁，以致代代永寧侯皆是婚姻艱難，只得寄望於皇帝賜婚。

葉青緹襲爵時，正值邊地禍患不歇，是以襲爵後的葉小侯尚來不及等到皇帝的賜婚娶上媳婦兒，便開往戰場鎮守邊關去了，這一鎮就鎮了五年，徹底將擾邊的韃韃族給端了。

葉青緹建了奇功，皇帝自然高興，待他歸京後不僅對永寧侯府大加封賞，還將齊國公府嫡出的大小姐賜婚給他，又賜他一名美人為妾。本朝前代皇帝中倒是有愛賜臣下美人的，但今上活了四十多年在位二十多年卻從未賜過美人給臣子，他雖是武將不若文官在官場上的心思繞，此事也感覺有些蹊蹺。

一番暗查下來方曉得，賜給他的這位美人竟是皇帝宮中儲著的一位陳姓貴人，原本並不得寵，只因在四年前韋陀護法誕上救了不慎落水的今上，倒令今上對她青眼相加起來。據說陳貴人不得寵時對今上仰慕得要死要活，卻不知為何，待今上對她情深起來時，又是一副冷淡做派，處處惹怒今上。更有一樁內帷私密，說即便陳貴人一副冷臉，今上也甚為寵她四年，這四年間陳貴人卻一晚都未讓今上近過她的身。

彼時葉青緹正坐在牆頭喝酒看月亮，聽暗探說到此處，手中的酒罈子啪一聲摔碎在地上，愣了良久道：「倒是位奇女子，既然她如此今上都忍了，她還能犯上什麼大錯，教今上將她賜我為妾？」

暗探斟酌片刻方道：「她給……貴妃娘娘寫了封情書。」

抬妾不若娶妻，從納彩到迎親，依著六禮走下來，將媳婦兒娶進門慣要數月，迎個妾進門不過選定日子從後門抬進來即可。葉青緹自小一心撲在戰場上，難得對風月事有什麼興趣，然於這位陳貴人倒是頗有幾分好奇。陳貴人進門這一日，葉青緹下書房時雖已是深夜，亦打算前去碧雲院會會這位奇女子。

因懶得折騰丫頭婆子們前來開院門，葉侯爺直接從碧雲院的牆頭翻了進去，腳未沾地，卻聽見一聲銀鈴般的輕笑，循聲望去，眼前鋪開一方碧色的荷塘，塘中蓮葉田田，數丈之外，竟有白衣女子腳步輕盈，正踏水踩蓮追逐塘中的螢火蟲。

銀色的月光下，那女子偶爾轉過臉來，舒展的黛眉間一朵花鈿，明眸似溶了星輝，唇間一抹笑靨令絕色的臉愈增其妍。葉侯爺腦中轟的一聲，少年時讀過的兩句文章驀然撞入心間，「彷彿兮若輕雲之蔽月，飄搖兮若流風之迴雪」。

他翻牆落地時正落在一株老梨樹後頭，無意中踏出一步，踩中樹下一截斷枝，靜夜中啪的一聲格外引人注意。果然見塘中的女子臉上現出驚慌，一道和暖白光直向荷塘中的水亭，白光後女子倏然無蹤。

他匆忙趕至荷亭，亭中一位青衣女子揉著惺忪睡眼從一個石凳旁邊站起來，青衣女子一張圓臉，模樣只能算清秀，呆呆望他半晌，道：「葉侯爺？」他卻注意到女子額間的花鈿。不，那並非花鈿，看上去更像胎記，極豔的一朵花，似展開的鳳翎，和方才白衣女子額間的一模一樣。

他長年駐守邊地，什麼樣的稀奇事沒有見過，看她扮無知扮得可愛又可笑，瞇了眼睛開門見山向她道：「妳是妖？」

他其實覺得她會否認，像他二十歲那年在邊界一個村子裡見過的嫁與一個獵戶的蛇精，即便尾巴都露出來了卻還委屈著極力辯解。但她只是愣了半刻，愁眉苦臉問他，「我這樣的，看著竟像是妖？」不及他回答又長嘆一聲，「如今混得越發不像樣了，從前還只是額間花被判朵妖花，如今連真身都被人認作是妖。」嘆完又追問他，「我果真像妖？我哪裡像妖？你有見過長得像我這樣漂亮的妖精嗎？」

正因她美得不似凡人，他才篤定她是妖，她卻問他有見過她這樣漂亮的妖精沒有。他心中一動，雖覺得這個推測有些離譜，卻還是眼中含笑問她，「難不成妳是天上的神仙？」

她抿了抿嘴，「你們凡人是不是都以為只有天上有神仙？我不是天上的神仙，是青丘之國的神仙，東荒你聽過沒有？我是東荒的神女鳳九。」

她說這個話的時候，清澈的眼中跳著揶揄，雖頂著陳貴人一張圓臉，卻教人忘了那張臉而只看到她清澈的眼睛。

他胸腔內一顆心劇烈地跳動起來。

葉青緹活了二十三年，從不曉得情是什麼，初識情滋味，卻是愛上一位神仙。這位神仙長得美，性子活潑柔順，廚藝高超，喜舞槍弄棒，同他很談得來，據說此回專程下界，乃是為他們的今上造一個情劫。

她問他，「唉，你懂不懂什麼是造劫？我其實不是專司造劫的，哪曉得這麼背運，本來下凡報恩來著，結果正遇上我姑姑來改人的命格，一時不慎被牽連進去。」她同他抱怨皇帝，「司命非得讓我臨時抱佛腳來給他造情劫。你明白我造劫的辛苦嗎？司命給我一本戲文，上頭那些負心小姐作踐才子的法子我都用盡了，他竟依然對我情深不悔。」她打了個冷戰，「我沒有辦法，只好出個下策，給他的貴妃寫了封情信。」她嘆口氣，「這種事情我都做了，你說他難道不該賜條白綾或賜盞鴆酒給我嗎？他到底怎麼想的才能將我賜給你做妾啊，搞得我此時走也不敢走，還怕走了連累你！」

她將他當朋友，誠誠懇懇地同他發牢騷，他就提著酒罈子邊一口一口灌酒邊笑。他記不得在何處曾聽過一句話，說仙本無情，做神仙的既無七情又無六欲，他愛上個神仙，注定是無什麼結果。他有時會恨那一夜他為何動心，又恨那一刻心動為何竟能延綿五年，深深扎入肺腑，讓他欲除無門。他彷徨過，掙扎過，去聽國師講過道，亦去隨高僧坐過禪，但末了還是想到她身邊，哪怕遠遠看著她也好。她說她是來為皇帝造情劫，又何嘗不是為他造情劫。

他其實不想給她什麼負擔，原想著這份情到他臨老臨死就隨他一併掩入黃土吧，可真到了臨死的時刻，他卻未能壓抑住。

自陳貴人傷了皇帝的心後，皇帝開始喜研道法，尤信重一位老道士，還將此道封為國師，修了個皇家道觀，每月十五與國師於觀中坐而論道。

他也是在那一夜方知此道卻是個惡妖，看中了皇帝的魂魄意欲占來煉丹，潛心圖謀五年，打算趁著該夜這個近十年難見的至陰天象取了皇帝的命，是以在皇帝依常例來觀中論道時，水到渠成地提著妖刀嵐雨朝皇帝發了難。

他沒想過她手中長年繫著的銀鈴卻是感知皇帝危險的法器，他也沒想過神仙竟能有情。妖刀嵐雨劈頭朝皇帝砍過去時，她臉色分明蒼白，撲上去為皇帝擋刀時一聲「東華」幾乎裂肺撕心。皇帝不叫東華，那是他第一次聽到東華這個名字。

她毫無猶疑擋在了皇帝跟前，而他毫無猶疑地擋在了她的跟前。

嵐雨的刀尖扎進他心肺，刀刃卻被他緊緊握在手裡。

他怕刀尖穿心而過傷到他身後的她。

妖道死在她反手揮出的劍下，觀外的侍衛姍姍來遲將皇帝團團護住，而他終於支撐不住倒在她懷裡。

她同他嘮叨時他一向愛笑，臨死前他蒼白臉色卻依然帶笑，「他們說……神仙無情，我便……信了，其實……神仙是可以有情的，對……否？」

他見她哭著點頭，就生了妄心，「今世……已無緣，可否……能與妳結下……來生之約？」

她仍是哭，眼淚落在他的臉上，卻沒有給他他想要的回應，她哽咽著說：「青緹，我欠你一條命，定還給你。」

「青緹，我為你守孝三世。」

「青緹，你，安息。」

他愛她至深，為她捨命。但世間本無此理，說捨去一條命便能換來一段情。

他想，她明明說仙者可以有情，卻不願將此情給他。她哭著說她會還他，命可以還，情也是可以還的嗎？

而兩百年前，他自冥司醒過來時，方知曉時移事易，凡間早已換了天日。他死後七年，邊戎族西征，京城被占，縉朝覆亡，太子率宗室南遷，重建一朝，曰南縉，偏安一隅百來載。

他原本是早該作古的人，是她給了他一副仙軀，她一半的修為，一縷永不須再入輪迴的魂魄，一個凡界帝王傾舉國財富也無法求得的仙品。她說她會還他，她就真的還了他。

冥主謝孤栦拎著個酒壺搖晃，「你對鳳九之情，我約莫聽說過一些，但既然重生為仙，從前之情便如大夢一場，且忘了吧。她給你這許多，也是想盡可能還你對她的情。你救過她的命，東華帝君也曾救過她的命。當年還帝君，她是拚了命地想以身相許，還你，卻是捨命拿頻婆果再渡你半身修為。報恩之法如此不同，你說是為何？」

看他久久不答，輕嘆道：「並非帝君是神尊而你當初是個凡人，不過是，一個是她所愛，一個非她所愛罷了。她同帝君糾纏了數千年，說放下也說了無數次，卻沒哪一次是真放下了。」將壺裡的酒倒進杯中，不顧方才一陣搖晃生生搖壞了口味，一口一口飲盡道：「她思慕帝君，這麼多年來已成了本能。你忘了她，對你才是好的。」

謝孤栦只主動提過這麼一次，後來再未同他談及鳳九與東華之事，他也未主動打探，只是偶爾想到謝孤栦嘆息般說出的那句話。她思慕帝君，這麼多年來已成了本能。你忘了她，對你才是好的。

兩百年後，當他在九天瑤池旁重逢鳳九時，終於明白當年謝孤栦此話中的含意。她比當初在凡界時更美，他見著她時面上喜色驚色並存，她亦帶笑看他，如同當年般喚他青緹，但笑意中卻藏著疏離。

瑤池畔只他與她兩兩相對，近些年因奇緣而飛昇為仙的，只他一人。

洗塵禮倒是簡潔，她念祝語時卻有些心不在焉。禮畢後一個小仙子提著裙子來請她，眨著眼睛向她，「帝君請殿下先去青雲殿旁的琉璃閣坐坐。」

他瞧見小仙子僅說出帝君二字，便讓她一瞬失神。

他不是沒有聽說這些年她一直躲著東華，不是沒有想過謝孤栦或許看走眼了，這一次她已真正放下了帝君。

但，即便真正放下了又如何，她聽到他的尊號依舊會失神。若非本能，便是還有情；若是本能，便更令人心驚。

她回神時同他作別，道以後同僚為仙，彼此多照顧。

他看她良久，只答了個好。

目送她的背影漸漸遠去，他亦轉身。或許他們的緣分原本便是如此，在凡界相遇，在天庭分別。他想，其實這也足夠了。

琉璃閣是座兩層樓閣，位於三十六天大羅天，緊鄰著青雲殿。東華帝君每年僅上一次朝會，便是五月初五在青雲殿中給眾仙定階冠品。

往常眾仙拜辭帝君後，有時會上琉璃閣坐坐。但今年琉璃閣卻沒有仙者登樓的動靜，鳳九坐在琉璃閣二樓喝茶，猜測可能因樓下鎮守了位大馬金刀的小仙娥。

這位小仙娥舉止上不如天上的其他宮娥般如模子裡刻出來似的規矩，領鳳九來的一路上十分活潑，既不認生也不拘禮，「殿下雖不識得奴婢，但奴婢卻早就聽聞過殿下呢，奴婢是梵音谷的一頭小靈狐，兩百年前被帝君救上的九重天，奴婢聽說殿下也曾住過梵音谷，我們梵音谷很美，殿下說是不是？」

從前鳳九就嫌天上的宮娥太一板一眼，這個小仙娥性子卻喜辣，倒是頗得她意，遂開口稱是，又笑著問她天庭有什麼近況。

小仙娥嘆口氣，「奴婢傷好了曾留在三殿下的元極宮當了一陣差，後來司命星君處缺人手，奴婢就又去司命星君府上當了一陣差，再後來因殿下與帝君的成親禮有些忙碌，重霖大人就又將奴婢要了回來。奴婢在這三個地方當差，照理說消息該最靈通，但眼見的近況卻只有一則，司命星君常唸叨殿下，連宋君常提起殿下，帝君他……」

話到此處故意賣了個關子，卻見鳳九無意續問，小仙娥垂頭有些氣餒道：「奴婢在重霖大人跟前服侍，其實不常見帝君，但聽聞帝君這兩百年來並不大待在太晨宮，大多時候都在碧海蒼靈。重霖大人說，那裡才是帝君家裡，有帝君懷念的時光。」

鳳九腳底下一頓，但並未停得太久，小仙娥話落時，她已移步上了琉璃閣金石做的階梯。

樓下傳來熟悉的腳步聲時，鳳九瞧著窗外飄搖的曼陀羅花，卻覺內心平靜。她手中一只茶碗，茶湯泛著碧色，令人偶起詩興，若是個擅詩詞文章的，此時定可詠出佳句。但關乎茶事的詩詞，鳳九唯記得一句，還是無意從蘇陌葉處聽來，叫作「春眠新覺書無味，閒倚欄杆吃苦茶」。

鳳九抿了口茶湯，手中這盞茶倒是不苦。

故人重逢，多年後再見，戲文中都是如何演？大多該來一句「經年不見，君別來無恙否」吧。

紫袍映入眼角，鼻尖傳來一陣藥香，鳳九微微抬頭，兩百年不見，果然如姑姑信中所言，東華他清減了許多，臉色有些病態的蒼白，但精神瞧著還好。

他有些微恙，別來無恙這話此時就不大合宜了。鳳九伸手多拿了個茶杯，問他道：「喝茶嗎？」

東華走到她身邊矮身坐下，一時卻沒有什麼動靜，眼中只倒映出她的影子，目光專注。他在看著她。

鳳九將倒好的茶推給他，斟酌良久，輕聲道：「你其實不用這麼大費周章地尋我，我不過出門歷練歷練，早晚有一日，你我會在仙界再見，塵封瑤池……著實沒有必要。」

他眼神平靜，如她一般輕聲道：「若非如此，妳會出現嗎？」他輕嘆，「小白，我不過是想再見妳一面。」

她啞然，凡界的日子逍遙，再回仙界雖不致煩惱重重，但總覺不若凡界輕鬆自在，近些年她的確從未想過要主動回來。她撥弄著杯蓋道：「這些年我在凡界，學到了凡人的一句話，叫作『相濡以沫不如相忘於江湖』，倒是句好話。」她認真道：「其實見與不見又有什麼要緊，都這麼多年了。」又緩緩道：「你同她這些年也還好吧？」

他皺眉道：「誰？」

她就笑了笑，沒說話，又拿起杯子喝了口茶，將杯子擱到桌上方道：「姑姑給我的信裡倒是提過你在找我，不過沒提你同她如何了，雖然我從不喜歡她，但既然你選了她，我也沒什麼可說，最艱難的時候已經過去了，如今我過得還不錯，也希望你過得好。」

他看著她客套疏離的模樣，眼中流露出疲憊和悲色，「那時候我沒有及時趕回來，都是我不對。」

她有些驚訝地偏頭看他。

他道：「我讓姬蘅回了她族中，對她仁義已盡。」

她更加驚訝，想了想問他，「是不是因為我離開了，才讓你覺得同她相比我又重要起來？我並非負氣離開，你不用……」

他搖頭，「從來沒有人比妳更重要。」

她懵懂抬頭，「什麼？」

他握住她的手，良久後鬆開，她攤開手掌，掌中是一只琉璃戒，戒面盛開著一朵鳳羽花，似欲飛的一對鳳翎。

他的右手像是要撫摸她的面頰，卻停在她耳畔，只是為她理了理鬢髮，他看著她重複，「從來沒有人比妳更重要，小白。」

她有些發愣，低頭看手中朱紅的琉璃戒，半晌方道：「那時候，我真是等了很久。」

她輕聲道：「你沒趕上成親宴，我擔心你出了事，急得不行。後來爺爺說你同……」她頓了頓，像是不願提起那個名字，轉而道：「並非旁人說什麼我信什麼，我一直在等你回來同我解釋，只要是你說的我都信。如果那時候你能趕來同我說這句話，說從來沒有人比我更重要，可能我就信了。但如今……」

他閉眼道：「小白……」

她卻搖頭笑了笑，打斷他的話，「那時候在青丘等著你，我有時候會想，你同我說過那麼多話，哪些是真的，哪些是假的。但後來我才知道，想那些又有什麼意思，畢竟，連我腦中的那些記憶，都是被修改過的。」

她抬頭望向他，「帝君，我們就這樣吧。這兩百年我們各自也過得很好，你說是不是？」

他看著她，聲音沙啞，「我過得並不好。」

她的手顫了顫，無意識道：「你……」又想起什麼，「是我爺爺找你麻煩嗎？我聽說他曾讓你贈我一紙休書。爺爺氣急了愛說糊塗話，即便我們分開，也不該是你給我休書，為了彼此的名聲，最好還是到女媧娘娘跟前和離……」

他面色平靜，眼中卻一片冰涼，「我不會同妳和離，小白，到我死，妳都是我的妻子。」

她喃喃道：「你今日……」

他揉著額角，接著她的話道：「今日我有些可怕是不是？妳不要怕。」

鋪在三十六天的日光已有些退去，他愣了片刻道：「碧海蒼靈中，妳想要的亭子已搭好了，菜園子也墾好了。仙山中的靈鳥，我讓牠們每個月末都到觀景台前獻舞，妳想什麼時候回去看都可以。」

她愣了愣道：「我暫時……」

他打斷她道：「我在觀景台旁給妳弄了個溫泉池子。靈泉旁的渺景山埋了許多玄鐵，是鍛造神兵的好材質。渺景山下給妳開了個藏劍室，裡邊有兩百年間我收來的劍，應該都是妳喜歡的。」

看著她不明所以的模樣，聲音終軟下來道：「以後少喝涼水，半夜不要踢被子。」

她愣了一會兒，茫然道：「你為什麼同我說這些？」秀眉蹙起來，臉上的表情有些疑惑。今日她待他穩重客氣，就像是個陌生人，如今卻終於有些他們最親密時光的呆模樣。他握著她的手放到唇邊，嘴唇印在她的手背上。她反應遲鈍，竟忘了抽回手。他眼中便閃過一點笑，終於是被疲憊覆蓋了，良久，鬆開她的手向她道：「妳走吧。」

她看著他就像是不認識，有些迷茫地問他，「帝君這是……要和我兩清嗎？」她低頭片刻，再抬頭時臉上是一個更為疏離的笑，她將手中鳳羽花的指環重放回他手中，「你給我的這些……我都不要，這個我也不要，其實你不用給我這些，我們也算兩清了。」

他看著她離開卻並未阻攔，只是在她的影子消失在三十六天天門時劇烈地咳嗽起來，赤金色的血跡沾在琉璃戒的戒面上。重霖聞聲趕上來，他有些疲憊，將指環放入一方錦帕中交給重霖道：「她犟得厲害，此時不肯收，待我羽化後，這個無論如何讓她收下。我走了，總要給她留些東西。」

重霖斂眉答是，接過錦帕時，年輕的神官卻忍不住落淚，垂著頭，只是一滴，打在錦帕之上，像朵梅花紋。

是夜鳳九失眠了。

鳳九此次回來並未宿在青丘，而是借了謝孤栦在冥界的一個偏殿暫住。

當年去凡界時，因明白若讓爺爺曉得她懷了白滾滾，她一時半會兒別指望走出青丘的大門，是以鳳九求折顏幫她瞞了此事。折顏上神一心以為她求他隱瞞，乃是因不想將白滾滾生下來，因此瞞得既盡心又盡力，連她小叔也沒告訴一聲，還暗中給了她許多極安妥的墮胎藥，也不曉得是與帝君有什麼深仇大恨。

此回鳳九牽著白滾滾回來，她自覺，如何向長輩們解釋是個大問題。因這個大問題尚未尋著解決之法，是以她決定暫時不回青丘，在謝孤栦處蹭一陣子聊且度日。

冥司終年不見日光，不比青丘物產豐饒，出門便可撥幾棵安神藥草，若不幸失眠，只能睜眼硬撐到天明。

宿在冥司的次日，鳳九頂著一雙熊瞎子眼去找謝孤栦，謝孤栦思忖良久，給她房中送了兩罈子酒，說酒乃百藥之長，睡前飲點酒，正有安神妙用。

當夜鳳九先用小杯，再換大盞，卻越喝越精神，直喝到曉雞報晨，不僅睡意，竟連醉意也沒有，且比打了雞血還要興奮。

謝孤栦瞧她的模樣片刻，判她應是心事重重，喝小酒安眠怕是行不通了，索性又往她房中送了兩罈子烈酒，提點她若想安安穩穩睡一覺，將這兩罈子酒齊灌進肚徹底醉倒就好了，白滾滾嘛，他幫她帶幾天。

鳳九兩日兩夜熬下來著實熬得有些心累，深覺謝孤栦出的這個主意，看起來雖像是個餿主意，但終歸也是個主意，當天下午便將兩罈子烈酒灌下了肚，醉得頭腦發昏，倒頭便睡，倒確然睡得一個好覺。

酒醒睡醒已是四日之後，鳳九恍一睜眼，卻瞧著謝孤栦領著葉青緹神色肅穆地坐在她床邊，入定似的謝孤栦手中還抱了個呼呼大睡的白滾滾。

鳳九被這陣仗嚇了一大跳，一時瞌睡全醒了，幸得她當日和衣而眠，否則此時第一樁事該是將榻前二人全抽出去。

謝孤栦暫不提，鳳九瞧著葉青緹卻有些疑惑，「按理說，天上迎接新晉仙者的大宴即便宴罷了，你也不該在此處呀，難道東華帝君他不曾給你定階封品？還是他封你做了孤栦的左膀右臂？」

白滾滾扭了扭，像是有些被他娘親的嗓門吵醒的徵兆，謝孤栦伸手拍了拍白滾滾的背穩住他，低聲向鳳九道：「妳知道帝君給青緹封的是何仙職嗎？」

鳳九莫名望向葉青緹。

葉青緹苦笑向她道：「五月初五當日的朝會上，帝君並未賜階定品於我。我因妳之故而飛昇，其實定不了階品也沒什麼。但前日宴罷，帝君私下將我召入太晨宮，」他頓了一頓，「賜我這個初為神仙、資歷尚淺之人為太晨宮繼任帝君，說待他身去後，由重霖仙者輔佐我掌管八荒仙者名籍。」帝君還令他為仙一日便不得再見鳳九，此段他隱了未提。

鳳九一愣，疾聲問他：「你說什麼？」

此刻的鳳九有些同四百多年前的那夜相重，面上難得一見的惶然無措令葉青緹微有失神。那夜鳳九嘶聲叫出東華二字，葉青緹就一直想知道東華到底是誰，在冥司醒來後又聽謝孤栦提過幾次，好奇心便更甚。後來他略懂了些仙界之事，方知此位乃上古神祇，是九重天至尊的天神。謝孤栦有一回還輕描淡寫嘆過一句，說一開始就是鳳九先打東華帝君的主意，這種事情一般的仙想都不敢想，但鳳九她不但想了還做了後來竟然還做成功了，其實讓他甚為欽佩。葉青緹就想見見這位東華帝君。

青雲殿的定階朝會其實是個好時機，但葉青緹站在下首，瞧不大真切，只依稀看到是位銀髮紫袍神姿威嚴的神仙。朝會上帝君的話不多，聲音也不高，卻無時無刻不透著一股冷肅之意。這位尊神在朝會上提也沒提他一句，葉青緹原以為是因他同鳳九之事而故意冷落他，卻沒想到幾日後，唯有他一人被留下召入了太晨宮。

那是葉青緹頭一回看清東華帝君，明明聽說是幾十萬歲的上古之神，容貌卻極為出色，且模樣竟同他一般年輕，唯有周身的氣勢，確像幾十萬年方能沉澱而成。帝君靠坐在玉座上垂眼看著他，神色極為淡然，「這批神仙裡就你一個還未定階封品，你並非正經修仙修上來的，估計什麼也做不好，那就做太晨宮的繼任帝君吧，這些差使裡頭，就掌管仙者名籍一項還算簡單。」

感到衣袖被扯動時，葉青緹方從回憶中醒過神來，見鳳九雖扯著他的袖子，卻是在問謝孤栦，聲音發顫，「方才……青緹說的什麼？我沒太聽清。」

謝孤栦神色有些悲憫道：「妳並非沒有聽清，只是不信罷了。」

鳳九眼神瞬間空落，整個身子都踉蹌了一下，「我去太晨宮找他。」白光一閃，人已不見蹤影。

葉青緹因帝君賜他的位品著實超凡，且提出此議後帝君便令座下仙伯將他看著嚴禁他出太晨宮，他覺得這件事著實有些異樣，方尋著今晨宮中有些混亂鑽了個空子跑出來。仙界他熟人不多，只得來冥司同謝孤栦商量，但謝孤栦甫聽他說完，卻是徑直將他拉到了鳳九床邊。

他預想中，鳳九聽聞此事可能會覺得驚訝，但他不明白為何她竟會反常至此。

同謝孤栦一道追著她行雲至九重天的路上時，方聽謝孤栦同他解惑道：「仙界中事，凡是上仙以上的仙者，若有封位官品，其繼任者皆由該位仙者自己指定，一般都是指定同自己最有仙緣的仙者。帝君指定你為太晨宮的繼任，自然是因你身上的仙澤全來源於鳳九的修為，他不是同你最有仙緣，而是同鳳九最有仙緣。」

風過耳畔，獵獵作響，謝孤栦續道：「指定繼位者這個事，尋常都是在最後的時間裡才來指定。換句話說，一位仙者若指定了繼任者，」他的聲音有些縹緲，「泰半只有一個原因，便是這位仙者即將羽化了。」

鳳九小時候不學無術，鬥雞摸魚、翻牆爬樹之類的事沒少幹過，因常去捉灰狼弟弟，私闖民宅之事更是屢犯。但連她自己也沒想過，有一天她會去私闖太晨宮。

不過太晨宮並不好闖，方翻牆而入，便有數位仙伯不知從何處冒出，一見闖宮者是她，都愣了一愣，恭順客氣地將她請入會客的玉合殿，著了仙官去通傳，又著了仙娥將鮮果好茶齊捧到她跟前供上。宮中看上去井井有條，鳳九來路上如兔子打鼓的一顆心稍稍安定，只手還止不住地抖，腦中一派昏昏然。

她等了半盞茶，聽到殿門外腳步聲起，趕緊站起來，入殿的卻是謝孤栦葉青緹二位，他二人倒是規規矩矩走了正門，被守門的仙童一層一層通報請了進來，眾仙娥又是一通奉茶。

三人俱靜坐而候，再是半盞茶，鳳九等得越發心沉，直要起身去闖東華的寢殿，卻見殿門口終於晃過一片白色的衣角。

掌案仙官重霖仙者不急不緩踱步進來，目光自謝葉二人面上掃過，略一蹙眉，語聲中卻含著嘲諷，向鳳九道：「殿下慣有仁心，這個時辰來闖太晨宮，可是因前幾日太晨宮幽了青緹仙者，殿下來為青緹仙者出頭了？」

鳳九的目光定在他面上，只道：「東華呢？」

重霖仙者今日全不如往日般恭肅，眉蹙得更深道：「帝君他近日不大康健，在寢殿休養。」

目光瞟向葉青緹，又轉回頭道：「帝君他確然令青緹仙者發誓為仙一日便不得與殿下再見，容小仙揣測，殿下也是因此來太晨宮找帝君討說法吧。但依小仙看，青緹仙者並未將此誓當作個什麼，既然二位並未因此誓而當真不能再見，還請殿下不要怪罪帝君。其實，當年青緹仙者以凡人之身故去後，殿下重情，自稱青緹仙者的未亡人為仙者守孝兩百多載，小仙們皆看在眼中。自然，帝君也是看在眼中。九天皆道帝君是清正無匹的仙尊，但帝君到底什麼樣，殿下不可能不知。令青緹仙者發下此誓，不過是因帝君他……」

話到此處，九天之上忽有天雷聲動，重霖兀然閉口，奔至殿門，臉色一時煞白。雷聲一重滾著一重，似重錘落下，要敲裂九天。殿外原本和煦的天色竟在瞬間變得漆黑，雷聲轟鳴中，天幕上露出閃爍的星子，忽然一顆接一顆急速墜落。

葉青緹道：「此……是何兆？」

謝孤栦皺眉不語。

鳳九突然道：「我要見東華，你讓我見他。」

重霖臉上現出慘然，卻勉強出鎮定神色，「帝君他著實需靜養，方才之事，小仙也盡同殿下解釋了，殿下若還有什麼旁的怨言，盡可告知小仙，小仙定一句不漏轉與帝君。」咬咬牙，又道：「殿下放心，只要是殿下所願，小仙想，帝君定無所不依，便是要以命相抵……」話到此處卻驀然紅了眼眶，似終於支撐不住道：「殿下還要帝君他如何？小仙斗膽問一句，殿下還要帝君他如何？」

眼淚從鳳九臉上落下來，「重霖，你同我說實話，他究竟怎麼了？」

須臾靜寂，重霖仙者抬頭，「小仙給殿下講個故事吧。不過，這個故事很長，殿下想從哪裡聽起？」又自問自答道：「不妨，就從青之魔君燕池悟將帝君帶去見魔族的姬蘅開始講吧。」

說他們成親宴的前夜，燕池悟為姬蘅來找帝君，倒確因姬蘅她命懸一線。姬蘅五百年前於白水山救閔酥時身中秋水毒，當年帝君助他們私奔至梵音谷，也是因梵音谷不受紅塵濁氣所污，正可克制姬蘅身上的秋水毒。

因姬蘅之父乃帝君曾經的屬官，臨死前將她託付給帝君，帝君難免對姬蘅多加照拂，卻不過是因她父親之義。儘管帝君對姬蘅無意，曉得她的心思後更是冷淡相對，然姬蘅對帝君的執念卻深。

當帝君要在碧海蒼靈為鳳九補辦成親宴的消息傳遍八荒後，姬蘅心傷難抑，求彼時照料陪伴在她身旁的燕池悟將她帶出了梵音谷。

出谷後姬蘅偷偷跑去了白水山，自甘成為白水山眾毒物的盤中之餐。待燕池悟尋到她時，她已近油盡燈枯，求燕池悟將帝君帶到她面前，容她見上最後一面，且自言要死在帝君成婚當日，令他永生不能忘記她。但她也怕帝君冷情冷心，即便她瀕臨死地帝君也未必發此善心，真能隨燕池悟前來。因而，她將她父親的龍爪交給了燕池悟，告訴燕池悟，若帝君不願前來，便將此龍爪給他看。

姬蘅的父親孟昊神君同帝君的情誼很深，是帝君座下一員悍將，洪荒時代與帝君在戰場上並肩禦敵時，曾為護著帝君而失掉了一隻左臂。孟昊神君是尾蛟龍，那隻左臂是一隻龍爪。那一戰乃是與魔族而戰，魔族得了孟昊的龍爪，欲以十道蒼雷擊而毀之，以辱神族無能。帝君手執蒼何，隻身犯入魔族奪回龍爪，封入一塊白琉璃還給孟昊，且鄭重許諾，此琉璃牌便是他欠孟昊的情分，琉璃牌在孟昊手中一日，他有何需，他赴死不辭。此是重諾。

真心之諾只許真心君子，孟昊神君乃真君子，雖手執琉璃牌數十萬年，卻未求過帝君一言，只在臨死前請帝君照拂他的女兒姬蘅。孟昊神君也是真英雄，但這位英雄最後的時光卻落魄，臨死前方與姬蘅相認，且身無別物，唯有一塊琉璃牌，便將它權作遺物留與姬蘅。卻不知姬蘅從哪裡探知，曉得了此琉璃牌上承著帝君的一句重諾。

生死門前，姬蘅哭著向帝君訴說衷情，言既不能侍在帝君身側，活在世上又有何意義，又言鳳九定不如她更愛帝君，她為帝君甘願赴死，天上天下有幾人能做到，求帝君憐她，便是她死，只要帝君答應她，心中會為她留上一席之地，她便瞑目了。

姬蘅死前如此陳情，自覺便是石頭也該動容了，奈何帝君平生最恨人百般癡纏，以死相脅，她如此這般正是令人厭惡，因而她一腔赤裸裸的衷情跟前，帝君只蹙眉不言。姬蘅終於崩潰，道帝君連她一個微弱念想也不成全，她為帝君搭上一條命，帝君卻如此負她。既然她父親死前將琉璃牌留給她，琉璃牌上有帝君的重諾，今日她便要帝君將她父親的情分還給她，兌現她一個諾言。

姬蘅讓東華休妻，且發誓將帝后之位空置，永生不娶。

東華終於道：「妳父親一定想不到妳會這樣來用本君給他的琉璃牌。」

看著她滿面的淚痕，又道：「琉璃牌上雖有本君的重諾，但許什麼諾卻由本君說了算。本君自會救妳一命，化去妳身上之毒，再送妳回赤之魔族為妳謀一個安穩，算是本君還盡妳父親當年之情。妳將琉璃牌還給本君，此後是死是活與本君一概無關，本君不想再看到妳。」

姬蘅愕然許久，終嚎啕大哭。

秋水毒有慢解和速解兩種法子，慢解便如五百年前姬蘅初染秋水毒般，以術法配解毒仙丹先化去些許毒層，穩住毒性，再將她送往梵音谷靜住。速解便是解毒人將她身上的毒一概渡到自己身上，再自個兒服藥服丹苦修解毒。姬蘅此時的毒只能用後者這個法子來解。

因姬蘅身上的毒撐不了太久，解毒需六七日，再將她送回赤之魔族需一日。帝君算好日子，因疊宙之術疊不了碧海蒼靈的空間，便提筆寫了兩封信，令燕池悟前去碧海蒼靈，一封帶給鳳九，一封帶給主持親宴的鳳九她娘和重霖。信中大致條列了事情的原委，寫給重霖和鳳九她娘的還特地縝密地出了主意，道不用和赴宴仙者們提及推遲親宴，倒顯得他們這個親宴兒戲，就說碧海蒼靈的規矩是先將眾仙請來遊玩七八日，這七八日間在石宮中開正宴，供持帖的仙者們宴飲，再在碧海蒼靈入口處開流水宴，賜給未得玉帖的小仙們，八日後等他回來了再開盛宴。

此番安排，不可謂不盡心。但這封盡心的信，卻未能按時送到碧海蒼靈。

重霖突然道：「聽說殿下已知曉帝君改了您的記憶。那麼，殿下可知，帝君為何要改您的記憶？恕小臣斗膽一猜，知曉帝君改了您的記憶，殿下定然十分憤怒吧，大約想過帝君太過為所欲為或不尊重您之類，也想過再不原諒帝君、與帝君橋歸橋路歸路之類？啊不，殿下不是只想一想罷了，殿下已經這麼做了。」嘆息一聲道：「殿下在太晨宮當靈狐時，小臣便陪在殿下身旁，殿下的性子小臣也算摸得五分明白。但，殿下想過沒有，也許帝君他是有難言苦衷？」

許久，重霖苦笑道：「帝君他，曾探問過天命，天命說帝君同殿下，你們其實並無緣分。帝君知道，倘不改殿下的記憶，要與殿下重歸於好，怕是不大可能。天命如此判定，帝君只是用他的法子護著這段緣罷了，也許他沒有用對法子，但著實很盡力是不是？只是，有誰能與天命相爭？」

鳳九臉色蒼白，舊淚痕上又覆新淚痕，緊緊咬著嘴唇。

天命說他二人緣薄，便果然緣薄。

燕池悟揣著東華的兩封信急急趕往碧海蒼靈，沒承想卻在半路偶遇宿敵，一番惡戰，小燕在最後關頭惜敗，倒在今我山中，被今我山山神撿了回去，一昏就是數月。

東華在送姬蘅回了赤之魔族後，待重霖奉鳳九之令前來找他時，方知當日的兩封信並未送達，急切趕回青丘，方行至赤之魔族邊界，卻感知到天地大動。妙義慧明境在三百年前的那次調伏後，竟又要崩塌了。

挑在此時崩塌，果是天命。

殿中僅有幾顆明珠的微光，重霖緩緩道出妙義慧明境為何物，又道：「五百年前妙義慧明境已呈過一次崩塌之相，帝君耗費半身仙力將其調伏，而後沉睡百年。那時候，不是有傳聞帝君為參透人生八苦，自請下界歷劫嗎？帝君那樣的性子，怎可能突發奇想去參什麼凡界的凡人之苦，太晨宮放出這個傳聞，不過為遮掩帝君沉睡之事罷了。帝君自這場沉睡中醒來後，便一直在做徹底淨化妙義慧明境的準備。妙義慧明境積攢了幾十萬年的三毒濁息，便是帝君，也難以輕易將其淨化，須耗上他畢生仙力和至少一半的仙元。原本帝君這樣的尊神，只要留得一星半點仙元，沉睡數十萬年，天地再換之時，還是能重回仙界。妙義慧明境既選在此刻崩塌，對帝君最好的法子，便是此番將它徹底淨化，留得五分仙元，步入數十萬年沉睡。」

駭人的寂靜中，重霖輕聲道：「但帝君卻派我趕回三十六天，去青雲殿取連心鏡。連心鏡是調伏妙義慧明境的聖物。存亡之際，帝君的決定竟不是淨化妙義慧明境，而是再次調伏它。殿下可知，帝君為何這樣選？帝君他選了這條路，有什麼後果？」

玉合殿中全無人聲，唯餘重霖輕嘆，「調伏妙義慧明境，須耗費帝君半身仙力，原本沉睡一百年也該修得回來，但帝君彼時引了姬蘅的秋水毒到自己身上，秋水毒綿延在仙者的仙元之中，中了秋水毒的仙者，若要將失去的仙力修回，所耗的時間至少是平日的五倍，但妙義慧明境調伏一次，不過能得兩三百年平穩罷了，根本沒有足夠時間容帝君將調伏所耗的仙力修回來，待妙義慧明境再次崩塌之時，他只能以所剩仙力及全部仙元相抗，等著帝君的路……」重霖仰頭望天，未能將後半句說下去，轉而道：「帝君比小臣高明不知多少，焉能不知這兩條路孰優孰劣，本能擇了調伏一途，不過是……不過是不能忍受幾十萬年後天地再換之時重回仙界，見不著殿下罷了。帝君擔憂殿下沒有他護著過不了升上仙上神的劫數，根本活不到那個時候。與其如此，不如他去羽化，還能在羽化前與殿下有幾百年痛快時光。卻哪知……卻哪知……」重霖聲帶哽咽，「哪知殿下一消失便是兩百年。」

嘴唇已被咬出血痕，鳳九渾然不知。

重霖卻咄咄相逼，「殿下可知，帝君這兩百年是如何過的？殿下想必終於明白，為何帝君寧肯以權謀私封鎖瑤池，也要逼殿下一見了吧，不過是因，那是此生最後一面罷了。但諸多誤會，如今卻是不可說也不能說，因帝君怕殿下負疚。帝君他……當初連淨化妙義慧明境後帶妳一同沉睡都想過的，如今卻能想到他羽化後，殿下妳的日子卻還長，不願妳永生負疚，殿下可知……可知這有多難？而琉璃閣中，帝君說他這兩百年過得很不好時，殿下妳又同他說了什麼？」

她怎麼會不記得她同他說了什麼。

你給我的這些……我都不要，其實你不用給我這些，我們也算兩清了。

手無意識地拽上胸口，眼淚卻再也流不下來。

謝孤栦道：「重霖大人，夠了。」

重霖像失了力氣，木然從袖中取出一方錦帕，放到鳳九手中，錦帕攤開，是東華曾贈給她的琉璃戒，戒面上的鳳羽花朱紅中帶著一點赤金，燦若朝霞。

重霖低聲道：「帝君原本命小臣在他羽化後再將此物給殿下，但……」苦笑一聲道：「今日小臣所說所做，其實條條都違了帝君的令，也不在意這一條了。帝君說當初贈給殿下的天罡罩將隨他羽化而湮滅，怕不能再護著妳，將這枚琉璃戒留給殿下，此戒乃帝君拿他的半心做成，即便他不在了也不會消失，會永遠護著殿下。」

半心。回憶一時如潮水般湧入腦海。她恍惚記得那是他們初入阿蘭若之夢，她記憶正當混亂時，他騙她說從前他不對的那些地方她都原諒了他，因為他給她下跪了。她說了什麼來著？

「帝君你肯定不只給我跪了吧？雖然我不大記得了，但你肯定還幹了其他更加丟臉的事情吧？」

「不要因為我記不住就隨便唬我，跪一跪就能讓我回心轉意，真是太小看我了，我才不相信。」

他是怎麼回答的？
「倘若要妳想得通，那要怎麼做，小白？」
她又說了什麼？
「剖心，我聽說剖心為證才最能證明一個人待另一個人的情義……因剖心即死，以死明志，此志不可謂不重，才不可不信。」
喉頭忽湧上一口甜腥，她用力地吞嚥，聲音啞得不成樣子，「他不能就這樣去羽化，重霖，我還有很多話沒有同他說，我得見他一面，我……」
重霖神色悲哀道：「來不及了。殿下難道沒有看到這漫天的殞星嗎？」
殿外九天星辰確已殞落泰半。
她踉蹌半步，未及謝孤栦去扶卻自己撐住，眼眶發紅，明明說句話都費力，但每句話都說得清楚，幾乎咬牙切齒，「什麼來不及，天崩地裂同我有什麼關係？你不是說當初他連沉睡幾十萬年都計畫著讓我相陪嗎？此時他要去赴死，不是該更想讓我陪著他？什麼我的日子還長，想要我活得更好，他才不希望我活得更好，他心中一定巴不得我陪他去死。」
她終於再次哭出來，像個耍賴的孩子，「他要是不這麼想，我和他沒完。天命說我們沒有相聚之緣，死在一起的緣分總是有的吧！」
謝孤栦在鳳九的哭聲中逼近一步向重霖道：「便是淨化妙義慧明境，總該有個淨化之所，重霖大人，帝君他此時究竟在何處？」
重霖閉眼道：「碧海蒼靈有一汪碧海，亦有一方華澤，碧海在內，華澤在外。帝君他此時，應是在碧海蒼靈旁的華澤中，此時趕去，也許能見他最後一面。」

葉青緹為仙的時日尚淺，神仙們的戰場是什麼樣，他其實沒有什麼概念，因而隨鳳九趕至碧海蒼靈外的華澤之畔時，見著眼前的情景，葉青緹甚為震驚。

泛著銀光的透明屏障依華澤之畔拔地而起，不知高至何處，黛黑的天幕上，漫天星辰次第墜落如同凋零之花，殞落的星光依附於澤畔的屏障之上，倏然與屏障渾為一體，此屏障似乎正是以星光結成。而屏障之中碧波翻湧，掀起高浪，浪頭之上，紫衣的神尊正執劍與以紅綾為兵器的女妖激烈纏鬥。

女妖身後黑色的妖息凝成一尾三頭巨蟒，像果真有意識的巨獸，拚命地尋找時機要去撞擊四圍的屏障，意欲破障而出。紫衣神尊身後的銀色光芒則時而為龍時而為鳳時而化作瑞獸麒麟，與三頭巨蟒殊死周旋。

屏障中間或響起異獸憤怒的咆哮，咆哮之聲驚天動地，攪動的水浪化作傾天豪雨，紅衣的女妖眼中現出恨色，紫衣的神尊臉色蒼白，面上的表情卻不動如松，手中蒼何的劍速一招比一招更快，一招比一招殺意更濃。與此同時，銀光化作的瑞獸一口咬定巨蟒的七寸，巨蟒拚命想要掙開，用了殊死的力道，帶得瑞獸齊齊撞在華澤之畔的屏障上，頃刻地動山搖，女妖與神尊皆是一口鮮血。

葉青緹此行原本便是為攔著鳳九以防她犯傻，方到此地，便趁著鳳九關注戰局時以仙術將二人的胳膊綁在了一起。

他想，她即便意欲加入戰局同東華一道赴死，但此時與他綁作一團，她也不會貿然下場，將他亦拉入死局吧。自然，他這麼做說不準她會永世恨他，但比起救她一條命，這又算得了什麼。
他等著她哭鬧著求他解開，但令他驚訝的是，她竟只是困惑地偏過頭來看了他一眼，又抬起二人綁在一起的胳膊瞧了一瞧，臉上猶有淚痕，表情卻極為鎮定，輕聲細語地問他，「你可知華澤上的屏障乃是帝君以九天星光所設的結界？這種強大的結界，除非設界之人主動放人進入，否則外人進不去的。」循循善誘地向他，「你放開我好不好，就算不綁著我，我也進不去那座結界的。」
他想，還好，以理動人，她比他想像的要冷靜。但仙界的事，他顯然曉得的不如她多，豈知她沒有騙他。
他很堅定地搖了搖頭。
她竟沒有著惱，反而更加輕聲細語道：「帝君此時招招快攻，顯是想盡快結束戰局，將緲落斬殺於劍下，他可能……已感到自己力有不支了吧，若再這麼耗著，除掉緲落便已力竭，又如何淨化結界中那些三毒濁息呢？」
她話語輕軟，就像真的只是在評介戰局，令他一時放鬆。卻在此時，被她反握住與她相縛的左手急往結界撞去。
他尚未反應過來，身軀已重重撞在結界之上，但她卻不知為何已身在結界裡側，唯露出與他相縛的那隻胳膊仍在結界之外。她面色極從容，手上卻全不是那麼回事，左掌中化出陶鑄劍來，軟劍出鞘，眼看她提劍便要往自己右臂上砍。他一個激靈，急忙捻訣，二人手臂相離時陶鑄劍的劍風已劃破她衣袖，差一瞬便要入肉見骨。他一頭冷汗，她卻抿嘴對他笑了笑，下一刻已飛身加入戰局之中。

她為何能入結界？他驀然想起她左手手指上所戴的琉璃戒，那是，東華帝君的半顆心。有設界者的半心，她自可暢通無阻進入他的結界。

瞧著飛入血雨腥風中那縷白色的身影，葉青緹一時喉嚨發沉，踉蹌兩步，跌坐在地。

鳳九隱在結界一旁，只覺勁風簌簌，帶得人搖搖欲落。重霖同他們提及妙義慧明境時，已說明因各人的仙澤不同，境中的三毒濁息由始至終只能以一種仙力化解，若有旁的仙力相擾，反會生出禍事來。鳳九明白淨化三毒濁息時她幫不了東華什麼，她能助他，只在他對付妖尊緲落之時。

梵音谷中，鳳九曾同緲落的化相交過一次手，其實曉得自己絕非緲落本體的對手。

她確然已將生死度外，但並非腦中空空全無顧忌，明白有時候幫忙與添亂只在一動之間，而她絕非是來同東華添亂的。她唯有一招可近得緲落的身，便是梵音谷中東華教給她那一招。彼時東華摟著她的腰，握著她持劍的手，在她耳邊沉沉提醒，「看好了。」她當初其實並沒有看得十分清楚，但私底下卻回想了無數次，演練了無數次。為何會如此，她也不明白，只是他教她的，他給她的，她便本能地要去揣摩，要去精通。

她此時耳聰目明，極其冷靜，翻騰的巨浪之上，緲落在東華的步步相逼下只得快攻快守，而三頭巨蟒則被引至華澤之畔同東華的瑞獸相爭，緲落身後裸出一片巨大的空隙。唯一的時機。

陶鑄劍急速刺出，集了她畢生仙力，攜著萬千流光，如今日殞空的星辰，幾可聽見破空的微哧聲。東華當初握著她的手比給她看的那一劍，並非一味求快，更重要乃是身形的變化，數步間身形數次變幻，令人察覺不出攻勢究竟會來自何方。陶鑄劍奔著緲落背心而去，但她要刺的卻是緲落腰側。

果然，即便她施出全力的一劍，紅衣的妖尊亦險險避過，只是陶鑄劍磅礡的劍氣卻削掉她腰側大塊血肉，緲落被激怒，反手便是一掌劈在她心口，她被拍得飛開，而蒼何劍亦在此時重重刺入被她稍引開注意的緲落背心。寒芒如冰穿心而過，左右一劃，已斬斷緲落半身。這一擊至狠，大量的妖血澎湃而出，結界中的豪雨被染得通紅。而在血色的雨幕中，鳳九遙遙看向東華，見他眼中現出怒色和痛色，急急向她而來，口形似乎是在叫她的名字。她就費力地扯起嘴角朝他笑了一下。

妖尊已滅，三頭巨蟒驀然失形，重歸為無意識的漆黑妖息，銀色的巨龍仰頭咆哮一聲，亦重歸為一團銀光。蒼何劍懸浮於結界正中，瞬時化形為一把巨劍，與結界齊高，且同時化出七十二把劍影羅成一列，將結界二分。瀰漫的三毒濁息被齊齊攔在劍牆彼端。而此端只有他們兩個人。

鳳九覺得這個時刻，她的想像力真是前所未有地豐富。

或許她這一生對自己所有美好的想像，都集中在了這一刻。

她覺得自己就像一隻羽翼初豐的雛鳥，又像一朵含苞待放的睡蓮，還像一泓銀色的、流水般柔軟的月光。這些是她此時能想到的最美的東西，她覺得自己就該這麼美地輕飄飄落入東華的懷中。說不定這已是他們今生最後一面，她怎麼能不美？

她順勢摟住東華的脖子，他正用力地抱著她，手撫著她受傷的胸口，急聲問她痛不痛。她埋在他懷中用力咬了咬嘴唇咬出些許血色來，方抬頭看他，搖頭說不痛。

她臉色雖然蒼白，嘴唇卻還紅潤，他放下心來，疲憊地問她，「為什麼要來這裡？是不是因為讀書不用功，不知道這個結界有多危險，妳知不知道妳出不去了？」

她在他懷裡點頭，「我知道啊。」她明白他為何要用九天星光來造這個結界，星光結界慣用來囚困邪物，置身於星光結界之中，除非殺掉設界之人，否則誰也走不出去。而設界之人一旦造出此結界，自己想要脫困，則唯有將所困之物一概滅掉一途。他造出星光結界，原本便是要與妙義慧明境同歸於盡，她雖不是絕頂聰明，但此時這些她都懂。

他面露迷茫看著她，「既然知道，為什麼要來？」嘆息問她，「妳說我該怎麼把妳送出去？」

她有些委屈，「為什麼要將我送出去，那天我說那些話，是不是讓你傷心了？你是不是不想要我了？但是你也讓我傷心過，我們扯平好不好，我來陪你啊，你心裡其實是想我來陪你的吧？」

他愣了許久，卻笑了一下，「妳說得沒錯，我的確想妳來，我去哪裡都想帶著妳，就算是羽化我也……」他閉了閉眼，「但是不行，小白，妳還這麼小，妳還有很長的日子要過。」

她看著他，到了這個地步他還在逞強，讓她竟有些感謝方才緲落的那一掌來。

她的手撫上他的臉，輕聲地嘆息，「恐怕不行了呢，你雖然不想帶我，但我……比你先去也說不定。」一陣劇咳猛地襲來，她忍了這麼久，終於忍到極致，方才緲落的那一掌雖未用多少力，但她是在力竭時受了那一掌，未免動及仙元。

東華的臉驀然煞白，顫手去探她的心脈，她握住他的手放在心口，「東華，我疼，說句好聽話哄哄我。」她不常叫他東華，總覺得不好意思，此時這麼叫出來，臉上現出一絲紅暈，倒是看著氣色好起來。

他緊閉著雙眼，聲音沙啞，抱著她低聲道：「妳想聽什麼好聽話？」

她含著湧至喉頭的腥甜，「說你喜歡我。」

他的頭擱在她肩上，她感到肩頭一片濡濕，聽到他在她耳邊輕聲道：「我愛妳。」

心口的鈍痛漸漸消散，渾身都輕飄飄的，她的手撫上他的銀髮，亦輕輕地回應，「我也愛你。」她的聲音漸漸有些模糊，但還不忘囑咐他，「等會兒淨化那些妖息的時候，你也要握著我的手，我們說好了的，你去哪裡，我也要去哪裡。」喃喃地補充，「我最疼你啊，要一直陪著你的。」

他攬著她的肩讓她靠在他胸前，在她額上印下一吻，答應她，「好。」

她迷迷糊糊地強調，「握著我的手，要一直握著。」

他就回答，「嗯，一直握著。」

璀璨的星光結界中，高可及天的劍影隔開結界兩端，一端波瀾掀起巨濤，森然妖息游於其間，另一端碧波結成玉床，紫衣青年攬著白衣少女靜坐其上，就像相擁的一座雕塑。

許久，紫衣青年抬手聚起一團銀色的光芒。

結界中有佛鈴花飄然墜下，靜得，就像一場永無終時的落雪。

尾聲　父子初見

白滾滾睡醒後沒有見著他娘親。

謝孤栦叔叔面色發沉地抱起他，說帶他去個地方。雖然謝孤栦叔叔一向愛陰沉著一張臉，但他此時的臉色比平常又陰沉了五分，白滾滾敏感地覺得，一定是有什麼不好的事情發生了。

行雲到天上，翻過重重雲海，謝孤栦叔叔帶他踏進一座祥雲繚繞的宮殿，來到一個種著紅葉樹的園林中，園林中三三兩兩聚著好些叔叔嬸嬸哥哥姐姐。

他們轉過園林的月亮門時，正瞧見一位拿扇子的叔叔向一位如花似玉的姐姐道：「其實吧，淨化妙義慧明境這種彰天地大道之事，乃是我們神族分內，同魔族不大相干的，你說你是路過瞧著夜華他們破星光結界破得辛苦，便順便相幫，不過小燕我問你啊，你路過怎麼就路到了碧海蒼靈了呢？」

如花似玉的姐姐立刻臉紅了，「老、老子迷路行不行？」

白滾滾聽到抱著他的謝孤栦叔叔說了聲白癡，一院子的哥哥姐姐叔叔嬸嬸都看過來，如花似玉的姐姐氣急敗壞，對著謝孤栦叔叔瞪眼睛，「你說誰白癡？」

院子裡其他人並未理這個發脾氣的姐姐，倒是個個驚訝地看著他。白滾滾將頭埋進謝孤栦叔叔的脖子，只微微側著臉露出一雙黑葡萄似的眼睛。

扇子叔叔端詳他一陣，扇子指著他問謝孤栦叔叔，「這誰家孩子？」

謝孤栦叔叔淡淡答他，「一看就知道了吧。」

扇子叔叔目瞪口呆，「東華的？」

白滾滾不曉得扇子叔叔口中的東華是什麼，是個地名嗎？謝孤栦叔叔沒再理院子裡的人，抱著他徑直拐過另一個月亮門，月亮門後是一排廂房。白滾滾耳朵尖，還是聽到園子裡傳來的說話聲，「若非白淺那丫頭兩口子和墨淵及時趕到，竭力破了星光結界，又拿半個崑崙墟封起來做了盛妖息的罐子，這孩子便要在一夕之間既沒爹又失娘，真真可憐見。」

立刻有人接口，「折顏上神說得極是，不過此番雖然凶險，倒也可見定數之類不能全信。譬如誰能想到星光結界竟也能被擊破，又有誰能想到崑崙墟殊異至此，竟能承得住三毒濁息？不過崑崙墟能承三毒濁息幾時，小仙卻略有些擔憂，此回帝君他老人家周身的仙力要修回來怕要千年，若帝君的仙力尚未修回來前崑崙墟也崩潰的話……」

便有個清凌凌的女聲道：「司命你慣愛杞人憂天，當墨淵上神的加持是擺個樣子好玩的嗎？比起崑崙墟和帝君他老人家，小仙倒是更擔憂鳳九殿下一些，殿下她傷了仙元又到如今還未醒過來……」

白滾滾聽到此處，他們前頭說的什麼他一個字也聽不懂，但這個姐姐說擔憂他娘，說他娘傷了仙元一直沒醒過來……白滾滾的手驀地拽緊。謝孤栦叔叔安撫地拍他的背，「你當折顏是庸醫嗎？你娘確然受了傷，但休養個幾月就能醒得來，你娘常誇你小小年紀便沉穩有擔當，讓我看看你是不是真的有擔當。」

白滾滾不曉得謝孤栦口中的折顏是誰，但他曉得謝孤栦叔叔從不騙人，他說娘親沒事娘親就一定沒事。但他一顆心還是揪起來，一直揪到他們踏進那一順廂房中的其中一間。

一屋藥香。他娘親合眼躺在一張床頭雕了梅蘭的紅木床上，床邊坐著個和他一樣顏色頭髮的好看叔叔，手中端著一只藥碗，正拿一只白瓷杓子緩緩地攪著碗裡的藥湯。

謝孤栦叔叔將他放下地，他毫不認生，邁著小短腿噌噌地跑到床邊去看他娘親。還好，他娘親雖昏睡著，臉色還紅潤。他正要放下心，就聽到頭上有個聲音問他，「你……誰？」

他抬頭對著問他的好看叔叔，一板一眼地回答，「我是白滾滾。」

好看叔叔皺眉，「白滾滾？……誰？」

白滾滾嚴肅地指了指自己，又指了指床上他娘親，「九九的兒子。」

啪，好看叔叔手上的藥碗打翻了。

白滾滾覺得有點受傷，他是他娘親的兒子這件事，有這麼令人難以接受嗎？做什麼大家都要這麼吃驚。方才院子裡的叔叔嬸嬸哥哥姐姐們也是，此時這個守在他娘親床邊的好看叔叔也是，而且這個叔叔吃驚得連藥碗都打翻了。

謝孤栦叔叔看了他一眼，對他使了個讓他待在原地不要亂動的眼色，自己卻走了出去。

房中這麼安靜，白滾滾有點緊張，他還惦記著方才的對話，小喉嚨吞了口口水，大著膽子問好看叔叔，「你呢？你又是誰？」

良久，他瞧見好看叔叔伸出手來，他的腦袋被揉了一揉，頭上響起的那個聲音有些輕，卻讓他感到溫暖。好看叔叔說：「滾滾，我是你父君。」

——下・完

國家圖書館出版品預行編目資料

三生三世枕上書（下）／唐七 著.
--二版.--臺北市：平裝本. 2023.4
面；公分（平裝本叢書；第0548種）
（☆小說；18）
ISBN 978-626-96533-7-9（平裝）

857.7　　112003928

平裝本叢書第 0548 種
☆小說 18
三生三世枕上書（下）

作　　者—唐　七
發 行 人—平　雲
出版發行—平裝本出版有限公司
台北市敦化北路120巷50號
電話◎02-27168888
郵撥帳號◎18999606號
皇冠出版社(香港)有限公司
香港銅鑼灣道180號百樂商業中心
19字樓1903室
電話◎2529-1778　傳真◎2527-0904
總 編 輯—許婷婷
執行主編—平　靜
責任編輯—張懿祥
美術設計—單　宇
行銷企劃—鄭雅方
著作完成日期—2012年6月
二版一刷日期—2023年4月

法律顧問—王惠光律師

讀者服務傳真專線◎02-27150507
電腦編號◎541018
ISBN◎978-626-96533-7-9
Printed in Taiwan
本書定價◎新台幣360元/港幣120元